葉靈鳳 著 ●

讀書——隨筆（二）

U0061324

責任編輯　劉汝沁　許正旺
封面設計　陳德峰
版式設計　吳冠曼

書　　名　讀書隨筆（二集）
著　　者　葉靈鳳
出　　版　三聯書店（香港）有限公司
　　　　　香港北角英皇道 499 號北角工業大廈 20 樓
　　　　　Joint Publishing (H.K.) Co., Ltd.
　　　　　20/F., North Point Industrial Building,
　　　　　499 King's Road, North Point, Hong Kong
香港發行　香港聯合書刊物流有限公司
　　　　　香港新界大埔汀麗路 36 號 3 字樓
印　　刷　美雅印刷製本有限公司
　　　　　香港九龍觀塘榮業街 6 號 4 樓 A 室
版　　次　2019 年 5 月香港第一版第一次印刷
規　　格　大 32 開 (140mm × 200mm) 444 面
國際書號　ISBN 978-962-04-4235-3
© 2019 Joint Publishing (H.K.) Co., Ltd.
Published & Printed in Hong Kong

三聯書店網址：
www.jointpublishing.com

Facebook 搜尋：
三聯書店 Joint Publishing

WeChat 帳號：
jointpublishinghk

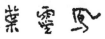

(1905—1975)

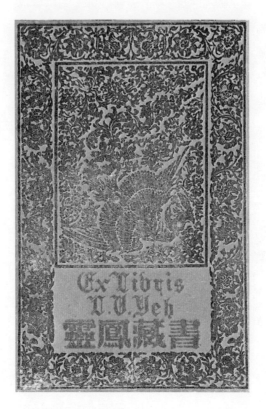

葉靈鳳自製藏書票

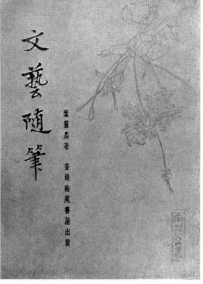

《讀書隨筆》
上海雜誌公司出版
一九四六年·上海

《文藝隨筆》
南苑書屋出版
一九六三年·香港

《晚晴雜記》

上海書局出版

一九七一年 · 香港

《北窗讀書錄》

上海書局出版
一九六九年·香港

出版說明

　　葉靈鳳先生是著名作家、畫家、藏書家，其後半生都在香港度過，與香港關係密切。時值近年葉氏在香港歷史及文學史中的地位日漸受到重視，有關研究方興未艾，本書之出版甚具意義。

　　本書一至三集，由羅孚先生所編，一九八八年由北京生活・讀書・新知三聯書店出版。當中所介紹的名著名畫涵蓋古今中外，側重文學及美術，文字淺近易懂，筆觸沖淡，娓娓道出賞讀書畫之樂，兼具知識性與趣味性，更流露葉氏對讀書、文藝、生活和家國的愛。

　　本版保留了一九八八年版之編排方式，本集收錄報章專欄"霜紅室隨筆"的文章，合共一百六十四篇。

　　本版又對一九八八年版中的錯漏予以訂正，涉及同一人名或作品名使用多於一種譯名者，若含有現今通譯寫法，本書選用通譯寫法；若不包含通譯，則選用首次出現的寫法，在三集中予以統一。為進一步便於讀者閱讀，每集書末分別附譯名對照表，收錄該集中出現的外國人名、外國作品名與現行通譯有別者，按收字筆畫升序排列，以茲讀者參考。

　　本書三集可與我們即將出版的《葉靈鳳日記》並讀，有助讀者更全面認識和了解葉氏的藏書、讀書嗜好，豐富的學識修養和藝術品味。

三聯書店（香港）有限公司
出版部
二○一九年四月

讀 書 隨 筆

二 集 目 錄

霜 紅 室 隨 筆

霜紅室隨筆

我的書齋生活

這個題目看來很風雅，其實在實際上未必如此。第一，我久已沒有一間真正的書齋，這就是說，可以關起門來，不許任何人闖進來，如過去許多愛書家所說的"書齋王國"那樣的書齋。在許久以前我很希望能有這樣的一間書齋，可是現實早已闖了進來，面對着我，使我不得不同它周旋。從此我的書齋成了家中的休息室，成了會客廳，成了孩子們的遊樂場；有時甚至成了街上小販的貨物推銷場，他們會從窗外伸手進來向我招呼："先生，要不要這個？"

最初，我還想掙扎，想在我的四周築起一道藩籬，就是無形中的也好，至少可以守護着自己的一個小圈子。後來漸漸的知道這也是徒然的，現實是無孔不入的，只好自己走了出來。

沒有了藩籬，也就沒有了界限，從此我不再與現實發生衝突，我的書齋天地反而變得更寬闊起來了。現在，我所說的書齋，就是這樣的一個書齋：四壁都是書，甚至地上也是書，是一間不折不扣的書齋，可是這間書齋卻是沒有門戶和藩籬的，誰都可以走進來，我也可以自由的走出去。

就在這樣的一間書齋裡，我在這裡寫作，我在這裡讀書，我在這裡生活。

書齋的生命，是依賴書的本身來維持的。一間不是經常有新書來滋養的書齋，那是藏書樓，是書庫，是沒有生命的，是不能供給一個人在裡面呼吸生活的。我的書齋生命，就經常用新書來維持。這是書齋的生命，也就是我的寫作生命了。

作家的書齋，隨着他的作品在變化；他的作品，也隨着他的書齋在變化。

我不能想像，一個沒有幾本書，一個沒有一間書齋的作家，縱然他的這間書齋，只是一隻衣箱，一張破板桌也好，他必需有一個工作場。不然，他從什麼地方將他的生活製造成作品，供給他的讀者呢？

我更不能想像一個不讀書的作家。讀書，是作家生活的一部分。他從書本上，為他的寫作生命汲取滋養，使他的生活更加充實，也就給他的作品增加了光彩。

就這樣，我就經常在買書，也經常在讀書，使我的書齋維持着它的生命，也使得我的寫作生活獲得新的滋養，希望我有一天能夠寫得出一篇較充實的富有新生命的作品。

這就是我的書齋生活。我坐在這間撤了藩籬的書齋裡，將我的寫作、讀書，和我的生活打成一片。雖然，有一時期，我很想使我的書齋成為禁地，不讓別人走進來，我自己也不想走出去。

現在我就這麼生活着，生活在我的這間沒有門戶，撤去了藩籬的書齋裡。

琉璃廠的優良傳統

　　去年我到北京，在琉璃廠的古籍書店裡買了一部《金陵叢刻》。我想買《金陵遺書》買不到，買《日下舊聞》也買不到。

　　今年又去了，當然仍是由阿英兄陪我去的，到了內部樓上的那座大書庫裡，接待我們的仍是去年見過的那位服務員。我一直走到史地部門的書架前，還不曾動手翻書，那位服務員已經笑嘻嘻的對我說：

　　"仍是只有去年的《金陵叢刻》，沒有別的什麼新的……"

　　我不覺一怔，這位服務員的記憶力可真驚人。他不僅還記得我，更記得我去年曾經買過什麼書，以及想買什麼書而買不到。

　　"那麼，《日下舊聞》仍是沒有？"

　　"沒有，沒有《日下舊聞》。也沒有《金陵遺書》。這類大部頭的掌故書，近年愈來愈不容易得了。"

　　從前人都說北京琉璃廠舊書店的店員記憶力好，對於汗牛充棟的架上藏書，只要一經過目，就能說出它的版本流源、優點和缺點。不僅如此，對於那些常來的顧客，更記得他們喜歡買哪一類的書，以及曾經買過一些什麼書。所買的是什麼版本，書價如何。能夠侃侃而談，如數家珍。現在根據我自己的經驗，知道這優良的傳統，在今日的琉璃廠不僅被保存下來，而且更發揚光大了。

以我這樣的顧客來說，去年去過一次，逗留的時間也不過一小時，東翻翻、西看看，隨便買了幾冊價錢很便宜的書，當然也同他們隨口聊過幾句，留下的印象至多是這個外來的顧客還不是門外漢，其他就不該還有什麼值得他記憶之處。但這位服務員今年一見了我，不僅記得我在去年同一時期曾經來過，而且還記得我買過什麼書，以及想買什麼書而買不到，這就不簡單了。

北京商店的店員，一向以對人和悅，服務殷勤周到聞名全國。今日新北京各行各業的服務員，對這光榮的傳統作風，更懂得鄭重的加以保存。忠於所職，勤於所事，為顧客服務，也就是為人民服務。這一點道理，他們一定早已搞通了。因此在琉璃廠的書店裡，這才可以遇到將自己的職務發揮得這麼出色的好店員。

在同一條街上的榮寶齋畫店，那裡的風格又全然不同。因為書畫是要仔細欣賞的，一切佈置得十分舒服寬敞，你到了裡面，隨意四處走動，彷彿在自己家裡一樣，他們也不來陪伴你。除非你向他們詢問什麼，否則總是沒有人跟在你的身邊，擾你的清興的。

氣氛不同的書店

香港最近開設了一家專售外文書刊的書店：和平書店，日前我特地去參觀了一下。由於是新開張，陳列的書刊種類還不算多，而且要買的大都早已買了。但是沿着書櫃四周看了一下，從古典文學、美術語文以至社會科學，畢竟氣氛有點不同，因為在香港一般外文書店裡見慣了的東西這裡見不到，這裡所見到的有許多卻是別家書店所沒有的東西。

這樣別具風格的外文書店，在世界各大都市大都總有一兩家，如巴黎的環球書店，倫敦的柯列特書店，英法的讀者，如果想看看新中國的書刊，就一定要去光顧他們。這樣的書店，雖然不是"同人"性質，但是總像是同人辦的一個小刊物或是出版社一樣，你一走進去，就有一種分外親切的感覺。

北京的國際書店也是一家這樣的書店，規模可大得多了。我曾經去買過一次書，那真是名副其實的國際性質的書店。有些語文雖然是我不能讀閱的，但無論是瑞典文的也好，波蘭文的也好，埃及文的也好，只要是書，而且是內容健康的書，我總要忍不住拿在手裡摩挲一下，這就好像見了言語不通的外國友人一樣，即使無法表達自己的心意，但是熱烈的握着手，友情的溫暖仍是互相可以溝通的。我當時就曾經將我看不懂的一些外文書刊，一再從架上取下來，揣摩它們的書名和內容，同樣的覺得不忍釋手。

　　從前上海也有一家這樣的書店，起初開在北四川路橋郵政總局附近，面對蘇州河，後來又搬到靜安寺路，是一位德國老太太開的，我已經記不起這家書店的名稱了，它是當時上海唯一專門出售進步外文書籍的書店。當時上海雖然已經有美國人和英國人開設的規模很大的西書店，可是他們是不賣這種書籍的，而且裡面的店員勢利得驚人，除了老主顧以外，面生的中國人走進去，他們就像防賊一樣的跟在你的身邊，甚或直率的吩咐你不要亂動架上的書。魯迅先生就遇過這樣的事，以致不得不從懷裡拿出一疊鈔票放在桌上，表示是帶了錢準備來買書，不是來偷書的，這才使得店員刮目相看了。

　　這家德國老太太開的書店，給我的印象很深。因為正是在那小小的櫥窗裡，我第一次見到珂勒惠支的版畫原作。這一批版畫，後來都給魯迅先生買去了。我有機會看到《資本論》的英譯本和《震撼世界的十日》一類的書，都是拜這家書店之賜。至今我的書櫥裡還存有一本德文版的墨西哥大畫家里費拉的畫集，就是從這家書店裡買來的。適才我取出來翻了一下，書頁上還記着"一九三二年除夕前二日購……"，使我又重溫了一遍這些可愛的記憶。

為書籍的一生

《為書籍的一生》！

對我這樣的人來說，這是一個多麼富於吸引性的書名。在新波的書架上見了這本書，忍不住立即取了下來。我感到了臉紅，未曾讀過的新書實在太多了。不僅未曾讀過，就是連這書名也未曾聽過。

這本書的裝幀非常好。全黑的書面，字和封面畫的色彩是白紅兩色。紅色用的極少，只有"為書籍的一生"的一個"為"字是紅的，大約是強調這一生為的是什麼，誇張和裝飾的效果都極好。

書脊也是全黑色的，作者的名字是紅字，書名是白字，用的全是普通的粗體鉛字，簡單大方，這是德國派的裝幀手法，很容易引人注意，因此在書架上一眼就被我見到了。

取下來一看，原來是一本翻譯。原作者譯名"綏青"，是舊俄的出版家。不用說，《為書籍的一生》，一定是他的自傳了。舊俄的社會，很有點像是我國解放前的黑暗時代。在那樣的時代裡，從事出版工作，依據我自己的經驗來說，一定是有許多恢奇的遭遇，像童話一樣的令人不會忘記的，這本書的內容一定很豐富而且有趣，我為什麼竟不曾讀過呢？不禁拿在手裡翻來覆去的看，捨不得放回架上。

新波看出了我的心意，爽快的問：你喜歡這本書嗎？就送給你吧。

"那麼，我就不客氣了。"這正是我的私衷，只是不好意思說出口。他既然看穿了我的心思，我自然也不再客氣了。於是這本《為書籍的一生》就放進我的行囊，跟着我一起回到我的家裡，這個幾乎一生也是為了書籍的家。

《為書籍的一生》，是國內三聯書店出版的，譯者是葉冬心，出版年月是一九六三年的七月，初版印了二千冊。這樣的書銷路是不會怎樣大的，因此二千冊的印數恰到好處。大約也正因為印得並不多，我在這裡的書店裡竟不曾見過。若不是在新波的書架上無意中發現，幾乎要失之交臂了。

原作者已在一九三四年去世。他的出版工作，是跨着俄羅斯新舊兩個時代，新舊兩個社會的。僅是這樣的經歷，已經有許多事情值得他回憶了。我國也有不少出版工作者，是有這樣經歷的，他們之中如果有人肯寫，同樣也可以寫得出一部《為書籍的一生》。

《新俄短篇小說集》

　　在最近一次的長途旅行中，無意在一家舊書店裡買得一本小書：《新俄短篇小說集》，一九二八年上海光華書局出版。這是我自己翻譯的幾篇蘇聯短篇小說的結集，出版日期距今已經三十年，難怪若不是無意見到它，連我自己也忘記曾經出版過這樣的一本書了。

　　回來查閱張靜廬先生編輯的《中國現代出版史料》甲編，在記錄到一九二九年三月為止的〈漢譯東西洋文學作品編目〉內，果然見到有這本小書的著錄，而且在年份上說，除了曹靖華先生的〈煙袋〉以外，竟是國內出版最早的第二本蘇聯短篇小說的中譯本。然而，這是一本多麼草率的譯本，翻閱一遍，實在使我忍不住臉紅。

　　這也難怪，當時的我還是個二十二三歲的青年，不要說在外國語文上的修養不夠，就是本國語文的運用也很幼稚，只是憑了一股熱情，大膽的嘗試了這工作，用來填補了當時出版界的這一類空虛，同時也暫時滿足了我自己以及當時同我自己一樣的許多文藝青年對蘇聯文藝的飢渴。因為當時是不大有機會能讀到蘇聯文藝作品的，就是我這本小小的短篇作品翻譯集，出版後沒有幾年，也就被禁止了。

《新俄短篇小說集》是一本三十二開，一百八十六面的小冊子，其中一共包括了五位作家的作品：迦撒詢的〈飛將軍〉，愛羅梭夫的〈領袖〉，比涅克的〈皮的短衫〉，伊凡諾夫的〈軌道上〉，西孚寧娜的〈犯法的人〉。最後一篇佔了一百頁以上的篇幅，實際上是個中篇。在曹靖華的〈煙袋〉裡，也收了西孚寧娜女士的這篇作品，題名為〈犯人〉。

除了譯文之外，卷前還有一篇介紹文：〈新俄的短篇小說〉，共有四千多字。我看了一下末尾的文字："一九二八，二月二十下午，靈鳳於聽車樓"，不覺依稀記起了當年翻譯這些小說的情形。聽車樓是我們當時在上海霞飛路（今日的淮海中路）所租賃的一家商店的二樓，是《幻洲》半月刊的編輯部，因為面臨電車路，從早到夜車聲不絕，所以給它題了一個"聽車樓"。這幾篇小說的譯文，其中有一兩篇一定是先在《幻洲》和稍後的《戈壁》半月刊上發表過的。封面畫和裡面的襯紙圖案，也都是我自己當年的"大作"。

不用說，這本小說集是根據英文譯本重譯的，前面的那篇介紹文，大約也參考了英文書上的材料，因為我實在不敢相信當時的我，對於蘇聯文藝，能有那些雖然幼稚，可是在今天看來還不過份謬誤的解釋，而且能洋洋灑灑的寫出四千字之多。

一九二七年，正是蘇聯革命的第一個十周年紀念，在我的那篇介紹文裡，曾寫下了這樣的幾句話：

"自一九一七年至現在（指當時的一九二八年），有了蘇維埃政府十載的經營，在各樣的事業粗具規模之中，新俄羅斯的文學便也應運而生了。這些新時代的天才，經了革命的爐火悠久的鍛煉，終於替代了舊的位置而產生了。……"

今天，已經到了我們來慶祝偉大的十月革命四十周年紀念的日子了，蘇聯作家們在文藝建設上早已產生了許多無可比擬的更光輝的傑作，我僅以這一篇談談三十年前自己一本小書的短文，作為參加這個人類最喜悅的節日的獻禮。

一九五七年十一月七日
在香港

歌德的一幅畫像

　　有一幅歌德的畫像，據說是最為人喜愛的他的畫像之一，畫着他在意大利作考古旅行的情形，坐在露天曠野的一張石床上，身邊有許多斷碣殘碑，遠處山上還可以見到一些羅馬古建築。歌德頭戴闊沿的氊帽，斜坐在石床上，悠然出神，好像沉緬在思古的幽情中，確是一幅畫得好，也是一幅令人見了喜愛的畫像。

　　三十多年前，我在上海的一家舊書店裡，從一冊德文雜誌上見到了這幅畫像，而且是用彩色印的。當時就十分喜歡，又因為那時的彩色印刷品是不多見的，買回來後就一直當作是自己心愛的一件藝術品，慎重的夾在畫夾內，因此從上海隻身來到南邊時，成千上萬的書冊都捨棄了，這一幅歌德的畫像卻被夾在一疊畫葉中帶了出來。我最初從那冊德文雜誌上撕下這幅畫像時，並不曾去留意這是誰的作品。後來多讀了幾冊關於歌德的研究和傳記，又在無意中買到了一部歌德畫冊，這才知道是歌德同時代的一位德國畫家約翰・威廉・第希賓的作品。

　　這幅畫像作於一七八六年，是在歌德到意大利去作考古旅行時所畫。當時第希賓已經旅居意大利，歌德到了意大利後，兩人就結下了友情。第希賓正是那些無數的歌德崇拜者之一。

由於歌德在羅馬與他成了鄰居，兩人不僅經常相見，而且第希賓還成了歌德的嚮導，陪了他去參觀羅馬古跡。這一幅畫像就是在這期間畫的。

第希賓在這年（一七八六年）十二月九日寫給友人的一封信上，敘述他有機會結識歌德的喜悅之外，曾提到了這幅畫像，說他正在着手為這位偉大的人物作一幅畫像，要畫得等身那麼大，畫他坐在古羅馬廢墟之中，緬想人類行為的命運。

歌德在他自己寫給朋友的信中，也提到了在這次意大利旅行中，第希賓給他的幫助之大。

這幅第希賓的歌德畫像複製品，就這麼一直被我珍藏着。雖然複製品的尺寸很小，不過三十二開書頁那麼大，而且時間久了，彩色也有些黯淡起來，但是仍一直受到我的珍愛。

一九四六年左右，郭老來到了香港，最初住在九龍尖沙咀附近的樂都公寓，後來遷居到山林道的一層樓上，有一次林林同我談起，說是郭老的新居牆上缺少裝飾品，希望我能找一點什麼給他掛掛，我聽了就靈機一動。想起自己珍藏多年的這幅歌德畫像，若是能送給他，真是物得其所，當下就答應了林林，說是讓我想一想，遲幾天一定有所覆命。

我回家後趕緊將這幅畫像找了出來，雖然陳舊了一點，仍不失為一幅可愛的藝術品。郭老是歌德作品的中譯者，他自己現在也對考古工作發生了興趣，將這幅歌德作考古旅行的畫像送給他，實在再適合也沒有。於是我就拿到玻璃店裡去配鏡框。又因為這幅畫太小，便將另一幅彌蓋朗琪羅壁畫的複製品：《上帝創造亞當》，也拿去配鏡框，準備一起送去。

我記得從前郭老住在上海民厚南里時，在樓下的牆上曾掛着一幅悲多汶的畫像，還有一幅彷彿是詩人雪萊的畫像，他曾在一篇文章裡寫過這兩幅畫，文章是早已讀過了，後來有機會親眼見了掛在牆上的這兩幅，彷彿是謁聖者親身到了聖地一般，真有一種說不出的高興。

　　他再次從日本回到上海，住在法租界法國公園附近的一個弄堂內，樓下牆上有一幅許幸之臨的拉斐爾聖母子像，大約還是在日本送給他，由日本帶回來的。畫幅很小，是圓形的，直徑不過五六寸。因此我又將自己所畫的那種比西亞斯萊風的裝飾畫，選了兩幅配了框了送給他，使他見了很高興。

　　對於他家中牆上裝飾品的關心，我可說是很有淵源的了。

　　兩幅畫的框子配好後，我便約了林林一起送去。恰巧那一天郭老不在家，等了一會仍不見他回來，我們便在牆上找了兩個適當的地位給他將這兩幅畫掛好了才走。我想他回家發現牆上多了兩幅畫，一定會十分詫異。

　　可惜後來他離港北上，這兩幅畫的下落如何，尤其是那幅我珍藏多年的歌德畫像的下落，已經不大容易知道。我但願他能一直帶在身邊，甚至至今仍掛在他的書房裡，那才使我高興哩。

　　記得有一年，我偶然從一本外國雜誌上見到一幅雨果的照像，是他被放逐到國外，坐在一塊崖石頂上，遙望故國的情形。當時郭老避禍在日本，過的正是這種生活，我便剪下寄給他，他回信表示很高興，而且很感慨，後來好像還寫過一首詩。

　　最近，歌德的意大利旅行記有了新譯本出版，附有許多插圖，其中就有這一幅畫像，使我想起了這些往事，遂縷述如上。

讀《郁達夫集外集》

　　友人從南洋寄贈了一本當地新出版的《郁達夫集外集》，裡面收集了他的作品三十篇，有小說、散文、日記，還有信札遺囑等等，都是未曾收進過單行本的。達夫生前在上海北新書局雖曾出版過全集的零本《雞肋集》、《敝帚集》、《日記九種》等等，但後來所寫的文章，散見各刊物上的，大都未出過單行本，在南洋報章上發表的更不用說，這些都是將來為他編印全集的人應該注意的資料。

　　自一九三三年以後，達夫所寫的文章似乎很多，但我看過的實在很少。因為從那時開始，由於王映霞的關係，達夫同許多老朋友，都漸漸的疏遠了，他所往來的，都是當時喜歡結交文人雅士的新貴。這些人將達夫夫婦看作一對才子佳人，拚命的拉攏，達夫也不得不與他們周旋，因此詩酒徵逐，所寫的文章，不是看花，就是遊山。而在這樣與他的身份不相稱的交際活動中，也就種下了日後他們夫婦仳離的禍根。

　　在當時許多較年輕的朋友中，包括我自己在內，大都是對王映霞不滿的，認為是她害了達夫，逼他結交新貴，逼他賺錢。這種反感，不僅王映霞知道，就是達夫自己也知道。因此幾個年輕的朋友，不僅在口頭上，就是在文字上，也狠狠的捱過了他的幾次罵。然而當時大家卻一片熱情和天真，認為新文藝作家整天的同有閒階級詩酒唱和，替鐵路管理局寫沿途風景名勝的介紹文章，甚至還想"造房子"，實在都是開始腐化落伍的表示，因此很氣忿，不覺都歸咎於王映霞的身上。

後來大家才知道，達夫當時生活上雖然很悠閒，內心實在很苦痛，不是這樣，他也不致"萬里投荒"了。

到了南洋以後的達夫所寫的東西，我看的機會更少。現在看來，似乎是舊詩居多，其他的文章很少見，不知是當時確是寫得少，還是未經搜集。我想他在《星洲日報》編輯副刊期內，自己一定也該動筆寫過一些文章的。

我很喜歡讀達夫的舊詩。這種趣味，是我們在年輕時候所無法領受的。達夫很喜歡黃仲則、龔定盦的詩，早年曾用黃仲則的故事寫過一篇〈采石磯〉，對這位詩人傾倒備至。可見他對舊詩久已下過功夫了。

達夫自負曾讀過一萬本以上的外國小說。這話雖不免有一點誇張，然而讀書之快和讀書之多，確是很少人能及得上的。往往頭一天見他買了一疊德文日文的書回來，放在床頭，第二天問他，卻已經一夜全看過了。當時實在使我見了佩服得五體投地。我現在的喜歡買書的習慣，可說多少受到了一點他的影響。可惜我買櫝還珠，不曾學到他的那種一目十行的本領。

達夫先生的氣質

　　吳令湄兄讀郁達夫先生的遊記和舊詩，不滿意他稱自己的詩為打油詩和哼哼調。

　　明明是很規矩的七律七絕，為什麼硬要說是打油詩和哼哼調呢？自謙也不必這麼謙法，這簡直有一點近於糟踏自己。其實，這正是達夫先生的一種特性，也可以說是那種舊文人的氣質，喜歡在文字上自怨自艾，自暴自棄；一時認為生不逢辰，潦倒窮途；一時又認為天降大任，國家興亡都挑在他這個匹夫的肩上。

　　更好的例子，是他同王映霞反目以後，一定要發表自己的"毀家詩"，將自己說成是"曳尾塗中"，同時又刊登啟事，說王映霞捲逃，稱她為"下堂妾"，盡量的發揮自己的這種自暴自棄和任性的氣質。

　　不過，達夫先生的為人，並非一生都是如此的。後來就不是這樣，而在創造社的全盛時代，他的創作欲最旺盛的時期，也不是如此的。

　　這種氣質的出現，是與他結交浙江官場中人有關，同時也與認識了王映霞有關。魯迅先生曾有《阻達夫移家杭州》詩，我覺得是十分有見地的。達夫先生在杭州建"風雨茅廬"，全是為了取悅於王映霞。可是自己手上沒有錢，全靠王映霞向那些炙手可熱的官僚們去挪借。他們對這一對"才子佳人"的夫妻，傾蓋相交，其實是"醉翁之意不在酒"。結果，達夫先生的物質上的"風雨茅廬"雖然建成了，可是他的精神上的"茅廬"卻擋不住"風雨"，發生了"毀家"的悲劇了。

在這一段期間，達夫先生經常同當時浙江省政府、杭州市政府、建設廳、鐵路管理局諸權要往來。詩酒徵逐，遊山玩水。他的那些遊記和紀遊詩，都是這一時期所寫。他以前是從不曾寫過這樣東西的。這一時期的達夫先生遠離故舊，日益與那些"新貴"往來，使得許多朋友暗中為他扼腕。人約正是有鑒及此，魯迅先生才委婉的寫了那首阻他移家杭州的詩。

可是不曾阻得住。移家之後，很快的就發生了"毀家"的悲劇了。

這時達夫先生的心情，簡直有點反常，因此使他喜歡那麼對自己自暴自棄。幸虧接着"抗戰"就發生了，形勢比人強，這才挽救了他，將他從"沉淪"的路上拉回來，獻身於抗日救亡工作。戰爭雖然加速的使他毀了家，同時卻救出了他自己。

達夫先生和吉辛

　　書店裡送來了一部喬治‧吉辛的評傳。這是英國前年出版的，是一部有三百多頁篇幅的很詳盡的傳記。吉辛的研究資料不多見，偶然從刊物上見到這本新書的廣告，就託書店去訂了來。

　　買這本書的動機，又是為了郁達夫先生。當時讀到一篇文章，說他在上海賣文為活時，怎樣窮愁潦倒，同英國的薄命文人吉辛的遭遇相同云云。達夫先生的生活，我是知道一點的。他當時在上海，事實上所過的並不是全然的"賣文為活"的生活。那時上海的出版界的經濟條件，實在還不能使一個作家可以維持生活。達夫先生和魯迅先生一樣，初期都是要靠教書和兼差來維持生活的。直到後來新書店開設得多了，文藝刊物也有好幾種，他的稿費和版稅的收入，才勉強可以生活。

　　達夫先生是很會花錢的，但不善於理財。因此他每月的收入雖然不少，但是一有錢到手就花光了。他當然不能說是"富有"，但是像他當時那樣的生活，卻絕對說不上是"窮愁潦倒"。創作裡所寫的人物，不一定十足的就是作者本人。因此我讀到有些人在文章裡隨便說他怎樣怎樣窮，覺得實在有點好笑。

達夫先生一再提起英國的吉辛和他的那部有名的散文集，自然是事實。但是吉辛的生平怎樣，達夫先生自己也未必仔細研究過。那麼，吉辛的生活究竟怎樣呢？由於關於他的資料很少見，因此可以供我們認真去研究一下的機會就不多了。

　　這就是我忽然去買了這部新出版的較詳細的吉辛評傳的原因。

　　原來吉辛倒是真正"賣文為活"的，而且也確實窮得厲害。他的生活收入，全靠給當時英國刊物和書店寫長篇小說，酬報很低，因此終年勞碌而收入菲薄。這是由於他的小說全是以倫敦的貧民窟為題材，愛看的人不多，讀者的範圍很小。但他寧願書店付的酬報小，不肯寫佳人才子的流行小說。這一點，倒表現了他的骨氣，但是就不免長期的過着"窮愁潦倒"的生活了。

郁達夫的〈遲桂花〉

　　最近有一個新創刊的純文藝刊物的編者，要我給他們推薦一篇新文藝作品裡面最優秀的短篇創作。我想，如果要我舉出一篇我所喜歡的新文藝短篇創作，那就容易得多，因為我至少不必考慮"短篇小說作法"一類書籍裡所提出的一篇好的短篇小說必具的那些結構描寫主題等等條件，可以任隨我個人的愛好來選擇。

　　如果這樣，達夫先生的這篇〈遲桂花〉便是可以當選的作品之一。我不知這篇小說現在收在他的哪一種集子裡，相信喜歡它的人一定不很多，因為我從前也是不喜歡它的，但作者當時卻非常重視自己的這篇小說。

　　這是達夫的後期作品之一。那時他正認識了王映霞，兩人的感情已漸達到成熟階段，一同從杭州旅行回到上海，便寫成了這篇小說。杭州秋天的桂花本來是有名的，在西湖上一個名叫滿覺隴的地方，更是桂樹成林，香聞十里。這其中有一種開得最遲的，但也香得愈濃，這便是達夫取作這篇小說題名的遲桂花。大約那時達夫因為自己已經不是青年，王映霞也不是少女，便用遲桂花來象徵他們兩人的"遲戀"。因為〈遲桂花〉的故事很簡單，是描寫男女兩人到女的家鄉去旅行，男的遊山時在山中發現了一株遲桂花的心情上的喜悅和興奮而已。

　　達夫當時很重視自己的這篇小說，認為是自己的成熟作品之一。當他將這篇小說送來交給《創造月刊》發表時，曾經很鄭重的表示了這意見。但我那時還太年輕，很不以他的意見為然。這裡面一大半也因為當時我們那一群年輕人，根本對王映霞沒有好感。覺得我們所崇拜的達夫先生，竟愛上了一個梳橫S髻穿平底軟緞鞋的女子，太不像我們想像中的"愛人"了。這種不滿後來還形諸言辭和行動，以致我在他後來收入《敝帚集》《寒夜集》的幾篇文章裡重重捱了幾次罵。

　　但後來我們終於和好了，我也理解了〈遲桂花〉的好處，並且至今還認為是我喜愛的短篇小說之一。

讀《詩人郁達夫》

　　"南苑文叢" 又出版了一本新書，是顏開先生的電影文學劇本《詩人郁達夫》。

　　時間過得快，達夫先生在日本軍戰敗投降之後，不明不白的在南洋失了蹤，不覺已經二十年了。說他是 "失蹤"，那是在最初幾年，朋友們還希望他會突然的歸來，不忍遽作絕望的結論。後來事實已不容大家再幻想，早已證明他的 "失蹤"，是出於日本特務的綁架；換句話說，達夫先生已經被日本特務謀殺了。這是日本憲兵隊有預謀的罪行，他們在自己戰敗投降之後，不想使深知道他們所作所為的達夫先生有機會指證他們的罪行，特地先行下手，殺了他來滅口！

　　顏開先生的這部《詩人郁達夫》，在這方面搜集了許多可靠的資料，將日本憲兵隊的這種罪行，描寫得最為確切明白：鐵證如山，不容狡辯。因此達夫先生的死，正如顏開先生在 "寫在後面" 裡所說的那樣：他是用他的生命，為中華民族守了大節！

　　今天，距達夫先生殉國已經二十年了，我們讀着顏開先生以達夫先生在南洋最後一段可歌可泣生活為題材的電影劇本。實在令人不堪回首。尤其是我個人。達夫先生對於我，義兼師友，在文藝寫作上曾勸導過我，在私人生活上曾照顧過我。雖然曾經有過一個時期，對我和其他幾個年輕的朋友很生氣，但是一旦事過境遷，終於肯原諒了我們。現在想來，我們當時實在過於任性，少不更事，干涉到他的私事，以致激起他的氣忿，實在是我們的不是。至今想來，猶覺不安，可惜已沒有機會能向他道歉了。

顏開先生的《詩人郁達夫》，是從一九四二年新加坡淪陷到日本人手中以後，達夫先生和他的一群朋友向南撤退寫起，一直寫到一九四五年九月，日本投降之際，他被日本憲兵殺害為止。在這中間，以他所寫的一些舊詩為穿插，將他這幾年的流亡戰鬥生活，編織成這個電影劇本。

達夫先生的這一段生活，除了當時同他經常在一起的幾個患難朋友之外，國內的朋友是很少清晰的。顏開先生寫這個電影劇本，其中有若干情節，誠如他自己所說，未必是"真人真事"，但是材料的運用，非常恰當，而且也可以看出，很費了一番苦心。

我們期待着，這個劇本能早日有人開拍，以便有機會可以在銀幕上看到《詩人郁達夫》。

版畫圖籍的搜集功臣
—— 悼鄭振鐸先生

　　鄭振鐸先生在我國新文化運動上的貢獻很多：他是文學研究會發起人之一，主編《小說月報》多年，早歲從事西洋文學介紹和翻譯工作；中年出國，開始注意到我國元明戲曲與俗文學的搜集與整理。在這期間，他發掘並且刊行了不少明清珍本小說和劇本。"九‧一八"、"一‧二八"事變發生後，他鑒於敵人摧殘我國文化，掠奪文物之慘，驚心怵目，就注意到我國古文物的搶救與保護工作，因此他的研究重心又側重到考古學方面來了，他將我國流落到域外的名畫書法銅器陶瓷等藝術品，輯成圖譜多種，藉以喚起大家的注意。抗戰期間，他仍留在淪陷了的上海工作，隱名改姓，進行搶購流落到市上的公私藏書，他在這幾年的工作當中收穫極大，為國家保存了不少文化財寶，尤其是發現脈望館舊藏的元明雜劇二百多種，更是可遇而不可求的盛事，因為這一批經過名家抄校的元明戲劇，許多年以來久已被藏書家認為已經佚亡，現在竟由於他的努力，又被發現而且歸之國家了。全國解放後，他更能得展抱負，負責我國文物保護整理和考古研究工作，極有成績。有不少行將流落到外人手中的我國藝術財寶，都是由於他的努力，又得以重歸祖國寶庫。

鄭振鐸先生對我國古代木刻版畫和書籍插圖的搜集，也極努力。他曾影印複製了好幾種罕見的木版畫譜，如《顧氏古今畫譜》等，又與魯迅先生合力僱工，在北京複刻了《十竹齋箋譜》，又搜集北京當時流行的各種木版浮水印信箋，輯成《北平箋譜》。這在提倡我國固有的木版藝術上，都是劃時代的盛舉。今日北京榮寶齋木版複製畫能夠享譽中外，固然由於我國木版藝術悠久的光榮傳統，在國家的大力支持下得以發揚光大，但當年首先提倡之功，實不得不歸功於魯迅先生和鄭振鐸先生。因為在當時的環境中，實無人注意及此，有之，也不過視作文房清玩。沒有人肯將它們當作正經的東西，並且認為對於我國新興的版畫藝術會有幫助的。振鐸先生和魯迅先生兩人，怎樣函件往返磋商，集資刊印《北平箋譜》和《十竹齋箋譜》的經過，可以在收在《魯迅書簡》中的魯迅先生信上看得出，將來若是有機會能讀到鄭振鐸先生這一時期寫給魯迅先生的遺信，當可以使我們更明白他們籌劃此舉的苦心孤詣的經過了。

鄭振鐸先生並不是一個有錢人。他除了用公家的錢為公家收購的藏書以外，他私人對於珍本小說戲曲和版畫圖籍的收集，全是靠了自己教書賣文所得，有時甚至出之借貸，或是賣出另一部分藏書來收購這一部分。這些經過，我們只要一讀他的《劫中得書記》，就可以明白的知道。而他這麼節衣縮食，甚至不惜借錢去買書的動機，除了由於自己的愛好之外，並不是"為藏書而藏書"，實在因為這是先民的寶貴文化遺產，在當時兵荒馬亂之年，若不及時搶救，不僅會流落到國外，甚或會永遠湮沒消滅了。

他的刊行版畫圖籍，也是採用一面向印刷者暫時賒欠，一面用預約方式去進行的，如那幾套域外所見的歷代中國畫，明器等等圖籍，歷史參考圖譜，以及最有名的《中國版畫史圖錄》，都是採用這方式進行的。這些珍貴的圖錄出版的時期，大都是在上海已淪陷在日本人手上，或是法幣正在瘋狂貶值之際，使他在經營上受到了許多意外的困難和損失，但他仍在堅韌的努力之下去繼續進行。除了《中國版畫史圖錄》未能全部出齊之外，其他各種圖譜差不多都能依期完成了。

鄭振鐸所印行的這些圖錄之中，我認為最值得重視的是《中國版畫史圖錄》。雖然他在這部歷史的文字敘述方面並沒有完成，但在圖版的整理工作上，可說已經大部分完成了。這是一件以前從未有人做過，一切全靠自己力量從千頭萬緒之中去搜爬整理的工作，所以也最為難得。他的這部《中國版畫史圖錄》，在文字敘述和圖版選錄方面，規模都很大，一共要印成線裝本六開二十四大冊，其中文字部分不是用鉛字排印，而是全部用木版雕版來印刷的，圖片則全是用珂羅版和彩色套印的木版印成：文字佔四冊，包括唐宋元版畫史，明初版畫史，徽派版畫史，近代版畫史四個部分，其餘二十冊全是圖片，共選錄了我國歷代版畫一千七百餘幅，包括各種書籍的插圖，小說戲曲的繡像，民間年畫風俗畫，以至信箋宗教祭祀用品等等。他自己在本書的“編例”上曾記：

　　　　本書圖錄，所收者凡一千七百餘幅，除自藏者外，殆集我國藏書家之精華，凡公私書庫所得之秘籍孤本，有見必錄，隨時假印，隆情盛誼，永銘不忘。其間有已遭兵燹者，有已淪陷故都者，有已深藏錮鍵不能復睹者，有已輾轉數家，流落海外者，倖存片羽，彌痛沉淪！

圖錄中的彩印部分，尤其是這部版畫史的精華，因為它全是用木版依照原畫複刻，再用水墨彩印，有的要套印十多次才完成的。這不僅使得當時行將湮沒的北京木版彩印藝術獲得一線生機，而且也正是由於積極的提倡，為今日有名的北京木版浮水印畫開闢了一條新的道路。

我們的木刻版畫，今天正在擺脫西洋木刻的影響，努力向原有的民間木刻版畫去學習，鄭振鐸先生所編的這部《中國版畫史圖錄》，給我們提供了一份最豐富的參考資料。

鄭先生搜集整理我國珍本圖籍和保護文物的成就，本是多方面的。但我一向是喜愛版畫藝術的，覺得僅是從這一方面來說，對於這位突然離我們而去的文化功臣，實在不勝悼惜之至！

一九五八年十一月於香港

西諦的藏書

北京圖書館不久就要出版《西諦書目》，已見預告，共收錄西諦的藏書七千餘種，還附有若干題跋。

西諦就是鄭振鐸先生。"西諦"是他的筆名。這兩個字看起來很古雅，其實是"振鐸"英文拼音起首兩個字母 C. T. 的中文譯音，最初只是在《小說月報》上偶然用一下的，像茅盾先生的"玄珠"一樣，後來才正式當作了自己的筆名。

振鐸先生的藏書，最初多是外文書，這是他翻譯泰戈爾詩集，編譯《文學大綱》、《希臘神話中的戀愛故事》時代的事，後來趣味發展到中國俗文學、版畫和戲曲作品，就開始搜購中文線裝書。起初還中西並重，後來簡直就將西書束之高閣了。

在抗戰初期，在"八·一三"淞滬會戰初起之際，他住在靜安寺的廟弄，我們經常到他家中去夜談。客廳四壁架上雖然仍是西書，可是書脊塵封，看來平日已經很少去翻動，桌上和地上則堆滿了線裝書：這些都是新買來的，這才是他的趣味中心。

當時在上海搜集線裝書，機會極好。因為許多好書都集中在上海，北京和其他內地的好書，也紛紛彙集到上海來爭取市場。像振鐸先生這樣的老主顧，他平時喜歡收藏什麼書，那些古書店的老闆是久已知道的，一旦有了他喜歡的書，總是先送來給他挑選。甚至貨品還在運滬途中，或是知道某處有一批什麼書，擬去採購，也會事先通知他，使他獲得選購的優先權。同時又可以隨便將準備想買的書先拿回家中，慢慢的再議價。議價成交之後，也不必立即付款。由於有這樣的方便，當時振鐸先生雖然並非富有，也居然買到了許多好書。

後來上海淪陷，他受到學術機關的委託，暗中搶救流到市上的好書，以免流入日本人手上。他這時買得的好書更多。但這樣購得的書，由於是用公款購買的，後來自然也歸之公家了。這一階段所購得的書，詳見他所寫的那部《劫中得書記》中。

解放後，他自然更有機會買到更多的好書。這一批先後苦心搜集起來的藏書，在他去世後，都捐給了公家。現在要出版的這部書目，就是經過整理後編印起來的。

這七千多種書，不說別的，僅是其中關於我國版畫木刻史料的部分，就已經是國內僅有的一份豐富收藏，沒有第二個人能及得上的。

死得瞑目的望舒

在《中國學生周報》上一連讀了兩篇紀念望舒的文章，在"下午茶座"上也讀到了一篇，聽說台灣還有人寫了一篇，我未讀到。讀了這些文章，才知道今年已是他去世的十五周年。我怎麼不曾記得這事？時間真是過得太快了！

這裡還有人記得望舒，無論是哪一方面的，無論在文章裡是講他什麼的，都使我讀了感動。在這裡，我們是共同度過了那"苦難的歲月"的，他雖然已經躺在地下十五年了，我相信那些記憶一定仍在銘刻在他的骨骼上。

去年秋天，我在離港北上之際，心裡也曾想到，這一次到北京，一定要抽暇到他的墓上去看一看。可是到了北京以後，在那一派歡樂的氣氛之中，說老實話，沒有時間，也不易喚起那一份心情再去做這樣的事，只好又放過了一次機會。

記得一九五七年去的時候也是如此。當時雖然曾向幾個朋友說出了這願望，他是葬在八寶山烈士公墓的，大家說去一次幾乎要費一天的時間，我哪裡能騰得出一整天的時間呢？安排了幾次，也終於沒有去得成。

後來路過上海，見到蟄存，我將這情形講給他聽，他送了我一張照片，是在望舒墓上拍的，墓碑簡單樸素、題着"詩人戴望舒之墓"幾個字。從那筆跡看來，我認得出是茅盾先生的手筆。

就這樣，我至今還不曾去上過望舒的墳。倏忽之間已過了十五年了，套一句老話說：故人的墓上想必墓木已拱了。

望舒的一生，正像我們這一輩知識分子的一生一樣，是"生不逢辰"的。但他的死，卻"死得其所"。在他苦難多挫折的一生之中，這該是唯一能令他瞑目的事。他的生命如果不被病魔奪去，在這十多年中，以他的外國語文造詣，以他對於通俗小說戲曲興趣之濃，當然有機會好好的做一番工作的。可惜天不假年，以致不能為我們文壇多作出一點貢獻。但他到底能幸福的看到了新中國的誕生，而且死在自己的工作崗位上。所以我說他是死得瞑目的。

他的遺著，已經有專人在負責整理；幾個女兒，也由國家在負責教養。大女兒詠素，已經長大成人，是學舞蹈的，近年在空軍政治部文工團工作。前次去看空軍文工團演出的《江姐》，我還特地去打聽了一下，以為她會在這一團工作，後來才知道是在別的一團。

接班人已經長成了，"苦難的歲月"已經一去不復返了，望舒有知，還有什麼會不滿足的呢？

《堂吉訶德》的全譯和望舒

西班牙塞萬提斯的傑作《堂吉訶德》的全部中譯本，最近已出版了，包括第一部和第二部。一本外國古典文學作品譯本的出版，被看得如此隆重，這也是今天才有的值得高興的現象，因此使我不禁想起亡友戴望舒生前未能完成的志願：《堂吉訶德》的中譯。

我還不知道現在出版的這部譯本，是誰所譯，但是從報上電訊中的幾句看來："我國只翻譯出版過堂吉訶德第一部，第二部一直沒有譯本。……堂吉訶德第一部中譯本現在也經過修訂，和第二部一起成了合譯本重排出版。" 看來第二部現在是誰所譯雖無從知道，但是第一部顯然是指傅東華的譯本。因為除了從前林琴南有過一部用文言譯述的《魔俠傳》以外，這書一直就只有傅東華所譯的第一部。

傅東華的譯文，雖然十分流暢，但是卻是從英譯本重譯的。英譯《堂吉訶德》的彼得‧莫都氏的譯文，雖然久已被人奉為是標準的譯文，但是這樣一部名著，若是譯本不是根據原文直接譯出的，似乎總有美中不足之感。因此我一見到堂吉訶德全譯本出版的消息，就不禁想起了望舒，因為他一直將翻譯堂吉訶德當作自己一生一個最大的志願。

望舒的西班牙文，是在法國學的。他立志學西班牙文，雖然並非完全為了想翻譯《塞萬提斯》，他是為了阿索林，巴羅哈，也為了洛爾伽，但是塞萬提斯無疑也是引誘他去學西班牙文的重要目標之一。他在法國曾經一再打電報回來託朋友預支稿費，目的就是想籌一筆從法國到西班牙去的旅費。後來如願以償，到了馬德里以後，他還在塞萬提斯的銅像下面拍了一張照，可見他那時早已有了這志願了。

　　回國以後，中英庚款委員會曾接納他翻譯這部書的計劃，並按月供給他生活費，他立即開始工作。可惜進行了不久，就爆發了抗日戰爭，他從上海來到了香港，庚款委員會的譯書計劃自然也停頓了。但是十多年來，他仍一直在繼續這件工作，有時抽暇修改舊稿，有時又新譯幾節，雖然進行得很慢，但是我知道他從未將這件工作完全停頓過。一九四九年後，他離港北上之日，《堂吉訶德》譯稿也隨身帶着北上了。

　　望舒去世後，他的遺稿已經有朋友們在負責保管和整理。我不知他的《堂吉訶德》究竟已經譯成了多少，但是毫無疑問他對這一份譯文是花了不少心血的。國內通西班牙文的文藝人才並不多，我希望現在新出版的這部《堂吉訶德》，即使不曾採用他的譯文，也該是利用他已有的遺稿校勘過的，這樣就使他的半生心血不致白費。望舒有知，也該含笑九泉了。

悼張光宇兄

今天從朋友處得到了一個不幸的消息：張光宇兄已經在北京去世了！

光宇自從有一年夏天在青島休假，在海邊游泳不慎得了中風症，至今已經五年。起初病勢很嚴重，朋友們都替他很擔心。以為一定無望恢復了，但是在醫生悉心救治之下，終於度過了危機，有一時期還可以執筆工作。前年《文匯報》報慶，他還畫了一幅畫寄來祝賀，這裡的朋友們見了他的畫，知道他一定好了許多，心裡都為他高興。去年秋天我到北京去，特地到他家裡去看他，他端坐在椅上。雖然說話的機能還不曾完全復原，但是神智是非常清明的，見了老朋友就點頭微笑。大家都希望在當局悉心照顧，最周全的醫藥治療之下，他的病況可以逐漸消失，恢復健康，沒有想到別後半年，在今天竟聽到了這可痛的消息。

他是本月四日在北京醫院裡去世的，享年六十五歲。這次病況又發生變化的經過，現在還不知道。他本來是在北京中央美術學院工作的，五年以來，因病在家休養，一直受着當局的特別照顧，在醫藥治療方面更盡了最大的努力，滿心希望在國家建設需才之際，能為美術界搶救這樣難得的人才，不料仍給

— 36 —

殘酷的病魔攫走了他的生命！

我同光宇，可以說得上是老朋友了，相識已近四十年。大家在一起編過雜誌，在同一個出版社裡工作過，又先後在好幾個地方共過事。他和正宇、淺予、少飛諸人創辦《上海漫畫》時，我就每一期給他們寫一篇小品文。我們曾經比鄰而居，甚至後來到了香港也是如此。在當年上海那樣牛鬼蛇神的洋場社會中，能夠出污泥而不染，終於獻身於人民美術事業的，光宇可說是其中佼佼的一個，而且由於他在朋友之中年紀較大，大家都尊他為老大哥，在這方面更起了領導作用。

一般的美術愛好者，將因了《西遊漫記》的連環漫畫和孫悟空鬧天宮的動畫電影，永遠記得他的名字，也忘不了他的作品。那些構思、構圖、造型和色彩，恢奇變幻而又不脫離現實的妙處，可說是前無古人的。

關心我國新工藝美術設計、書籍裝飾和插畫的人，因了失去了他，更要一時覺得不知用什麼來填補他留下來的這一塊空白。我在燈下捧着他在大前年寄給我的《張光宇插圖集》，細看了一遍，僅是那一輯《杜甫傳》的插畫，我覺得他已經在我國書籍插畫史上奠定了不可磨滅的地位。

作為朋友，我想凡是他的朋友，都將因了突然失去這位可親可貴的老朋友，心中感到說不出的哀痛。

夜雨悼家倫

夜雨，峻急而且綿密，挾着風勢，沙沙的打着窗上的玻璃，襯着窗外桃樹和榕樹上的響聲，顯得室內特別寂靜。雖是初夏，但我的心上充滿了涼意。

夜已經很深了，我仍在燈下對着幾張報紙出神，將家倫的訃告和田漢先生的追悼短文讀了又讀。自從望舒死後，我又再次嘗到喪失一位知己朋友的落寞了。

盛家倫是音樂家，我的音樂知識可說等於零，書架上偶然買回來的幾冊初級音樂史和悲多汶、蕭邦等人的傳記，正好說明我的音樂知識的貧乏，在音樂方面我是沒有資格同他做朋友的，但我們另有一個投契的原因，那就是彼此對於書的共同愛好。有用的書，無用的書，要看的書，明知自己買了也不會看的書，無論什麼書，凡是自己動了念要買的，遲早總要設法買回來才放心。—— 他自從知道我也是一個有這樣癖好的人以後，我們就一見如故，成為朋友了。在這小島上的另一座小樓裡，在我執筆寫這篇短文的這間大廳裡，每逢他到香港來的時候，他就常常是我的不速之客，每一次來了，總要摸着架上的書，上天下地的談一陣，一直要很遲才走。

有兩個不能磨滅的記憶現在就湧現在我的眼前：一次是他

向我談起隨了攝影隊到塞外去的經驗，蒙古少女騎在馬背上的矯捷姿勢，以及她們悠揚的歌聲，他說他在這一次的旅行中曾第一次見到了佛經上所說的"五體投地"的膜拜姿勢。說着，就在客廳的地毯上跪下來，伸直了雙手磕着響頭，向我表演喇嘛們朝聖時的五體投地情形。

另一次，那是一九四六年前後的事，我偶然在路上見到他，告訴他想到書店裡去買新出的《抗戰八年木刻選》和陳叔亮編的《窗花》，由於那時上海的新出版物運到香港來的數量很少，去遲了一步，一本也不曾買到。我當時本是隨便提起的。哪知過了幾天，在一個下午，他忽然來到我的家裡，將一包書向我桌上一放，"啦，都給你找到了！"我打開一看，竟是一本《窗花》和《抗戰八年木刻選》。雖然事隔多日，但我知道這正是他對我那天在路上所說的那幾句話的回答，因為在愛書的世界中，對一本書動了意念而又不曾將它得到以前，在這一段期間，時間是靜止的，歷史也是空白的。

我自然不會問他這是借給我的，送給我的，還是替我買的，因為這些話都是多餘的。我高興的翻閱着，知道他在一旁也同我一樣的高興，這就夠了。這正如現在放在我手邊的一篇追悼他的短文裡所說的那樣："你盡力使尋求知識的朋友得到滿足，因為那也是你最大的歡樂。"

這兩本書至今還放在我的書架上，許多年沒有去動它，已經塵封了，但今夜在燈下想起這段往事，我心上的記憶還是新的。

家倫的健談和對人的熱情，在朋友之中可說是少見的。我有時是說話很少的，但這絲毫不妨礙他那種令人神往的談風。他有時向我談着民族音樂的樂器形式和腔調的變化時，一面說一面又仿效那聲調給我聽，還怕我聽多了感到厭倦，往往又將話題轉到木刻和書籍裝飾插圖方面來，因為知道我對這些話題會有更大的興趣。

家倫不僅健談，而且知識範圍很廣博，因此他的談話決不是無謂的"饒舌"，但他下筆卻非常謹慎，我幾乎不曾讀過他寫的文章，這不僅因為我平時很少讀有關音樂的出版物，實在因為他不輕易下筆，寫了也不輕易發表。報上說從他的遺物中發現了約四萬字的《漫談古琴》和《印度音樂的初步研究與印度最古樂書》兩稿，這怕是他唯一的遺著了。

家倫的面貌有一個特徵，除了那一對圓眼睛以外，他的左腮比一般人略為突起，像是嘴裡含了什麼一樣，我們曾戲呼他為"含着橄欖的人"。正宇的那幅速寫，可說非常成功，完全捉住了家倫的面貌特徵和平日的那副神情。這個像貌是沒有一點不壽的朕兆的，然而竟忽然被病魔攫去了生命，這不僅是朋友們料不到，我想大約也是他自己料不到的。

袁牧之與辛酉劇社

由於袁牧之導演的《馬路天使》，這幾天正在這裡上映，許多人時常提起他，使我也想起了當年的這個年輕人。

我認識袁牧之很早，他那時不僅還未投身電影界，連話劇生活也還是剛剛開始，年紀大約還不到二十歲，還是上海東吳第二中學的學生。

當時上海有一個話劇團體，稱為"辛酉劇社"，主持人是朱穰丞。這是上海早期的一個話劇團體，它的形成可能比南國社更早。今日的應雲衛、馬彥祥，都是參加過這個劇社的。我那時也不過二十幾歲，剛在美術學校畢業，卻已經主持着幾個刊物的編務，也參加了這個劇社，擔任着舞台裝置工作。袁牧之則是社裡的主要演員，他從一開始就在舞台上露頭角了。

辛酉劇社是一個業餘劇團，主持人朱穰丞可說是這個組織的靈魂。他是吃洋務飯的，是一家經營茶葉出口的洋行買辦。這個位置看來一定是由他家世襲的，這才不僅有餘力，也有餘閒來從事話劇工作。他的年紀比我們大了許多。我們當時都是二十歲左右的青年，他卻早已有了家室，而且已經是幾個孩子的父親了。

除了袁牧之以外，這個劇社的活動分子，還有一位女演員顧震，是一個卡門型的熱情豪放女性，此外還有早幾年與我同事的沈頌芳，以及現在在美國的袁倫仁，都是辛酉劇社的參加者。

每逢到了星期六或是星期天，朱穰丞的那家設在法租界的洋行放了工，洋人也走了，寫字間的鑰匙是由他掌管的，於是那裡就成了辛酉劇社社員的聚會處，排戲的時間很少，總是在一起海闊天空的亂談。寫字樓的架上有許多小玻璃瓶，裡面盛的全是茶葉樣品，因此我知道這家洋行是經營茶葉出口的，可惜當時一直不曾留意是一間什麼洋行。

若是不在朱穰丞的洋行裡聚會，大家有時便到我的聽車樓來閒談。這是面臨霞飛路的一間很寬敞的前樓，來的時間總是晚上居多。只要站在樓下一望，那有名的淺紫色自由布的窗簾後面有燈光透出，就知道樓上有人，於是大家一哄而上，總要一直玩到夜深才散。

袁牧之對於舞台表演藝術，不僅富於天才，而且是下過苦功的。他為了要研究化裝，曾經經常同我討論油彩的性質和色調配合方法，又將他畫的靜物寫生拿來要我批評。這種刻苦認真學習精神，就奠定了他後來在舞台和電影上的成功基礎。

喬木之什

　　這裡是南邊，我在這裡要說的喬木，當然是指早幾天報上談起的"南喬"，也就是喬冠華。

　　喬木本來是個筆名，而且是他到了香港以後才用開來的。在抗戰初期，他在廣州就一直用的是喬冠華這個名字。不過在朋友之間，無論是在當面或是背後，我們總慣稱他"老喬"。只有當你連叫他三聲老喬，他都不答應你，那時你才喝一聲喬木或喬冠華，他必然拋下書本或是從沉思中驚醒，皺起兩道濃眉，笑嘻嘻的走過來了。老喬就是這樣一個有趣的人物。

　　報上說他與楊剛的哥哥楊潮一文一武。我不知楊潮學的是什麼，但老喬在德國學的卻是軍事。也正因為這樣，在抗戰初期，他是四路軍總部的參謀，那時四路軍的政治部，是比較開明的，朋友之中如鍾敬文、郁風、黃新波，都在那裡任職。我們那時正在廣州經營一家從上海搬過來的小型報，因此老喬很快的就同大家成了朋友了。

　　老喬到香港來，是在廣州淪陷以後的事。大約余漢謀因為敵人一在大鵬灣登陸，自己沒有幾天就丟了廣州，實在無法下台，為了和緩百粵父老的責難，便撥了一筆經費到香港來辦報，繼續鼓吹焦土抗戰，這便是《時事晚報》。社址就在今日擺花街近荷李活道處。老喬是主筆，編港聞和負責採訪的是梁若塵，我則承乏了副刊。

《時事晚報》每天出紙一大張，編輯部和門市部都設在樓下，另在隔壁的樓上設有辦事處和宿舍。老喬就住在這樓上。就是在這期間，我同他每天一定要見面了。樓上的宿舍本來是統間的，但主筆先生顯然受到了優待，他的小鐵床旁邊多了一張小寫字枱和一座藤書架、用一架屏風攔着，構成了另一個小天地。就在這小小的桌上和書架上，愈來愈多的堆滿了英文、日文、俄文和德文的書刊。老喬的外國語知識是相當廣博的，除了本科德文以外，他又能讀閱英文、法文、日文和俄文。那時英國還沒有同德國宣戰，香港還有一家德國通訊社海通社，老喬有時為了打聽歐洲戰事的新發展，時常用德語打電話到海通社去詢問，這時我們在旁只聽得出"呀，呀"之聲，其餘就什麼都不懂了。有時，他高興起來，也會雙手撳着籐椅背，模仿日本軍閥或德國納粹首領的演說聲調，用日語或德語高聲讀着他們"大放厥辭"的演說。

也正是在這個小天地內，在那張小小的書桌上，老喬開始寫他的"如所周知"的時評，開始用了"喬木"這個筆名。當時《時事晚報》並不是一張銷路很好的晚報，但喬木的時局和國際情勢分析文章卻很快的不脛而走，不僅使得許多有眼光的讀者刮目相看，就是華民署的新聞檢查老爺也頭痛起來，因為當時英國還沒有同日本和德國宣戰，一篇社論送檢回來，平空就添了許多 ×× 和 □□。只要時間許可，老喬總是就了被刪去的部分加以彌補，送去再檢，如果仍不通過，就再改再送，直到送稿的人跑得滿頭大汗，發行部的人在樓下催着"埋版"，老喬才悻悻的放下了今日已成為"如所周知"的那隻風雷之筆。

愛書家謝澹如

瞿秋白先生在上海時，除了住在魯迅先生家中以外，有一段時間，是住在謝澹如先生家裡的。

謝澹如的家，在上海南市。在當時上海鷹犬密佈之下，瞿秋白先生的安全，是隨時會發生問題的。他不住在租界上，偏偏要住在南市。這個抉擇，不僅夠大膽，而且是十分明智的。因為澹如家中富有，在南市有自己的房屋，四壁圖書，人又生得文靜，戴了一副金絲眼鏡，儼然是一位"濁世佳公子"，沒有人會注意到他家裡的往來人物。因此瞿秋白先生住在他的家裡，雖然地點是在當時中國官廳範圍內的南市，反而比外國人管轄下的租界更為安全。

澹如不僅曾隱蔽過瞿秋白先生，有一批很重要的革命文獻，也是由他經手收藏，得以逃過劫難。解放後完整無恙的交還給有關方面，曾經受到了褒獎。

澹如在解放後任上海魯迅紀念館館長。一九五七年我經過上海，特地到大陸新邨去找他。大家本是年輕時代的朋友，曾經朝夕相見，這時一別二十年，一見了面，歲月無情，彼此都改變了，幾乎認不出，但是細看了一眼，隨即相對哈哈大笑，喜出望外，想不到仍有機會可以見面。當時澹如的身體很不好，說患着很嚴重的胃病。因此後來參觀魯迅故居，要樓上樓下的跑一陣，為了不想辛苦他，特地辭謝了他的陪伴。

澹如是一位愛書家。自從有新文藝出版物出版以來，不論是刊物或單行本，他必定每一種買兩冊，一冊隨手讀閱，一冊則收藏起來不動。這當然很花錢，可是當時他恰巧有這一份財力。他又喜歡買西書，不論新舊都買，尤其喜歡買舊的，因此當時上海舊書店中人，沒有一個不認識他的。

我們的交情就是這樣訂下來的。他當然是創造社出版部的股東，又是通信圖書館的支持人。凡是有關〝書〞的活動，總有他一份。我也正是如此。在當時上海那幾家專售外國舊書的書店裡，若是架上有一本好書被人買了去，那不用問，不歸於楊，即歸於墨，不是他買了去，就一定是我買了去。

有一時期，他自己還在虹口老靶子路口開了一家專售外國書的舊書店。從愛跑舊書店到自己下海開舊書店，澹如的書癖之深，可以想見了。

澹如在上海南市紫霞路的家，也就是瞿秋白先生曾經寄居過的地方，在"八‧一三"抗日戰爭中，已經毀於日軍的炮火。他的那一份藏書，不知可曾搶救出來？可惜那次在上海再見到他時，不曾向他問起這事。

他買新出版的書，和買定期刊物一樣，也是照例每一種買雙份，而且有新出版物必買，這樣繼續了有十多年。這十多年，是一九二五年到一九三七年那一段時期，這時正是上海新文藝出版事業最蓬勃的時代，也是革命高潮迭起的時代。澹如所購存的這一份單行本和期刊，是非常完整的，因此在參考資料價值上極大。尤其是當時各地出版的進步刊物，他購藏得最完整。這在其時還不覺得什麼，時間一久，就成了重金難覓，非常可貴的文獻。因此他的這一份藏書若是不曾搶救出來，且不說在金錢上的損失，在文獻參考價值上的損失，就已經無法估計了。

前幾年彷彿在報上讀過，他曾經將自己收藏的一批早期秘密發行的進步刊物，捐獻給國家。也許他的藏書曾有一部分免於兵燹之厄，那將是不幸之中的大幸了。

他當然也藏有不少西書，但在文獻價值上，當然不能與他那一份完整的期刊和新文藝書相比。

至於我自己的那一份藏書，後來卻在那一次戰爭中完全失散了。我在一九三八年春天離開上海，經過香港到廣州，是隻身出走的，幾乎一本書也沒有帶。後來再過了幾個月，家人也避禍到香港，只是將我書桌上平時經常參考或是新買的幾十本書，給我順手帶了來，其餘都留在上海。

在這幾十本帶到香港來的書籍，全是西書，而且多是關於書志學的。我從廣州到香港來接家人和孩子，將他們安頓好，再回廣州去時，曾經從這幾十本書之中，挑選了十幾本帶到廣州去。後來日軍在大鵬灣登陸，廣州瞬即淪陷，這十幾本書連同我的全部衣物，又在廣州喪失了。

我留在上海的全部藏書，後來也完全失散。失散的經過，我至今仍不大清楚。總之是，我們離開上海時所拜託保管的親戚，他們後來也離開了，再轉託給別人。在那兵荒馬亂的時代，這麼一再轉手，下落遂不可問。後來有許多朋友曾在上海舊書店裡和書攤上買到我的書，可知已經零碎的分散，不可究詰了。

老朋友倪貽德

在最近一期的《美術》裡，讀到艾中信談論油畫的文章，其中提到了老朋友倪貽德，說"老前輩也是兼攻理論的油畫家倪貽德，他早期影響很廣的許多油畫有簡潔之長。他的近作《秋晴》，發揮了簡明的特點，意境更加清新，用筆更加老到"。

讀了真使我瞿然一驚，在我的記憶中，他始終仍停留在三十歲上下的階段，對人總是那麼誠懇而且熱忱，性情有點拘謹樸訥，可是一遇到談得來的合適的朋友，很快就毫無拘束，展開了爽朗的笑聲。

在上海美專校門上的那間過街樓上，他已經是回到母校來教書的先生，我則仍是每天提了畫箱來學畫的學生，可是我們兩人在那間小樓上談得多麼起勁。繪畫、文學、戀愛，兩人的意見都十分融洽，同時遭遇又有點相近，再加之彼此都窮得可以，這就更促進了大家的友情。他的八塊錢一個月的包飯，有時也分一半出來招待我。

這一切情景如在目前，年輕的倪貽德怎麼也被人尊為"老前輩"了？可是屈指一算，這已經是三十多年前的事。貽德現在的年紀，想來也該在六十上下了。憑了這一把年紀，憑了他在國內美術界的那一身經歷，也確實夠得上稱為"老前輩"了。

年紀和資歷會老，有些人的心和精神是不會老的，貽德就是這一種人。艾中信說他的那幅近作《秋晴》意境更加清新，我翻開畫頁一看，覺得這評語可說十分恰當。他的油畫，一向是最佩服塞尚的，因此畫風總有點相近，現在在對着這幅《秋晴》，對我來說，簡直是"如對故人"，畫風仍是同從前差不多，可是筆觸顯得更加老練有力，粗枝大葉，別人要用幾筆才表現得出的，他一筆就達到了。在概括之中又能照顧到細處，這就看出他的功力了。而這一切表現得恰好是一個晴光柔和的秋天，一點也沒有暮氣。

　　前幾年到北京去時，他恰巧也在北京，曾經叫人打電話來，可惜抽不出時間，錯過了見面的機會。聽說他的頭髮也白了，但是用功很勤，除了作畫之外，又在研究我國畫家的作畫理論，這一期的《美術》就有他的〈讀苦瓜和尚畫語錄的一點體會〉，難怪現在有人要說他"兼攻理論"了。只不知現在還寫小說、散文否？這一點情形可說與我恰恰相反，因為我早已拋開畫筆了。

　　在戰前的一個夏天，貽德曾來香港小住過，住在當時利園山上的嶺英學校，曾給嶺英在校舍的甬道牆上畫過一幅壁畫。現在利園山都鏟成了平地，那幅壁畫當然更不用說了，香港的美術界朋友大約很少會知道這件事的。

讀《韜奮文集》

在救國會的七君子之中，我最熟的是李公樸先生，因為我們是中學時代的同學，好幾年同用一張書桌，同住一間寢室的；其次便是鄒韜奮先生了，那是因為自一九二五年以後到一九三七年的這十餘年間，我一直在上海望平街四馬路那幾家書店裡工作，不僅目睹了韜奮先生手創的《生活》周刊和生活書店的長成，而且在出版業務和稿件方面也經常同他有接觸，就是在那些討論時局和文化工作的座談會上，也時常同他見面。韜奮先生在這一期間所感到的興奮和喜悅，所遭受的屈辱和患難，我差不多也都親身經歷到了。為了創造社出版部被反動勢力所封閉，我也曾在南市公安局前身的警察廳拘留所內，被拘押過七天。

讀着三聯書店最近出版的三大卷《韜奮文集》時，這些往事的影子又都一一掠過我的心頭。韜奮先生所生活的那個時代，正是現代中國最偉大的一個時代，一面是荒淫和無恥，一面是嚴肅的奮鬥和犧牲；從北伐，"五・卅"，"九・一八"，"一・二八"，一直到"八・一三"，接着是全面抗戰和第二次世界大戰的爆發。這一連串驚天動地的事情，都發生在那短短十幾年內。生活在這時代的人，尤其是當時集中在上海的知識分子，所經歷的磨折和動盪，實在是不幸的，然而也是幸福的，因為大家從失望絕望之中看出了新生的希望，從黑暗的掙扎摸索之中意識到了新的黎明。並且，正是在這時期，才播下並培養了新中國的種子。

在這一個時期，多少人動搖、幻滅，臨陣脫逃，中途變節，或是壯烈的犧牲了，韜奮先生卻鍛煉得愈加刻苦堅韌，沉着應戰，腳踏實地同那些阻撓進步和民主力量的反動勢力周旋。曾經讀過當年出版的《生活》和信箱的年輕讀者們，實在是幸福的，因為每隔一星期就可以獲到他們所關心的和切身問題的正確詳盡的熱情解答。

韜奮先生不幸在一九四四年就給病魔奪去了他正在壯年的生命，這三卷文集所輯錄的文字，就是他的一部分戰績。現在重讀起來，就我個人來說，除了第一卷的那些小言論和信箱通信文字以外，我特別喜歡讀的是包括在第三卷裡的〈經歷〉和〈抗戰以來〉兩部分。前者是他二十年經歷的自述，從求學時代、離校就業，創辦《生活》和生活書店，一直到因“救國罪”被捕為止，都在這裡敘述到了。這是他的自傳，同時也可說是那個時代的縮影。因為他所敘述的事情，多數是我們所目睹發生和親身經歷過的，如他自己和救國會六君子的被捕，盧溝橋事件發生後當時手忙腳亂的不得不將他們釋放，這些遭遇實在是同當時每一個愛國分子的心弦緊扣着的；還有生活書店代辦部的發展，一車一車郵購的書箱包裹，用黃包車從四馬路弄堂口車往郵政總局付郵的盛況，生活書店成立後的小夥計服務精神，都是我這個當時整天的生活都消磨在書店街的人所目睹的，現在讀着〈經歷〉，這些往事又重現在我的眼前了。

〈抗戰以來〉部分的文字，最使我感到興趣的是那些圖書雜誌審查老爺們的笑話，以及黨老爺老羞成怒的摧殘進步文化事業的醜態。我自己是有過送審的稿件無故被塗抹，被刪改，被扣留；所辦的雜誌無故被禁寄，被封閉；辦得好好的書店被強迫加入官股終至關門大吉的慘痛經驗的。讀着韜奮先生的敘述，才知道《生活》所遭遇的更慘痛，所受的摧殘也更辣毒，而韜奮先生的不屈不撓的抗爭和奮鬥，也顯得更動人和偉大！

我誠懇的向青年讀者們推薦這部《韜奮文集》。今日年青的一代，他們在生活、職業和讀書上，都比韜奮先生所生活的時代，不知要幸福多少倍了，但是先輩的刻苦奮鬥和做人做事的誠懇作風，都是值得年輕的一代珍視和學習的。沒有像韜奮先生那樣的苦幹先驅者打下了基礎，今日的青年們怎能坐享其成？

曹聚仁先生和他的新著

曹聚仁先生是一位有名的忙人。三十年前，他在上海辦《潮聲》，提倡"烏鴉主義"，受到魯迅先生的喝彩，我那時見到他在望平街上出入於各書店之門，就覺得他已經很忙。昨晚在大會堂看向群的《孔雀東南飛》，他坐在最前面，一場戲未完，我見他手提布袋，已經從我面前來回走過了五次。他本來還要第六次再從我面前走過的，恰巧我後面有一個空位，又見到有幾個熟人在一起，這才坐下來同大家低低談了起來。

歸來在燈下讀了他新寄來的《小說新語》，這才知道他的忙不是"白忙"，忙得很有收穫。

《小說新語》的篇幅不算多，十多篇小論文和札記所涉及的範圍，卻廣博得可以。從《文心雕龍》到《紅樓夢》、《儒林外史》，以至李劼人的現代小說，都談到了，他更從柳敬亭、吳敬梓，曹雪芹一直談到托爾斯泰、歌德和魯迅；從文學批評到創作小說；從說書到採訪戰地新聞，他都發生了興趣，這叫他怎樣不要數十年如一日的忙個不停呢？

聚仁先生對"紅"學特別感到了興趣，《小說新語》裡有好幾篇是完全談論《紅樓夢》這部小說的作者和故事人物的，我推薦給愛讀這部小說的讀者。至於我自己，我細細的讀了〈素材與想像〉、〈史事與歷史小說〉、〈傳記文學〉那幾篇。第一篇裡面提到了歌德和他的《少年維特之煩惱》，我一向喜歡歌德，也喜歡他的這部小說。看來聚仁先生在年輕時候與我也有同好了。所不同的是我至今仍愛讀這部小說，他大約未必還保存着當年這興趣吧？

《小說新語》的最後一篇，作者題為〈餘論〉，共包括了五篇小文章。我不知作者為什麼要稱這一組文章為“餘論”？我覺得這正是全書最精彩的一部分，是作者的讀書心得，最為難得的好文字。他所提到的《大公報》譯載的那一條小新聞，放到莫泊桑、奧‧亨利這些傑出的短篇小說作家的筆下，都可以寫成動人的短篇。就是放到毛姆的《小說家札記》內，也是極好的題材。可惜我現在已經沒有做“小說家”的野心了，否則我也想用這個題材來一試。

聚仁先生自己也寫過不少小說，他“改變了主意”，將自己所吸收的養料再供給別人，我想這項工作較之滿足幾個小說愛讀者，造益文壇一定更大了。

《萬里行記》的讀後感

　　曹聚仁先生出版了一部新書：《萬里行記》。這是收集他近年所寫的旅行憶舊文字而成。

　　將近五百面的篇幅，內容可以說得上夠豐富。以我的推測，年輕的讀者，也許對這本書的興趣不會太大。可是對於中年人和老年人，這部書的吸引力一定很大。且不說他在書中所寫到的那些地方和人物，有不少都是你我所走過所認識的，更關切的乃是他由少而壯，由壯而老所生活的那個時代，也正是我們自己所生活過的時代。而這個時代，由新趨向舊，眼前正要被一個更新的革命時代所替代。在這更換新天地之際，我們讀着像《萬里行記》這樣的一本書，撫今思昔，回想每個人自己身歷其境的一切，自不免會有一些感慨。但是若能將過去與現在作一個對比，明白歷史進展的軌跡，知道要過去的一定要過去，會發生的一定會發生，那就不僅能用樂觀的眼睛看新的事物，就是對自己的餘年也會充滿了自信和興趣。

　　因此這是一本可以供我們這一輩的人溫習一下過去的一切，並且趁這機會檢討一下自己的一本好書。我們怎樣打發了我們自己的光陰，我們在自己所生活的這個時代中有過什麼功過？對於眼前的這個時代，我們是躲在一邊，站在一旁，還是鼓起餘勇跟着一起前進呢？這似乎都是我們這一輩的人現在應該考慮的一些問題了。

也許這樣的問題，有時會覺得並不迫切，可是一旦讀了像《萬里行記》這樣的書，你就會感到這都是一些迫不容緩的問題了。

就作者曹聚仁先生自己來說，他讀過萬卷書，行過萬里路，壯年有志於史地之學，注重邊事，想做顧亭林，想做斯文赫定，羨慕鳥居龍藏，推崇宋明理學家。可是歷史的車輪將他個人的人生計劃輾碎了，一場抗戰將他帶上了戰場，粉碎了千萬人的家園，也粉碎了無數人的人生藍圖，他的那一份自然也不會例外。接着一個又一個的歷史高潮，席捲了全中國，使他的那些壯志，都成了他現在筆下的回憶資料了。他自己感慨的說：

"到了如今，萬事莫如睡覺好，什麼都付之臥遊；所以這幾年，我的筆下，差不多都是回憶的東西呢。"

曹先生近年的身體不大好是事實，若說到年紀，還說不上老。他已經讀過萬卷書，行過萬里路，我希望他在眼前的飽睡臥遊之際，能開始讀他的一萬零一卷的書，走他的一萬零一里的路。

蒙田三書

一

讀了黃蒙田兄新出版的《抒情小品》，有一件事情使我對他十分羨慕：那就是他曾經到過四川，而我則遙望着三峽和錦城，嚮往多年，至今還未能達到這個願望。

四川確是一個迷人的地方。歷史、風景、人物、物產，在在都足以使人看不完、說不完也寫不完。難怪作者在他的這部《抒情小品》裡承認對這個地方很有感情，一再回味當年在那裡的生活。他在那一篇〈蜀道〉裡，就談到自己在這"難於上青天"的地方，隻身行旅的苦和樂。現在的"蜀道"早已是坦途了，可惜我仍是只能在這裡讀着他的文章作臥遊。

作者是一個很注意生活趣味，而且很喜歡獨來獨往，獨自悄悄的去領略人生趣味的"觀察家"，因此他喜歡單獨旅行，獨自一個人上茶樓，逛街。書中的〈旅行〉、〈街景〉、〈早點〉、〈消夜〉等篇，都是抒寫他自己對於這些生活情趣的體驗和見解的。在那篇〈消夜〉裡，他又提到了四川，回味到重慶深夜街頭賣"炒米糖開水"的淒清滋味。

這種叫賣聲我最近總算聽到了，那就是在歌劇《江姐》第一幕。那個時代，也正是作者旅居四川的時代。

作者不僅到過四川，也到過江南。使我高興的是，他雖然不是江南人，卻對江南的一切深具好感。江南風景之好，固然是有口皆碑了，難得是有些日常生活習俗，這是很有地方色彩的，作者也能接受。在那篇〈早點〉裡面，他就表示不慣於本省人每早的“一盅兩件”，而是喜歡用我們外省人的油炸花生和熱油條來吃粥、或是“長期用兩塊方形的燒餅夾油條，或者一隻烤白薯作為早點而吃得相當滋味”。

最使我讀了高興的，是作者在食品愛惡方面，有許多地方與我相同。在那篇〈蘿蔔〉裡面，作者敘述他非常愛吃蘿蔔，不論生熟都喜歡。這使我讀了非常高興。據我的經驗，廣東人對蘿蔔是不大有好感，至少是不愛吃，更不會生吃的，而我則恰恰相反，熟的固然喜歡，更喜歡的是生吃。街上有賣“上海青蘿蔔”的我總喜歡叫住買一兩個，並且趁機對賣蘿蔔的小販加以“訓話”，告訴他這是天津的特產，並不是上海的，主要的是買來生吃，或者用鹽醃，從沒有“上海人用青蘿蔔煲豬肉湯”這一回事。家中的孩子們見慣了，每逢我在門外買青蘿蔔，他們就在裡面竊笑，知道那個小販又要聽我的“訓話”了。

《抒情小品》共收了小品四十五篇，接觸的方面頗廣，作者自謙這不過是抒寫個人興趣之作，然而正因為如此，才使我們讀來倍感親切有趣。

二

新年收到的意外禮物，一是某先生送來的兩瓶中國名酒，另一便是黃蒙田先生的這冊《花間寄語》了。

我不是酒客。開了那一瓶三花酒，淺嘗了一口，只覺得有一股暖意，像一根線一樣的從喉嚨口緩緩的侵染下去，我只好勸那位來拜年的朋友多喝一杯，自己卻對着盛酒的精緻白瓷瓶，作買櫝還珠之想，希望能有人幫忙我早點喝完這瓶酒，剩下的這隻酒瓶就可以作案頭清供。那時對着像《花間寄語》這樣的談論花木的小品散文集，就更可以增加讀書的情趣了。

從前年以來，我就在報章刊物上連續讀到黃蒙田的許多花木小品。我正在詫異他的雅興大發，現在才知道他原來胸有成竹，不似我們這樣的整天跑野馬，很快的就寫成這部《花間寄語》了。

這部小書裡所談到的花木果品，從北方的一直到南洋的都有。對於愛好花木的人，能夠住在南方，實在是幸福的，因為這裡不僅有四時不斷的花果，而且在北方只有短時期可以欣賞的花，一到了南邊，差不多一年四季都有。

從前蘇東坡初來南方，不知道這裡的花序季節，認為“菊花開時即重陽”，曾為廣東人所笑。因為江南和北方，菊花只有在九月才盛開，一到秋末冬初，就變成“菊殘猶有傲霜枝”了。可是在南方卻不然，這裡差不多一年四季都可以看到菊花，不僅在夏天就有，而在農曆新年前後，菊花更同桃花爭妍。這對於初來此地的江南人，確是一種眼福。

記得我在二十多年前初到廣東時，那時正是夏天，同朋友們到碧江去玩，住在一位姓蘇的舊家園林裡，晚上站在小軒的階前，覺得夜風送來一陣陣襲人的香氣，可是庭院裡並沒有什麼花。朋友指着院中一角的一株合抱大樹說：“你覺得很香嗎？

就是這棵白蘭香。"

白蘭花？我聽了有點不相信。因為我們在蘇州花園裡所見的白蘭花，栽在盆裡只有一二尺高，哪裏會有一人合抱的白蘭花。後來在白天裡看清楚了，這才知道是自己的少見多怪。現在，就是蒙田在那篇〈白蘭花及其他〉裡所說的本港那棵兩人也合抱不來的大白蘭，我也見慣不怪了。

對於愛好花木的人，南方唯一的缺點就是沒有梅林和竹林。還有，南方人不曾見過高過人頭的萬紫千紅的大牡丹花叢，也正像我當年不曾見過成樹的白蘭花一樣。

三

上海書局新近出版了一冊黃蒙田的《美術雜記》。正如書名所示，這不是枯燥刻板的書評，而是對於一些畫家和他們作品的欣賞和介紹，是談論美術作品的散文。

我一向不喜歡看畫評文字，同時也很少見過寫得好的畫評。有時覺得有一篇畫評倒寫得不錯，後來往往發現那不過由於作者的意見和我自己的偶然相近而已。尤其是有些應酬之作，畫的本身既有問題，寫畫評的人自身欣賞能力也有問題，但卻在那裡一幅一幅的胡亂推薦（因為這類的"畫評"，事實上就是一篇"捧場"文字），將這兩者結合在一起，實在是文字的災難，是最要不得的。

藝術作品的產生，到底是供人欣賞而不是供人批評的。因此我覺得對於一位畫家或一件藝術品的介紹，最好是介紹一下他們的歷史、個性和作品的特點，然後說一說自己的意見，這樣已經很足夠，已經能適合一般美術愛好者的要求了。肯定的斷定某一件藝術品的"價值"，那是書畫商人的推銷伎倆，而真正嚴正的藝術批評文字，卻又不是一般人所能夠寫得出，也不是一般讀者有興趣去讀的。

黃蒙田近年在報章刊物上所發表的一些美術雜記文字，我覺得就頗能適合一般美術愛好者的要求，幫助他們對於一位畫家，或一些美術作品，獲得一些在美術欣賞上必須具備的知識。他們若是事先已看過了那些畫家作品的，會增加一點了解。若是不曾看過的，讀了之後也會引起想要看看這些作品的興趣。

現在收集在這冊《美術雜記》裡的，共有二十多篇，就是他這幾年散見在刊物報紙上的這類文字。其中有幾篇好像不曾見過，不知是我自己當時不曾見到，還是有些是他未曾發表過的新稿。

作者這幾年用功甚勤，對於美術的愛好愈來愈深入，同時欣賞的範圍也逐漸擴大，這是極可喜的現象。正因為這樣，他才可以從外國的比亞斯萊、蒙克、列賓、達文西，談到我們自己的陳老蓮、蘇仁山、齊白石、黃賓虹，又談到他自己認識的當代畫家和他們的作品。

黃蒙田在《美術雜記》裡所表示的一些意見，雖然有些不是我完全贊同的，但他所談到的那些畫家、版畫家和他們的作品，大都也是我自己所喜歡的。也許正因為如此，才能夠使我很高興的讀完了這冊《美術雜記》。

《南星集》及其他

　　上海書局又出版了一部新的散文小品合集：《南星集》，集合了張千帆、辛文芷、黃蒙田、夏果、葉林豐五人的散文隨筆，再加上阮朗的一篇小說而成。前面還有陳凡的一篇自謙為"零感"的序。

　　近兩三年，幾個人湊合在一起的詩文合集，已經出版過好幾種。有《新雨集》、《新綠集》、《紅豆集》，再加上這部新出的《南星集》，已經有四種。此外還有兩種規模更大的合集：《五十人集》和《五十又集》。

　　這種情形，好像說明了兩種現象：一是在香港這地方要出版一本書，有點不容易，尤其是文藝書。出版家接納了一本文藝書的出版，總好像要表示是一種"犧牲"，不是為了圖利，使得有興趣寫一點正經文藝作品的人也感到自怯，不好意思向出版家開口，怕出版了會使他賠本。結果只好幾個人湊在一起，壯壯聲勢，使得出版家可以安心一點。因為不歸於楊，即歸於墨，可以多吸收幾個讀者。

　　另一現象，就是說明在這地方，至少已經有一些人志趣相投，不甘於這裡的文藝園地一直這麼荒蕪下去，擠出一點時間和精力來，一顆種子一顆種子的播下去，希望有一天不僅能開花結子，而且能蔚然成林。

　　就是憑了這一點熱情，這樣的合集才可以一本又一本的出了下去。

　　這本新出的《南星集》，內容可說比以前的幾種更為廣泛。同是散文隨筆一類的短文，張千帆的〈山居散記〉，可說是文物小品；辛文芷的〈春城小集〉，則是旅遊小品；黃蒙田的〈讀畫錄〉和夏果的〈藝苑小擷〉，都是藝術小品；葉林豐的〈香海叢談〉，則是史地小品；只有阮朗的那篇〈欲傾東海洗乾坤〉有點不同，用陳凡在本書的序文裡的話來說："這一回他作了新的嘗試，選的是歷史題材"。這是為了紀念詩人杜甫誕生一千二百五十周年而寫的一篇"故事新編"。

　　這雖是合集，事實上仍是像以前已出版的那幾部一樣，內容是各人有各人的面目，是"和而不同"的。我想這可說是這種合集的一個特色，買了一本書，等於買了五本書。可是它的每一部分的分量比單獨一本書輕一點，讀起來容易；同時又比一本文藝刊物重一點，可以同時一口氣多讀幾篇。

小談林語堂

　　我看過一些好書，也看過一些壞書；但是有一本書始終引不起我一看的興趣，那就是林語堂的《生活的藝術》。因為，我知道他所揭倡的那種生活的"藝術"，實在令我太不敢領教了。

　　林語堂是靠了《論語》起家的，我曾經參與過幾次《論語》的籌備會議，所以知道一點"內幕"。這個刊物最初能夠辦得很有點生氣，實在應該歸功於陶亢德，根本不關林語堂的事。陶為人精明幹練，很有點辦事才幹，正是一個當時那種典型的"生活"小夥計。當他還在蘇州一面做小店員，一面用"徒然"的筆名向上海各雜誌投稿小說的時候，我就已經認得他了。《論語》的編務和事務，全是由他一手包辦，弄得井井有條，林語堂不過坐享其成，每期伸手向邵老闆拿錢而已。可是這個錢卻拿得十分"緊要"，每期要由出版者時代公司帶了稿費和編輯費去，才能夠向林語堂取得那一束稿件。不要說沒有錢不給稿，就是開一張遠期的支票也不行，一定要現錢交易，一手交錢，一手交貨，少一個錢也不行。這時我們的"幽默大師"就十分現實，毫不"幽默"。他住在極司非爾路的一幢小洋房裡，門口本有"內有惡狗"的木牌，時代公司的職員恨他的態度過於"猶太"，提議替他在木牌上續兩句："認錢不認人，見訪諸君莫怪。"——這類的小故事實在太多了，"時代"的邵老闆現在正在上海從事西洋文學介紹工作，他如果能抽暇寫一篇〈我所知道的林語堂〉一類的文章，一定比任何人的更精彩。

林的英文已經不很高明，中文簡直更差。偶然寫幾篇"幽默"短文，事先託人潤飾一下，還看不出什麼馬腳。可是後來跟了人家提倡"袁中郎"，要寫那種"晚明小品"式的散文，那就露出本相來了。虧他聰明，知道自己的文言文不行，白話文也不行，簡直不能同苦雨老人那種沖淡洗煉的散文相比，打油詩更不用說了，不要說沒有風趣，就是要湊韻也湊不上，只好走偏門，來標榜宋人的"語錄"體，不知道朱夫子的語錄體文章，簡直比白話文和文言文更難，因此曾被魯迅先生在那篇〈玩笑只當它玩笑〉（見《花邊文學》）裡，將他"幽"了一"默"。

林語堂現在正在台灣唱他的反共老調子，這是重抱琵琶，不值一嘘。我對他唯一的"好感"，就是他還不曾放棄中國國籍，申請去做美國人。這裡面也許有兩重苦衷，一是美國人要不要他，二是他如果入了美國籍，那就連《吾國與吾民》也賣不成了。

一個第三種人的下落

　　最近參加了一個紀念魯迅先生的集會，使我想起了一個當年被稱為"第三種人"的人：蘇汶即杜衡。

　　主張"死抱住文學不放"的蘇汶，在當時雖被目為"第三種人"，但他自己一面以進步文藝理論家自居，一面又在寫創作。這本來也並無不可之處，可是問題就在他寫理論用一個筆名，寫小說又另用一個筆名，兩個筆名互相為用。恰如魯迅先生在那篇〈化名新法〉裡所說：

> 杜衡和蘇汶先生在今年揭破了文壇上的兩種秘密，也是壞風氣：一種是批評家的圈子，一種是文人的化名……。化名則不但可以變成別一個人，還可以化為一個"社"，這個"社"還能夠選文，作論，說道只有某人的作品，"行"，某人的創作，也"行"。

> 例如"中國文藝年鑒社"所編的《中國文藝年鑒》前面的"鳥瞰"。據它的"瞰"法，是：蘇汶先生的議論，"行"；杜衡先生的創作，也"行"。

　　這裡所說的杜衡的"創作"，就是一本題名"再亮些"的小說。這個小說題名的出典，本是德國大詩人歌德臨終所說的一句話，也許是詩人覺得死神的陰影遮住了他的視線，所以一再喊着"再亮些！再亮些！"杜衡就借用這個典故，暗示他的主人公的環境還不夠光明，所以要求"再亮些"！

第三種人本來是以"同路人"自居的，可是走着走着，不知怎樣，我們的蘇汶先生忽然在文壇上失蹤了，只剩下了杜衡先生，並且也變成"另一種人"了，躲在陶希聖的辦公室裡，成了槍手的槍手。接着就進了《中央日報》，終於到了台灣。

前幾年從台灣傳來的消息，杜衡因為一篇社論碰了釘子，已經打破了飯碗，只好又去"死抱住文學不放"了。

今年的魯迅先生逝世紀念日，台灣也有人在那裡"做文章"。說到當年曾經同魯迅先生有過往還的人，今日台灣原也是大有人在的，除了蘇汶即杜衡之外，還有當年申報《自由談》的編者黎烈文。魯迅先生晚年所寫的那許多辛辣鋒利的雜文，都是發表在《自由談》上的。

我不知今日台灣許不許看《魯迅全集》？若是幸而還有這福份，杜衡如果翻一翻《魯迅全集》，回想一下自己所走的道路，能有勇氣提筆寫下怎樣的紀念文章，倒是一個很有趣味的問題。

（作者按：杜衡在一九六四年冬去世。）

作家們的原稿和字跡

　　當代我國作家的原稿，寫得最整齊乾淨的，據我所見過的看來，怕要算茅盾先生的了。他的作品有時就寫在練習簿上，不大愛用原稿紙，但是無論是用毛筆或鋼筆，他的字總是寫得小而勁道，雖然不是楷書，卻寫得非常整齊，字體扁扁的，有一點唐人寫經體的味道，而且原稿上很少塗改的地方。茅盾先生寫稿寫得很慢，字句想定了才落筆，無須修改，筆劃又絲毫不苟，所以他的原稿最乾淨容易認識。

　　有一位女作家的字跡是很難認的，這便是彭子岡。她是女作家，但是你給她寫信或是編排她的稿件，如果在她的名字下面加上小姐或女士二字，往往就要捱罵。她的文章寫得清新漂亮，可是那一筆鋼筆字卻實在寫得難認。並不是寫得不好，而是寫得怪。字體是一種一面倒的新文藝字體，筆劃都是向右斜的，好像又寫得很快，因此不看慣的人看起來就非常吃力。在她還是女學生的時候，我就認識她了。她在蘇州一家規矩很嚴的教會女學校裡唸書，但是一面卻偷偷的寫文章向上海各雜誌投稿，這在校方看起來，該是大逆不道的行為，勇敢的子岡卻一點也不怕，而且還很頑皮的在信上說這是她的"關不住的春心"。

　　在女作家裡面，前輩女作家白薇女士的字，也是寫得很別緻的。她是慣用鋼筆寫字的，每一筆的起頭和終點都要用力的捺一捺，形成兩頭粗中間細，再加上筆劃有點顫動，我們戲呼之為"蝌蚪體"，因為確實有點像是三代以上的那種古書法。

喬木（編者按：這是喬冠華用過的筆名）的字也是自成一派的，使你一看就認得出是他的筆跡。字體也有點向右斜，但是很剛勁，富於稜角。他下筆千言，又喜歡修改，寫到興酣之際，滿紙淋漓，就要使得手民先生叫苦了。

喜歡將原稿改了又改的作家，田漢先生怕要算是數一數二的了。他寫文章要"逼"，一個夜工，往往就是洋洋萬言。他是愛用毛筆的，字跡很小，字體有點像柳亞子先生那樣，尤其是的字之字之類，往往以意為之，隨便那麼繞一下，你若是將它們隔離起來看，往往就不知道這究竟是字還是標點。老大（他排行最大，大家都跟着他的弟弟們這麼稱呼他）對於自己的文章很負責，因為是趕出來的，總是要求由他自己校對，可是這就苦了編輯先生和手民先生，因為經他校對過的校樣，就像是巴爾札克傳記上所說的巴爾札克校稿那樣，那簡直不是校對，而是修改原稿，有時甚至是改作和重寫。老大也是如此，從他那裡拿回來的校樣，往往改了再改，勾了又勾，塗去一大段，又另外加上一大段，紅筆黑筆，滿紙密密麻麻的小字，結果等於要重排一次。這就是老大的校樣。但無論從哪一方面說，他的這些精神都不是白費的。因為他的文章愈改愈好，愈改愈精彩。田漢戲曲集裡那些長長的序文和後記，都是這樣產生出來的，而且都是當時在反動勢力壓迫下躲在旅館裡漏夜趕出來的。你去讀一下，你就知道他有些地方寫得多麼悲憤鬱抑，有些地方又多麼慷慨淋漓。

一本書的禮讚

　　我在這裡要介紹的是一本題為《中國》的畫冊，這是一本大得可以的大畫冊，是去年（一九五九年）為了紀念建國十周年在北京出版的。這是一種屬於特種版本的出版物，在香港的書店裡是買不到的，但是在這次的中國圖書展覽會中，卻可以任你看個痛快了。

　　去年秋天，我第一次見到這本畫冊時，就被它的巨大開本，五百多頁的篇幅，以及像長城那樣沉重的分量所嚇住了。何況它的裝幀、製版、編排、印刷，可說都已經達到了國際的第一流水準，並且全部材料都是我們自己的國產。這確是一個最好的說明十年來成就的"立此存照"，因此不用序言，不用長篇大論的說明，事實擺在眼前，已經足夠比什麼都更雄辯的說明一切了。

　　可是，要編印像《中國》這樣內容的一部畫冊，不說別的，僅是內容的分配，圖片的選擇方面，就已經要使負責編輯的人嘔盡心血了。我自己是對於這類工作有過一點經驗的，因此知道其中的甘苦。舉個例來說，揭開了這部《中國》畫冊，在毛主席肖像之後，緊接着就是一幅橫過兩面的《柏樹與兒童》：在參天的古柏樹林中，一群兒童正在歡天喜地的走來。略為粗心的讀者，也許不理解為何一開始要選用了這樣的一幅圖片？其實這是經過了一番苦心安排的。因為這幅柏樹與兒童的攝影，正象徵了古老的傳統與新生力量的結合。這正是今日的新中國，它秉承着過去先民的光榮優秀傳統，以活躍的新生力量，向着光明的未來走去。因此這幅《柏樹與兒童》，可說象徵了我們這個國家的過去、今日和未來，同時也正概括了這部《中國》畫冊的整個內容。

明白了這樣的安排，我們才可以領略這五百多幅圖片，看來好像是沒有系統，其實是極有系統，並且經過精心編排的。它顯示了我們這個新國家的來龍和去脈。

本來，有關文物的圖片，該是特別能吸引我興趣的，但是這部畫冊裡那些關於各地建設和人民生活新面貌的圖片，那麼富於新鮮的氣息，能令人見所未見，因此反而令我覺得那些古文物的圖片有點冷冰冰的了。這是我個人少有的一種經驗。

我很高興現在我也擁有一部《中國》畫冊了。我相信在圍繞我身邊的近萬冊的圖書之中，無論從它的內容還是分量來說，這本畫冊毫無疑問是"壓卷"之作。

關於《永樂大典》

　　報載中華書局要進行影印《永樂大典》了。這部殘佚已久的大類書，許多人都是只聽過它的名字，從未見過這部書究竟是怎樣的。現在雖然僅是殘存七百餘卷，但是一旦影印出來，至少可以使一般人能夠賞識這部古今大類書的本來面目；同時，"七百餘卷"這數字，同《永樂大典》本身原有二萬餘卷的數字比起來，固然只佔百分之三四，但是若就普通書籍來說，一部七百卷的著作已經是了不起的大部書，因此這裡面所包括的五花八門的資料，由於它所根據的原書有許多現在早已失傳了，所以其中所採錄的雖是這些書中的一句話或是一小節，在今天看起來，在學術上的價值仍是極大的。

　　所謂《永樂大典》，它的內容是辭典性質，像現在的百科全書那樣。這樣性質的書，我國古時稱為"類書"，與"叢書"不同，因為"叢書"是將許多整部書籍編印成一套，"類書"則是根據各個不同的項目（如天文、地理、美術等），將所有各種著作中有關這一項目的材料收集在一起，加以編纂而成，同時更注明這些材料的來源是什麼書。現存的《四庫全書》就是叢書，《古今圖書集成》則是"類書"。《永樂大典》就是同後者一樣的。

《永樂大典》是在明朝永樂元年，由明成祖下令儒臣編纂，經過五年的時間編成，原本定名為《文獻大成》，後來因為是在永樂年間修纂的，又改名為《永樂大典》。全書共有二萬二千九百三十七卷，分訂成一萬一千零九十五冊。這部書像後來滿清乾隆所編纂的《四庫全書》一樣，並不曾刻印，而是全部用人工抄錄成的，所以一共只有一正一副兩部。當時負責收集材料的儒臣，以至從事抄寫的國學和縣學的生員，一共動員了三千餘人，經過五年的時間才完成。它的內容分類方法很特別，是按照做詩的"詩韻"，依平上去入為先後，按着韻目各個字，將所搜羅的同類材料，都抄錄在這一個字下面的。如卷二千二百七十一，是以詩韻"六模"的湖字為單位，於是所有關於我國各地的湖名，以及有關於湖的事情，都聚在這一個字下，並注明這些湖在哪裡，曾見於何種書籍記載。這種材料分類方法，由於我們現在對"詩韻"不熟悉，查起來當然有點困難，但是當時讀書人誰都熟於"詩韻"，因此根據韻目來查所需要的材料，就像我們現在查《辭源》、《辭海》一樣，實在是很方便的。

　　《永樂大典》正本早已在明末某年的一次大火中燒光，一本也不剩。現在所存的殘本，是副本，是在嘉靖間重抄的。

《永樂大典》的佚散經過

　　二萬二千九百三十七卷，分訂一萬一千零九十五巨冊的
《永樂大典》，自明永樂六年（一四〇八年）纂修繕寫完畢後，
隔了一百多年又再錄副本一部。可是時至今日，不過四百多
年，這一部空前龐人的我國古代百科全書，正木固然早已隻字
不存，副本殘存者，據最近的統計，包括現藏國內的原本及向
外國抄錄影印得來的副本在內，一共也不過七百餘卷。比起原
來的二萬二千餘卷，佚散者已達百分之九十七了。

　　這部大書佚散的經過，自非一朝一夕之事。一般說來，可
以歸納成三個原因，即自然的災禍、人為的盜竊和外國侵略者
的劫奪和毀壞。

　　《永樂大典》本來是在南京開始編纂的。完成後就貯藏在
南內文淵閣，後來永樂皇帝在北京新建的宮殿落成了，遷都北
京，《永樂大典》這時也從南京遷去，這樣就一直貯藏在北京，
直到嘉靖三十六年，宮內三大殿火災，這部《永樂大典》幾乎
被連帶燒掉。幸虧嘉靖喜歡這部書，半夜聞火警再三傳諭搶
救，這才倖免。經過這場教訓，他決定將《永樂大典》再抄一
部，分貯兩處，以便損失一部還有一部。這重錄的工作在嘉靖
四十一年開始，繼續了五年，直到他自己去世，他兒子繼位後

的隆慶元年才完成。

這一正一副的兩部《永樂大典》，根據當時可靠的記載，正本貯大內文淵閣，副本貯皇史宬。可是自嘉靖以後，明朝國勢已衰，邊疆多事，幾個皇帝又昏庸不喜文事，從此《永樂大典》就束置高閣，無人過問。宮內每年雖有曬書之舉，也不過是具文。這樣直到明末，李自成入京，《永樂大典》正本便在這次兵燹中被毀了。姜紹書《韻石齋筆談》記當時文淵閣藏書被焚情形云："內府秘閣所藏書甚寥寥，然宋人諸集十九皆宋板也。書皆倒摺，四周外向，故雖遭蟲鼠嚙而未損。但文淵閣制既庫狹，而牖復暗黑，抽閱者必秉炬以登。內閣輔臣無暇留心及此，而翰苑諸君世所稱讀中秘書者，曾未得窺東觀之藏。至李自成入都，付之一炬，良可歎也。"

這裡雖未說及《永樂大典》，然而《永樂大典》正本既藏在文淵閣，自然也連同被毀無疑。這事郭伯恭所著《永樂大典考》一書曾有所考證。因此滿清入關以後，只發現藏在皇史宬的那部《永樂大典》，無人再提起文淵閣的《永樂大典》，可見正本一定是在明末動亂之際付之一炬，否則決不會沒有一本流傳下來的。後來乾隆時編輯《四庫全書》，要用《永樂大典》來校勘，所用的也全是嘉靖年間所抄的副本，更可見《永樂大典》正本的喪失，一定是在明末清初易代之際。

《永樂大典》正本的佚散，雖然各家的記載頗有出入，但到了滿清，已不再有人見過正本，所見到的只是藏在皇史宬的嘉靖副本，卻是各家一致的說法。而且事實上，這時藏在皇史宬的副本，也早已殘缺不全，不知在什麼時候已失去一部分了。

清初藏在皇史宬的副本，到了雍正年間又移置翰林院。張廷玉在所著《澄懷園語》卷三曾提及此事。他說："此書原貯皇史宬，雍正年間，移置翰林院。予掌院事，因得寓目焉。書乃寫本，字畫端楷，製飾工緻，紙墨皆發古香。"

當時翰林院諸人肯留意這書的極少，何況是公家之物，卷帙又多，更無人去點查。直到乾隆準備編纂《四庫全書》，有人獻議從《永樂大典》中輯錄遺書，這才認真的派員將它加以點查，這時才第一次發現存在翰林院的《永樂大典》早已失去二千多冊了。據當時負責辦理此事的大臣于敏中等所奏云："查《永樂大典》一書，係明永樂初年所輯，凡二萬二千九百餘卷，共一萬一千九十五冊，舊存皇史宬，復經移置翰林院典籍庫。局貯既久，卷冊又多……臣等因派員前往庫內逐一檢查，據稱此書移貯之初，本多缺失，現存者共九千餘本，較原目數已懸殊……"

一萬一千餘冊與九千餘冊比起來，雖然已經少了二千餘冊，然而在當時（乾隆三十八年，即一七七三年）可知仍存九千餘冊。可是經過修纂《四庫全書》時對於《永樂大典》的一番利用，這書竟漸漸引起當時詞臣的注意，這一來反而促成《永樂大典》的厄運了。由於《永樂大典》是存在翰林院的，當時堂堂的翰林院諸公竟成了風雅的偷書賊，專偷《永樂大典》。常熟秉衡居士所著《荷香館瑣言》，曾記當時翰林院諸人偷盜《永樂大典》的情形云："《永樂大典》原本萬餘冊，陸續散出，光緒乙亥（光緒元年）檢此書，不及五千。至癸巳（光緒十九年）僅存六百餘冊。相傳翰林入院時，使僕預攜衣一包，出時盡穿其衣，而包書以出，人不覺也。又密邇各國使館，聞每《大典》一冊，外人輒以銀十兩購之，館人秘密盜售，不可究詰，致散亡益速……"

　　光緒十九年是一八九三年，這時《永樂大典》所存者不過數百冊，再過七年是一九〇〇年，即庚子之役，八國聯軍攻入北京，清宮精華在劫奪之餘更被付之一炬，於是殘存的《永樂大典》，有的被洋兵劫運回國，有的被焚毀糟踏，從此剩下來殘存在國內的只有幾十冊了。

《永樂大典》與國際友誼

　　我國現在所藏《永樂大典》，據最近為了要進行影印所披露的數字，包括原本和複製本，共有七百一十四卷。按照《永樂大典》原本每冊所包括的卷數，每冊自一卷至三卷不等，最常見者為每冊二卷，因此從七百一十四卷的數字看來，所藏至少已有三百餘冊。這比起原有的全部一萬一千零九十五冊，當然所缺尚多，但當清末時，經過庚子之亂以後，學部將殘存的《永樂大典》移交給京師圖書館（即今日北京圖書館前身）時，僅得六十冊，現在居然已經五倍於此，實在是可喜的現象。這裡面固然有不少是同國內外收藏者所交換的攝影複製本，但自人民政府成立以來，除了私人捐獻了若干冊以外，還有兄弟國家先後慷慨的送還了幾十冊，這是偉大的國際友誼的收穫，這才使得我國現藏的《永樂大典》卷數可以增加到七百餘卷。

　　首先送回《永樂大典》給我們的是蘇聯。列寧格勒大學東方語學系圖書館在一九五一年三月間，將該館所藏《永樂大典》十一冊，運到中國駐蘇大使館給我們送了回來。接著在一九五四年，列寧圖書館又將得自原藏日本滿鐵圖書館的五十二冊，也送回給我們。在這一年，中國科學院訪蘇代表團到了蘇京，蘇聯科學院又將所藏一冊《永樂大典》送給該團作禮物，計先後三次一共送回了六十四冊。

接着，一九五五年十二月，德意志民主共和國代表團到中國來訪問，團長格羅提渥總理帶來了德國人民送給我們的許多寶貴禮物，其中就有三冊原藏德國萊比錫大學圖書館的《永樂大典》。當時格羅提渥曾在北京的歡迎會上這麼講道："在一四○七年明成祖時期，曾完成了一部世界上最偉大的百科全書之一。這部中國大百科全書的殘頁——在一九○○年六月北京翰林院的火災中燒毀了，只搶救出一部分，並且也零散了，其中有三本落到我國的萊比錫大學圖書館。在蘇聯將它所獲得的那一部分交還中國之後，請允許我們把我們所獲得的三本也交還給你們……"（見《文物參考資料》一九五六年第一期）。

為了表揚這種偉大的國際友誼，北京圖書館曾在一九五一年八月間舉辦過一次《永樂大典》展覽會，將當時蘇聯送回的十一冊舉行了公開展覽。會場上所陳列的，除了該館自己所藏的數十冊以外，還有商務印書館董事會所捐獻的二十一冊，周叔弢個人所捐獻的一冊。這一份我國珍貴的文化遺產，能夠有機會集中在一起給大家認識，這一次可說還是第一次。

久存美國未還的居延木簡

　　由於抗戰關係，由我國當時學術機關寄存到美國國會圖書館的我國文化國寶，至今尚不肯歸的，除了有從前北京圖書館和南京中央圖書館的大批善本珍本圖書以外，還有前中央歷史語言研究所寄存的一大批木簡。這是一九二〇年由西北科學考察團在西北古居延邊塞遺址中所發現的漢朝木簡，數量非常之多，共有一萬餘枚。在當時是哄動世界學術界的一件大事。

　　這一批國寶，在抗戰初期間道運來香港，由專人從事攝影製版編號工作。太平洋戰爭爆發前夕，為了安全關係，又倉卒由港運美，希望逃脫日本軍國主義的魔掌。不料日本的魔掌逃過了，這一批文化寶物又陷在另一雙貪心的手中。

　　這一批木簡運到香港時，是交由香港商務印書館攝影製版的，當時由國內派來主持這項工作的是中央研究院的沈仲章先生。他借住在當時在香港大學教授法文的瑪蒂夫人家裡，她的家在薄扶林道，是一座負山面海的三層樓洋房，環境非常好，瑪蒂夫人住在樓下，讓了一間房給仲章，二樓住的就是戴望舒。因此那裡也成了我時常去的地方。仲章的為人很健談，富於風趣，他在從事這項主要工作之餘，還留意香港史地問題。我們當時實在羨慕他的工作清閒和安定。有時也見到他從北角商務工廠帶回來整理的木簡照片，可惜從不曾跟了他去參觀這一批木簡實物，現在想來真是交臂失之了。

所謂木簡，就是在我國紙張未發明通行以前，人們用來作書寫之用的那種木片和竹片。因為這是漢朝的遺物，一般都稱作"漢簡"。本來，在居延木簡未大批發現以前，史坦恩和伯希和早已在敦煌一帶也發現了一些，他們捆載到歐洲以後，曾將所得的材料交給法國漢學家沙畹去研究，沙畹曾在一九一三年寫了一部專書，這是研究我國古文字和書寫工具的第一部專著。不過當時所得的材料很有限。等到西北科學考察團在居延邊塞一帶的遺址中，一連發現了多批木簡，總數在一萬枚以上以後，這才掌握了豐富無比的研究資料。

這些木簡上所寫的東西，全是當時屯軍戍卒的往來公文簿據，私人信簡，以及抄錄的書籍、賬目契約等等。當時還沒有紙張，也沒有我們今日所謂"書籍"，書寫和閱讀工具全是這些木片和竹片，將這些木片用牛皮繩和草繩貫穿在一起，便成了所謂"冊"。這些木簡上所書寫的東西，是極寶貴可靠的研究我國古代社會經濟文化生活的資料，同時這些木簡本身，也是研究我們書籍和書寫工具進化過程的重要資料。

木簡和我國的書籍式樣

在抗戰時寄存到美國，至今仍未歸還的那一批居延木簡，拋開簡上所記載的那些有關我國古代社會經濟文化生活的貴重史料不說，僅就這些木簡本身來說，在我國文化發展史上已經有了个起的價值，因為木簡乃是我國最古的書寫工具之一，是我們今天所讀所用的書籍的老祖宗。

我們時常見到今人所畫的關公讀春秋圖覺得好笑，因為這些畫家們所畫的關公手中所拿的那本《春秋》，竟是我們今日常見的線裝書模樣。其實，在三國時代，那時候大家所讀的書，不論是《春秋》也好，《詩經》也好，當時的書籍形式還未進化到我們今日所用的線裝書這樣，而是像我們今日的手卷那樣，是寫在一幅長而狹的紙或是絲織品上，然後捲成一卷的。有時，它也會像今日的佛經或是裱好的碑帖那樣，摺成一疊一疊的。關公當年在燭光下所讀的那本《春秋》，多數是這模樣，因為三國時代的書籍還是這種樣子的。

不過，若是關公所看的是一本古本《春秋》，那就可能還是像居延木簡那樣，是用一片片的木片貫穿起來的書籍了。因為我國書籍形式的進化程式是這樣的：先有寫在木片竹片上的"簡冊"，然後才有寫在紙張和縑帛上的"卷子"。等到紙張的生產普及而且價廉了，就配合着那時發明的雕版藝術，出現了我們今日稱為古書的宋版書那樣的書籍形式。

所以在書籍形式進化過程上來說，木簡正是我們的書籍老祖宗。

這種木簡從春秋戰國時代開始使用，一直用到東漢（約二世紀），才漸漸的被那時新發明的紙張所淘汰。木簡是用木片削成的，有一尺多長，寬則不到一寸。有時也有用竹片削成的，就稱竹簡。字就寫在這上面。那時所用的"筆"，較今日的毛筆較硬，"墨"則是漆一樣的東西。所寫的字體則是介乎篆隸之間的，有時匆促之間，也會來幾筆"急就章"，在書法上說，這就是我們今日行草的起源了。

木簡因為狹長，能容納的字數不多。一張便條，或是一筆賬目，固然可以用一枚簡片寫完，但是如果是一篇公文，一篇契約，或是要抄錄一段著作，那就要用好幾片或是數十片木簡才夠應用了。這時這些木簡就要在上下穿幾個洞，用牛皮索或是草繩貫穿起來，疊在一起，稱為"簡冊"。"冊"字是象形的，象徵許多木片穿在一起的情形，因此我們至今仍稱一本書為一"冊"。所以木簡實在是我們書籍形式的老祖宗。僅是這一點，它在我們文化發展史上就有極大的史料價值。

簡冊縑帛和書籍名目

　　提起木簡，使我想起我國還有一件極貴重的先民文化遺物，現在也流到美國去了，那就是在長沙戰國楚墓出土的一幅有文字又有繪畫的絲織品，稱為"帛書"或是"繪書"。試想，漢朝人親筆寫在木片和竹片上的文字，已經是我們極可寶貴的文物了，這幅戰國時代寫在縑帛上的文字，又比漢朝早了許多年，而且還是以前從未發現過的僅有的一幅，它在我國文化史上的價值簡直是無可估計的。

　　本來，在這幅楚墓帛書未發現以前，一般研究我國古代書寫工具和書籍式樣進化過程的人，都以為以縑帛作書，是在竹木之後，或是與竹木並用的。《汲塚周書》雖是寫在竹簡上的，但僅見諸記載，未見過實物。能見到實物的，乃是漢人遺留下來的木簡，即現在被留在美國未歸還的所謂"居延漢簡"，使我們能見到漢朝的書寫工具和書籍簿據實物的形狀。至於寫在縑帛上的文字，則從未發現過。長沙戰國楚墓出土的這幅帛書，還是第一次，而且竟是秦漢以前的。這不僅使我們見到了春秋戰國時代人親筆的書畫和"縑帛"的實物形狀，而且還糾正了前人的錯誤，使我們知道在秦漢以前，當時人除了用竹簡木簡之外，也早已用縑帛作書了。

竹簡、木簡、縑帛，是我們未有紙張和未曾發明印刷術以前的原始書寫著述工具。我們今日關於書籍上的一些名目，許多都是由這上面而來。日子既久，這些名目已經視為當然，漸漸的被人忘記它們最初的含義了。

如我們今日稱一本書為一“冊”，這個字是象形字，就是表示在使用竹簡木簡的時代，一篇較長的文字，在一塊木簡上寫不下，要寫在許多塊木簡上。這種木簡每一塊僅有幾分闊，尺餘長，古人將它們上下用繩索連貫的編穿在一起，就稱為“冊”，又稱“簡冊”，這正是我們今日稱一本書為一“冊”的由來。

另有一種方形的木簡，可以一次在上面寫較多的字，這是專門用來寫文書或信件用的，當時稱為“牘”，以別於“簡”，因此後人就稱公文為“公牘”，稱書信為“尺牘”，因為這種方形木簡的制度是一尺見方的。

用竹簡的時代，新砍下來的竹筒上面有竹青，寫字寫不上，一定要將它剖開括削乾淨，或是放在火上烘去青汁，於是就出現了“殺青”和“汗青”一類的名詞。我們今日表示一本著作寫完或是印好了，就稱為“業已殺青”。自己謙遜的說自己文章不好，不值得印書，便說“徒累汗青”，用的都是來自竹簡時代的典故。

木簡上的字，寫錯了可以刮去重寫。已用過的竹簡和木簡，若是削去一層，將上面的字跡完全削去，這樣就可以當作新的來使用了。因此我們今日做詩寫文章，拿去請別人指教改正，總是說請“斧削”或是請“斧正”，這也是“簡冊”時代留下來的典故。

在竹片木片上寫字著書，字數一多，篇幅一長，就要將許多竹片木片連綴成疊，翻閱起來未免不方便。尤其是貫穿簡片的繩索如果弄斷了，弄得次序凌亂，那就大為麻煩。而且可能是常有的事，特別是對於讀書人或是負責處理文件的公務員，會時常遭遇這樣尷尬棘手的場面。古書上說，孔夫子整理《易經》，一再反覆翻閱，以致"韋編三絕"。這就是說，那些貫穿《易經》簡片的皮索，因為他翻閱得過於勤力，曾經先後斷了三次。

我國的絲織品縑帛，是比棉布先被人應用的。等到縑帛也被人用作寫作工具後，它就比竹簡木簡方便多了，因為長短可以隨意剪裁，而且也不必一片一片的要用繩索貫穿了。

等到縑帛被用作書寫工具後，就我國書籍形式來說，就大大的起了一次革命，因為縑帛寫好後只須捲在一起就可以庋藏，不必要用繩索貫穿了。這樣一來，在書籍形式上就出現了一個新名詞："卷"。因為這些"帛書"是可以一卷一卷的捲起來的。從此一本書就稱為一"卷"。這種形式，直到紙張發明以後，仍在應用，因為抄在紙上的書，可以許多幅紙連接在一起，捲成一卷。這種形式的書籍，直到唐朝仍在流行。在敦煌的古藏經洞裡就曾經發現了許多這樣形式的抄本，稱為"卷子"。

書籍到了"卷子"時代，那形式極像我們今日所見的手卷。當時為了使得這些成卷的書便於舒捲，在起頭處用一根木棒做軸，將紙張貼在上面，因此古人描摹藏書豐富，便稱為"插架萬軸"。

　　有時，一卷紙還寫不完一本書，要分別寫在許多卷紙上。將這許多卷紙集中在一起，用一幅布包了，這種包書的布，古人稱為"帙"。帙有時也用竹簾一樣的東西做成的。我們現在稱一函書為一帙，就是因此而來。

　　直到這時為止，我們的書籍還沒有"葉"。書籍進化到一葉一葉訂成一冊的形式，是隨着印刷術的發明而產生的。在這以前，我們的所謂書，全是手抄的，還沒有一本是印的。

唐人寫經和西洋古抄本

　　最近報載德意志民主共和國將要在他們以出版事業著名的萊比錫市舉行國際書籍藝術展覽會。這使我想起我國文字的形式，在基本上雖與歐洲文字不同，書籍形式也大有差異，但是對書籍藝術的愛好來說，中外愛書家的趣味趨向，他們的搜集範圍和目標，有些地方卻不謀而合，殊途同歸，實在是很有趣的現象。

　　中國藏書家特別愛好宋版書，西洋藏書家也特別珍愛他們十五世紀的初期印本書，因為這些除了是從抄本進化到印本的最初產物外，它們在內容本身，以及紙張印刷和裝幀上，都具有特長，所以值得愛書家的珍視。

　　中國藏書家對着一本紙墨精良，字大如錢的宋槧精本摩挲不忍釋手的神往情形，恰如西洋藏書家對着格登堡的四十二行本《聖經》，反覆數着行數，用鼻嗅着羊皮紙的古香氣，一再點頭讚歎的神情一般。

　　還有，對於抄本的重視，中外愛書家的趣味也可說是一致的。中國藏書家所最看重的是在敦煌石室所發現的那些唐代和五代抄本，西洋藏書家心愛的也是他們中世紀僧院中所繪製的古抄本。一般被稱為敦煌卷子的唐人抄本，所抄的大都是佛經，這與西洋中世紀僧院的抄本，也都是宗教著作這件事，實在是很有趣的對照。

唐人寫經，多是卷子式，開端處多繪有佛像，西洋中世紀的古經抄本，雖是用羊皮紙散葉抄寫的，其上也有裝飾，而且十分華麗。這種特殊講究的古經抄本，西洋稱為 "illuminated manuscript"，以示與一般的抄本不同。這名詞可以譯作 "金碧彩繪古抄本"，因為它除了本文是用紅黑兩色墨水抄在羊皮紙上以外，本文四周和每行每句有空隙的地方，還要添繪五彩裝飾花紋，而開端第一行第一個字的頭一個字母，必定用花體字寫得特別大，有時要佔到一頁書的半面或全面的地位，字母四周除用五彩繪成花紋裝飾以及人物鳥獸蟲魚之外，在主要部分更要塗上泥金或貼上金箔和銀箔，非常絢爛奪目，所以該稱為金碧彩繪古抄本。

唐人寫經的出現年代，和西洋金碧彩繪古抄本的出現年代，先後極為接近，都是第八世紀到第九世紀的產物。不過，在我國來說，到了宋朝（十一世紀），書籍已經刻本盛行，手抄本便退居次要地位，寫經更成為是一種特殊的虔敬許願行為。但在歐洲，由於他們有印本書籍比我們遲了幾個世紀，彩繪本的寫經到十五世紀還在盛行。而歐洲有名的第一本印本書《格登堡聖經》，他的設計，乃是在模仿古抄本，當作廉價的抄本來出售的。

談宋版書

　　我國是首先發明印刷術的國家。在書籍方面來說，自從有了印刷以後，我們就採用木版雕印的方式。經過了隋唐間的初期發展階段後，我們的刻書藝術到了宋朝就達到了發展的高峰。這正是宋版書值得看重的原因。因為它是我們刻書藝術全盛時期的產物。由於流傳日見稀少，現在已經被不少人當作古董來玩賞。不過，將宋版書看作古董，正與將我們先民流傳下來的其他許多藝術品看作古董一樣，乃是最糟踏的看法。因為宋版書除了由於它們日見稀少，值得寶貴以外，在學術上和書籍印製上，都是另有價值的，而且都是至今還是有用的，所以並不僅是古董而已。

　　在學術方面說，宋人自己的著作和宋朝人以前的著作，除了更古的抄本以外，它們都是現存最早的刻本，因此在內容和字句方面都比以後的刻本更完整、更少錯誤。尤其是先民的科學技術著作，一字之差出入甚大。這是宋版書在學術上的價值。

　　其次，宋版書在刻版、字體、紙張墨色和印刷方面，都是水準極高，一直成為我們木版印書最高楷模的。僅就字體來說，我們現在印刷書報所用的鉛字，這種字體就稱為"宋體"，就是根據宋版書變化而來，可見宋版書對於我們書籍印刷影響之大。

　　不過，我們目前一般印刷所用的鉛字，那字體雖然稱為
"宋體"，但與原來的宋版書字體卻已經有了很大的出入。這種
"橫輕直重，四方整齊"的"宋體"，事實上是到了明朝中葉，
才在刻版方面盛行起來的。這是刻書的工匠從宋刻字體逐漸變
化成的，因為字劃平整，整齊劃一，刻起來方便，所以一下就
盛行起來了。這實在是一種"刻體"，不是"寫體"，用毛筆寫
不出，只有用刀在木版上才能夠刻得這麼整齊劃一的。

　　至於原來的"宋版書"，當時所用的全是"寫體"，這種字
體，同我們今日用毛筆所寫的楷書差不多，不過筆劃較細。現
在鉛字中有一種稱為"仿宋體"或"仿古活體"者，就是比較
接近宋版書字體的。

　　我國的藏書家和講究版本的人，一向對於宋版書的字體，
極為推崇，如葉德輝在《書林清話》中云："北宋蜀刻經史及官
刻監本諸書，其字皆顏柳體，其人皆能書之人……筆法齊整，
氣味古樸。"再加上書葉闊大，紙墨精良，攤開放在眼前，賞
心悅目，所以宋版書本身就是一種藝術品。

　　宋版書的字體，北宋時候刻的比南宋更好，因為它行款疏
朗，更為字大悅目。最近北京出版的《毛主席詩詞十九首》木
版精刻本，從報載的書影看來，所採用的就是北宋本風格。

德國書展和我們得獎的圖書

　　德國的書籍藝術在歐洲是一向負有盛名的，而且具有光榮的傳統，並且同我們中國有極深的淵源，因為我國發明的印刷術，從中東一帶逐漸傳入歐洲以後，首先接納的就是德國。歐洲活版印刷術的策源地是在德國，最先採用活版印刷技術的德國人格登堡，是十五世紀人，比我們的活版印刷技術發明人畢昇，不僅遲了將近五百年，而且有種種理由可以證明他是受了中國這位先輩的影響的。

　　具有這樣光榮傳統的德國書籍印刷藝術，在歐洲一向是執牛耳的，因此去年在他們的出版事業中心，有書籍城之稱的萊比錫市所舉行的國際書籍展覽會，自然是世界文化活動中的一件大事，而我們送去參加的一些新出版物，在評選的結果能夠獲得那麼大的光榮，雖然自是意料中事，也使我們聽了很感到高興。

　　請注意我在上面所作的一句說明：這次送去展覽的乃是我們近年新出版的一些圖書。我想若是將我們的宋版書，世界現存最早的經咒圖像版畫送去展覽，以雕版藝術和印刷術發明者的身份去參加，使他們見到歐洲許多國家還在遊牧草創時代，我們的文化已經達到了怎樣高度的成就，只怕那些評選委員都要避席致敬，拱手不敢妄贅一辭了。

因此這次這些在裝幀印刷排版插畫方面得獎的圖書，還不過是我們的藝術家小試牛刀罷了。以目前國內出版事業發達和工業建設猛進的速度來說，十年的成就已經如此，再過十年，秉承着印刷術發明者這光榮傳統的我們，世界另一座有名的印刷城和書籍城，不難就在我們中國出現，那才更值得我們高興哩！

這些得獎的圖書，從這次陳列在展覽會上的那幾種看來，我認為其餘那些未送去參加的圖書，在書籍藝術上的成就，有些並不會低過它們。以最受人稱讚的那本《中國貨幣史》的裝幀來說，封面圖案的取材雖是中國的，但是裝飾方法仍是外國的，利用凸凹版和大致相同的圖案，構成方格或是圓圈來裝飾書面的方法，實在是很常見的書面裝飾方法。再有，我對於這本書的書脊裝飾也有點意見，覺得與其用花枝圖案，何不仍採用我國古代貨幣形象，如泉刀、泉範等等來構成書脊裝飾，豈不更為調和。

我對於這一批在德國得獎圖書所感到的高興，與其說是為了它們眼前的成就，不如說是為了我所預感到的未來更大更光輝的成就。

我國書籍式樣的新面目

　　現在的中國出版物形式，歸納起來不外三種，即線裝、平裝和洋裝三種。線裝本是我國原有的木版書裝幀式樣，是承繼古代的蝴蝶裝而來的。平裝和精裝的形式，則是在清末時期受了日本新出版物的影響。本來，日本原有的書籍裝訂式樣，也是採用我國線裝書式樣的，後來到了維新時期，新的出版物漸漸採用了歐洲書籍紙面或硬布面的裝訂式樣，這時我國也正在展開了清末的思想啟蒙運動，因此所有的新出版物在式樣上也受了日本新出版物的影響。

　　現在，經過了半個世紀的消化和改革，我國的書籍式樣已經形成了自己的新面目。除了古典的線裝形式之外，一般都採用了軟紙面的平裝方法。至於從前所說的＂洋裝＂現在則經過改良，一般通稱精裝了。

　　五四以後的新文化運動，對於我國書籍式樣的革新是有過很大作用的。當時所有的新出版物，從刊物以至單行本，都不再採用線裝的方式（我國在清末所出版的一些畫報期刊，雖用鉛印或石印，有許多在裝訂式樣上仍是採用線裝的，如《點石齋畫報》等等），一律改用軟紙面的平裝方式，並且在封面畫、裡封面、版權頁、以及內文的排印上，開始打破常規，嘗試種種新的安排，這就奠定了我國書籍新裝幀風格的基礎。

近十年以來，國內的新出版圖書，就在這樣的基礎上，一面為了適應廣大讀者的要求，在印刷速度和出版數量上，展開了前所未有的規模，往往一印就是幾十萬冊。同時在排版和裝幀方面，為了適應不同的需要，有的力求樸素撙節，有的則不惜刻意經營，務求印得盡善盡美。文藝書如新版精裝的《魯迅全集》，理論書如《毛澤東選集》，美術畫冊如《蘇加諾藏畫集》、《宋人畫冊》、《上海博物館藏畫集》，還有巨型的《中國》畫冊，在排印、製版、印刷、裝幀各方面，都達到了國際最高水準，同時還表現了應有的民族風格。

魯迅捐俸刊印《百喻經》

　　《百喻經》是一卷簡短的佛經，我國六朝僧人所譯，裡面共有一百個小故事，像《伊索寓言》那樣，讀起來很有趣味。一九一四年，魯迅在當時北京教育部任職時，曾捐俸銀洋六十元，由金陵刻經處用木刻刊印過一百部。這事現在當然有許多人知道了，但在過去則知道的人很少，見過這書的人更少。因為他用的名字不是魯迅，而是"會稽周樹人"，版本又是木版線裝的，因此一般愛好新文藝的人大都不知道這書。

　　我至今還不曾見過魯迅原刻的這種版本的《百喻經》。第一次知道有這件事情，已是他用種種筆名在上海《申報・自由談》寫雜文的時期，為了施蟄存提出年輕人不妨讀讀《莊子》與《文選》，以增加作文的辭彙問題，魯迅曾寫了許多短文加以抨擊，施蟄存也有答覆，都發表在《自由談》上，十分熱鬧。在有一篇的答覆裡，施蟄存忽然說：既然叫青年讀《莊子》與《文選》是有罪的，我只好不再開口，低頭去欣賞案頭的精刻本《百喻經》了。（大意如此）

　　我起先不懂。後來才知道，這一箭就是暗射魯迅捐資刊刻《百喻經》的。

　　其實，《百喻經》在當時早已有過排印本，不過許多人都像我一樣，不曾去注意罷了。這是由北京的北新書局出版的，年代大約是一九二五年左右。雖是排印本，裝訂卻仍是瓷青紙封面、白宣紙題簽的線裝書。內文是用鉛字排印的，而且加上了標點。書名也改了，不叫《百喻經》，改叫《癡華鬘》。據說這正是《百喻經》的本名。大約就由於這麼將書名一改，許多人更不知道兩者原是一書了。

北新版的《癡華鬘》，前有魯迅寫的介紹，可知排印此書出版，他也與聞其事的。此外好像還有錢玄同的序言。標點者是品青或章衣萍。由於手邊沒有原書，這一切都說不真切了。

前幾年，文學古籍刊行社曾將這書加以重印，用的就是標點斷句本，再將書名改為《百喻經》。我買了一冊，年輕時候不大喜歡看的書，這一次卻看得津津有味了。

《百喻經》裡的小故事，有許多很富於人情味。我最喜歡的是那個嫉妒的妻子，從鏡裡見了自己的影子，以為是丈夫買了妾回來，怪他即使買妾，也該買個年少的，為什麼買了一個同她一樣老的回來云云，讀之可發一噱。這書對於我國六朝以來的傳奇筆記文學頗有影響。可知魯迅當年捐俸刊印這書，並非只是為了"印送功德書"而已。

讀《光孝寺志》

　　光孝寺為廣州有名古寺之一，寺與禪宗六祖慧能的關係很深。寺中那株有名的菩提樹，相傳就是六祖祝髮受戒處。又有六祖髮塔，是瘞藏他剃下來的頭髮的地方；又有風旛堂，更是紀念六祖因風幡飄動與眾僧辯論大道的處所。還有六祖殿，則是後人為紀念他而建的。六祖慧能是南方禪宗的祖師，所謂東山法門，即是由他而開。他後來雖然駐錫曹溪南華寺，但羊城光孝寺卻是他受戒傳法的根本地，因此在光孝寺留下來的六祖遺跡也最多。

　　據清人顧光的《光孝寺志》所載，六祖慧能與光孝寺發生淵源之始，是在唐高宗龍朔元年，六祖在江西黃梅縣東禪寺五祖宏忍座下，受得禪宗衣缽，隱於獵者家，韜光斂彩，一十五載。後來忽然感到弘法度人的時機已經成熟，遂南下來到廣州光孝寺。

　　當時光孝寺為南方名剎，寺志記載六祖因辯論風旛為眾僧所認識的經過情形道：「值印宗法師講涅槃經，偶風吹幡動，一僧曰風動，一僧曰幡動；六祖曰，風幡非動，乃仁者心動。滿座驚異，詰論玄奧，印宗契悟作禮，告請西來衣缽出示大眾，時儀鳳元年丙子正月八日。是月十五日普會四眾，為六祖薙管。二月八日，集諸名德，授具足戒，乃於菩提樹下開東山法門，顯示單傳宗旨，一如昔讖風幡堂由此名焉。”

所謂“一如昔讖”，是說遠在南北朝時，有梵僧求那跋陀三藏，在光孝寺訶子樹下創立戒壇，預言“後當有肉身菩薩受戒於此”。後來在梁天監年間，另一梵僧智藥三藏法師，攜來一株菩提樹種在光孝戒壇，也立碑作預言道：“吾過後一百六十年，當有肉身菩薩來此樹下，開演上乘，度無量眾。”後來慧能到了光孝，大家都認為這些預言都在他身上實現了。

六祖髮塔就在菩提樹下，最初建於唐鳳儀元年，有僧法才的碑記，記瘞髮建塔的經過道：“遂募眾緣，建茲浮屠，瘞禪師髮。一旦落成，八面嚴潔，騰空七層，端如湧出。”

不過我們今日所見的六祖髮塔，早已不是原塔，而是明崇禎九年所重建，據說規制仍是依據唐塔。這是用磚石砌成的實心塔，高約二丈，八角七級，每級有簷和斗拱，都是用石砌的。各層有佛龕，內供佛像。據傳塔基下埋有無數小陶塔，時有出土。塔旁舊有六祖像碑，正面刻六祖半身像，碑陰刻達摩像。衣褶線條古拙可愛，頗與南華寺六祖真身坐像相似，為元人所立。

讀《遐庵談藝錄》

　　葉譽虎先生的《遐庵談藝錄》本是在國內出版的，大約由於初版印數不多，不夠分配，在海外不容易買得到，最近在這裡重行排印，這才有機會可以讀到了。

　　本書是由別人給他輯錄的，但是輯錄者沒有署名，僅稱"錄者"，卷首有小識云："此為葉遐庵先生近二三十年關於藝文之隨筆札記，茲經披集成帙。雖未必盡愜先生之意，且事實亦或有遷變，然足供藝林參考，則無疑也，故錄焉。其續輯所得，當歸續錄。錄者謹識。"

　　遐庵先生今年已經八十一歲了，一生經歷豐富，又愛好文物書畫，所見所藏甚廣。他是廣東人，對於鄉邦文物特別留意收集，因此集中文字，有關廣東書畫文物的特別多。有許多名跡，或是有關保存文物的措施，都是由他經手經眼，或是首先提倡的。現在事過境遷，後一輩的人已經不容易知道當時的經過真相了，但是遐庵先生在這些地方能夠娓娓而談，如數家珍，給我們提供了不少極可寶貴的資料。

　　《遐庵談藝錄》中，有關粵中重要文獻故實的文字，有"明袁崇煥祠墓碑"。袁氏是有關明清易代因果的重要歷史人物，墓在北京市內，近年由遐庵先生等人發起修葺，並且撰書了新的墓碑，記載保存墓址經過。還有他自己所藏的"明末南園諸子送黎美周北上詩卷"的題跋，這也是一卷有關廣東鄉邦的重要文獻，他顯然十分重視，在這些題跋中很多感慨之詞，有一則云："余以重鄉邦文獻，喜得此卷，然恆以託付無人為慮。今年七十七矣，偶展此卷，感懷萬端，因題一律。後之覽者，當知余書此時心緒之何若也，遐翁葉恭綽。"

他在這些題跋中，還提起了一件恨事，就是想保存張二喬的百花塚而未能如願，原墓在廣州白雲山麓，近幾十年已日就湮沒。等到他託人去查調時，"始知其跡已迷於新建築中"。他在送黎美周詩卷題跋中提起這事，是因為卷中也有張二喬的一首詩，二喬的詩集刊本《蓮香集》已經很難見，何況是她的墨跡。因此他說："此卷中名人手跡，固皆可珍，然可信尚有存者，獨二喬之詩字，必為孤本，則無可疑者，以其早慧早死也。"

所以遐庵先生認為未能及時保存張二喬的百花塚，是一件恨事。

《新安縣志》裡的香港

　　新安縣即今日之寶安縣。港九新界各地，在從前都是隸屬於新安縣的。鴉片戰爭時期，仍名新安，入民國後始改名寶安。

　　其實，寶安之名，比新安更古。握縣志〈沿革表〉所載，寶安之名，始於六朝東晉，隸東官郡。東官就是現在的東莞。到了唐初，就廢了寶安縣，併入東莞，直屬廣州都督府。這樣一直到明朝初年，都是稱為東莞。到了明萬曆元年，將東莞縣分析為二，增設了一個新縣，其地就是從前的寶安縣，改稱新安，與東莞分治。所以新安之名，是在明萬曆初年才有的，比寶安遲得多了。

　　到了滿清，在康熙五年，又將新安縣併入了東莞，廢了新安之名。可是到了康熙八年再將新安縣恢復，隸屬廣州府。這樣就一直稱新安縣，直到民國，因新安縣名在別的省份內有同名的，遂恢復古名，改稱寶安。

　　由於今日港九新界各地，在從前也曾經一再隸屬於東莞縣，因此有關今日香港範圍內的一些事跡，在《東莞縣志》上也有記載。

　　新安縣轄下的村莊，舊載共有五百多座。今日新界及港九兩地，在當時都是屬於新安縣巡檢官富司轄下。在縣志的〈都里志〉內，官富司巡檢所管屬的村莊，名村有不少至今仍沿用未改。如錦田村、屏山村、東頭村、屯門村、廈川村、石岡村、隔田村、粉壁嶺、石湖墟、大步墟等等，都是今日習見的，不勝枚舉。

屬於今日港九市區內的，如衙前村、蒲岡村、牛池灣、尖沙頭、土瓜灣、深水莆、二黃店村、九龍寨、黃泥涌、香港村、薄寮村、薄鳧林、掃管莆、赤磡村，皆見於記載。其中尖沙頭即今日的尖沙咀，二黃店村的“黃”字當是“王”字之誤，即宋王台附近的二王殿村，薄鳧林就是薄扶林，赤磡村即紅磡，薄寮村即薄寮洲。香港村就是今日香港仔的香港圍，也正是今日香港島命名的原來根據。

除本地人的村莊之外，〈都里志〉另列有客籍村莊的名稱。如今日的大坑、九龍塘、長沙灣、淺灣、沙田、深水埗、吉澳，都是隸屬於官富司巡檢轄下的客籍村莊。

今日的香港仔，舊名石排灣，其名稱見於縣志卷八〈田賦〉欄、“葉貴長、吳亞晚、吳二福、徐集和領耕土名石排灣一百一十丘，稅二十五畝七分四厘，每畝歲納租錄八錢。”

香港島之名，不見於新安縣志。這不足異，因為“香港”一名，是在道光初年，才由往來在零丁洋一帶的外國商船船員們叫出來的。《新安縣志》修於嘉慶二十四年，所以只有“香港村”之名，無香港島之名。

香港這一座小島，在未被外國船員稱為“香港”之前，土人或以島上局部的地名名之，稱之為“石排灣”或“赤柱”。有時又稱之為“紅香爐”、“群帶路”。

"紅香爐"是山名，指今日銅鑼灣天后廟一帶的群山。相傳曾有一座紅石香爐自海上漂流到那裡的岸邊，漁民以為天后顯聖，就建廟以祀，並稱廟的後山為"紅香爐峰"。

　　在嘉慶年間，紅香爐設防，駐有水師兵勇，稱為"紅香爐汛"。

　　"群帶路"之名更古，在明修《東莞縣志》的糧冊上，就有群帶路之名。後來林則徐等人的奏章，提到香港這座小島，也屢稱其地"土名群帶路"。由此可知本地人所說群帶路一名，係由"阿群"其人為英國人帶路而來，是毫無根據之談。群帶路實是島上原有的土名。其得名由來，不外島上山腰自西往東的小路，在九龍對岸望來蜿蜒如群帶，所以稱為"群帶路"。

　　《新安縣志》卷一所附的輿圖，僅有紅香爐之名，無群帶路及香港之名。紅香爐位置在鯉魚門炮台之下，屯門汛、大奚山、急水門之東，這位置當是今日的香港島無疑。可是令人不解的是，圖中除著名為"紅香爐"的小島之外，在它的東南角又有兩座小島，較上的一座注明為"仰船洲"，較下的一座注明為"赤柱"。這一來，就令人如墮五里霧中了。

　　"仰船洲"即昂船洲，按照實際位置，應該在香港島（紅香爐）之上，不該在它的東南角。至於赤柱，更是香港島的一部分，圖中將它與紅香爐各繪成一座獨立的小島，而且相距頗遠，更令人費解。

　　圖中有獨鰲洋，是一座小島，位置在佛堂門外大海中，在蒲台之上，塔門之下。"新安八景"之一的"鰲洋甘瀑"，就是指這地方，說其上有飛瀑，水質甘芳，如自天而降，所以稱為

"鼇洋甘瀑"。舊時頗疑"鼇洋甘瀑"的甘瀑，是指香港島上南端近薄扶林處的大瀑布，現在依據縣志所附輿圖看來，完全是另一處地方。

不過，以"紅香爐"、"赤柱"等處的位置為例，這幅輿圖畫得是不甚可靠的。那麼，"獨鼇洋"是否真的遠在香港之東，那又有待考證了。

《番鬼在廣州》及其他

　　《番鬼在廣州》（*The Fan Kwae at Canton*）的著者亨脫（William C. Hunter）是美國人，是很早很早就到中國來經商的美國人之一。據柯寧在《中國辭書》上說，亨脫於一八二五年從紐約來到廣州，服務於美商旗昌洋行，於一八九一年去世。著過兩本書，一本就是《番鬼在廣州》，另一本是《古老中國的點滴》。前者出版於一八八二年，後者出版於一八八五年。

　　著者在廣州經商的時期，還是所謂公行制度時代，遠在清朝被迫與各國正式訂立通商條約以前。因此關於當時外國商人在廣州經商的情形，中國市民對於他們的印象，他們對於中國的理解，在亨脫的著作裡都有豐富的資料。因了是作者親身經歷的回憶，所以書中即使有若干誇張或曲解之處，但在今天讀起來，對於了解鴉片戰爭前的洋商在廣州的情形，仍然是十分有用的。

　　從《番鬼在廣州》一書裡我們還可以發現一個值得注意的人物，這人名叫富勒登，據他自己說是東印度公司的職員，已經先後來過中國多次，與亨脫一同乘"市民"號來中國，船到零丁洋後，他就一人先乘了快艇到澳門去。後來據說他從中國帶走了兩個小腳婦人，帶到加爾各答，然後又同她們前往倫敦，將這中國的"金蓮"獻給喬治四世去看。這段逸聞在其他外人關於中國見聞的著作中時常提及，它的出處就在本書。

《番鬼在廣州》的敘述直至一八四四年為止。著者說，等到經過鴉片戰爭，滿清同外國訂立五口通商條約之後，外商在中國已經爭得平等甚或優勢的地位，不再是昔日來進貢天朝的'"番鬼"，所以"番鬼"的時代便過去了。

亨脫的另一本書《古老中國的點滴》，出版於一八八二年，是由六十餘篇短文集合成的，篇幅比《番鬼在廣州》多，內容則是敘述當時外人在廣州所見到的中國人情風俗，以及廣州市民對於"番鬼"的印象。從這本書裡，我們可以獲得一些中國最原始的"買辦"和"西崽"們的畫像。兩本書裡都有不少關於廣州商館和十三行的敘述，至今已成為研究這問題的最可靠的資料。

《美國船在中國海》

一七八四年，"中國皇后"號，美國第一艘往來遠東的帆船，從紐約港出航，準備穿過蘇伊士運河來到中國的廣州。這時美國獨立戰爭已告勝利，遠洋的航業已不再為英國所獨佔，於是這從殖民地站起來的新興國家，便急於向擁有遠東航運專利權的英國東印度公司挑戰，也來染指這條航線了。

從那時開始，星條旗的船隻，包括戰艦在內，便經常在中國口岸出入了。

《美國船在中國海》（*Yankee Ships in China Seas*）的著者是丹尼爾‧韓德遜，他便以這些進出中國口岸的美國船隻為題材，從第一艘到中國來的帆船敘起，直說到太平洋戰爭爆發為止。

作者說本書全部以史料為根據，沒有半點虛構成分在內，若是有些部分過於浪漫，那是當時冒險家自己的幻想，結果，作者並不能負責。因為他自稱這書是根據當時人的書信、日記、航海紀錄，以及航海家的回憶錄寫成，有些還是以前未曾公開過的外交檔案。

在這本小書裡，作者曾說起一個美國冒險家的故事。這人名叫麥克格芬，是美國海軍軍官學校出身，畢業後沒有事做，那時正是甲午前後，李鴻章正在建設中國新海軍，他竟投奔到李氏手下，當了一名顧問，被派到英國去監督當時正在建造中的四艘鐵甲艦。後來中日開戰，他在提督丁汝昌的麾下，是一艘魚雷艇的艦長，參加了那次海戰，直到北洋海軍全軍覆沒，丁汝昌自殺，麥克格芬身負重傷，從旅順逃上了一隻美國戰艦。

這位冒險家回到美國，神經受了刺激，有點失常。據他的朋友們說，麥克格芬整天不停的向別人談論他在中國這次海戰中的遭遇。他極力稱讚中國水兵的勇敢，丁汝昌也知道盡職，可是卻將中國海軍軍官罵得一錢不值。

著者韓德遜說，這個率領魚雷艇幫助中國同日本打仗的美國冒險家，可說是美國海軍同日本海軍作戰的第一人，正因了這次戰勝，日本海軍燃起了狂妄的幻想，後來不僅向帝俄挑戰，並間接促成了後來的珍珠港事件。

著者很為美國的門戶開放政策辯護，說美國自從派了第一艘帆船來航行中國海岸起，美國的政策始終是和平的巡邏者，是門戶開放和領土完整的監視人。

當時還不曾發生朝鮮戰爭和美國第七艦隊駐守台灣海峽的事，否則看他怎樣自圓其說，倒是很有趣的。

額爾金的掠奪世家

　　香港堅道附近有一條橫街，名伊利近街。這是一條不大受人注意，很少有人提起的一條古老的街道。但是我們若是看一看那塊中英文對照路牌上的英文名字，有一點中國近代史知識的人就不免要瞿然一驚。因為這個"伊利近″不是別個，就是繼第二次鴉片戰爭之後，由英國派來主持對清朝侵略戰爭的英法聯軍統帥額爾金。

　　當年率軍攻打大沽炮台的是他，攻打北京城的也是他，下令搶劫焚燒圓明園的更是他！

　　這是每一個中國人永遠會記住的名字，這是每一個中國人永遠不會忘記，曾在我們中國土地上作過大惡的外國人。

　　當時額爾金以特使的身份，被派到香港來主持侵略滿清的軍務，他的頭銜已經是伯爵，而且已經任過英國殖民地牙買加和加拿大總督，是個侵略老手。同時，額爾金這個家族，在英國也是以掠奪著名的世家，尤其在古文物方面。倫敦大英博物館的雕刻館，所珍藏的那一份最精美的古希臘雕刻，就稱為"額爾金室"。這是這個侵華的額爾金的叔父湯瑪斯·額爾金，從希臘雅典的萬神廟裡拆下來的。

　　大英博物館所藏的這一批自雅典萬神廟拆卸下來的古希臘

大理石浮雕，非常精美，在西方古典美術史上的評價很高，通常就稱為"額爾金大理石雕刻"，是其他各國大博物館最羨慕的一份收藏。可是，一提到這一份收藏的來歷，英國歷來的藝術考古家們就無法不感到臉紅，千方百計要找理由為當年額爾金的行為辯護。

因為當時湯瑪斯・額爾金，以英國駐土耳其大使的身份，不顧一切，公然拆毀了雅典的這一項希臘文明古跡，鑿取有雕刻的大理石，一船又一船的運回英國去。這不是偷竊古物，簡直是明火執仗的掠奪行為。

據說，後來英國大詩人拜倫，到希臘去參加援助希臘獨立戰爭，曾到雅典參觀希臘古跡，見到萬神廟被額爾金拆毀破壞的情形，非常憤慨，曾在殘壁上題了這麼一句痛心話：

> 蹂躪羅馬帝國的野蠻民族所不曾做的事情，這個蘇格蘭人竟敢做了！

原來額爾金是蘇格蘭人，他從希臘拆毀這些大理石運回英國去，全然是一種自私的行為。他想在蘇格蘭鄉下起一座大屋，竟荒唐的掠奪這些大理石運回去作新屋的裝飾。

這個掠奪希臘古雕刻的湯瑪斯・額爾金，一七六六年出世，是個世襲的伯爵。他要將這些古希臘雕刻運回蘇格蘭去裝飾他的新屋，是為了想實踐對他新婚妻子的諾言，說要在蘇格蘭鄉下建一座宏偉的大宅第給她作新婚禮物。建築師設計的圖樣是古典式的，因此額爾金要採用希臘古雕刻來裝飾他的新屋。恰巧在一七九九年被任命為英國駐土耳其大使，帶了新婚妻子去上任，同時也帶了建築師和一批考古家同去，於是他的藝術品掠奪工作就開始了。

　　這時的希臘，正在土耳其佔領之下，雅典的萬神廟等等古跡，又在土耳其防軍的炮台範圍內，本來是一般人無法接近的。可是在這時歐洲的軍事風雲中，土耳其帝國在非洲和歐洲的勢力，受到了拿破崙的侵襲，英國軍隊卻在埃及擊敗了法國遠征軍，因此土耳其的奧圖曼政府為了拉攏英國，竟特別討好這個新上任的英國大使，由皇帝簽署了一道敕令給他，允許他和他的授權人在軍事地帶內隨便"調查"希臘古跡。

　　額爾金有了這一道護身符，他在雅典的希臘古雕刻掠奪工作就可以肆無忌憚的開始了。前後繼續有十年的時間，最多時每天要僱用工人三百名，將矗立在雅典郊外山頭上的古希臘建築，恣意的破壞。有時，為了要拆下屋簷下的浮雕，竟將完整的屋頂無情的先加以破壞。

　　僅就最有名的萬神廟這一座古希臘建築物來說，據後來的統計，被額爾金拆走的大理石雕刻，計有三角形頂牆上的人物雕像十七件，石柱間的裝飾雕刻十五件，有浮雕的牆頂飾帶五十六件。這都是巨型的大理石石板，其上刻有諸天萬神出巡的浮雕，銜接起來共達二百五十餘尺長。這是古希臘雕刻的一大傑作，也是額爾金掠奪的重點。將這些精美的大理石浮雕從柱頂上、屋簷下拆走後，這座古希臘藝術建築剩下的只是骸骨了。

　　這一批掠奪物，現在都成了倫敦大英博物館認為最珍貴的收藏品了。

　　額爾金伯爵當時不顧眾議，一船又一船裝運回去，準備拿到蘇格蘭鄉下去建大屋討好妻子的這些古希臘雕刻，後來怎樣又落到了大英博物館手上呢？原來當一八〇六年，額爾金任滿回到英國時，他的妻子竟向他提出了離婚要求，並且表示不接納他的這份結婚禮物。額爾金受到這打擊，取消了回鄉建大屋的計劃，決定將這一批古希臘雕刻出賣，並且建議由政府收買，索價七萬四千二百四十鎊，說這只是薪工運費等等開支，並非這些古物本身價值。可是英國政府趁額爾金精神頹喪之際，殺了他一個半價，用三萬五千鎊全部買了下來。這就是額爾金的這批掠奪品會成為大英博物館“國寶”的原因。

英國人筆下的額爾金

　　前兩天，我從堅道附近的那條紀念額爾金的伊利近街，談到他的家世，愈談愈遠，欲罷不能，只好率性將他家的掠奪家史揭露了一下，指出現在倫敦大英博物館所珍藏的一批古希臘雕刻，就是他的叔父將希臘雅典萬神廟古跡拆毀後盜運回去的。當時倒也有不少明理的英國人，對額爾金伯爵這種擅自摧毀別的國家文化古跡的不法行為，大加責難。大詩人拜倫除在現場題字加以指責之外，後來又寫過好幾首詩譴責額爾金的這種野蠻行為，其中有一首題為《米娜瓦的咒詛》，藉這位希臘神話中司文藝女神之口，對額爾金大加咒詛：

　　　　先對幹這件事情的人的自身。

　　　　我的咒詛將降落在他和他後裔的身上。

　　　　他們將沒有智慧的火光，

　　　　所有的子孫們將無知得像他們的老子一樣。

　　我不會譯詩，不免譯不出英國這位浪漫大詩人對此事義憤填膺的氣忿。大意卻是如此。拜倫當時是為了要援助希臘民族解放戰爭，不惜傾家蕩產去資助希臘義軍的經費，更不惜獻出了自己的生命（拜倫後來是死在希臘軍中的）。因此當他在雅典親自看到額爾金破壞希臘古跡的罪行，叫他怎不憤慨。他在另一首詩裡，以浪漫詩人的手法，籲請雅典女神降罰給破壞她的廟宇的人，但是請她留意，不要怪錯了人，真正的"英格蘭"人是不會幹這種事情的，幹這件事情的雖是"英國"人，卻是個"蘇格蘭"人！

當時額爾金不僅恣意拆取雅典萬神廟的這些古希臘雕刻，而且自己還以"英國大使"身份，恃了有土耳其皇帝的敕令為護符，不許別人染指。據美國格蘭女士在她所著的《藝術的掠奪》第七章裡說：當時有一個英國遊客，想在現場拾取一點希臘雕刻碎片帶回去作紀念品，卻被制止，這人寫信回英國告訴他的朋友說：

> 由於我們的大使對這類物品所頒佈的禁令，除了搬運到他的倉庫去的以外，任何東西不許移動，因此我不能拾取。看來我們的大使已經攫得所發現的每一塊雕刻。

另一位英國旅客，則說得更為沉痛。他說：目睹萬神廟被屍解的情形，實在令人有難以言說的羞愧。回想起來這真是一件苦痛的事，這些人類天才的傑作，歷經滄桑二千餘年，經過多次異族和野蠻的侵略，尚且倖存，現在卻終於逃不脫全部被破壞的命運！

這就是英國人自己筆下的焚毀我們圓明園的額爾金先人的罪行。

馬可孛羅筆下的盧溝橋

　　有名的《馬可孛羅遊記》，其中曾提到了盧溝橋。馬可孛羅是在一二七五年抵達中國的，這時正是南宋恭帝德祐元年，也是元朝至元十二年，馬可孛羅這時才二十一歲。這個威尼斯的旅行商人世家子弟，是跟了家人來向元朝通商，並代表羅馬教皇來修好的，但他自己最大的目的還是到東方來觀光。因此在中國各地果然見到了許多新奇的事物和風俗，使得他眼界大開。在他留給世人的那部遊記裡，記他當時遊歷中國的見聞，在我們今日讀起來，有的固然荒唐可笑，有的卻又正確得令人可驚。他的筆下所記的盧溝橋就是屬於後者的。盧溝橋始建於金明昌年間（一一八九年至一一九四年間），馬可孛羅在一二七五年抵達燕京後，曾在中國繼續逗留了二十年，因此他所見到的盧溝橋，已是築成後將近百年的了。他在遊記第二卷裡，這麼描寫這座橋道：

　　　　離開京城後再行十里，你就來到一條名叫普乙桑乾的河上。這條河一直流入大海，航海商船運載貨物就從這裡駛入內河。在這條河上有一座非常精美的石橋，它可說是舉世無匹的。它長達三百步，寬達八步（按一步約三尺）；因此可以容納十騎並列，寬暢的從橋上馳過。它有二十四道橋拱，由築在水中的二十五座橋墩支持着，全是用青石建成，建築得非常精巧。

在橋上兩旁，從這一端到另一端，有一道美麗的橋欄，是由石板和石柱構成，排列得非常壯觀。從橋身開始處，有一根石柱，柱下有一石獅，背負此柱，柱頂另有一隻石獅，體積都很龐大，而且雕刻得非常美麗。在距離此柱有一步之處，又有另一根石柱，同樣有兩隻石獅，一切皆與前者相同，兩柱之間則嵌有石板，用以防止行人墮入河內。就這樣，每隔一步就有石柱和石獅，全橋兩側都是如此，所以看起來十分壯觀美麗。

《馬可孛羅遊記》的稿本共有好幾種，因此至今流傳的幾種版本，字句之間不免有大同小異之處。這書在我國也已經有了譯本，這裡不過根據通行的瑪爾斯敦氏譯文隨手譯出來的。馬可孛羅所說的那條河名"普乙桑乾"，據有名的《馬可孛羅遊記》研究專家玉爾注釋說，此字原本是波斯語，即"大石橋"之意。它的發音頗與原來的河名"桑乾"相近，可能是他有意這麼寫的。

今日的盧溝橋只有十一孔，是經過滿清重建的。馬可孛羅說它有二十四孔，可能當初原是如此。這座成為抗戰聖地的名橋，自金明昌年間建築至今，由於水患，已經重修改建過幾次，到現在已有七百多年歷史了。

龍和謠言的故事

　　曾經在北洋軍閥時代，任過我國工商部礦務顧問的瑞典人安特遜，他是地質學家，更在一本題為《龍與洋鬼子》的書裡，講過一個很有趣的謠言的故事，這個故事是與“龍”有關的。

　　這是民國四年冬天的事情。正當袁世凱決意要做皇帝的時候，北京和上海的報紙上，忽然競載一條消息，說是湖北宜昌發現了真龍遺蛻。由於早已有人受了袁世凱的收買，準備向他捧場，這時看見機會難得，便表示這乃是應時的祥瑞，可見“改制”之事，實在“上應天心”云云。接着又有人向袁世凱獻議，應該按照我國歷朝故事，改湖北宜昌縣為龍瑞縣，並敕封石龍為應瑞大王。袁世凱當然高興極了，一面派“欽差”到宜昌去實地視察，一面又發表通電，說是“天眷民悅，感應昭然”。

　　當時這件事情轟動一時，稱為“宜昌真龍”。安特遜說，這條“真龍”的發現者，最初不是中國人而是外國人，是當時駐宜昌的英國領事許勒德夫婦和他們的友人歐陽溫夫婦所共同發現的。發現“真龍遺蛻”的地點是在宜昌江邊俗名神龜子的三遊洞內。許勒德和歐陽溫對這種發現很高興，而且很自負，曾在當時的英文《遠東雜誌》上發表一篇報導，說他首先解決

— 119 —

了中國傳說中的"龍"的疑問。因為這遺蛻即使不是"真龍"，最低限度也是被古代中國人傳說為"龍"的那種大爬蟲的化石。他當時很高興，曾寫信給袁世凱，勸他務必要設法保存這寶貴的發現物。

這篇文章後來曾載《東方雜誌》十三卷第四號上，作者儼然以"中國龍的發現者"自居了。

可是，最煞風景的事情，就在這時連續的發生了。據安特遜說，經過地質專家的實地查勘後，證實所謂"宜昌真龍"，不僅不是"龍"的遺蛻，連古代大爬蟲的化石也不是，只不過是一些奇形怪狀的石灰質的石筍和鐘乳石而已。接着，洪憲大皇帝也"升遐"了，"中華帝國"也倒了台，"上應天心"之類的謠言不攻自破，連帶許勒德和歐陽溫兩人想做"中國龍的發現者"的好夢也破滅了。

安特遜說，這是一個關於謠言的由來，附會傳播，以及後來在真實面前終於被消滅經過的一個很好的實例。當時不僅袁世凱希望自己果真是"上應天心"的真龍天子，就是洋鬼子也希望自己是中國龍的發現者，可惜在科學的真實面前都栽了筋斗，實在十分有趣。

讀《三岡識略》

前些時候，我曾說過，不曾讀過董含的《三岡識略》，並且久覓此書不得。伯雨先生見了，說他有《說鈴》叢書本，願借給我一讀。並說此書又名《蓴鄉贅筆》，見謝國楨所著《明清筆記談叢》。

我當然很高興，日昨將書借了來，亟亟在燈下展卷快讀。這《說鈴》叢書本的《三岡識略》，就作《蓴鄉贅筆》，分上中下三卷，巾箱本。但是據謝氏在《明清筆記談叢》裡所說，本書另有申報館鉛印巾箱本，則分十卷。此外還有傳抄本，除正編之外還有續集，又另有康熙初年的刻本，此外還有多種傳抄本，內容頗有出入。看來董含的這部筆記的版本是很多的，而且不知既名《蓴鄉贅筆》，為何又稱《三岡識略》，孰先孰後，這裡面有沒有特別原因，一時卻無從知道，這只好怪我自己的腹儉了。

《三岡識略》是明末清初很有名的一部筆記，時常見到今人談明清掌故的文章裡引用它。初初以為一定是一部體例很嚴謹的書，現在翻閱一遍，雖有一些談南都和清初故實的，但多數仍是談狐說鬼，果報異聞一類的記載，未能擺脫清人筆記的一般窠臼，不知何以這麼得享盛名？

我最初注意到《三岡識略》這本書，還是由於想搜索一點有關喇嘛教的歡喜佛資料，見蕭一山在《清代通史》裡引用了他有關這資料的記載，一直就想直接找這本書來看看。不料直到現在才如願，可是我對於這個問題的興趣早過去了，人生的際遇有時就往往這麼不能由自己作主的。

　　書中自然也有些較有價值的記載，如卷中的"三吳風俗十六則"，卷下記松江修海塘，以及"海溢"、"風變"的情狀，都是可供參考的。

　　關於鄭成功的資料，卷上〈海寇入犯〉條，稱鄭成功為鄭芝龍的"孽子"。董含身歷"甲申"之變，照理對鄭氏不致如此的。不知這是由於當時文網太嚴，還是經過後來刊刻者的刪改。

　　〈海寇入犯〉記鄭成功進兵長江失利事，末後說"成功遇颶風，失亡十七八，憤恚死，其子錦竄入台灣"，也與史事完全不符。

　　作者在自序上說，本書是他"棲遲里門，自少迄老，取耳目所及者，續書於卷……積成三卷，取名蓴鄉贅筆"，看來《三岡識略》一名該是後來另取的了。

讀《杜工部集》

　　今年是我國詩聖杜甫誕生一千二百五十周年紀念，從報上讀到許多紀念文章和舉行紀念會的消息。我一向喜歡讀詩而讀得不多，杜詩也是如此。現在為了機會難得，特地從書櫥裡將一部《杜工部集》搬了出來。

　　杜甫詩集的版本當然很多，我所有的一部是同治重刊的玉勾草堂本。這在杜集之中不能算是好的版本，但也有幾種長處，第一是開本不大，是袖珍版，同今日的三十二開書差不多大；其次是字大，字體好，墨色也好，讀起來清楚悅目；再其次就是全是白文，沒有注解，讀起來很方便。

　　當然，五百家箋釋音注的杜詩，自有它的好處，但是我認為讀詩讀詞有時是不必過於"求甚解"的，注釋太多，讀起來反而會妨礙了對於詩的本身的欣賞。"家家養烏鬼"，什麼是烏鬼，考證起來可以寫成一篇長文章，但是若是知道既然是家家所養的，總不外是一種動物，也就可以過去，不必細究其他。讀詩就是讀詩，不是研究詩，有時對於某些注解是可以放過的。

　　因此我覺得玉勾草堂本就有這種好處，讀起來方便，不致被太多的注解分了心。

　　在燈下隨手翻着這部《杜工部集》，真是"開卷有益"。

僅是詩題，就可以使我們懂得了不少東西。有些詩題只有一個字，雷、火、雨，有些詩題則特別長："假日小園散病將種秋菜督勒耕牛兼書觸目"，還有那些贈人寄人、詠物、紀事，僅是看看詩題，就知道詩與他的生活是打成一片的，什麼都可以入詩，而且隨時都在做詩。稱他為"詩人"，稱他的詩為"詩史"，真是再恰當沒有的了。

我已經說過我的杜詩讀得不多。記得前些日子談到韓幹畫馬，曾提起杜甫在《丹青引》裡說韓幹畫馬不畫骨，實在我也只是記得這首詩而已。現在翻了一遍他的詩集，才想起還有詠曹霸畫馬的《韋諷錄事宅觀曹將軍畫馬圖》，題韋偃畫馬的《題壁畫馬歌》。更使我感到意外的是，在卷十九的表賦記說部分，還有一篇〈畫馬贊〉。這是我以前不曾讀過的。以前讀杜詩，總是隨手翻幾卷就放了下來，這一次總算從頭翻到底，這才有機會讀到了這篇〈畫馬贊〉。

他在《丹青引》裡說"幹惟畫肉不畫骨，忍使驊騮氣凋喪。"但是在〈畫馬贊〉裡，卻說"韓幹畫馬，毫端有神"，可見評價大有不同。若是不曾讀遍，遽說杜甫不喜歡韓幹畫馬，就未免武斷了。

馬克思和達爾文

　　《資本論》的第一卷在一八六七年第一次出版時，馬克思本擬在卷首的獻辭上，將這本著作獻給達爾文，表示自己對於這位科學家在自然科學上偉大成就的敬意的。他事先寫信給達爾文，徵求他的同意。可是達爾文回信婉辭謝絕了。他說他對於經濟科學一無所知，不敢掠美，但是希望大家能從不同的道路上推進彼此的共同目標——人類知識和幸福的進展。

　　於是馬克思就將《資本論》的第一卷獻給他的好友和工作助手：威廉·烏爾夫，如我們今日所見到的那樣。

　　烏爾夫是馬克思在工作上得力的助手之一，追隨他已經多年。據保爾·拉法格的回憶，在馬克思的工作室內，有一座壁爐架，那上面的東西是從來不許別人亂動的。在煙絲缸和火柴盒的雜亂之中，放着許多他心愛的人們的照片，有一幀便是烏爾夫的。第一卷《資本論》出版時，烏爾夫在曼徹斯特剛去世不久。馬克思將他畢生的大著獻給他，正不是偶然的。

　　烏爾夫有一個有趣的綽號，朋友們都戲呼他為“紅狼”。由於他是在巴黎生長的，不免沾染了一些都市的氣習，脾氣魯莽冒失，同時又患着很深的近視。據說有一次，當他同馬克思一家人都住在倫敦的時候，他有一天在街上散步，見到前面有一個很窈窕的婦人的身影，忍不住追上前去。因為自己是近視，無法看得清晰，便不得不繞到她的前面，湊近去看她的臉。不料不看猶可，一看便嚇得狼狼的回身逃走了。原來這婦人不是別人，正是馬克思夫人。

第二天，馬克思夫人將這遭遇當作笑話講給大家聽，從此烏爾夫就獲得了一個"紅狼"的綽號。

達爾文雖然辭謝了馬克思要將《資本論》第一卷獻給他的動議，可是當一八七三年第二版發行時，馬克思曾送了一本給他，達爾文有一封答謝的信，見萊雅沙諾夫所編的那本《馬克思：人·思想家·革命者》。這封覆信是這樣寫的：

親愛的先生：我謝謝你將你偉大的著作《資本論》送給我所給予我的榮譽；我誠摯的希望，我能更透徹的了解政治經濟學的深湛而重要的一些問題，使我更為值得接受這本書。雖然我們的研究是十分不同的，但是我相信，我們雙方都在熱切的企求知識的擴展；而這個，終究，必定可以增加人類的幸福。我永遠是，親愛的先生，你的忠實的查理·達爾文。

馬克思與達爾文兩人的交情，除了《資本論》卷首獻辭的逸話以外，還可以從許多方面看得出。

他自己就曾經這麼說過："達爾文的著作，是非常有價值的東西，它適合於作為歷史的階級鬥爭之自然科學的支柱。"讀完了《物種起源》之後，馬克思曾寫過一封信給恩格斯，表示他對於這部著作的意見。其中曾說："雖然那解說是英國風的，而且有點粗雜，但是這本書對於我們的見解給了一個自然史的基礎。"

因此後來馬克思去世，一八八三年三月十七日，恩格斯在海洛特墓場上的葬禮演說中，就曾經特別提到了這一點。他說："正如達爾文曾發現有機自然界的進化規律一樣，馬克思也發現了人類社會的進化規律。"

恩格斯的褒辭並不是隨便說的。因為研究生物進化的達爾文，與研究社會進化的馬克思，兩人會發生深厚的友誼，而且可以相提並論，乃是因為他們兩人的工作目標是相同的，大家都是為了人類社會的向上；不過一個是從生物學的觀點去闡明過去，一個是根據人類的經濟生活去指示將來。

貧困的折磨，馬克思自己就切身體驗夠了。據他的傳記所載，他僑居倫敦的時期，也正是他潛心從事《資本論》的寫作時期，他的生活上的貧困真是驚人的。他住在湫隘不堪的貧民區內，除了零星寫作的稿費和友人偶爾的饋贈之外，毫無其他固定收入。他時時沒有錢買麵包，房租費用更不用說。有三個孩子都因營養不良而先後生病死去，女兒死時更窮得無以為殮。馬克思夫人曾在一封信中提起過這種悲慘的遭遇。

有時，當家中什麼東西都典質一空，而又告貸無門，鄰近的伙食店又拒絕再賒欠時，他們一家便會真正的捱一天餓。入夜，沒有錢買煤油，黑暗無燈火，馬克思夫婦在樓上默然相對，孩子們坐在樓下的門口玩，每當討賬的來了，他們照例回答一句："馬克思先生不在家。"

這種生活曾使得他自己一再感慨。但他知道，這是"貧困"在作祟。而貧困的原因，乃是由於社會應該給予他的工作

酬報，已經中途被人剝削。由於這種切身的體驗，使得他更堅
持自己的學說研究，終於在倫敦博物院的圖書室裡完成了他的
《資本論》的初稿。

高爾基的信

一九二六年春間，高爾基正寄住在意大利的奈勃爾斯，從事他的大著《克里姆·桑姆金》的寫作。他在給祖國某工廠的文學團體的一封信上這麼說：

> 同志們，謝謝你們的來信，我很高興你們喜愛我的著作。我現在又在寫一本書，是很長很長的一部書。我想從其中表示俄羅斯民眾，從八十年代到一九一九，怎樣在這時代中生活，思想，而且行動。並且想顯示他內在的世界。你們大約再隔一兩年便能讀到這書，也許它對你們能有點作用。

> 我的健康並不如報紙上所傳那樣的壞，雖然去冬我確是相當病了。現在我好了許多，能夠一天工作十小時，起床十五小時。

高爾基很佩服斯坦尼斯拉夫斯基的演技。

"你是一位偉大的而且有才能的人物。真的，你的心是一面鏡子"，他曾經這麼說，"你多麼伶俐的捉住了生活的微笑，在她嚴酷臉上的那種憂鬱的微笑"。

另一封在革命之前寫給斯坦尼斯拉夫斯基的信，是在警探監視之下寫成的，他要求這位大演劇家替他向特利波夫 ——

當時莫斯科的總督疏通，允許他到莫斯科來。高爾基很幽默的說，他保證決不在街上或公共場所露面，他只在夜晚出外，並且會穿上黑袍，戴上面具。

　　遠在一九一六年，高爾基就在稱讚年輕的革命詩人瑪耶訶夫斯基的天才。他的《戰爭與和平》那首詩，就是發表在高爾基當時所編的一種刊物上的。高爾基曾在一封信上提起他和這位青年詩人初次見面的情形道：「瑪耶訶夫斯基在一九一四或一九一五的夏天，到墨斯達姆雅基（在芬蘭）來看我……朗誦他的《穿褲子的雲》的斷片，以及一些其他的抒情詩。我很喜歡這些短詩，而他也朗誦得非常之好。」

　　關於契訶夫，高爾基曾說，契訶夫的短篇小說好比許多小玻璃瓶，容積雖小，裡面裝着的卻盡是從生活中提煉出來的酒精。他曾對人談起契訶夫的那篇〈盒子裡的人〉道：

　　　　你們都記得契訶夫的小說〈盒子裡的人〉吧，大家都知道，這位主人公永遠穿着套鞋，穿着棉大衣，帶着一把傘，不管暑天或冬天都是如此。請問你在這七月天氣，在這炎熱的日子，為什麼要穿套鞋和棉大衣呢？人家都這樣問別里闊夫。以備萬一呀，他回答說，難免要發生什麼事情呀，譬如忽然冷起來，那又怎麼辦呢？——他就這麼害怕一切新的東西，一切超出灰色庸俗生活的日常圈子裡的東西，就像害怕黑死病一樣。

高爾基的托爾斯泰回憶

在高爾基的札記和回憶錄裡，有這樣關於托爾斯泰的回憶：

有一個熱天，他在鄉下的大路上追上了我。他騎在一匹小而安靜的韃靼馬上，向利瓦地亞方面行着。白髮蓬鬆，戴着頂白色的冬菇型的輕便氈帽，看來很像一個侏儒。

勒住馬，他招呼我，我便走在他的一旁，在許多旁的事件之中，告訴他剛收到一封科洛連科的來信。托爾斯泰憤怒的搖着他的鬍鬚。

"他信仰上帝嗎？"他問道。

"我不知道。"

"這就是說，你不知道關於他的最重要的事情。他是信教者，但是他在無神論者面前不敢承認。"

他用一種忿忿不平的埋怨的聲音說着，從他半閉的眼簾下憤怒的望着我。這是很明白的，他不似準備同我談話。可是我表示擬離開他時，他卻阻止了我。

"你要到哪裡去？"他問道，"我不曾走得太快吧，是不是？"

於是他又喃喃的說道：

"你的安特列夫也怕無神論者，但是他也信仰上帝的 ——
上帝使他表示敬畏。"

當我們走到羅曼洛夫大公爵的別莊近旁時，我們見到有
羅曼洛夫家的三個族人站在路上談話，彼此站得很近。其中一
個是亞托多爾的主人，一個是喬治，另一個，我想是來自都爾
伯的彼奧多·尼柯拉維支。三人都是魁梧壯大的傢伙。路面給
一輛單馬的馬車阻住，一旁又有一匹配了鞍的馬。托爾斯泰無
法從他們之間通過。他嚴厲的期待的注視着這幾個羅曼洛夫族
人。可是他們在他不曾走近之前就讓開了。後來，那有鞍的馬
兒也不安的跳着，閃到一旁讓托爾斯泰的馬走過。

沉默的走了幾分鐘之後，他說道："他們認得是我，這些蠢
貨。" 過了一刻，接着又說，"那匹馬也知道必須給托爾斯泰讓
路"。

高爾基又曾經這麼記下托爾斯泰所說過的幾句很有意思又
有趣的話道：

有一天，托爾斯泰正在整理着他的信件。"他們對於我議論
紛紛"，他這麼說："在文字上和口頭上。可是到最後，當我死
了，一兩年之後，人們會這麼說：托爾斯泰嗎？哦，就是那個
自己製皮靴的伯爵，後來他又遭遇了一些奇怪的事情，你所說
的就是他嗎？"

《震撼世界的十日》

　　在外甥家裡小坐，他從書架上取出了一本小書遞給我說：

　　"舅舅，你看，你從前存在上海的那麼多的書，這是由我保存下來的唯一的一本。"

　　我一看，是一本英文本約翰·李德的《震撼世界的十日》。這是美國版，想來是我在三十年代所買的。那時年紀輕，讀書比現在認真，或者可以說比現在熱情。我拿在手裡翻了一下，第一頁上寫了幾時開始讀的日期，幾時讀完，在最末一頁上也有記載，書中有好些地方還劃了記號，寫下了自己的意見，在最末一頁上還寫了許多口號。

　　外甥指着那些口號向他的愛人說：

　　"舅舅在年輕時候是非常熱情的。"

　　我臉上一紅，趕緊將那本書合了起來，遞還給他說："還是由你保存作紀念罷。"

　　我本來很想向他要回這本書的，或是買一本新的同他交換。但是想了一下，還是還了給他。當年成千上萬的書都失散了，每一本都有一個故事，每一本都有我的青春歲月的痕跡，現在既然都風流雲散了，偶然留下來的這一本，拿回到手上，徒然增加自己的精神擔負，還是留在下一代的年輕人手上罷，留在他們的手上會比留在我的手上更有意義。這正是我終於將這本書還給他的原因。

約翰‧李德是目睹十月革命的人，他是美國新聞記者，一九一七年正在俄國，因此有機會親身經歷了那驚天動地的一幕，《震撼世界的十日》就是他親身見到的十月革命過程的紀錄。他是列寧的朋友，列寧很推重這本書，曾為他寫過一篇序，成了革命報告文學的經典著作。在三十年代，這是時常被人推薦的一本好書，因此當時我也讀了。

約翰‧李德的這本書完成於一九一九年，第二年他就因病去世，死在蘇聯，當時他還很年輕，只有三十四歲。死後葬在紅場，這是葬在紅場的唯一的一個美國人。他死在十月十七日，今年（一九六五年）是他逝世四十五周年紀念。

這幾天莫斯科正在舉行十月革命四十八周年紀念，像約翰‧李德這樣偉大的國際主義先知先覺，是特別值得我們懷念的。

偉大的諷刺作家果戈理

俄國偉大的古典現實主義諷刺文學大師果戈理，生於一八〇九年四月一日，一八五二年二月十一日去世，只活了四十三歲。前幾年（一九五二年）我們剛紀念過他的逝世一百周年，現在（一九五九年）又再逢到他的誕生一百五十周年紀念了。

果戈理的最主要兩部作品，《欽差大臣》和《死魂靈》，在我國都早已有了譯本。《欽差大臣》的寫作年代較早，完成於一八三五年底，他才二十六歲，第二年四月間首次上演，立時獲得舞台上驚人的成功。他自己說："我決定在這個劇本中將我所知道的俄羅斯全部醜惡聚在一起，同時對這一切加以嘲笑。"果戈理確是將赫列斯達科夫和其他的蠢貨們嘲笑得痛快淋漓，可是從此也給他帶來了麻煩。

《死魂靈》的開始寫作，則在《欽差大臣》完成後的第二年。這一部偉大的諷刺小說，可說是果戈理下半生心血的結晶，他在這上面花費了十六年的光陰，他的下半生全部光陰。但他在一八五二年去世時，他的計劃中的《死魂靈》第二部，仍未能寫完，只留下四章殘稿。

魯迅先生的《死魂靈》中譯本，更是殘本中的殘本，因為他譯到果戈理的原作第二部第三章時，已經因病擱筆不能再譯。第三章的譯文在刊物上刊出時（一九三六年的十月號《譯文》上），先生已經去世了，因此我們的《死魂靈》中譯本，是沒有第二部殘稿第四章的。

　　果戈理的同時代者屠格涅夫，曾在他的回憶錄裡，描寫有一次參加果戈理為《欽差大臣》的演員們所舉行的朗誦會的情形，可以使我們了解果戈理本人的性格和他對這個劇本的態度，是很難得的第一手好資料。這個朗誦會是在果戈理去世的前一年，一八五一年十月下旬，在他的莫斯科家裡舉行的。屠格涅夫這麼回憶他參加這個朗誦會的情形道：

　　　　兩天之後，《欽差大臣》的朗誦會，在果戈理家裡的一間會客室裡舉行了。我獲得允許也參加了這個朗誦會。果戈理的這個朗誦會，本是為那時正在上演的《欽差大臣》的演員們舉行的，因為他對有些演員在戲中的表演很不滿意，說他們失去了氣氛，因此很想將全部台詞從頭到尾讀一遍給他們聽。使我十分驚異的是，參加《欽差大臣》演出的演員，並不曾全體接受果戈理的邀請。他們有些人生了氣，認為果戈理要教訓他們。更有，女演員竟一個也未到。據我觀察，果戈理當時對他們對於他的提議的反應竟這樣冷淡，心裡很不高興。他的個性一向是非常留意這些小節的，他的面部不免流露出一種冷淡陰鬱的表情。他的眼中帶着一副猜疑的神色。這一天，他看來簡直像是一個有病的人。劇本朗誦開始後，他才漸漸有了生氣。他的面頰微微有了顏色，眼睛也睜大，而且光亮起來。我這天從頭到尾聽了他的朗誦。

據說，英國小說家狄根斯，也是一個極好的朗誦家，能夠將他的小說當眾朗誦。他的朗誦是戲劇性的，而且幾乎像舞台上的表演一樣。僅是在他的臉上，就彷彿已經有好幾個第一流的演員在那裡做戲，能令你笑，能令你哭。但是，果戈理卻與狄根斯不同，使我覺得他的朗誦技術非常單純，而且態度很拘謹，所採用的是一種嚴肅，有時又近於天真的認真態度。他似乎毫不措意是否有人在聽他，以及他們對他的反應如何。果戈理所關心的，似乎只是他自己怎樣能夠將他的印象更深刻地表達出來而已。這種效果是不容忽視的，尤其是讀到那種滑稽令人可笑的句子。它使人無法不笑 —— 這是一種健康的歡暢的笑；可是讀這些對話的人，卻並不被這種廣泛的歡笑所驚擾，仍是聲色不動的讀下去，而且好像內心感到有一點驚異，愈來愈專心於自己的朗誦，只是偶然在他的唇邊眼角上露出一絲隱約的笑意而已。當果戈理讀到那有名的短句，市長對於那兩隻老鼠所發表的高見時，果戈理的表情是表示了一種怎樣的詫異和懷疑！這是在《欽差大臣》劇本的開頭處，市長這樣說：“牠們來了，牠們嗅着，然後牠們又走了！”果戈理這麼讀着時，他甚至還緩緩的抬起眼來望着我們，好似對於這古怪的遭遇要向我們尋求解答似的。

　　正是直到這時，我才明白一向在舞台上演出的《欽差大臣》，都是怎極錯誤的而且只是尋求表面的效果。演員們只是急着向觀眾討一些迅速的哄笑而已。我坐在那裡完全被一種喜悅的情緒所籠罩了：這對於我實在是一種真正有益的遭遇。不幸的是，好景不常：果戈理還不曾有時間讀完第一幕的一半，房門忽然大聲的被人推開了，一個還是很年輕的可是已露疲態的作家，匆匆的走了進來，急促的向大家點點頭，然後就是一笑。他一言不發，匆促的在一角找了一個地方坐下。果戈理突然停住了朗誦，用力的敲着桌上的叫人鈴，向聞聲走進來的僕人發怒的質問道："我不是已經吩咐過你不要放任何人進來嗎？"那個年輕作家在椅上移動了一下，但是似乎一點也不感到難堪。

果戈理喝了一口水，又繼續讀了下去。但是已經完全不同了。他開始讀得匆忙，含糊吞吐，又讀漏了字。有時他將整句都讀漏了，只是揮揮手略作表示而已。那個突然出現的年輕作家，已經使他分了心。他的神經顯然經不起輕微的激刺。這要直到讀到赫列斯達科夫開始那有名的謊話時，果戈理才恢復勇氣，提高了聲音，他想向那個扮演赫列斯達科夫的演員表示，怎樣處理這真正難演的場面。在果戈理的闡釋之下，使我聽來覺得十分自然而且真實。

赫列斯達科夫被自己的地位和環境的古怪所迷惑，他知道他自己在說謊，但是同時卻在相信自己的謊話。這乃是一種狂樂，一種靈感，一種說故事者的熱忱。這並非普通的說謊，不是一般的欺騙。他是說謊者，但是他自己也被這謊話所迷惑了。"請求者在大廳裡鬧哄哄的，三萬五千侍從正在以沒命的速度前進，而這些蠢貨卻在這兒傾聽着，豎起了耳朵，仰望着我，羨慕我是一個怎樣聰明的有趣的大人物！"這就是果戈理讀着赫列斯達科夫的獨白給我的印象。但是，就整個來說，這天果戈理的《欽差大臣》朗誦，正如他自己所表示的那樣，不過只是一種速寫，對於那真實的東西略示一斑而已。

而這一切，就因為那個不請自來的年輕作家，他一點也不在乎，獨自留下來同面色灰白疲倦的果戈理在一起，甚至還跟着他走進他的書房。

我就在進門處向果戈理告別，以後就不曾再有機會見過他。……

在第二年的二月間，果戈理就去世了。那時屠格涅夫正在彼得堡。他得到了這不幸的消息，曾寄了一篇哀悼文給《莫斯科新聞》，其中曾沉痛的說："果戈理死了！誰說俄羅斯人的心裡，不被這樣的幾個字所深深的感動呢？他已經死了。我們的損失太慘重了，太突然了，以致我們不敢相信這會是真的事實。是的，他已經死了，這個我們現在有權稱呼他為偉人的人，而這種心痛的權利卻是由於他的死才賦給我們的。這個用他的名字在我們的文學史上已經劃出一個時代的人，這個被我們驕傲的視為是我們榮譽之一的人，他已經死了……"

就為了這篇短文，屠格涅夫曾被檢查當局說他破壞檢查條例，將他拘捕，先將他在警局裡關了一個月，然後再押送他到鄉下的田莊上去悔過。當時沙皇和他的手下就這麼不喜歡果戈理，正因了他的死而暗暗的高興，並且在暗中要着手毀滅他留下來的一切遺稿，因此就遷怒於這麼稱讚他的屠格涅夫。

果戈理的《死魂靈》

　　果戈理生於一八○九年四月一日，今天正是他誕生一百五十周年紀念日，趁這機會談談他的那部《死魂靈》。

　　這部偉大的諷刺小說，在我國已經有了魯迅先生的譯本，可是還差一點未譯完，魯迅先生就已經去世了。事實上果戈理的原作，後面的第二部，也是未寫完的殘稿。

　　果戈理寫《死魂靈》，先後一共花了十六年的時間，但是還未寫完。他開始決定寫這部小說，是在一八三五年。他用了六年的時間，到一八四一年，寫完了第一部。可是第二部的寫作，旋寫旋輟，寫成的原稿被毀了幾次，直到他在一八五二年去世時，仍未寫完，後人將他燒毀的殘稿加以整理，共得四章。魯迅先生的譯文，第二部僅譯至第三章，據許廣平的回憶，這一章是在一九三六年五月譯完的，後來因身體不好擱置，同年十月間拿出來整理交《譯文》發表，這一章譯文刊在《譯文》的新二卷第二期上。出版時先生已經去世了。許廣平曾在全集本《死魂靈》譯文的附記後面很感傷的說：

　　　　到十月間，先生自以為他的身體可以擔當得起了，毅然把壓置着的譯稿清理出來，這就是發表於十月十六日的譯文新二卷二期上的。而書的出來，先生已不及親自披覽了。人生脆弱及不到紙，這值得傷慟的紀念，想讀者也有同感的。而且果戈理未完成的第二部，先生更在翻譯上未為之完成，真非始料所及，或者也算是一種巧合罷。

果戈理的《死魂靈》的第一部，並不是在俄國本國寫的，而是在外國寫的。他從一八三六年開始出國，到德國、法國、瑞士去旅行，後來又到了意大利，在羅馬住下來，集中精力從事《死魂靈》的寫作。一八四一年八月離開羅馬，漫遊德國各地，十月間回到莫斯科，將這部小說第一部的最後幾章重加修改。直到次年五月才第一次出版。

一八四五年夏天，果戈理燒毀了他的《死魂靈》第二部業已寫好的幾章。在他臨死之前，即在一八五二年二月初旬，他將重行改寫過的第二部幾章又付之一炬。因此至今只剩下殘稿四章。

果戈理對於《死魂靈》第二部的寫作，顯然遭遇了許多困難，所以一再將已寫好的原稿焚毀。據屠格涅夫的回憶，他第一次去拜訪果戈理時，陪同他前去的希訖普金曾再三警告他，叫他不可向果戈理問起《死魂靈》續編的寫作，說他不願同別人談起這事。

所謂"死魂靈"，是指一批已死去的農奴的名單，被投機商人乞乞科夫用賤價買了來，當作活人連同土地向銀行去抵押借款，這是十九世紀俄羅斯的一宗黑暗奇聞。

契訶夫誕生一百周年

　　契訶夫是在一八六〇年一月三十日出世的，一九六〇年的一月底，正是他的誕生一百周年紀念日。

　　遠在五四運動以前，我國就已經有人翻譯介紹過契訶夫的小說。最初他的名字被譯作乞呵甫，後來又作柴霍甫，但是現在已經統一的採用契訶夫這個譯名了。他的短篇小說共有一千篇以上，我國當然還不曾有全譯本，但是他的最有名的一些短篇，差不多都已經譯過來了。至於戲劇，他的最重要的幾個劇本，如《三姊妹》、《海鷗》、《萬尼亞舅舅》、《櫻桃園》等都已經有了譯本，而且都曾經在我們的話劇舞台上演過。

　　契訶夫的全名是安東・巴夫洛維支・契訶夫。他本是學醫的，在學生時代就喜歡寫文章，用的名是安東沙・契洪蒂的筆名。他準備在讀完醫科大學以行醫為職業時，將寫文章當作他的副業，哪知漸漸的發現自己的才能和真正的興趣都是在文學方面，於是毅然把全部精力放在文藝寫作上面，並且改用契訶夫這名字發表作品。

　　契訶夫是一八六〇年在舊俄面臨黑海的一個小城市塔干羅格出世的。這座小城就在有名的頓河河口上。家庭的上代本是農奴出身，後來擺脫了農奴的身份，到他父親手上，已經是一個經營雜貨買賣牲口的小商人。父親雖然是商人，平時也很愛好詩歌音樂，因此契訶夫從小就有機會得到一點藝術陶養。可惜在他還只有七歲的時候，父親因為營業失敗，不得不離開故鄉，到莫斯科去避債，因此契訶夫從這時候起，就開始嘗到了孤獨困苦的生活滋味。他刻苦自學，勉強讀完了中學，就依靠自己的力量到莫斯科去投考醫科大學，居然給他考取了。這正是契訶夫未成為作家以前，曾經行醫的由來。他在醫科學生的時候，就開始用契洪蒂的筆名，寫一些幽默諷刺的短篇，投稿到各報刊上，用這來補助他的讀書費用。他是一八七五年（十六歲）考進莫斯科醫科大學的，一八八四年畢業。這時他的文學作品雖然已經有了一些好評，但他還不曾放棄以行醫為活的計劃。直到一八八七年，他的小說集出版後，獲得當時批評家的激賞，帝俄學士院把這一年的普希金文學獎金授給他。契訶夫受到這鼓勵，這才決定以文藝寫作為他的主要事業，開始把行醫放在一邊了。

契訶夫雖是醫生，但是他自己的健康很不好。一八八四年，也就是他從醫科大學畢業的那一年，這年他二十五歲，就開始咯血，而且驗出已經染上了肺結核症。這雖是他在自己家庭裡傳染來的，但是青年時代的生活太窮苦，一面讀書一面又要從事其他副業來維持自己和補助家庭生活，大大的損害了他的身體健康，使他的肺結核症成了不治之症，在他文學創作才能發揮得最輝煌的時候，便短命死去，僅僅活了四十四歲（一九〇四年去世）。

契訶夫的文藝寫作生活，只有短短的二十年。他前期的作品，都是短篇故事，這使他成為近代最負盛名的短篇小說作家。與他同時代的法國莫泊桑，雖然同樣以短篇小說著名，但是在現實生活的反映和藝術成就上是及不上他的。

晚年契訶夫的寫作中心放在劇本上，因此他同時也是在近代舞台上最成功的一個戲劇家。他的名作如《三姊妹》、《海鷗》、《櫻桃園》，是特別適合小型舞台演出的。當年莫斯科的有名藝術劇場，在丹欽訶和斯坦尼斯拉夫斯基兩人領導之下，就是以擅演契訶夫的劇本而獲得國際的盛名。《櫻桃園》就是專為這劇團寫的。契訶夫在一九〇一年與奧爾嘉·卡尼勃女士結婚。她就是莫斯科劇場的有名女演員，以擅演契訶夫的劇本著名。在契訶夫去世後，她仍繼續從事舞台生活，成為劇壇有名的女演員之一，尤其擅演《櫻桃園》裡的拉尼夫斯基夫人一角。

契訶夫的臨死前幾年，生活情形較好，他預支了一筆版稅，在南方的避寒勝地雅爾達，購地建造了一座小小的別墅，全家搬到那裡，住在那裡養病。這座別墅，現在已經成為契訶夫紀念博物館，常年不斷的吸引着各地文藝愛好者去參觀。

契訶夫與托爾斯泰和高爾基都是同時代人，彼此有很深的友情。托爾斯泰對契訶夫的短篇小說非常讚賞，高爾基受到沙皇警察追蹤的時候，曾到契訶夫的雅爾達別墅避難，在那裡住過幾天。

契訶夫故居的紀念博物館

　　風光明媚的雅爾達，座落在克里米亞的黑海邊上，是蘇聯有名的避寒勝地之一。契訶夫曾在這裡住過，他的故居被保存下來，現在已經闢為契訶夫紀念博物館了。

　　契訶夫在雅爾達的故居，是一座小小的別墅。這座別墅對契訶夫自己以及愛讀他的作品的人來說，都有特殊的意義。因為這裡不僅是這位可愛的小說家在晚年曾經住過的地方。而且這座小小的別墅還是他用自己的版稅所得購地建築的，屋內的佈置和陳設又由他自己親手設計佈置。

　　這是一八九八年的事情，契訶夫的父親去世了，他自己為了健康關係，遵照醫生的囑咐，決定遷移到南方去住，至多在夏季才回到莫斯科去。本來，契訶夫自己是醫生，他所患的肺結核症不適宜在冬天住在寒冷的莫斯科，他自己是早已知道的，但是環境和經濟情形向不許可他作轉地療養。直到這時，由於他的寫作收入較好，趁了旅行克里米亞之便，才用不很多的錢，在雅爾達的郊外買了一塊荒地，實現自己心中渴望已久的願望，建造一座別墅。這是契訶夫生活中的一件大事，因此他立時着手一切，邀請建築家里夫·沙波瓦洛夫為他設計房屋的式樣，他自己則親自負責內部佈置，又接洽建築工程，到這年十一月中旬，別墅的建築已經正式開始了。

契訶夫的經濟情形本來並不很好，為了購買建築別墅的地皮和支付建築費用，他的版稅積蓄已經用光了，這時就不得不向出版家訂立新的契約，將他已經出版的和以後的新著出版權，完全委託給一個人，這樣預支到一筆錢，又將別墅的地皮抵押給人，這才籌足建築所需的一切費用。

這座新居差不多建築了一年，在一八九九年九月間，契訶夫就將他母親和弟妹們接到新居來住了。他這時還未結婚，仍是個單身漢，直到一九〇一年才同莫斯科劇場的著名女演員奧爾嘉‧卡尼勃結婚，婚後就住在這裡。他在晚年所寫的幾個著名的劇本，如《三姊妹》和《櫻桃園》，都是在這裡寫成的。

許多契訶夫同時代的作家，都曾經到這裡來拜訪過他，高爾基還在這裡住過幾天。庫布林、布寧、安特列夫，都曾經來過。最大的盛舉，乃是莫斯科劇場的全體演員，在大導演斯坦尼斯拉夫斯基和丹欽訶的率領之下，特地到雅爾達來作客，將契訶夫自己所寫的劇本《海鷗》和《萬尼亞舅舅》演給他看。也正是在這時，他同女演員奧爾嘉發生了感情，後來終於成為夫婦。

由於疾病的磨折，契訶夫於一九〇四年七月十五日，在旅居德國的療養期中去世，僅僅活了四十四歲。他的這座由自己辛苦籌借來的錢建成的別墅，自己一共不過住了幾年，他在遺囑上將這座產業送給他心愛的妹妹瑪麗亞。瑪麗亞‧契訶夫，比她哥哥小了三歲，她不負哥哥的重託，努力使這座房屋的一切保持她哥哥生前所佈置的原狀。也正是由於她和契訶夫一些好友的努力，這座故居才有機會保存至今，並且正式闢成契訶夫紀念館。館長一職，一直由瑪麗亞擔任，直到她在一九五七年去世為止。

現在雅爾達這間契訶夫故居紀念博物館，共闢有紀念陳列室三間，這就是他當年所用的書房、臥室和餐廳。一切佈置都按照他生前所用的原狀擺在那裡，常年開放，供人參觀。另外還有一間陳列室，陳列契訶夫生前所用的衣物，所藏的書籍，以及一切有關他的照片。館長瑪麗亞在一篇紀念文字裡說，這裡的一切可說都保持了契訶夫在世時的原狀，唯一的不同之點，乃是一些珍貴易損壞的陳列品，如手稿照片等等，都放在玻璃櫃裡了。

契訶夫是深得各階層人士愛好的一位作家，在博物館裡的來賓紀念冊上，可以看到來自蘇聯本國各地以及世界各地的他的作品愛讀者的簽名和題詞。他們都深深的對這位作家在小說和戲劇上的成就，對人生的指示，以及對現代文學的影響，表示了推重和感激。由於今年（一九六〇年）是他的誕生一百周年紀念日，專程來此的參觀者更多了。

這座別墅的地段，在契訶夫當年購買時，本是一塊貧瘠的荒地，經過多年的開闢和種植，現在四周已經成為一座美麗的花園了。契訶夫自己本來也非常愛好自然的，他在當時不過因為這一塊荒地售價不貴，適合他的經濟能力，這才能夠買了下來。他在新居的建築工程進行時，除了經常親自來視察以外，並且同時着手種植花木的工作。今日紀念博物館花園裡的許多樹木，有些都是契訶夫當年親手種植的。小說家庫布林，在一篇回憶文字裡，曾記下契訶夫當年對他所說的在別墅四周種植樹林的計劃道：

　　　　這裡的每一棵樹，都是我親自種植的，因此對我非常親切。但是最重要的還不是這事。在我未來到這裡以前，這裡是一片生滿荊棘的荒地，但是我將這荒地變成了經過墾植的美麗園地。試想，再過三四百年，這裡將全部是一片美麗的花園，那時人們的生活將多麼更舒服更美好。

契訶夫的〈打賭〉

契訶夫有一個短篇，使我讀過了幾十年之後還念念不忘，這篇小說名為〈打賭〉。

這是一個非常巧妙而寓意深刻的故事：

有一個銀行家與人打賭，要這人關在一間房裡獨居十五年，足不出戶，不許接見任何人，不許同任何人說話。他若是做得到，十五年期滿之後就輸給他二百萬元。但是一定要滿足十五年才算數，少一天少一小時也不算。

這人接納了，雙方訂了契約，就在這個銀行家花園裡特別建築的一個小房間裡，閉關住了下來。房裡設了一個小窗口，以供遞送每日三餐及其他生活上必需用品。這人關在裡面雖不許同別人說話，但是他如果有什麼需要，可以寫了字條放在窗口，服侍他的人會替他照辦。

同時，門窗並不設鎖，他要走出來隨時可以出來。自然，他一旦走出房，就算輸了。

這人住到裡面以後，果然能夠遵守一切條件，從不出外，也不曾與任何人談話，他只是用字條索取書籍，整日躲在裡面讀書消遣。

這樣不覺就過了十年，這人從沒有一次犯過規則。一切可說沒有什麼變化。唯一的變化，就是他索取的書籍愈來愈多，而且書的種類也漸漸有了變化。他最初所要的全是偵探娛樂一類的消遣書，漸漸的他閱讀文學作品了，從現代的讀到古典的，從小說散文漸漸的讀到戲劇詩歌，後來又讀傳記和自然科學，接着要的是數學邏輯等枯澀的理論書。到了住滿了十年以後，他索取的書便漸漸的趨向於空虛出世的一方面，都是哲理書和宗教書。

時間過得快，不覺十五年將滿了，這人始終謹守雙方約定的規則，一次也不曾犯過規，看來他一定能夠捱滿約定的十五年，贏得這一場打賭，取得銀行家所答應的兩百萬元了。

兩百萬元雖是個巨大的數目，但是這銀行家有的是錢，本不在乎。哪知到了十五年期限將滿之際，由於市場上突起的金融波動，使他的企業崩潰了，眼看到期已無法付出約定的那兩百萬元。銀行家焦急了幾天，忽然把心一橫，決定偷偷的去殺死那個人，這樣就不用付錢了。

在十五年滿期的前夜，銀行家在黑夜潛入那間小房內，要下手行兇。發現房裡已經沒有人，只是窗口有一張字條，是這人留下的，說他經過十五年的獨處深思，飽讀萬卷，已經悟徹人生的真諦和大道。為了不願取得那無用的兩百萬元，他決定在十五年期滿之前的一瞬間，破窗逃走，藉以毀棄那協定。

就這樣，契訶夫深刻的嘲弄了人生和金錢。

托爾斯泰逝世五十周年

今年（一九六〇年）是托爾斯泰逝世五十周年紀念。

一九一〇年的十月二十七日深夜，八十二歲高齡的托爾斯泰，突然棄家出走，單獨離開家庭。事前知道這計劃的只有他的小女兒阿歷克山人娜。托爾斯泰夫人是被瞞住了的，因此第二天早上，當她知道這消息以後，曾經氣得投水自殺，幸虧由家人救了起來。至於托爾斯泰自己，則在離家幾天之後，因為路上受了風寒，已經開始生病，停留在一個小車站上，在十一月七日去世，這時距離他離家出走的時間僅有十天，臨終時只有他的小女兒隨侍在側。托爾斯泰夫人雖然已在幾天之前聞訊趕來，但是為了提防她的出現會刺激托爾斯泰的病體，醫生和親屬都勸阻她不要同托爾斯泰見面。直到托爾斯泰斷氣之後，她才被允許走進他的病房。

托爾斯泰同他妻子的不睦，不僅是感情上的衝突，也是思想上的衝突。他以八十二歲的高齡，終於棄家出走，淒涼的在旅途中去世，可說是一大悲劇。

關於托爾斯泰的作品和生平，以及晚年促成他的家庭發生悲劇的原因，有關的著作可說汗牛充棟，真是說起來話長，在這裡實在無從說起。我手邊有一冊他的小女兒阿歷克山大娜所寫的回憶錄，她是在托爾斯泰離家之後趕去，一路隨侍在側的，現在將她所記的老人臨終的情形摘譯出來。這是十一月六日晚上和七日早上的事情，這時托爾斯泰在一度危急之後，由醫生注射了樟腦鎮靜劑，又好轉了許多，大家遂又放心起來。阿歷克山大娜這麼寫道：

在那幾天內，我從不曾寬過衣服，也幾乎不曾睡過，因此這時我覺得非常渴睡，竟不能再控制自己了。我在一張躺椅上躺下來，並且立即入睡。在半夜裡，我被人叫醒。這時所有的人都來到了房裡。父親又再惡化了。他在呻吟着，在床上轉側，他的心臟幾乎停止了跳動。醫生們給他注射了嗎啡，他就入睡了。他這麼一直睡到十一月七日清晨的四點半鐘。這時醫生們仍在給他注射。他仰天躺着，呼吸迫促。他的臉上有一種嚴厲的表情，因此在我看來幾乎是一種陌生的表情。

有誰說應該讓夫人進來。我俯身去看父親，他的呼吸幾乎沒有了。於是最後一次，我吻了他的臉和他的手。母親被領進來了。他這時已經不省人事。我離開他的床畔，在躺椅上坐了下來。幾乎所有在場的人都在抑制着自己的嗚咽。母親在說話，又在哀哭。有誰要求她不要出聲。一聲最後的歎息 —— 於是房裡就像死一樣的靜默。突然，希朱洛夫斯基用高而尖銳的聲調說着什麼，母親在回答他，接着就大家開始一起高聲說起話來。

我明白他這時已經不能再聽到我們了。

蕭洛霍夫和《靜靜的頓河》

　　蕭洛霍夫的長篇巨著《靜靜的頓河》這部小說本身已經夠長，中譯本有厚厚的四大本，根據原著鄭重拍攝的彩色電影，也是長得驚人的，若是一口氣看下去，要六小時才看完，但比起要看完這部小說，已經快得多了。

　　《靜靜的頓河》是一部地方色彩很濃、富於鄉土氣息的小說，它的篇幅雖然可以同托爾斯泰的《戰爭與和平》，羅曼羅蘭的《約翰·克里斯多夫》相比，但是故事的範圍則小得多，這也正是這部小說的特色和它成功之處。蕭洛霍夫自己就是頓河流域的人，他描寫自己家鄉的故事，親身見聞，自然寫得有聲有色，也有肉有血，所以成為真正的第一部蘇聯文學作品。直到今天，蕭洛霍夫仍住在頓河邊上。我曾譯過一篇一個外國作家所寫的蕭洛霍夫訪問記，說他的寫作室就在頓河邊上一座莊園的小樓上，站在窗口就可以飽覽頓河的景色。他常常開着窗門在深夜寫作。頓河的農民遠遠的望着蕭洛霍夫的窗口燈光不熄，就互相點頭微笑，知道他們引以為榮的那位作家又在那裡工作了。

　　蕭洛霍夫不僅寫過《靜靜的頓河》，他也寫過頓河咆哮憤怒起來的情形，那是在蘇聯人民衛國戰爭中，頓河農民抵抗希特拉和芬蘭白軍瘋狂進攻時的事情。蕭洛霍夫以《洶湧的頓河》為題，一連發表了許多短篇報導，像他在準備寫《靜靜的頓河》之前，所寫的那些《頓河的故事》那樣，描寫頓河的老哥薩克和年青的一代怎樣英勇的抵抗外國侵略者的進攻，保衛自己家鄉的情形。

有一期的蘇聯《鱷魚畫報》，就以蕭洛霍夫這幾篇報導作題材，畫了一幅漫畫作為封面，畫上畫着一個哥薩克騎馬，揮着馬刀向一個陷在泥潭裡的納粹侵略者砍去，標題是《靜靜的頓河淹沒了多瑙河》。

蕭洛霍夫所寫的這些生動的報導，我在當時曾譯出過兩篇，發表在一個刊物上。這已是將近二十年前的事了。最近看了《靜靜的頓河》影片，要想再將那些舊作找出來看看，可惜已經找不到了。

蕭洛霍夫是在一九〇五年出世的，今年（一九五九年）已經五十四歲了。他的這部大著，是在一九二六年開始執筆的，這時他還是個青年作家，但在上一年已經出版了一部短篇小說集《頓河的故事》，接着在這一年又出版了另一個故事集《蔚藍的草原》。

《靜靜的頓河》第一卷在一九二八年完成。接着他又寫了三卷，一共花費了十四年的時間。因此在二十一歲時開始寫這部作品的他，等到全部寫完，已經三十五歲了。在這期間，在一九三二年到一九三三年間，他還完成了另一部小說，那就是今日已同樣為人愛讀的《被開墾的處女地》。這是關於哥薩克農民生活的，描寫那些古老的農民為了要參加集體農場生活，所要克服的困難和經過的鬥爭。這部小說已經成為蘇聯從事經營集體農場工作人員的經典讀物。

《靜靜的頓河》的完成，不僅奠定了蕭洛霍夫的作家地位，同時也使世人對社會主義的現實主義蘇聯文學作品刮目相看，因為這部大著是不能用舊的西方文學批評尺度來衡量的。就是高爾基的《克利姆‧桑姆金》和它比起來，也不免遜色，因為只有《靜靜的頓河》才是從蘇維埃的新土地上，發芽生根長出來的新文學作品。

《靜靜的頓河》在蘇聯早已被改成了歌舞劇，是由伊凡‧地薩辛斯基改編的，並且一再拍攝成電影，先是黑白片後是彩色片。

蕭洛霍夫的母親在一九四二年希特拉瘋狂進攻時，犧牲在納粹的炸彈下。她也是哥薩克農民出身，本來不識字，為了要同兒子通信，這才開始學習讀書識字。因此蕭洛霍夫對於她的死，感到非常的傷心。

歌德的《浮士德》

　　歌德是十八世紀德國最偉大的詩人。他的長篇詩劇《浮士德》不僅是他的一生文藝工作的代表作，更是世界不朽的古典文學作品傑作之一。可是由於原作是韻文的，篇幅又很長，是一首一萬六千行的長詩，裡面所引用的希臘神話和德國地方傳記典故，十分複雜難解，描寫的詞彙又豐富；又因為所採用的是詩的形式，往往一句話要用幾種譬喻來婉轉的表達出，因此在我國雖然早有了忠實流暢的譯文，但是一般文藝愛好者因了這書的內容深奧，往往沒有勇氣和決心去讀它。只是耳熟《浮士德》這部古典名著的大名，多數不知道它的內容究竟是怎樣。

　　歌德，一七四九年生於德國佛朗克府。他是詩人、小說家、戲劇家和哲學家。享壽很高，活了八十三歲，一八三二年逝世。因此他一生所產生的文學作品，和他自己的生活一樣，非常豐富複雜。他的作品包括了長篇敘事詩、詩劇、短詩集、小說、論文、自傳等，共有六七十種之多。今日最為文藝愛好者所熟知的，除了《浮士德》之外，還有他的長篇小說《少年維特之煩惱》。這兩部書都有了中譯本。此外他的另一部長篇小說《威廉·彌斯特》，也為許多人所愛讀。他的自敘傳《詩與真實》，是他早年生活的回憶。這書也有了中譯本。

詩人歌德可說是一位天才，同時也是幸運兒。他生於富有的家庭，環境極好，自幼就才華煥發。著名的《少年維特之煩惱》出版於一七七四年，他那時還不過是一個二十五歲的青年，但這書出版後風靡德國，使歌德在一夜之間成了歐洲的名人。他一生出入公卿，成為魏瑪公爵的上賓，又被任命為魏瑪公國的首相。就由於歌德長期住在魏瑪，使得這個城市成為當時歐洲文藝活動的中心。在文學史上，一個作家能過着這樣繁華富貴的生活，一面又能繼續生產這許多文學作品的人，除了歌德以外，可說是找不出第二個人的。

歌德的《浮士德》是一部長篇詩劇，共分兩部，第一部不分幕，除了短短的序劇和《天上序幕》之外，第一部共分二十五場；第二部則分為五幕。《浮士德》是歌德集中畢生精力所產生的一部作品。他活了八十三歲，但是這部《浮士德》的寫作，在他八十多年的歲月中，卻佔了近六十年。文學史上很少有一部作品是要花費這樣長久的時間才完成的。據歌德的傳記所記載，歌德蓄意要寫這部作品，開始於一七七三年，一七七五年完成了初稿大綱，直到一七九〇年才寫了若干斷片。但又毀稿重寫。我們今日所讀的《浮士德》，第一部在一七九七年動筆寫，寫了九年，直到一八〇六年才寫成。第二部則繼續寫了二十多年，直到一八三一年才脫稿。這部開始於二十三歲的作品，直到八十二歲才正式完成。《浮士德》全書出版後一年，我們這位大作家便去世了。

由於《浮士德》是經過了這樣長久時間寫成的，所以第一部與第二部在故事結構和思想上，有着極大的差異和變化。

第一部是青年浪漫思想的流露，第二部則已經是老年哲理的沉思。《浮士德》雖是一個追求人生真理的幻想故事，但在精神上有些地方可說也是詩人歌德自己的寫照，他熱愛"真理"和"善"，雖然有時為"惡"所誘，一時離開了正路，但是從不真正的愛"惡"，到底必然仍回到"善"的路上來的。這是《浮士德》的遭遇，也就是歌德一生努力的所在。他曾說這部作品是他"文學生活的伴侶"，放在身邊寫了又改，改了又寫，繼續了幾十年還不捨得將它問世，實在是真話。

歌德的《浮士德》故事大概是這樣的：

浮士德本是德國古代傳說中的一個魔術家，在德國各地民間傳說中，都有關於他的不同傳記。在歌德的這部《浮士德》詩劇中，浮士德則以一個精研人生哲學的老學者的姿態出現。他因為不能理解人生的奧秘，思想苦悶，幾乎想自殺。春日偶然出遊，在街上見到一條黑狗，帶牠回到書齋。不料這條黑狗竟是魔鬼莫非斯特菲勒斯的化身。他曾在天上與天帝打賭，一定有辦法能將浮士德誘入魔道，因此下凡來誘他。這時到了浮士德的書齋，莫非斯特菲勒斯便現了真身，向浮士德引誘，說他有法力能解決浮士德的苦悶，使他在任何方面獲得滿足。但是有交換條件，即在浮士德對世上一切感到滿足之後，他自己就要賣身給魔鬼。浮士德答應了這條件，魔鬼莫非斯特菲勒斯就使浮士德喝了一種法水，返老還童，成了一個美少年，然後魔鬼就駕了雲頭，偕了浮士德到各處去遊玩作樂。由於有魔鬼用法力在一旁保護他，因此他可以神出鬼沒的到處亂闖。在這中間，他愛上了一個少女瑪加麗。可是因為要同瑪加麗戀愛，竟弄死了她母親和哥哥，並且同瑪加麗生了一個私生子。結果瑪加麗被判死刑，並且拒絕浮士德的援救。

《浮士德》第一部至此終結。第二部又是另一個世界，浮士德同了莫非斯特菲勒斯，上天下地的經歷了許多人天的奇事，場面詭奇怪異之極，發揮了歌德高度的想像力。後來浮士德盲了雙目，但心中這時不禁發出了滿足的歡呼。按照他同魔鬼訂立的契約，他這時就應該屬於魔鬼所有。魔鬼正擬勝利的將他帶走，但忽然為已登仙界的瑪加麗將他救走，使他終於脫離了魔鬼的掌握。

這就是《浮士德》全部故事的大概。但這部傑作，它的偉大之處是在於通過了浮士德思想上的動搖苦悶，成功的表現人性上善與惡的鬥爭，以及歌德在這部詩劇中所表現的詩人才華。僅是知道一點《浮士德》的故事概略，是未能接觸到這部作品的真價值的。愛好文藝作品的讀者們，還是設法去讀一下這部偉大的作品罷。

席勒誕生二百周年

　　歌德的好友，歷史劇《強盜》、《華倫斯坦》、《威廉退爾》的作者，德國大詩人約翰·席勒，生於一七五九年十一月十日，今年（一九五九年）十一月正是他誕生二百周年紀念。北京為了紀念這位詩人，上演了他的《陰謀與愛情》，這是詩人早期另一部重要的劇本，曾被恩格斯譽為德國第一部有政治傾向的戲劇。因為一對純潔青年男女的愛情，竟在貴族統治者和封建制度的壓迫下，活活的被扼殺了。

　　約翰·克利斯多夫·斐特烈·席勒，這位德國十八世紀偉大詩人和戲劇家，是一個軍醫家庭出身的孩子。父親雖然是軍官，可是家境很窮，席勒先被送到軍官學校學習軍法，後來又要求父親讓他改學軍醫。但這兩種學科都不能使他發生興趣。他在軍事學校期間偷閒看課外讀物，讀到了莎士比亞、盧騷和當代大詩人歌德的作品，使他決定要成為一個詩人和戲劇家，於是暗中開始學習寫作。他的第一個劇本《強盜》，就是在軍事學校裡寫的，這個劇本於一七八一年出版，第二年開始在各處上演，這時席勒已經離開軍事學校了。由於這個劇本的主題是劫富濟貧，反抗暴政，對人道、自由、平等的熱烈歌頌，因此在法國受到的歡迎，比在德國更大。當時法國共和政府曾以榮譽公民的頭銜贈給席勒。這時席勒不過是個二十幾歲的青年，他在國外所獲得的這種聲譽使得烏爾登堡公爵大怒，他乃是席勒父親的上司，這一領地的統治者，認為席勒是個叛徒，便下令將他監禁十四天，並且不許他以後再寫東西。

因此席勒一開始就和封建制度不能兩立，他只好逃離故鄉，避到外地去，在朋友和同情者的援助下，在當時德國那些不同統治者的封建領域中過着流亡生活。他在一七八八年第一次會見了歌德，此後兩人就成了終身好友。席勒的一生，受到歌德的影響最大。他的作品受到歌德的鼓勵，晚年的生活更受到這位大詩人的照顧。歌德可說是席勒一生最大的知己。

席勒在戲劇方面最著名的作品，除了早年所寫《強盜》外，三部曲《華倫斯坦》完成於一七九九年，《威廉退爾》完成於一八〇四年。在《威廉退爾》裡，農民英雄退爾被迫用箭射他自己兒子頭上一枚蘋果的故事，今日已是盡人皆知的有名戲劇場面。

在完成《威廉退爾》的次年，一八〇五年五月間，我們的詩人便去世了，他這時正在寫作一個新的劇本《德米特里烏里》，不幸未寫成就被病魔奪走了生命。

托瑪斯・曼的《神聖的罪人》

在報上讀了那篇報導新近在西德發生的倫常慘變新聞，使我想起寄居美國的德國小說家托瑪斯・曼，在晚年曾經寫過一篇以一個中世紀亂倫傳說為題材的小說，情節比那個新聞更富於傳奇性，也更可怕。而結局卻大大出人意料，那個犯了母子亂倫罪的男子，後來竟被推選為教皇！

托瑪斯・曼的這部小說，早已有了英譯本，而且有了廉價的"企鵝叢書"版。書名就是《神聖的罪人》(*The Holy Sinner*)，編號為該叢書第一六二五號。只要花幾塊錢，隨處可買。

曾經得過諾貝爾文學獎金的托瑪斯・曼，因了他是猶太籍的德國人，在希特拉的納粹政權興起時，就流亡到美國，過着受庇護的生活，在普林斯頓大學講學，後來又到了加里福尼亞。他的這部《神聖的罪人》，就是在這時所寫的。一九五一年德文本第一次出版，第二年就有了英譯本，一九六一年有了"企鵝"的廉價版。

《神聖的罪人》主要情節，是說在中世紀時，佛郎德斯有一對貴族孿生兄妹，發生了亂倫關係，生下一個男孩，棄置海中，卻不曾死，被人救起撫養成人。那亂倫的兄妹兩人，在父親去世後，先由哥哥承襲了公爵封位，後來哥哥又去世，便由妹妹承繼，成為女公爵。這時有世仇覬覦女公爵的封地，發生戰爭，有一個效忠的英雄殺敗了敵人，保全了女公爵的封地，於是女公爵就按照轄下民眾的願望和傳統風俗，將這英雄入贅為丈夫。

沒想到這英雄就是他們當年所遺棄的亂倫關係的私生子，於是就發生了可怕的雙重亂倫關係。那個女公爵本是早已同自己的哥哥犯了亂倫罪的，這時竟又與自己的兒子成為夫婦，更犯了母子亂倫罪。

經過了好幾年，這可怕的關係，由於當年留給孩子的一件憑記，才無意中被發現。可是這時兩人早已生下了一男一女。

她的第一個兒子，這就是說，她的丈夫，同時又是搭救她的英雄，發現了這可怕的罪惡關係後，棄家出走，到異鄉荒野隱名改姓，過着苦痛懺罪自咎的生活。經過十七年之後，他竟成了德高望重的聖人，終於在許多"神跡"和"夢兆"的啟示之下，被選為教皇。

他成了教皇後，那個既是他妻子又是他母親的女人，自然不知道這一切，她為了自己心上的罪過，特地到這新選的教皇面前來懺罪。教皇聽了她的自白後，才知道她是誰，便向她說明了自己的真相。

托瑪斯・曼的這部《神聖的罪人》，故事取材於德國中世紀詩人哈達曼・封・亞伊的史詩《格利哥里奧斯・封・史坦恩》。格利哥里奧斯就是那個亂倫關係所生，後來成為教皇的那個孩子的名字。而詩人亞伊的題材所本，又出自法國民間傳說。

托瑪斯・曼的《神聖的罪人》，是採用講故事的方法，由一個第三者的筆下寫出來的。當然，托瑪斯・曼的主題，不是要寫一個兄妹母子亂倫的故事，而是想借這個故事來說明人性的罪惡，在神的眼中，不論性質怎樣嚴重，都是可以原諒的，只要看犯了罪的罪人肯不肯虔心去懺悔。當然，他是強調宿命論的，認為一切全是出於神的安排，無論善惡，同樣都是神的恩典。因此犯了母子亂倫罪的格利哥里奧斯，經過長期沉痛的悔罪生活後，就在德行上成為十全十美的聖人，可以獲選為教皇。而他的獲選，更是經過神跡和神的啟示來促成的。這就說明了最善和最惡，在神的眼中看來，只是一念之差而已。

托瑪斯・曼在《神聖的罪人》最後，描寫身為教皇的格利哥里奧斯向他母親揭露自己身份的真相後，母親向他問：兒子、丈夫、教皇，這三種不同的身份，他願意繼續同她保持哪一種？他認為應該保持的乃是“丈夫”，因為他們的結合是在教堂裡經過神的祝福的，而“母子”的關係則是出於非法結合所產生。

母親又要求兒子以教皇的特權，宣佈解除他們的可怕婚姻關係，可是兒子也拒絕了，認為這應該任由神的意志去安排。他提議他們今後不妨以“姊弟”相稱。

母親又領了他們兩人所生的兩個兒女來與他相見，格利哥里奧斯就按照“姊弟”的關係，稱他們為自己的侄兒女。就這樣，關係這麼複雜的一家人，就在神的意志安排下，團聚在一起了。

這個亂倫故事的要點：自幼被遺棄的格利哥里奧斯，由於搭救了不知是自己母親的女公爵，同她發生亂倫夫妻關係的經過，頗與最古的希臘亂倫故事，奧地普斯除了人面獅身怪獸之害，遂入贅是他母親的王后為王夫的情節相似。可能是那個法國中世紀的傳說，就是由古希臘悲劇變化而來。在古代埃及和希臘，王族為了保持自己血統的純粹，防止王位落入外姓手上，亂倫的婚姻關係是認為無可避免而且合法的。

雨果和《悲慘世界》

愛好文藝和愛看電影的人，我想他如果不曾讀過或是看過《悲慘世界》（又譯《孤星淚》），他一定會讀過或是看過《鐘樓駝俠》。如果兩者都不曾，他至少會知道這兩部名著的名字。因為這都是雨果的名著，已經不只一次被搬上銀幕，改拍成電影。

維克多·雨果是法國十九世紀浪漫主義文學大家，是詩人、戲劇家，同時更是小說家。我們翻譯雨果的作品很早，不過從前不是將他的名字譯成雨果，而是譯成囂俄。

當年林琴南與別人合作翻譯外國小說，就譯過雨果的名作《悲慘世界》。不過當時的書名不是用《悲慘世界》，而是用《哀史》。就是《鐘樓駝俠》也曾經譯過。雨果這兩部小說都很長，林譯都是節譯的。但是無論如何，我們對於雨果的作品，總不算陌生了。

雨果生於一八〇二年，正是拿破崙不可一世的時代，也正是法國多事的時代。雨果在文學上的成就，雖以小說為世人所知，但是他的性格可說是詩人的性格，熱情、衝動、富於正義感、富於同情心，對於愛情又十分看重。他可以為真理而死，又可以為愛情而犧牲，所以具有典型的詩人氣質，同時也是典型的浪漫主義作家。

　　雨果出身於軍人家庭，他父親是拿破崙部下的軍人。他雖然出身在這樣的家庭環境中，但是很小就有文學天才。十三歲時，他在學校裡就動手翻譯拉丁古典詩人維吉爾的牧歌，結果給老師打了一頓，並不是責他翻譯得不好，而是老師自己也恰巧翻譯了這首詩，他怪這孩子竟膽敢同他競爭。雨果只好噙着眼淚回家，但他並不氣餒。他瞞了這位老師參加校中的詩歌競賽，毫不費事的就獲得首選。到了十七歲，他已經是一位受人喝彩的青年文人了。

　　他的名作《鐘樓駝俠》，作於一八三〇年，這時雨果已經二十八歲。他在這年九月開始動筆，在整個秋天和冬天勤力的寫着，到了第二年一月，這部大著就已經脫稿了。

　　《鐘樓駝俠》的原名該是：《聖母院的駝背漢》。這是以法國巴黎那座有名的聖母院為背景，描寫該院一個司鐘的駝背漢的故事。這個駝背漢被人目為廢物，譏為白癡，指為怪物。可是在他的心裡不僅有善有惡，還有正義感，還有愛情。因此中文譯名稱他為"駝俠"，可說十分恰當。雨果的小說，寫來場面大，故事曲折，情節緊張，有笑有淚，有憤怒有幽默，是典型的浪漫主義文學作品。《鐘樓駝俠》正是如此。所以一共拍過幾次電影，每一次都很能吸引觀眾。

　　《悲慘世界》的篇幅比《鐘樓駝俠》更長，場面也更偉大。這可說是文學史上偉大作品之一，比起托爾斯泰的《戰爭與和平》也毫無遜色。雨果僅憑了這一部小說，在法國文學史上已經可以獲得不朽的聲譽。

《悲慘世界》出版於一八六二年，這時雨果已經六十歲，可說是他千錘百煉的精心作品，未出版以前已經先有了九種語文的譯本，同時在巴黎、倫敦、布魯塞爾、紐約、瑪德里、柏林、聖彼德堡、吐倫等地出版，可說是當時世界文壇的一件大事。據雨果的傳記說，《悲慘世界》在巴黎出版的第一天，在清晨六時，讀者就包圍了書店門口，等候開門後搶先購買。據說在僅僅幾小時之內，就銷去了五萬冊。

　　《悲慘世界》共分五大卷，以若望·瓦爾若望的一生為故事中心。他本來是個善良的農民，為了偷一塊麵包救濟他姊姊捱餓的孩子，結果以偷竊罪被判入獄五年。由於想越獄逃走，刑期更被加重到十九年。這就是《悲慘世界》的開端。瓦爾若望刑滿被釋後，歷盡辛酸，無以為生，幸得一位主教收容他。可是他的心裡受盡了人世的冤屈，有點激憤反常。主教待他那麼好，但他臨走時竟偷了主教家中的銀器逃走。途中被警察捉到了，帶到主教家裡來認贓，善良的主教竟表示這些銀器是他自己送給瓦爾若望的，要求警察釋放了他。這一來，真正的感動了瓦爾若望。他認為自己雖然受盡了世人虐待，但是世上到底仍有真正的善人，他自己也仍有機會為善。於是他決定重新做人，報答這位好主教。

　　《悲慘世界》就是敘述瓦爾若望在這一念之下所幹出的許多可歌可泣、令人感動的事情。這小說是以巴黎為背景的，雨果描寫了巴黎那些貧民窟的居民、流浪者、亡命之徒的生活，又描寫了滑鐵盧大戰，還有革命暴動的場面，少男少女的純潔愛情場面，五光十色，令人目不暇給。緊張處令人透不過氣來，但是又不忍釋卷。

　　瓦爾若望立志為善後，在社會上一帆風順，成為富有的實業家，後來更當選為市長，儼然一個重要人物。但是有一個警方的密探，知道他的底細，不時威脅他，甚至要捕他入獄，這裡面就產生了許多緊張動人的場面，其中有一處描寫瓦爾若望為了要拯救一個孤女，在巴黎地下的大溝渠內逃避警探追捕的經過，是令人讀了怎樣也不會忘記的。後來瓦爾若望有點愛上了這一手撫養大的孤女，但當他知道另一個有為的青年也愛上了她時，他便犧牲了自己，成全了這一對年輕人的姻緣。

　　《悲慘世界》實在是一部不朽的傑作。

　　雨果享壽很高，活了八十三歲，到一八八五年才去世。八十歲生日時，全歐洲文壇為他舉行了盛大的慶祝。但他臨終時，卻遺言要求以他的遺產分贈巴黎窮人，並且不要舉行盛大的葬儀，該用簡單樸素的柩車送往墳場。

　　雨果的一生都是同情生活在巴黎的“悲慘世界”裡面的那些人物的。

喬治・桑和蕭邦的戀愛史

　　十九世紀法國女作家喬治・桑，和波蘭大音樂家蕭邦的一段戀愛史，文學與音樂的結合，可說是法國文藝史上最為人愛談的一段佳話。

　　喬治・桑（George Sand）女士原來的姓名是艾洛內・杜特凡（Aurore Dudevant）。杜特凡是她丈夫的姓，但他們結婚後就彼此感情不諧，終於分居。喬治・桑是個很有丈夫氣的婦人，她寧可不要丈夫的贍養費，自己到巴黎去靠一枝才筆來寫作謀生。由於不願被人嘲笑為閨秀作家，她特地選用了"喬治・桑"這個完全男性的姓名來作自己的筆名。她平時也喜歡作男裝打扮，長袴窄衫，口銜雪茄，出入文藝沙龍，與當時作家往還，加之她的才華不凡，寫作是多方面的，小說尤其寫得很動人，因此不久就享了盛名。

　　她和波蘭音樂家蕭邦的一段戀愛史，開始時喬治・桑已經是三十四歲的中年婦人了，但是那位波蘭大作曲家卻比她年輕，比她小了七歲，而且已經患着嚴重的肺病。因此有人認為喬治・桑對蕭邦的愛，除了普通男女之愛以外，還隱有一種母愛潛藏着。因為在他們兩人的戀愛期中，富於丈夫氣的喬治・桑，對衰弱文雅的蕭邦，竟看護得十分體貼，無微不至，充滿了女性的母愛精神。這時喬治‧桑早已同她的前夫杜特凡離了婚，同小說家繆塞的一段短暫羅曼史也結束了，便將她的萬丈情絲纏到蕭邦身上，她已經有了兩個兒女，大的是兒子，已經十五歲，小女兒也有十歲。但是喬治‧桑仍不避物議，帶了前夫留下來的這一對兒女，同蕭邦去同居。

他們為了避免在巴黎過於遭受物議，便選定法國南部地中海的瑪佐卡島作為他們"愛情蜜月"生活的地點。他們本來都是住在巴黎的，但是從巴黎出發往瑪佐卡島去時，卻故意分道揚鑣，以免過份引起別人的閒話和議論，到了目的地以後再在約定的地點聚首。

瑪佐卡島是地中海的一座陽光普照，風景明媚的海島。出生在北國波蘭的蕭邦，住慣潮濕寒冷的巴黎的喬治‧桑，兩人一來到這海外勝地的瑪佐卡島，不覺愉快異常。因為島上有的是油綠的棕櫚樹，蔚藍的天空，淺碧的海水，天上白雲緩馳，陽光溫暖。這時雖然已經是十一月，但是島上的氣候還煦和如春，使他們一來到以後就沉醉起來了。

可是，他們很快就遭受到意外的麻煩，使他們的戀愛美夢遭受了創傷。原來瑪佐卡島上的自然環境雖然很美麗，可是居住條件卻很差。他們兩人在一八三八年十一月的一個早上抵達瑪佐卡的首府伯爾瑪以後，人地生疏，首先在住處方面就發生了問題。兩人找來找去，才在海邊一家小旅店裡租下了兩個小房間，一切設備很簡陋，床上所鋪的床褥，用喬治‧桑自己的話來說，"又硬又薄，簡直像是一塊石板"。房外的窗下就是幾個木匠的工作場，整天的在那裡敲着鐵錘，釘造木桶，使得這一對情人不能休息，只好搬家。

喬治‧桑和蕭邦兩人在瑪佐卡島上，不過享受了三個月的甜蜜同居生活，可是在這三個月內，卻搬了四次家，住到一座古老的別墅內，這時天氣已入冬季，島上的氣候變得陰冷潮濕，多雨又多風，對於蕭邦的病體非常不利。空洞的古屋連生火取暖的壁爐也沒有，只好用炭盆取暖，煙氣彌漫，經常惹得蕭邦終夜嗆咳不能安睡，更妨礙了鄰居的安眠。鄰人知道蕭邦是患有傳染病的，便向屋主提出抗議，屋主只好請這一對巴黎來客搬家。由於鄉下地方小，消息傳得快，大家怕傳染肺病，當地人誰也不肯租屋給他們，甚至女僕也辭職不幹。於是這一對小說家和音樂家的情侶，竟一籌莫展，只好求救於駐伯爾瑪首府的法國領事，蒙他招待他們在自己家裡住了幾天，以便有時間可以慢慢的找住處，這次已經是喬治‧桑和蕭邦兩人來到瑪佐卡島上後，在短期內所換的第三個住處了。

找來找去好容易才找到一家公寓肯租屋給他們，這是用一座古老的僧院改建的，那些古堡式的屋宇已經有三四百年的歷史，正廳上面有寬闊的地下室，都是當年僧侶習靜的靜室，闢作公寓供人居住。他們兩人租用了這樣一間地下室，裡面分成三個房間。這座古僧院現在還存在，蕭邦和喬治‧桑當年住過的地方，現在已成為古跡名勝，來到島上遊覽的旅客都要來參觀一下。

喬治‧桑和蕭邦兩人，帶着喬治‧桑跟前夫所生的一對兒女，總算在這座古僧院的地下室裡過了一段安定的日子，不再被迫搬家。

住處雖然很不好，但是環境卻很好，因為從僧院的庭院裡就可以望見蔚藍的海。蕭邦的身體雖然愈來愈不好，但他仍不肯放棄工作，租了一架鋼琴，支持病體來努力作曲。就是在這島上古僧院的地下室裡，同喬治・桑同居的期間，這位偉大的波蘭作曲家創作了許多首出色的作品，這裡面包括幾首序曲，一首馬敘爾卡舞曲，一首 F 調的謠曲，一首朔拿大，還有兩支波格奈斯舞曲。就是喬治・桑自己，一面要照顧蕭邦的病體和兩個孩子，一面又要親自上街去買菜，回來再入廚，在這樣百忙之中，她也用這座古老的僧院作背景，寫了那部小說《斯畢列登》。

　　後來，蕭邦的病況更嚴重了，島上的冬季氣候實在對他太不利。兩人只好結束了在瑪佐卡島上的同居生活，乘船回巴黎去。這樣就結束了他們的好夢，同時也結束了這一段短暫的戀情。

巴爾札克和《人間喜劇》

　　我很喜歡讀巴爾札克的傳記。雖然他的那一枝筆幾乎是沒有第二個人能夠比得上的，但他在當時那個法國不公平的社會裡所過的生活，卻和我們現在許多人所過的差不多。

　　巴爾札克的寫作時間，總是在深夜至黎明之間。他發狂一樣的趕着寫，披着道袍似的大睡衣，喝着苦澀的濃咖啡，頭上纏着冷毛巾，東西也忘記吃，就這麼不停的趕着寫。他這麼緊張的工作，不僅是因了創作的衝動，同時也為了印刷所在催稿，又有債主在等着他用作品去換錢來還債。有時直寫到天已經亮了，還未能寫完他要寫的東西，往往要放下百葉窗遮住黎明的陽光，在油燈下繼續寫下去，仍當它是黑夜一樣，使得自己可以寫得安心一點。

　　他雖然這麼拚命的寫，作品的銷路也不錯，而且聲譽也很好，但是他的經濟情形始終弄不好，老是生活在拮据困難，瀕於破產，債主登門坐索的窘況下。他的小說裡有許多描寫借債和躲債的苦況，寫得非常精彩，這都是根據他自己這樣的親身經驗寫成的。

　　每一個作家在寫作上都有自己的願望，或大或小。但是巴爾札克的寫作願望卻與一般作家不同，他的野心真大得驚人，因為他在作品中要反映的竟不是他所生活的時代的一部分，而是想反映整個時代，用萬花筒的辦法將他的時代各方面五花八門的反映出來。為了實現這個野心，他便定下了《人間喜劇》的寫作計劃。這部作品要由一百多部長篇小說、短篇小說和人物特寫來構成。

由於生活上所受的磨折，巴爾札克的壽命活得不很長，只活了五十二歲。在他去世時，他的這個空前的偉大寫作計劃距離完成還很遠，但他寫下的長篇小說和短篇小說集已經有六十多種，這都是要構成他的《人間喜劇》的一部分。不過，雖然尚未完成，大革命後的整個法國社會，已經生動如實的出現在他的筆下了。

巴爾札克寫得很快。但他在執筆動手寫作之前，搜集資料要花費很多的時間，有些背景還要實地去觀察，事前還要讀許多縱橫有關的參考書。寫好之後還喜歡修改，有時全篇已經付排，他在印刷所送來的校樣上改了又改，改得連自己也看不清楚了，他往往會全部塗去，重新另寫一遍。當他擬好了《人間喜劇》的寫作計劃，同出版家簽訂合同時，出版家曾在合同上要他答應一個附帶條件，如果校樣時修改太多了，便要他擔負改版的費用。結果巴爾札克所預支的一萬五千法郎版稅，在原稿排成後竟要貼補五千多法郎給印刷所。他的經濟情形就始終是這樣的一團糟。

《人間喜劇》得名的由來，是由於但丁的《神曲》這題名的暗示。巴爾札克想給自己的小說題一個總名，想了許久想不出一個恰當的，因為他的計劃是要描寫一個時代，這時代的各種面貌，並且要加以分析和批判。後來偶然有一位友人從意大利旅行回來，談起意大利文學和但丁的《神曲》，巴爾札克忽然靈機一動，想到了這個題名。但丁的《神的喜劇》（《神曲》的原名如此）既是描寫天堂和地獄的，那麼，他的描寫現世的小說，自然可以題作《人間喜劇》了。巴爾札克對於這個題名很喜歡，自己還寫了一篇序文來加以解釋。

　　他的《人間喜劇》寫作計劃，預定將他所要描寫的人物，分成數組，分為私生活、外省生活、巴黎生活等等，有些以小孩和青年男女為主題，有些則寫鄉下人外省人，有些則寫靡爛的巴黎人生活。此外還有軍事生活、政治生活及哲學研究部門，後者是分析那些決定社會上各種形態人物的性格的根本因素。最後他還要寫《社會生活的病理學》、《改善十九世紀的哲學和政治的對話》等等 —— 而這一切並非論文，乃是用小說體裁用人物來構成的 —— 巴爾札克要將整個法國社會包括在他的《人間喜劇》裡。

　　依據巴爾札克擬定的計劃，他的《人間喜劇》將由一百四十四部作品構成，預定出場的人物在四千以上。他雖然不曾完成這件空前的大創作，但他已經寫下了六十多部，創造的人物典型也在二千名以上 —— 僅是這一點，已經值得我們佩服了。在法蘭西文學流派上，承繼巴爾札克偉大傳統的乃是左拉。他的《魯貢‧馬爾加家傳》的寫作計劃，便是直接得自《人間喜劇》的啟示。

莫泊桑的傑作

　　我在這裡要說的是莫泊桑的傑作，不是托爾斯泰在一篇序文裡特別誇獎過的《水上》，而是莫泊桑的老師福樓拜肯定的認為可以不朽的那篇〈脂肪球〉。這是與〈項鍊〉一起時常被人提起的他的兩篇代表作。〈項鍊〉已經有過魯迅先生的譯文，載在他所譯的《苦悶的象徵》卷末。〈脂肪球〉也早已有過好幾種中譯，不過題目有時又譯作〈羊脂球〉。

　　〈項鍊〉裡的諷刺意味較淡。莫泊桑雖然在這個短篇裡諷刺了小市民階級的主婦愛虛榮要擠入上流時髦社會所受的痛苦，但是卻對她們的善良本質和誠實性格予以讚揚和同情。寫得非常和緩冷靜，是典型的自然主義手法。

　　可是在〈脂肪球〉裡卻不同了。莫泊桑的那一枝筆已經忍不住有點激動，不再那麼冷靜了，已經有點接近批判現實主義文學的手法了。他在這篇小說裡，不僅發揚了愛國思想，還無情的嘲弄了當時法國上流社會紳士淑女的虛偽和自私。

　　〈脂肪球〉是一個中篇（按：一集稱短篇）。他有意的在這篇作品裡，使一個一向受 "社會" 唾棄的妓女，與一群一向受 "社會" 尊敬的紳士淑女對立起來，唱了一齣對台戲。結果在愛國思想，對人類的同情心，甚至在道德標準上，敗下陣來的卻是那些假仁假義而又卑鄙自私的紳士淑女們。

在香港的街上，我有時見到有些自命高貴的太太們對路邊的國際女郎投以不屑的眼光，我就忍不住要想起這篇小說。我當然不敢斷定那些被侮辱者之中是否也有"脂肪球"，但是對於那些自命高貴的太太們，我卻覺得正如耶穌在處理那個"淫婦"的事件中所表示的態度那樣："你們之中誰在心裡沒有犯過姦淫的就可以動手打她！"

所謂"脂肪球"，是一個私娼的綽號。因為她生得豐腴肥胖，所以被人稱為"脂肪球"。她同一群巴黎的上流社會男女一同乘馬車往某地去，當時正是普法戰爭時期。那些紳士淑女起初瞧不起她，可是車上除了她以外，沒有人攜帶食物，他們為了肚餓，這時就不嫌"穢"的將她的食物大吃特吃，後來路上有駐防的普魯士軍官留難這批旅客，要求以"脂肪球"伴宿一宵為條件，才讓車子通過。脂肪球痛恨普魯士人，不肯答應，那些紳士淑女為了自身安全着想，卻慫恿，甚至懇求她去。可是當第二天早上她回來時，那些人見到難關已過，便又一起擺出高貴的臉色不理睬她了。

莫泊桑就這麼毫不留情的諷刺了當時法國上流社會的自私虛偽和缺乏愛國思想。

紀德的《剛果旅行記》

　　這是法國文壇有名的逸話之一：安得烈·紀德年輕時候曾想到剛果去採集蝴蝶標本，當時他只有二十多歲，不料這願望遲遲未能實現，直到他在一九二五年終於有機會去剛果旅行時，他已經五十多歲了。這個延遲了三十多年才能夠實現的願望，雖然已經將他當初要到剛果去採集蝴蝶標本的熱忱大大的打了折扣，但卻使他獲得了另外的一種收穫，那就是見到了在當年法屬剛果和比屬剛果的區域內，殖民主義者對剛果土人所施行的榨壓手段，以及種種暗無天日的殘暴和不公正事件。這使得紀德不能無動於衷，因此在他回國後所寫的那部《剛果旅行記》裡（一九二七年出版），其中雖然也提到了剛果那種色彩瑰麗的大蝴蝶，但是大部分的篇幅都是敘述剛果土人的生活，在殖民主義者榨壓磨折下的悲慘苦痛生活。

　　一到剛果，紀德就旁聽了一個年輕的法國軍官被控虐待下屬案。從案情中透露，這個軍官要他屬下的土籍兵士的妻子，每晚輪流陪他睡覺。兵士們起初敢怒而不敢言，但是一有機會，就聯名控告他虐待。這個軍官後來被判了一年徒刑，但是隨即又宣佈緩刑。紀德說："我無法想像在場聽審的許多土人，對於這次審判的觀感如何，桑布萊所獲的處分能夠滿足他們的正義感嗎？"

在旅行途中，紀德和他的同伴被一個土人村長在半夜裡吵醒，村長向他控訴，說是有一個白人軍官帶了兩名兵士，到某處村上執行集體懲罰，因為曾經命令村人要遷移到另一個新的墾植區，他們由於捨不得離開自己的種植物，又由於新的地區的居民部落與他們不同，要求免除徙置。不料被認為違抗命令，因此派兵來執行集體懲罰。這個黑人村長告訴紀德，當那個白人軍官和兩個兵士抵達村中後，就將村上的十二個男人抓住，捆縛在樹上，然後開槍一起打死，隨後又用刀將所有的女人一起殺死，最後捉住五個孩子，將他們關在一間茅屋內，然後放火將茅屋燒了。村長說，這一場懲罰一共殺死了三十二個人。

這人所以半夜裡趕來控訴的原因，是因為見到紀德一行人坐了當地長官的汽車，知道一定是要人。他知道天亮以後就不會有機會容他說話，所以趁夜喚醒他們。

果然，紀德說，這個村長第二天就被捕入獄，並且連同他的家屬也一起被捕。雖然紀德曾寫了一封信給他帶在身邊，要求當地總督保護這人，可是並不生效。

紀德在剛果旅行了不久，就發現在白人之間有一種極佔勢力的見解，認為對待黑人，一定要用暴力，使他害怕，然後才可以建立自己的威信。一個比籍的醫生就向紀德力言這是唯一有效的辦法，認為不僅要用棒頭，有時就是流血亦所不惜。他說他自己有一次就打死一個黑人，不過趕快聲明，這並非為了他自己，而是為了搭救一個朋友，因為如果不這麼做，這個朋友就完蛋了。

紀德說，在剛果的白種人，不僅官員如此，就是商人也是如此；不僅男人是如此，就是女人也是如此。他們對於所僱傭的黑人沒有一句好話，當面叫他是"渾蛋"，罵他是"賊"。紀德見到一位太太當面叫她的黑種僕人是"賊"，十分表示詫異，可是這位太太說："這是這裡的習慣。你如果住久了也要如此。你等着瞧罷！"

紀德說，他在剛果住了十個月，始終未更換過他的僕人。他從不曾罵過他們一句，也從不曾遺失過任何一件小東西。他認為這兩者是有關聯的。

白種人不僅壟斷了剛果市場，將歐洲無法銷售的次貨運到剛果來，用高價賣給黑人（紀德在船上曾發現有一批過了期的歐洲壞罐頭，正運到剛果來賣），並且在剛果市場上，壓低土人生產品的市價。也許有人以為白種人在非洲殖民地買東西，一定比土人所付的代價為高。不料情形恰恰相反。紀德說，一隻雞的價錢，如果黑人自己買，要三法郎；但是如果是白人買，只需一個法郎；因為法律規定白人向土人購物應享受優待。有一天，紀德所僱用的剛果僕人就請求紀德給他去買一隻雞，這樣他就可以便宜二個法郎。

在剛果最使紀德驚駭的現象是：白種殖民主義者對於黑人童工的虐待。他曾見到一群馱物的童工，都是十一二歲的孩子，臉上沒有一點笑容。紀德給他們每人一塊麵包乾，他們伸手接了便往嘴裡送，一句話也不說，一點表情也沒有，完全像是"家畜"一樣。詢問結果，這一群童工已經五天沒有正式吃過東西了，據說他們都是逃犯。

又有一次晚上，他們發現衛兵的營地上鎖了一群孩子，男女都有，年紀不過八九歲到十二三歲。紀德找了一個通譯去問這一群孩子，知道他們是從不同的村莊上抓來做工的，沒有工資，而且六天沒有正式吃過東西了。紀德決定第二天去繼續調查這事。可是到了第二天早上，這一群孩子已被急急送往別處，那個土人通譯也被捕入獄。

這是紀德三十多年前在剛果所見到的情形。三十多年來，殖民主義者在剛果的壓迫只有變本加厲。直到最近，民族自覺的火花才照亮了黑暗的非洲，這醒覺將是任何高壓力量不再阻擋得住的。

紀德的自傳和日記

　　安得烈・紀德是一個喜歡在作品裡暴露自己的作家，因此他的自傳和日記就成了他的最重要作品的一部分。

　　他的那部白傳，題了一個很古怪的名字："如果這粒種子不死"。

　　大詩人歌德的自傳，取名為《詩與真實》。詩的世界是想像的，空虛的，可是卻是美麗的；真實的世界雖然是現實的，同時不免是虛偽和醜惡的。歌德就採用了這句富於哲理的詞句來命名了他的自傳。

　　紀德的《如果這粒種子不死》卻用了一個更偏僻的典故，而且以這樣一句話來命名自傳，頗有點自負之意。因為這句話是出自《聖經・新約》上的。大意是說一粒種子（麥子）落在土中，如果不死，它就始終仍是一粒種子；如果死了，它就能發芽長成，開花結實，化身成為無數的麥子。紀德用這來命名他的自傳，說明他的生活意義，乃是在"殉道"和"播種"，可說很自負。

　　《如果這粒種子不死》是一部很大膽的自傳。紀德在裡面很坦白的暴露了自己一些生活上的隱秘，年輕時候的一些放蕩行為，也如實的寫了出來。因此他的自傳譯本在美國初出版時，就因為其中有關於男色的描寫竟被列為禁書，使得出版者受了罰。後來雖然開禁了，但是仍只許印行數目有限制的限定版。

我最初所讀的，就是花了相當貴的代價買來的這種限定版。

不僅他的自傳是如此，紀德在他所寫的那些小說裡面，有好多地方都是很明顯的在寫他自己。

他的日記，在晚年才整理出版。已經出版的已經分量相當多，未出版的恐怕仍有不少。比起他的自傳和那些回憶錄文字來，紀德的日記說理的成分太多，敘事的成分太少。他努力在分析自己，暴露他的內在的我，顯然事先已經準備是要發表的。因此這些日記是研究紀德的思想和作品的好資料，卻不是好讀物。

要想從紀德日記裡讀到像龔果爾兄弟日記裡那樣的當代作家交遊軼聞，那是要失望的。

要讀這樣的文字，該讀他的關於王爾德的回憶。這只是一個小冊子，但是作為一個作家對於另一個作家的友情的追憶，這是一篇美麗而且令人感動的作品。尤其在王爾德出獄之後，受到舉世唾棄之際，悄然住在法國鄉下的一個小旅店裡，只有紀德不忘舊情，仍將他看成是自己的朋友，這是最難得的。

紀德和高克多

安得烈‧紀德的《剛果旅行記》的最後一章裡，有一段記敘他在途中船上所得的一次這樣的經驗：

同船有幾個孩子，最大的十四歲，最小的只有十一歲；有一次，這最大的一個同另一個女孩子談天。他說他長大起來，希望成為一位"文藝批評家或者在街上拾煙頭的人"。他說："一切或者什麼都不是，沒有折衷，這是我的格言。"

紀德說，他這時正躲在船上客廳裡一堆雜誌的後面，聽得很為感動。

紀德的思想一向有點英雄主義的傾向。他到剛果去旅行時，年紀還很輕，可是從這回憶看來，他的英雄思想從那時起已經在發芽了。

晚年的紀德，在見解上到處充滿了固執和成見，幾乎要淹沒了他早年在文藝上的成就。

紀德曾教人要尊重青年。他在《新的食糧》裡說：

我相信真理是屬於青年的。我相信他們有理由反對我們。我相信，我們不僅不應企圖去教導他們，相反的，我們成人應該向青年人去學習……

可是，這位素來主張一個人應該忠實於自己青年時代的作家，到了老年，竟愈老愈背叛自己年輕時代的信仰。

紀德已於一九五一年去世，活了八十一歲。從死後發表的那些日記上看來，他的思想簡直比他的年歲老邁得更快。以他同時代的作家來說，活了九十多歲的蕭伯納，他的思想直到最後還是很年青的，也可以說是"愈老愈辣"。紀德則逃不脫一般老年人難免的悲劇：變得固執而趨向神秘，背叛了自己的青年時代。

法國還有一個在老年背叛了自己青年時代的作家，那就是若望‧高克多。他在年輕時代，處處都表現得是個叛徒，並且教年輕人不要買穩當的股票（這句話曾受到魯迅先生的喝彩），可是到了晚年，竟逐鹿法蘭西學士院的名席。一旦當選之後，穿起那一身峨冠佩劍的禮服，一再拍照留念，沾沾自喜，使得他的老友畢加索也看不過眼，畫了一把法蘭西學士院院士要佩的那柄長劍，說這就是詩人若望‧高克多的新畫像。

紀德談法國小說

　　我一向很喜歡讀安得烈‧紀德的作品。

　　我並不完全同意他的世界觀和人生觀，不知怎樣卻一向喜歡讀他的作品，讀他的小說、散文、日記，以及批評文字。我是先讀了他的作品然後才知道他的。在二十年前，讀了當時新出版的他的《贗幣犯》的英譯本，第一次才知道紀德的名字，從此他一直成了我所喜歡的一個作家。他曾勸人如果要讀巴爾札克，就該在二十五歲以前去讀，過此就怕不容易接受。我正是在這樣的年紀讀紀德的，一讀就愛上了，可見他的話果然有一點道理。

　　最近讀了他的談論十部法國小說的文章。這是他答覆《法蘭西新評論》記者的詢問，要他舉出十部所喜歡的法國小說，這才寫下來的。後來有別的地方轉載，說這是紀德所推薦的十部世界有名的小說傑作。紀德見了很生氣，連忙寫文章聲明，說當時《法蘭西新評論》記者所問，只是以法國本國的小說為限，並未包括法國以外的其他國家作家在內。他接着更指出：

　　　　如果我被放逐，又只許我僅帶十本書，這十部小說大約沒有一部會入選。

這樣的談吐，正是紀德最迷人之處。

在他所舉出的十個法國小說家之中，包括了斯坦達爾、巴爾札克、左拉、福樓拜、普利伏斯（《曼儂攝實戈》的作者）等人。但他一再聲明，如果並不規定一定要選擇他們的小說，他是寧可推薦這些人的散文、隨筆、書翰、日記等等，不擬選擇他們的小說的。

紀德對於法國小說家的成就，看得並不很高，這是有點令人感到意外的。他說，法國有哪一個小說家能比得上英國的費爾丁、能比得上西班牙的塞萬提斯？他甚至說，在朵斯朵益夫斯基的面前，巴爾札克又算得什麼。

為了法國沒有一個小說家比得上狄福，沒有一部比得上《摩爾‧佛蘭德絲》（我國中譯本改名《蕩婦自傳》）的作品，他這才勉強推薦了普利伏斯的《曼儂攝實戈》。他說：

> 這部作品雖然寫得很有熱情，不過，我對它仍然不大放心。它的讀者太多，而且有些還是最糟的讀者，因此我不大喜歡它。

讀者多的作品，未必一定就是好作品，同時讀者之中的欣賞力和理解力也大有高低。這些都是至理名言。

紀德當然不曾將他自己的小說也列入要推薦的十部之內。但是如果要我推薦我所喜歡的十個作家，他可能是其中之一。不過，到時我就不免也要像他對待別的作家那樣，我寧可選取他的散文、日記，不選他的小說了。

羅曼羅蘭的傑作

　　英國的一家書店，最近重印了羅曼羅蘭的《約翰‧克里斯多夫》。這部二十世紀最偉大的小說之一，許多年以來已沒有通行本可以買得到，因為它那厚厚的十大卷的篇幅，已經不是現代一般的小說讀者所能夠消化的，因此許多書店老闆都縮手不敢嘗試。但是現在終於有人有勇氣肯將這部大著來重印出版了，在好戰分子瘋狂備戰的今天，這位保衛世界和平的文化戰士的傑作，能有機會使得許多人可以容易讀得到，實在是值得高興的。

　　羅曼羅蘭這名字，值得被人紀念，不僅因為他是《約翰‧克里斯多夫》的著者。誠然，這是二十世紀最偉大的文學作品之一，但是羅曼羅蘭除了曾經寫下過這樣不朽的作品之外，他自始至終還是一位戰士，人生的戰士，正義與和平的戰士。

　　羅曼羅蘭是法國人，可是從法國的保皇黨所製造出來的特萊費斯大尉的賣國冤獄事件起，經過第一次世界大戰，羅曼羅蘭始終頭腦清醒的站在一旁，提醒本國的那些戰爭狂熱者，叫他們不要毀滅自己，不要毀滅國家。他寫信給托爾斯泰，發表《超越戰爭之上》的宣言，發表公開信給當時正在與法國作戰的德國作家們，要求他們共同制止戰爭。這些舉動使得當時正在戰爭狂熱中的許多法國人對他不諒，群起對他作盲目的攻擊，使得他不得不離開本國，避居到瑞士去。直到第一次大戰之後，戰勝的法國人對着瘡痍滿目的家園，目睹巴黎和會的分贓醜態，這才知道他們所侮辱的乃是一位先知。

在我國對日抗戰時期，羅曼羅蘭曾一再在國際宣言上簽名，反對日本對中國的侵略暴行，在精神和行動上支持中國，成為我們的友人。

在第二次大戰期間，巴黎淪陷後，避居瑞士的羅曼羅蘭，他一面憤恨納粹的暴行，一面目睹法蘭西的光榮傳統葬送在幾個懦夫手裡，真是憤慨萬分。這時他已經七十多歲了，已經老了，忍受不下這黑暗苦痛歲月的煎熬，在一九四四年年底去世，來不及見到法西斯蒂的崩潰。他的死，也許是不能瞑目的。可是，他如果活到現在，眼見新的好戰分子瘋狂的叫囂，威脅整個世界的和平和安全，他也許更要感到新的憤慨吧。

《約翰·克里斯多夫》久已有了中譯本。若是不曾讀過這部小說的，我希望他們能找機會讀一下。對於文藝愛好者，這樣的好書是不宜放過的。若是覺得卷帙太多，就是先讀一下描寫約翰·克里斯多夫童年時代的第一卷《黎明》也好。

布封的《自然史》和畢加索

　　去年秋天，北京人民文學出版社出版了一冊薄薄的一個外國作家選集：《布封文鈔》。不僅這個作者的名字對我們很生疏，就是內容也很生疏，因為我們從來不曾見到有人提起過這個人和他的著作。

　　布封是法國十八世紀的自然學家，在生物學的見解上可說是達爾文的進化論學說的先驅。他生於一七〇八年，去年正是他的誕生二百五十周年紀念，《布封文鈔》的出版，就是想趁這機會對他的作品作一點簡單的介紹。

　　布封以他的那部內容複雜的《自然史》，為他同時代的人和後世所推重。這部共有三十六分冊的巨著，包括了地球本身和人類以及其他生物的演變歷史，雖然在學術上是啟蒙的經典著作，但是在今天讀的人恐怕已經不多，我就是連這部書的面目是怎樣也不曾見過的。我有機會知道布封的名字和他的這部《自然史》，全是由於畢加索為這本書所作的插畫。

　　一九三五年，畢加索接受了出版家伏拉爾的委託，為布封的這部大著作一批插畫。他在五月間從外省回到巴黎，開始工作，一共作了三十一幅版畫，都是銅刻，根據布封《自然史》裡敘述禽獸和昆蟲部分，如黃蜂、鴕鳥、火雞等等，各畫了一幅。

　　這一批版畫，是畢加索的動物畫的傑作。他在不求寫實之中，扼要的把握了他所描寫的這些動物的特性，是想像的，同時也是寫實的。一個曾經在一旁見他創作這些版畫的畢加索的朋友這麼寫道：他工作時，好像他要畫的這些動物都站在他面前一樣，他一筆不苟，一絲不漏的將所要求的形象生動的描畫了出來。

　　據詩人薩巴蒂斯說，畢加索的這一輯版畫，畫得很快，每天至少可以完成一幅。

　　委託他為布封《自然史》作插畫的出版家伏拉爾，是當時法國有名的精本書出版家，他在以前已經委託過畢加索為巴爾札克的小說《未完成的傑作》作過插畫。這種附有名家插畫的精印限定版書籍，定價都十分昂貴，但是由於印數有限，往往供不應求。

　　畢加索的《自然史》插畫完成時，伏拉爾已經去世了，因此附有他的插畫三十一幅的這部布封《自然史》選集，在一九四二年出版時，已經改由馬丁・法比亞尼發行。這書一共只印了二百二十六冊，現在不僅貴得驚人，就是有錢也不一定買得到。

馬爾羅和中國

　　現在正在應邀到我國來訪問的法國文化部長安得烈‧馬爾羅（André Malraux），報上說他這幾天到延安去參觀了。他對中國，對中國革命，是熟悉的，許多中國人對他也是熟悉的。

　　馬爾羅是文化工作者，是小說家和藝術評論家，同時也是革命家和戰士。在一九二五年前後，在我國北伐軍事初期，他曾以國際主義者的革命分子身份，參加了我國革命活動，那正是鮑羅廷在我國活躍的時期，馬爾羅隨同其他國際主義者，曾在廣州參加了暴動和大罷工，在國共合作時期，又曾在上海參加過宣傳委員會的工作。

　　馬爾羅是研究東方語文出身的，學過梵文、安南文和中文。他生於一九〇一年，二十多歲就到了那時還是法國殖民地的安南，在高棉吳哥窟一帶進行考古工作，目睹法國殖民主義者在安南的壓迫剝削政策，使他同情了安南人，參加了當地青年知識分子的反法活動，從此對東方被壓迫民族的反殖民主義和反帝的鬥爭感到了興趣。他會到中國來投身於當時的革命活動，也正是出於這樣的動機。

　　馬爾羅是一個熱忱的"革命家"，但不能說對革命有怎樣正確的認識，他是屬於那一種喜歡以"國際縱隊"形式來參加外國革命活動的國際主義冒險家。沒有"戰爭、暴動、屠殺"的革命，對他便失去了興趣。他參加了我國北伐時期的革命戰爭，後來又參加了西班牙的反弗朗哥內戰，以及法國反納粹的地下活動，可說全是出於這樣的動機。

馬爾羅離開我國後，在一九三四年曾用自己在我國的經歷為題材，寫過兩部小說，即《人的命運》和《上海的風暴》。這兩部小說似乎都有了中譯本。寫得很有才氣，不過卻不是嚴格的現實主義的革命文學作品，浪漫主義和英雄主義的氣氛非常濃厚。

在第二次大戰期間，馬爾羅與戴高樂合作，參加法國淪陷區的地下軍事活動，勝利後就擔任了文化部長，一直是戴高樂的一個得力助手。

馬爾羅又是有名的藝術評論家，曾採用新的觀點寫過好幾部藝術史。他是反對將藝術品鎖在博物院裡不動的，他稱博物院是藝術品的墳墓，主張將有名的藝術品經常拿出來作流動展覽。《蒙娜麗莎》到美國展覽，《維納絲女神像》到日本展覽，似乎都是他在實行自己的這樣主張。

培根的隨筆集

　　英國哲學家佛郎西斯・培根，誕生於一五六一年，今年（一九六一年）正是他的誕生四百周年紀念。

　　培根一生的活動範圍和成就，很廣闊很多。他是政治家，做過大官，又是法學家，實驗科學家，更是文章家和哲學家，他的官職雖然做到當時英國執政內閣大臣之一，但是在後世被人所推崇的，卻是他的哲學思想，即對於人類社會和自然的一種新的思考方法，提倡直接觀察自然，以這為人類的知識基本，然後再來從事政治和社會改革。他很有野心的擬定了一套著作計劃，要將人類一切過往的思想學說，給以批判和整理，然後再依據自己的哲學思想建立新的體系。

　　他將自己的這一套著作計劃，擬了一個總題，稱為"偉大的重建"，曾寫出了《學識的進展》、《新的方法》、《自然歷史》等幾個部分。他的這些作品，有的是用拉丁文寫的，有的是先用英文寫成，然後再譯為拉丁古文，在內容和書題上，也一再補充和改變，因為這正是當時的著作風氣。若不是對哲學思想史特別感到興趣的，我們還是不必去過問這些罷。

　　對於我們一般讀者，尤其是文藝愛好者，培根使我們特別感到興趣的，是兩件事情，一是他的那部寫得很不錯的隨筆集，另一是他和莎士比亞之間的一種古怪的傳說。

培根寫文章，喜歡採用短句、格言和警句。他的隨筆集，就是這樣的短小精闢的散文。最初出版於一五九七年，內容只有十二篇短文，後來一再增訂，到一六二五年定本出版時，已經共有短文五十八篇。題目都是抽象的，如論榮譽與名譽、論真理、論友誼、論婚姻之類，可是談得卻十分實際，針對當時英國社會提出了扼要的批判和指示，十分切實精闢，並不是玩弄詞句的空論，是一部頗值得咀嚼的小書。這些隨筆多被選為今日英文課本，也有一部分已經有過中譯。

關於讀書，培根曾寫下了這樣的警句：有些書只宜略加嘗試，有些是不妨囫圇吞下去的，另有一些則是應該細細的咀嚼，加以消化的。

他自己的這部隨筆集，可說就是屬於後者。

培根於一六二六年去世。得病的原因是因為他在冬天想試驗用雪來防止肉類腐化的效果如何，因而受涼生病致死。他可說是以身殉他自己所提倡的實驗科學精神了。

培根的點滴

　　培根一生有一個野心，要想做一個成功的政治家，同時又是一個偉大的哲學家。也許他自己認為這個野心已經實現了，至少已經實現了前一半；可是後世所看重的只是他的後一半，而且認為他的政治上的成就，只有減低了他的作為哲學家的聲望。

　　在希臘哲學方面，他所崇拜的是柏拉圖和蘇格拉底。他自己說得好：“沒有哲學，我就根本不想生活。”

　　有時，培根也有一點所謂犬儒和詭辯的傾向。他就很坦白的說過：“對於一個人自己最有用的智慧，乃是老鼠的智慧。這就是說，在一座房子將傾之前，能夠懂得預先離開它。”

　　關於“真理”他說：“尋求真理，好似向它表示戀愛；理解真理，乃是對於它的稱讚；真理的信仰，乃是對於它的享受，這乃是人類優秀天性的頂點。”

　　關於讀書，他說：如果我們懂得書的選擇，我們便好像和智者在談話。有些書只宜小作嘗試；有些可以吞下去，另有一些只宜細細的咀嚼，加以消化。

　　培根主張智慧應與行動聯結。這也許就是他想做哲學家又想做政治家的原因。他輕視不能付諸行動的學識，這麼說：“人類應該明白，在人類生活的舞台上，只有上帝和天使們才是旁觀者。"

關於婚姻生活，他的見解倒有點風趣。如"一個人在結婚的第一天，他在思想上可說就老了七年"，"這是常有的事，壞丈夫時常會有好妻子"（這可說與我國"巧婦常伴拙夫眠"相似），"獨身生活對於教士是有益的，因為在一個有池塘首先需要注滿的地方，慈善的水是較少有機會注入別處的"。

培根對於友情，看得比愛情更重。不過，他對於友誼的存在，也是抱着懷疑態度的。他說："世上的友誼並不多，在彼此相等者之間更少。"

在〈青年與年紀〉那篇隨筆裡，他對於年輕人的見解可說最為精闢。他說："年輕人對於創造與判斷，他可說更適宜於創造；對於磋商與執行，年輕人可說更適宜於執行；對於穩定的事業，他更適宜於推行新計劃。"

最後，培根在他的遺囑上曾經這麼傲然的寫道："我將我的靈魂留給上帝，我的軀殼隨便埋葬。我將我的名字留給下一代和外國。"──上帝的意見不知如何，至於他的下一代和外國，顯然很高興的接納了他的贈予。

關於莎士比亞的疑問

　　莎士比亞固然是英國的國寶，使英國人提起了他的名字就要感到光榮，可是有時又不免有點頭痛，會暗暗的叫苦。因為莎士比亞的作品雖然具在，可是有關他的生活資料卻十分缺乏，使我們不知道他什麼時候生，也不知道他什麼時候死。今日他的墳墓雖然在威斯敏斯特大寺，可是裡面所埋的究竟是不是莎士比亞，也曾經有人提出過疑問。

　　也許有人認為這未免有點褻瀆了莎士比亞，未免太荒唐了。其實一點也不如此，因為這正是使得有些英國人提起了莎士比亞，就要頭痛的一個原因。休說對他的葬處表示懷疑，就是對莎士比亞本人，是否果有其人，也有人表示過懷疑。

　　不僅如此，就是那些劇本，從《哈姆萊脫王子》以至《羅密歐與茱麗葉》，甚至也有人懷疑，認為不是莎士比亞的作品，甚或是莎士比亞剽竊他的朋友的著作。

　　這些關於莎士比亞的疑問，也不是從近年才開始的，遠在十八世紀，就有人提出疑問了。最有名的是莎士比亞與培根兩人的糾纏，英國甚至有人組織了培根學會，出版刊物，專門指摘莎士比亞抄襲培根的真相。

　　近年更有一個名叫霍夫曼的人，搬出種種證據，證明莎士比亞雖實有其人，卻是將姓名借給別人去頂替。不僅作品不是他的，甚至我們見慣的那幅莎士比亞畫像，所畫的也是別人，這真叫人見了吃驚。霍夫曼還寫了專書揭露這個秘密，又嚷着要掘開一個貴族的墳墓，說有關莎士比亞的最大秘密，可能就埋藏在這座墳墓內。近兩年已不見有人提起這件事了，不知是否已經開棺看過，還是看了毫無結果。

就這樣，莎士比亞就成了一個箭垛人物，許多古怪的傳說都集中到他的身上，使得想研究莎士比亞的人，除了要應付那些專家們在字句上的浩瀚注釋外，還要應付這些愈來愈奇的真偽問題。難怪有些英國人提起了莎士比亞就要頭痛。

從王爾德到英外次

　　最近英國外次在倫敦公園裡同皇宮衛兵所幹的勾當，使我想起近代英國文學史上有名的王爾德被控入獄事件。所不同者，王爾德因有礙風化問題而惹出誹謗案，終至被判入獄，可說是他個人的悲劇；這次英國的堂堂外交部次長，竟因了同一個皇宮衛兵在公園裡所幹的不道德行為被拘控，與野雞一同出現在法庭上的犯人欄裡，簡直是官場的醜聞了。

　　王爾德當年的案子，內情十分複雜。起初礙於各當事人尚有生存者，為了法律和習慣問題，許多有關文獻無法公佈和引用，因此過去依據王爾德的傳記和一般涉及這案件的記載所獲得的印象，總以為是王爾德同他的好友道格拉斯爵士有了同性戀關係，以致受控被判有罪的。現在看了近年新出版的王爾德傳記，以及由於道格拉斯爵士已在一九四五年去世，始終未獲准出版的王爾德《獄中記》全文，終於在一九四九年與世人相見，許多過去不便公開的真相，現在始逐漸向世人透露出來了，原來王爾德的這件案子內幕竟是這麼複雜的！

　　要簡略的敘述一下這個英國文學史上有趣的案子，也不是這樣的短文所能勝任的事，因此我只好僅是說一說以前不大為人所知道的幾個要點：第一，王爾德的入獄，並非因為他同道格拉斯爵士犯了什麼風化罪。道格拉斯的家人雖控告王爾德，但是罪名並未成立。王爾德與道格拉斯始終維持友好關係。有名的王爾德的《獄中記》，事實上是王爾德在獄中寫給道格拉斯爵士的一封長信。王爾德刑滿出獄後，流亡到法國，他們兩人仍繼續見面。第二，王爾德入獄的原因，是因為第一次被判無罪後，受了道格拉斯的慫恿，告了道格拉斯父親昆斯白利侯爵一狀，結果被昆斯白利侯爵反告他誹謗，罪名成立，因而被判入獄。而道格拉斯所以慫恿王爾德告他父親毀壞名譽的原因，是因為他們父子根本不睦。昆斯白利侯爵恨王爾德引壞了他的兒子，所以一定要用盡方法使他入獄，身敗名裂為快。

所以王爾德的入獄，實在是一個悲劇。他雖然毫無疑問的同一些同性的年輕人鬧着"希臘式的戀愛"，但這行為在當時英國是不會入獄的，因為只要不在公共場所，而且當事者不告發，法律是不過問的。最近在英國負責調查同性戀問題的烏爾芬登委員會，向英國下院就這問題所作的報告，也仍繼續維持這主張，認為在私室內實行同性戀不算犯罪。

不過，像這次英國外次在公園裡的行為，顯然與王爾德不同，已經觸犯刑章了。

王爾德案件的真相

　　有一部以王爾德的生活為題材的電影，據說在英國曾經被禁。我不知道這部影片的內容怎樣，但是既然還有禁映的問題發生，裡面一定牽涉到了當年哄動英國朝野的那件控案。這件事情已經相隔多年了，為什麼還會觸犯忌諱呢？這實在是令人不解的。

　　依據一般的記載，當年這位才華蓋世、機智的談吐傾倒英國上流社會的唯美主義作家，他在聲譽正盛的時候忽然被控判罪入獄，是因為有一位老貴族控告他，指責王爾德和他的兒子有同性戀的關係，結果罪名成立，王爾德被判入獄兩年。於是在當時英國那個社會裡，這一代文豪從此就身敗名裂，什麼都完了。

　　這就是英國在十九世紀末，轟動一時的所謂王爾德與道格拉斯爵士的同性戀案件。一般的記載都是這樣，因此一般人也認為這件事情就是如此。有的人為王爾德的文名惋惜，有的人罵他罪有應得。

　　可是在近十年以來，英國方面關於王爾德的這個不名譽的案件，一連出版了好幾本新書，還有幾種他的新的傳記，披露了大批新材料。雖然並非替王爾德翻案，但是已經足夠使世人知道所謂"王爾德與道格拉斯的控案"真相原來是如此,而且並不像過去所記載的那麼簡單。

這種新資料的來源,是因為主要有關人物之一的道格拉斯爵士,已經在一九四五年去世了。本來,王爾德本人早已在一九〇〇年去世,早已可以"蓋棺論定";可是道格拉斯爵士還活着,為了法律和習慣問題,有許多有關文獻還不便公開。尤其是王爾德自己在獄中所寫的那部《出自深淵》(*De Profundis*),由於其中所指責的一些人物,有的還活着,因此這部原稿始終未曾全部發表。五十年來,世人所讀的只是一個不完全的刪節本(這書在我國也早已有了譯本,係由張聞天等在早年所譯,書名《獄中記》,為當年商務印書館所出版的文學研究會叢書之一)。這樣直到一九四九年,依據有關方面認為這書應該保守秘密的年限已滿,第一次將全文發表,再加之道格拉斯爵士本人也去世了,於是許多過去不便引用的資料,這時開始可以自由引用,因此這事的真相這才漸漸的弄清楚了。

原來道格拉斯父子根本不睦,第一次老爵士控告王爾德引誘他兒子時,罪名根本不曾成立,王爾德被判無罪。可是王爾德受了小爵士的慫恿,反過來以誹謗罪控告老爵士,不料失敗了,被老爵士反訴獲勝,證實王爾德平日有"不道德行為",這才被判入獄兩年的。至於小道格拉斯爵士和王爾德,他們始終是好朋友,兩人從未"公堂相見"。

王爾德之子

　　費夫揚‧荷蘭（Vyvyan Holland）這個人的姓名，依我
們看來，在英國人的姓名之中，可說是少見的。他在前幾年出
版過一部自傳，書名是《王爾德之子》。若是僅憑姓名來看，
我們實在無法知道他就是大名鼎鼎的王爾德的後人。一九四九
年，王爾德的遺著《獄中記》未經刪節的全文第一次出版時，
也由他寫了一篇序文。我不明白這是由於怎樣的婚姻關係，他
既是王爾德的兒子，為何不曾採用父親的姓氏。

　　最近讀到他在英國《書與讀書人》月刊上發表的文章，
才知道他除了寫作之外，正式職業乃是律師。據說他已是王爾
德現存的唯一後人。王爾德是在一九〇〇年去世的，因此這位
"王爾德之子" 費夫揚‧荷蘭先生，至少也該是六十以上的人
了。他在這刊物上所發表的兩篇文章，全是談論法律與文藝問
題的。一篇評論英國目前所採用的取締猥褻出版物的法例。他
認為這類條文實在太陳舊過時，應該及早加以修改或廢棄了。
最近倫敦有一位初級法庭的裁判司，下令要銷毀一家書店所出
版的《十日談》，說它是淫書。後來被告不服，上訴得直，撤
銷初審原判。這件禁書案曾引起英國出版界和言論界的攻擊。
荷蘭在他的文章裡引了這件案子作證，指出英國這一套法律早

已陳舊過時，應該快點修改了。

另一篇文章是關於英國版權法的，其中就提到了他父親的著作權問題。原來英國法律規定，一位作家的作品，在他去世五十年之內，享有版權的保護權。如非獲得這位作家的後人或遺產保管人的同意，別人是不許將他的作品隨便出版的。但是滿了五十年後，這位作家的遺著專利權便消失了，任何人都可以將他的作品隨意出版甚或刪改。費夫揚·荷蘭指摘這條版權法對待作家最為苛刻不合理。他說，任何人的財產權在法律上只要納了稅而又不曾犯法，便可無限期的傳之子孫，決不會過了若干年限便喪失。可是作家的作品乃是一位作家最寶貴最主要的財產，為何傳了五十年之後便要從他的子孫手中奪去而充公呢？

他舉出他父親王爾德的版權問題為證。他說，他父親與蕭伯納是同時期的作家，可是王爾德短命，蕭伯納長命。王爾德在一九○○年去世，因此他的遺著專利權到了一九五○年便已經喪失。可是長命的蕭伯納活到一九五○年才死，因此他的著作專利權便可以保持到二千年。荷蘭說，同一時期的兩位作家，他們的作品在身後所受到的待遇已經如此差異。這條法律不公平和不合理之處，可想而知了。

王爾德筆下的英國監獄

　　這兩天我在利用一點餘暇讀王爾德的傳記。這是因為由於比亞斯萊的畫，在這幾年又流行起來，我在重溫青年時代的愛好，為了一點參考上的需要，便找了一本比較晚出的王爾德傳記來重讀一下。兩人之間是有許多關係的。

　　我們知道，王爾德曾因了一項罪名，被判入獄兩年。他當年因而獲"罪"的行為，在現在的英國已是合法的"享受"，不再是"罪"了。

　　蕭伯納這老頭子真夠眼光。二十多年前，有人想寫王爾德傳，向他找材料。蕭伯納向這人說：你還寫這撈什子幹什麼？我告訴你說，王爾德所幹的那件事情，在當時令人轟動，令他入獄兩年。可是最近我有一個朋友也犯了同樣的罪名，只被判入獄五個月，而且報上連他的名字提也不提。看來我們的時代一過，這種事情就不會再有人理會，你還是不要寫罷。

　　蕭伯納的"預言"，在英國現在已經完全兌現了，然而當年的王爾德，卻因此吃了大虧。可是他的"虧"也不是白吃的。他出獄以後，曾用短暫的餘生竭力暴露英國監獄的黑暗。這從他在獄中和出獄以後寫給朋友的許多書信中可以看得出來。

　　他出獄以後，到法國去休養，曾在寫給朋友的信上這麼說：

　　我不認為我還可以再寫什麼。我的內心有什麼已經被殺死了。我不再有寫作的意念，我已經不再感覺到這種力量。當然，獄中生活的第一年，已經摧毀了我的身體和靈魂。這是無可避免的。

　　他在獄中給他的好友洛伯羅斯所寫的一封信上，也這麼說，"監獄生活使人能見到人們和許多事物的真面目。這就是它會令人成為石人的原因"。

　　他所住的監獄裡面鬧鬼，同獄的難友很害怕，王爾德向他們說："沒有什麼害怕的必要。你看，監獄並沒有什麼古老的傳統可以使得鬼生存。你們要看鬼，最好到那些古老的貴族堡壘裡去，它們往往隨同祖傳的珠寶一同被承繼下來了。"

　　最動人的是，有三個小孩因為偷兔，被判罰款。因為繳不出罰款，就要坐監。王爾德在獄中知道了這事，寫紙條向獄卒要求說："請你給我看看 'A2,11' 號的名字是什麼，還有那幾個偷兔小孩的，以及他們罰款的數目。我可否給他們代繳罰款，使他們獲釋？如果可以，我在明天就可以使他們獲釋。親愛的朋友，請你為我做好此事。我一定要使他們獲釋！試想，我如果能有機會幫助三個小孩，該是一件多麼好的事。這將令我高興得難以言說。如果我可以代繳罰款，請你就去告訴那三個小孩，說有朋友給他們繳了罰款，他們明天就可以獲釋了。叫他們高興，並且不必告訴任何人。"

王爾德的說謊的藝術

　　安得烈·紀德曾寫過一冊短短的關於王爾德的回憶。這本小冊子不僅是最親切最能理解王爾德的文字，同時也是紀德自己早年所寫的優美可讀的作品之一。他第一次見到王爾德，是在一八九一年。當時這位風靡了英國的天才作家，聲譽正在峰巔狀態。王爾德來到巴黎後，巴黎文壇和社交界便紛紛傳說這個來自倫敦的了不起的英國天才的故事，說他怎樣抽金頭的紙煙，手執向日葵在街上散步。這時紀德便請求朋友介紹與王爾德相識，從此兩人就發生了很好的友誼。後來王爾德被控入獄，出獄後許多老朋友多潔身遠避，紀德卻是始終同他保持往來的那少數知己之一。他的這本小冊子出版於一九一○年，距王爾德之死已經十年，其中充滿了這位自命最懂得談話藝術的天才作家所遺留下的珠玉談吐。紀德曾提起王爾德所講過的一個小故事，這是關於僅存在於想像中的藝術世界的故事：

　　　　有一個人，因為他善於說故事，為全村的人所愛戴。每天早上，他離開村莊去工作，晚上回來時，全村的工人，在一整天的勞役之後，這時便圍着他向他說："來，講給我們聽，你今天見到些什麼？" 他於是便會這麼說，"我見到一個小神仙在樹林中吹牧笛，一群林中的仙人應着樂聲圍了他跳舞。""還有什麼呢？你還見到些什麼呢？"那些人說。"當我到海濱去的時候，我見到三條美人魚，她們浮沉波浪間，用黃金的梳子梳着她們碧綠的頭髮。"於是那些人都非常歡喜他，因為他講故事給他們聽。

這樣，有一天早上，正如每一天早上一樣，他離開村莊 —— 可是當他來到海邊的時候，看哪，他真的看到海邊有三條美人魚，用黃金的梳子在那裡梳着她們碧綠的頭髮。當他繼續往前走，走近樹林的時候，一個仙人正對着圍繞着他的一群仙人吹牧笛。這一晚，當他回到村中，正如平日一樣，大家向他問："來，講給我們聽，你今天見到了什麼？"他回答道："我今天什麼也不曾見到。"

紀德回憶說，王爾德說這個故事時，說到這裡便停頓一下，以便紀德有足夠的時間將故事的發展加以領略，然後繼續這麼說：

我不喜歡你的嘴唇，它們太直率了，像那些從不曾說過謊的一般。我想教導你如何說謊，以便你的嘴唇可以變得美麗，曲扭得一如那些古雅的面具。

將談話、說謊和藝術聯結起來，這就是王爾德所提倡的玩世不恭的哲學，然而他終於因此惹了禍。他有一部批評隨筆集，就直率的題名為《說謊的藝術》。

彌爾頓的〈阿里奧巴奇地卡〉

　　英國詩人彌爾頓，大家都知道他是英國十七世紀大詩人，是長詩《失樂園》和《復樂園》的作者，好多人已經寫文章介紹過了，但是很少人提起在反對宗教迫害和書報檢查，在爭取言論自由方面，他乃是當時英國最勇敢的一位文化鬥士。

　　一六四三年，英國國會通過建立檢查出版物和統制印刷所的法規，嚴厲的鉗制了當時著作和出版自由。第二年十一月，詩人彌爾頓便發表了他那篇有名的雄辯散文〈阿里奧巴奇地卡〉（"Areopagitica"），對於國會上年所通過的議案，表示了強烈的抗議。他從宗教上、政治上、歷史上和文化本身上，引經據典的辯明這種法案對於國家政治到文化進步上的有害。彌爾頓針對着當時英國頑固的政治力量，特別指出印刷出版物的檢查制度，是黑暗的中世紀宗教裁判制度發明的苛政之一。他說，既然宗教改革運動正在進行，這黑暗時代遺留下來的苛政更不能容忍它復活。

　　所謂"阿里奧巴奇地卡"，是詩人借用古希臘雅典審判罪犯的阿里奧巴古斯法庭，來嘲笑當時英國要推行的這種"文化裁判"制度的。

　　法姆在一篇介紹彌爾頓的這篇〈阿里奧巴奇地卡〉的序文

上說：

　　　在彌爾頓的時代，人們進步的獲得，大都寄託在宗教和道德觀念上。那時代的任務是在繼續韋克里夫和馬丁·路德所開始了的工作；更進一步去改革"改革運動"的自身。在這任務上，彌爾頓比他任何一個同時代者都有更大更可觀的收穫和成就。他不使自己囿於爭議某一種或一項特殊的信條；而是，用他使對方無可置喙的理由和輝煌的雄辯，擁護着被當時許多人認為可厭惡的原則……。

　　彌爾頓說，"宗教裁判"對於文化的迫害，可以從有些流傳下來的古稿本上看得出。有一位達梵沙帝的著作稿本，其上留着五個宗教機關審查過的批語和印鑒。彌爾頓說，這位達梵沙帝先生的著作，大約很合法，所以在當時才可以被批准付印，同時也有機會使原稿留存下來，否則早已在焚燒"異端著作"的火焰中被銷毀了。

毛姆等到了這一天

　　九十一歲（一九六五年）的英國老作家毛姆，由於病後跌了一跤，處於昏迷的彌留狀態中者已經好幾天，醫生早已斷定他沒有康復的可能。乃電訊傳來，他已經在家中安然去世了。

　　毛姆生病後本來是送進了醫院的，但他在晚年一再向他的家人和秘書表示一個願望，希望有一天要死的時候，最好任他死在自己的家裡。這一次在他彌留之際，醫生曾允許將他由醫院再搬回家中，大約是知道他已無生望，特地成全他這人生最後的一個願望。

　　毛姆晚年的家，是在法國避寒勝地尼斯。他自己建了一座別墅，可以眺望地中海。他自己對於這個家很感到滿意，除了出門旅行之外，就住在這地方，這次也就是在這裡"壽終正寢"的。

　　他近年的健康已經不大好，因此對於這樣在病魔侵擾中繼續活下去，早已感到有點不耐煩。毛姆在晚年是非常明智達觀的，對於"死"的問題，他曾經這麼說過：

　　　　生命的終結，這好像在黃昏時讀着一本書。你繼續讀下去，不覺得光線愈來愈暗。可是當你停了一會再讀時，你便突然發覺已經黑了；這時天色已暗，你即使再低頭看書，你將不再看到什麼，書頁已經成為全無意義的東西。

他在七十歲生日時，曾說自己的心情好像一個"整裝待發"的旅客一樣，什麼都準備好了，只要一接通知，隨時就要起程。他在這樣的心情下不覺又等待了二十年，直到現在才接到"起程"的通知，難怪他要說有點要感到厭倦了。

毛姆曾寫過以香港為背景的小說，也寫過以中國為背景的小說。他到過中國和香港，前幾年還再來過香港一次。他是路過這裡到日本去的，因此逗留的時間不長，許多愛讀他作品的人都不曾有機會見到他。

在當代英國作家之中，毛姆是一個享盛名最久、擁有大量讀者的作家，他在舞台和銀幕的觀眾也很多。可是他的作品譯成中文的卻不多，許多人知道他的名字，還是由於他有好幾種作品改編攝成了電影。

有些批評家說他的劇本比他的小說寫得更好。他在舞台上的成功倒是事實，但我個人反而喜歡他的短篇和散文。他是膺服契訶夫的，因此短篇很有契訶夫的風味，是一個說故事的能手。

毛姆去世後，英國文壇上老成凋謝，要再舉出一個像他這樣擁有廣大讀者，文字平易，為人沖謙明智，有個性而不怪僻的作家，已經很不容易了。

老毛姆的風趣

　　英國老作家毛姆，今年（一九六一年）已經八十七歲了，是當代極少數作品暢銷而又寫得很不錯的作家之一。他的單行本銷數的總數，據說已超過六千萬冊以上。蘇聯也有他的市場，而且擁有廣大的讀者群。英國人說，外國作家能夠進入蘇聯去賺版稅的，為數極少，毛姆就是其中之一。

　　毛姆老得並不糊塗，而且仍有風趣，這是最難得的。最近有記者去訪問他，想同他談談對於"死亡"的感想，被他挖苦了幾句。他說"生"的問題還未料理清楚，哪裡有時間談"死"？頗有孔老夫子"未知生焉知死"之慨。

　　毛姆說了一個笑話。他說，在他八十歲那年，有一家壽險公司的經紀向他兜生意，寄給他一份人壽限數的統計表。他因為自己已經八十歲，就查看八十歲項下有什麼解釋，見他們所注的數字是：平均仍有五年零九個月可活。他說，他今年已經八十七歲了，超出他們的預算將近兩年，實在很對不起那位統計專家。

　　毛姆說，他現在有一件事情已經中止不做了，那就是不再去參加別人的葬儀，他準備將這權利保留給自己。

　　毛姆的一生很喜歡旅行。他說旅行除了本身有樂趣之外，對於一個從事寫作的人來說，還可以汲取寫作的題材。他最初不到印度去旅行，因為那時認為印度所有可供寫作的題材，一定已經被吉百齡寫完了，因此他不想去。後來他終於去了，但又懊悔不曾早去，直到自己老了才去，因為他發現印度還有許多可供寫作的題材，吉百齡連碰也不曾碰過。

他說，有一次，吉百齡在西印度旅行，寫信給他說，當地有很多可供寫作短篇小說的題材，但是不在他的寫作範圍內，因此他不想寫，勸毛姆去看看。毛姆後來果然去了，但是發覺那些題材也是他寫不來的。

毛姆不久以前收到了一封女讀者的來信，十分有趣。這位年輕的女讀者告訴他說："我讀了你的作品，覺得你一定是一個了不起的大情人，很想愛你。後來我查閱《名人大辭典》，發覺你比我的祖父年歲更大，我只好放棄這意念了。"

毛姆說，由此可知，愛情決不是屬於精神的，而是與肉體分不開的。

老而清醒的毛姆

英國當代老作家毛姆是一位很成功的作家，他寫小說也寫劇本，他的劇本不僅在舞台上很成功，就是改編成電影後也很成功；他所寫的許多小說銷路也很大，有的也已經改拍成了電影。他正在漫遊各地，享受優裕的晚景生活。

毛姆曾經寫過幾本以中國為背景的小說，又寫過一本描寫畫家果庚在南太平島上生活的傳記小說，都很成功，這裡不想細說。我想說的只是，從他的一些零星短文裡，可以看得出他雖然有許多作品已經成為"暢銷書"，是一個很成功的作家，但是仍很不"俗"，保持胸襟曠達，頭腦清醒的態度。這是很難得的。有許多作家，在成名之後或是尚未成名，往往年紀不大就已經很糊塗了。像蕭伯納當年那樣老而清醒的作家，實在是極值得敬佩的。看來八十五歲的毛姆頗有在英國成為他的後繼者的可能。所不同者，毛姆的態度一向沖謙和易，不似蕭伯納那麼愈老愈辣而已。

毛姆的短篇小說也寫得很好。他很喜歡契訶夫，因此他的作品很有點歐洲大陸意味，沒有濃重的英國鄉土氣息，頗適合我們外國讀者讀閱。他也寫過一些回憶錄和散文，充滿了人情味和機智，我覺得是比他的小說更令我喜歡的東西。他有一篇回憶七十歲生日那天情形的散文，寫得很有趣。他一開頭就這麼回憶道：

　　當我三十歲生日的時候，我哥哥對我說：現在你已經不再是一個少年了，你已經是成人了，你就一定要好好的做人。當我四十歲生日的時候，我對我自己說：這已經是年輕時代的終結了。在我五十歲生日那天，我說：不必再欺騙自己了，我已經到了中年，我應該老老實實的接受這事實。在六十歲生日時，我對自己說：現在是應該將自己的事情料理一下的時候了，因為現在就要走進老年的門口，我該結算一下我的賬目。因此當時我決定退出舞台生活，寫了那部"總結"，在其中回顧我過去從生活和文藝中究竟獲得了什麼，我究竟做過了些什麼，它們給我帶來了一些什麼滿意。……

對於七十歲，毛姆覺得這已經是人生的餘年，"到了七十歲，你已經不再是跨入老年的門口。你已經乾脆是一個老人了"。他覺得他的心情好像一個"整裝待發"的旅客一樣，什麼都準備好了，只要一接到通知，隨時就要起程。但是他在這樣曠達的心情下又過了八十歲，又寫了幾部書，現在（一九五九年）已經八十五歲了。

毛姆的札記簿

　　毛姆在一九四九年曾出版過一部很有趣的書，題為《一個作家的札記簿》（*A Writer's Notebook*）。當時他已經七十五歲了，他自己說從十八歲起就開始有隨手記札記的習慣，記下的札記已經有厚厚的十五大冊。這部《一個作家的札記簿》，便是他自己從這些材料裡選出來的，自一八九二年起，到一九四九年止，包括了他五十七年間所記下的札記一部分，內容範圍非常廣博。

　　毛姆的札記，所記的全是他偶然見到和聽到的一些事情，以及零碎的感想和意見，都是在當時認為對於自己的寫作上有用，便隨手記下來的。這些材料，有的早已被編織入他後來所寫的作品裡，有的更已經從一句話或是一個小故事發展成了一部書。但是有好些卻是始終未曾被運用過的，《一個作家的札記簿》所選的便是這些，雖然都是沒有系統的隨手記載，但是這些寫作的素材讀起來非常有趣，有些更是極好的小故事。這下面便是其中的兩則，都是一九三九年所記的：

　　旅館的房間：在其中的一間之內，有一個男子將旅館的房間看作是自由生活的象徵。他想着在這些房間內所經歷的奇遇，那些令人愉快的冥想；由於他這時的心情過於安靜和快樂，認為人生決不會有比這更幸福的時刻，便服了過量的安眠藥。在另一個房間裡，另有一個婦人，她整年的從一家旅館流浪到另一家旅館。對於她，這種生活是一種苦難。她無家可歸。如果她有時不曾住在旅館裡，乃是由於有可恥的男朋友曾要求她同他們同住一兩星期。他們是由於可憐她才要她的，見她走了便鬆下了一口氣。她覺得自己無法再忍受這種生活的磨折了，也服了過量的安眠藥片。這兩件事情在旅館當局和新聞記者的眼中成了一個難解的謎。他們懷疑其中可能有羅曼斯存在。他們竭力想使這兩件事情發生聯繫，但是終於什麼也不能發現。

另一則是：一個男子，是退伍兵士，同一個在工廠中做工的女子瘋狂地愛上了。這男子是已婚的，有一個嘵舌的嫉妒的妻子。兩人私奔了，到某處租屋秘密住下。從報紙上，女子吃驚的發現這男子原來是殺了妻子再逃出來的。他早遲無可避免的會被尋獲，因此在藏匿期間，為了避免自己被捕，已決定到時殺了她再殺自己。她駭極了，想逃走，但是愛他過甚，拿不下決心。當她終於拿下決心時，時間已經遲了。警察已經來到，他在自殺之前，一槍先打死了她。

狄福的 《蕩婦自傳》

　　丹奈爾・狄福是一個怎樣的作家？也許有些文藝愛好者對這個名字不大熟習。可是我們若是說他乃是《魯濱遜漂流記》的作者，大家對他就一定有一種親切之感了。是的，這部從少年人以至老年人都愛讀的航海沉船，孤島冒險生活的傳奇故事，正是這位英國十七世紀小說家的傑作。

　　我在介紹他的這部小說之前，先將他的生平和其他著作介紹一點給讀者諸君知道。

　　丹奈爾・狄福，生於一六六〇年，去年（一九六一年）正是他的誕生三百周年紀念。全世界愛讀他的作品的人士，包括我們中國在內，都曾經為這位《魯濱遜漂流記》的作者舉行了熱烈盛大的紀念會，並且發表了許多介紹他的作品的文章。

　　狄福雖因了《魯濱遜漂流記》一書而名垂不朽，可是事實上他寫小說寫得很遲。在不曾改行寫小說以前，他已經寫過很多其他文章。他一生遭遇，極富於戲劇性，可說變化多端，發達過，也倒過霉，還坐過監，甚至有一次被判戴枷站在街頭示眾。他從事過的職業，包括商人、政治運動家、皇家顧問、間諜在內。直到晚年才改行寫小說，終於寫出了那部風行一時的《魯濱遜漂流記》，使他名垂不朽，成為英國十七世紀最享盛譽的小說家。

狄福本是小市民家庭出身，父親是肉商，他們的家庭是不信奉英國國教的，因此在社會上有許多地方都受到歧視。偏偏他又喜歡參加政治活動，時常寫了小冊子，發表一些反對當局和宗教的言論。一七○三年，他這時已經四十多歲了，因了一本小冊子得罪了國會的議員，法院要拘捕他，他藏匿起來，因此當局又懸賞五十鎊通緝他，後來終於被捉獲，審訊結果，被判戴枷站在街頭示眾三天，還要再監禁若干日。

　　狄福除了喜歡攪政治之外，又喜歡做生意，其實兩者對他的性格都不適合，因此不斷的給他帶來了麻煩，也差不多耗費了他的大半生的精力。直到快要六十歲了，一事無成，這才改行寫小說。一七一九年，《魯濱遜漂流記》出版，使他一舉成名，於是就專心一意的去寫小說。一七二二年，他又出版了《蕩婦自傳》。就是這兩部小說，使他在英國文學史上獲得了不朽的聲譽。

　　《蕩婦自傳》的產生經過，對我們這位作家說來未免太慘痛，因為這是他從監獄裡獲得的資料。

　　狄福曾入獄多次，他是因了錢債和政治活動而入獄的。在當時只要成為一個犯人，不管張三李四，都關在一起，而且幾乎是男女同獄，因此狄福在獄中不僅結識了不少強盜小偷和騙棍，同樣也結識了不少可憐的被凌辱被磨折的女性。正是從她們的口中，使他獲得了《蕩婦自傳》的資料。

　　《蕩婦自傳》出版於一七二二年。在這部小說的封面上，作者這麼寫道："這是關於那個有名的摩爾‧佛蘭德絲，她的幸遇和不幸。這個婦人在新門監獄出世，在她三十多年的生活中，迭遭變故，除了孩童時代之外，十二歲就做了妓女，結婚五次，有一次竟是同她自己的兄弟；做過十二年的竊賊，八年的流放生活，終於富有了，過着正經生活，並且悔罪而死。本書是根據她自己的回憶寫成。"

《蕩婦自傳》這部小說的原名，直譯起來是《摩爾·佛蘭德絲》。這是一部暴露和控訴性非常強烈的小說，有一時期在美國和英國都被列為禁書，因為這書暴露社會黑暗和監獄腐敗太厲害了，使得許多人見了頭痛。

本書的女主人公摩爾·佛蘭德絲是妓女又是女賊。但是她果真壞得如此嗎？那又不盡然。摩爾雖然又是妓女又是女賊，但是她的心地仍是善良的，而且仍有自尊心。可是生活使她沒有機會好好的做人，社會甚至不許她改過自新。他們認為：若是摩爾·佛蘭德絲也會成為好女人，這世界還成什麼世界。

狄福的這部小說，就是以第一人稱的體裁，描寫這個不幸女人的一生，她的被迫的墮落，無望的掙扎，以及社會道德不許她改過做好人的經過。

狄福自己曾兩次被關入新門監獄，使他親身接近了許多"摩爾·佛蘭德絲"，這才寫出了這部動人的小說。

狄福在新門監獄內，可能真的見過摩爾·佛蘭德絲，因為據她在這部小說一開始的自敘，她乃是在監獄裡出世的。女犯人唯一佔便宜的地方，就是在她被判充軍或吊刑時，她可以申請說是自己有孕，請求緩刑。這是對女犯人唯一的恩典，因為她腹中的胎兒也許來歷不明，但他還未出世，到底是清白無罪的，不能使他隨同母體一同去受苦或是死亡。因此女犯人一旦被檢驗真的有了孕，待分娩之後，她就可以苟延殘喘，在獄中生了孩子之後再去受死刑或是充軍。

摩爾·佛蘭德絲的母親，就是這樣在監獄裡養下一個女兒。這在當時十七世紀的監獄裡是常有的事，因此狄福因了債務被判入獄後，他在新門監獄內自然有機會能目睹這樣的事情。雖然誰也不知道摩爾·佛蘭德絲究竟是誰，因為這是一個假名，但是我們不難想像，狄福一定有機會見過這種一出世就被烙上罪惡的印記，注定要終身受侮辱的不幸女孩子。

狄福在他《蕩婦自傳》前面有一篇自序，表示這部小說所敘述的乃是真的事實，不過隱去了真實的姓名和有關的環境，以免被人認出，改用了摩爾·佛蘭德絲這姓名。他又表示原來這女子所敘述的，所用的字句，有些難於登大雅之堂，因為她乃是在新門監獄內說的，所用的全是監獄內所通行的口吻，他不得不略加修飾，使得某些讀者們讀了也不致臉紅。

作者要求讀者諒解，說是像摩爾·佛蘭德絲這種的女子，一出世就與罪惡為伍，甚至根本就是從罪惡中誕生的，很難希望她所敘述的自己的生活會是很 "乾淨" 的，因為社會根本不容許她乾淨，就是她本來是乾淨的，也很快的有人給她塗上了污穢。

狄福雖然這麼一再表示他的這部小說已經修飾得 "乾淨"，可是出版之後，仍遭受許多人的非難。有些人認為狄福自己曾經在新門監獄裡被監禁過，他的筆下所描寫的監獄不人道和黑暗，未免有主觀的成分在內，故意低抑這部小說的控訴性。可是到了今天，這種成見已經完全消除了。

福爾摩斯和他的創造者

　　一九五九年是大偵探福爾摩斯的創造者，柯南道爾爵士誕生百周年紀念。他生於一八五九年五月二十二日，一九三〇年去世。

　　也許有人不知道這位英國著名偵探小說作家的名字，但是他筆下所創造出來的大偵探福爾摩斯，卻是無人不知的。這是一個無中生有的最著名的"近代人物"。有些時候，甚至有人懷疑柯南道爾的存在，認為他乃是假設的人物，福爾摩斯才是真有其人的，是這位大偵探自己用"柯南道爾"的筆名將自己的偵探奇遇寫出來的。倒因為果的笑話，可說無逾於此者，可見柯南道爾的偵探小說迷人之深。就是我們中國，也有不少福爾摩斯迷，除了有自稱為"東方福爾摩斯"之外，據說還有一位英國留學生回國後曾經在俱樂部裡吹牛，說他在倫敦留學時曾經見過福爾摩斯。

　　柯南道爾是醫生，在他的偵探小說不曾成名以前，一直是行醫的，他曾經參加過英國的南非戰爭，在那裡當軍醫，一九〇〇年還出版了一部從軍的回憶錄，但這時他早已一面也在寫偵探小說，因為他的第一部《福爾摩斯探案》，在一八八二年就出版了。柯南道爾在一九〇二年被封為爵士，我不知道是由於他行醫功績，還是由於《福爾摩斯探案》的成功，或者兩者皆是也說不定。他除了偵探小說之外，本來還寫過好多種其他冒險小說和歷史小說，甚至還寫過詩。但是除了偵探小說以外，誰也不理會他是否還寫過別的什麼。讀者們甚至只關心福爾摩斯，根本不過問它的作者。這種情形，實在是少有的。連莎士比亞筆下的哈姆萊脫和羅密歐、茱麗葉，比起福爾摩斯來，也遜色多了。

有一時期，由於福爾摩斯在讀者心目中造成的聲名太大，柯南道爾竟對自己筆下創造的這個人物發生反感，悔不該寫偵探小說，幾次想將福爾摩斯弄死，可是總是給讀者反對中止了。最有趣的一次，是一八九三年所發表的那部探案《最後的問題》，他描寫福爾摩斯與匪黨領袖糾纏，從懸崖之上一同墮下萬丈瀑布之中。哪知讀者讀了之後紛紛抗議，不許大偵探這麼死去，聯名寫信請求柯南道爾救他回來，那情形比簽名挽救一宗冤獄更懇切。柯南道爾無奈，只好在續編中說福爾摩斯平日怎樣喜歡研究日本的"柔道"，這時施展出來，擺脫了敵人的糾纏，從懸崖上爬回來逃生。

福爾摩斯在倫敦的住址是：貝克街二百二十一號Ｂ，這是他的好友華生時常來同他討論案情的地方。今日倫敦就有一個俱樂部，是"福爾摩斯之友"組織的，裡面的佈置完全按照柯南道爾筆下所描寫的一切，這位大偵探所愛用的煙斗和顯微鏡都陳列在那裡，還有他的家譜和世系表，一切比一個"真人"還更真實。

《查泰萊夫人的情人》的遭遇

　　有一本小說，已經出版了三十多年，為了內容是否正當，在外國一直引起問題，這便是英國小說家勞倫斯的那部《查泰萊夫人的情人》。勞倫斯本人早已在一九三〇年去世了。

　　勞倫斯的這本《查泰萊夫人的情人》，當然不是淫書。但它的內容，有些地方確是有不少猥褻的描寫。不過，一本書的內容有若干猥褻的描寫，並不能就斷定這本書是誨淫的著作。這種區別，我想我國讀者最容易看得明白，因為我們有一部《金瓶梅》的好例子在。在法國也是如此，因為法國人對於藝術與色情的區分，是看得很清楚的。

　　可是在英國和美國，由於清教徒的觀念在作怪，偽善的封建道德觀念在作怪，《查泰萊夫人的情人》便一直在這兩個國家不斷的發生問題，有時禁止，有時又許出售，一直鬧到現在，鬧了三十多年。

　　最近，從報上見到美國紐約州曾裁定這書不是淫書，否決美國郵局對於本書禁止郵遞的決定。其實，這類把戲，在美國已經演過多次了，這一州的法院裁定開禁，另一州又不許入境；許人在家裡看，又不許書店公然出售。就這麼鬧個不清，實在近於無聊。真的，在當前美國色情空氣那麼猖獗的對照之下，勞倫斯的小說裡關於一對情人性行為的幾句描寫，實在顯得有點過於古板正經了，這大約正是那位紐約州地方法院法官慨然將此書開禁的原因。

至於這書一向在英國列為禁書的原因，動機又另有所在，並非單純的為了"色情"問題。因為勞倫斯這本小說題材的本身，已經觸犯了英國沒落貴族階級的尊嚴，抓到了他們的痛腳。我想也正是由於這樣的原因，勞倫斯才將身為貴族夫人的"查泰萊夫人"，同那個園丁的幽會情形，寫得那麼痛快淋漓。因為勞倫斯就是痛恨那些人的偽善和清教觀念的，他已經不止一次的在自己的作品裡暴露了他們的專橫和偽善面目。

然而這樣可觸怒這些人了，因此勞倫斯的作品在當時被禁止的還不只這一部《查泰萊夫人的情人》，而且用種種方法攻擊他，簡直活活的將他氣死了。

一千冊初版的《查泰萊夫人的情人》一九二八年在意大利的翡冷翠印成後，歐洲大陸的預約發行自然不生問題，可是寄到英國國內，問題立刻就發生了。這本書在國內的預約代理人，勞倫斯本來委託他的好友奧爾丁頓辦理的，哪知第一批進口的書，就給海關和郵局的檢查人員扣留，倫敦警察又不斷的到嫌疑經售這書的各書店去搜查，不過只是見了就沒收，還不曾提起控訴。有些穩健一些的書店，不願為了寄售這書惹出麻煩，紛紛將存書退回給勞倫斯，因此只有少數幾本在英國流傳着。

可是以勞倫斯在文學上的聲譽，再加之文壇上竊竊私議的書內關於兩性關係的大膽描寫，區區一千冊的銷路倒是不愁沒有的，因此英國本國雖然不許進口，雖然定價兩鎊，這種限定版的翡冷翠本很快就賣完了。接着勞倫斯又在巴黎出版了一種售價較廉的普通本，但是英美兩國依舊不許入境，見到了就沒收，並且對出售這書的書店提出控訴。

由於這書在英美成了禁書，勞倫斯無法在本國取得版權註冊證，因此遂不能獲得國際版權法的保障。牟利的書賈們就利用了這弱點，在巴黎大量翻印這書，以較廉的售價向歐洲大陸各國和英美推銷。奧爾丁頓寫信給勞倫斯說：

> 英美兩國的官員都紛紛沒收這書，帶回家中當作禮物送給自己的妻子或情婦，同時書賈的翻印本也在暗中到處流行……

這種情形自然使得勞倫斯很生氣，再加之這書在國內的批評反應，雖然有蕭伯納等人撐腰，但是猛烈抨擊的人也不少，有些人平時還是勞倫斯的好友，給他的打擊很大。他本來是有肺病的，這時就病勢轉劇，在這書出版的第三年，一九三〇年三月間，就在法國南岸一個小村裡去世了，僅僅活了四十六歲。

《查泰萊夫人的情人》在我國早已有了中譯本，這是多年以前在北京出版的。前幾年香港也有過這譯本的翻印，卻號稱是在日本出版的。至於這書的英文原本，在我國也有過幾種翻印本，最早的一種在一九三四年（民國二十三年）就出版，是由北京文藝研究社翻印的，印得很不錯，定價大洋一元五角，預約僅一元。我手邊還藏有這書的預約廣告，他們用"人生樂事，雪夜閉門讀禁書"來號召，廣告上注明當時北大、清華、師大、燕京的門房都是這書的預約代理處。後來上海有些專門翻印外國文書籍的書店，也翻印過這書，不過卻印得模糊簡陋，不堪卒讀了。

《寂寞的井》的風波

　　有一本小說，在英國被禁了二十年之久，雖然美國版一直風行無阻，而且早已譯成了歐洲其他各國文字的譯本，但是英國卻一直維持着對它的禁令，直到一九四九年，有一家英國書店冒險將它印了出來，居然平安無事，這才知道禁令已經在無形中取消了。這本在英國禁了二十年之久的小說，就是拉地克萊菲・哈爾（Radclyffe Hall）的《寂寞的井》（*The Well of Loneliness*）。

　　拉地克萊菲・哈爾是一位女作家，她的這部《寂寞的井》，是一部不好也不壞的小說。若任其自由出版，也許至多不過銷一個幾千冊或一萬冊，然後接受時間的淘汰，漸漸的被人忘記。可是現在則不然，這本英國小說已經有了許多種外國語譯本，它的英文本歷年已銷一百萬冊以上。以後讀它的人即使會漸漸的少起來，但這部小說和它的作者已在現代英國文學史上佔得了一席地位，而這一切全是拜法院檢察官之賜，由於它成了"禁書"之故。

　　《寂寞的井》被禁的原因，是由於它所寫的主題是"女子同性戀"，即所謂"里斯波主義者"。人物是一群第一次世界大戰期間在前線服務的女司機。一九二八年夏天，這本小說第一次在英國出版，起初並沒有什麼。由於主題的大膽和新奇，而且是出自女作家之筆，有幾位批評家對這書頗給以好評。本來，哈爾女士並不是新作家，早已出版過幾本小說，而且還得過一次布萊克紀念獎金。可是由於她一向喜歡扮"男裝"，而《寂寞的井》所描寫的又是一群有同性戀傾向的女子，因此許多人不免對它和它的作者特別發生興趣，在報上給她捧場，這一來就惹出風波來了。

詹姆斯·道格拉斯在《星期快報》上發表了一篇文章，力指這本小說的猥褻，他說他寧可犯謀殺罪拿一瓶硝酸給少年男女去喝，他也不願拿這本小說給他們去看。這一來就惱怒了小赫胥黎，他站起來打抱不平，向道格拉斯挑戰，他說他敢負責向少年男女推薦《寂寞的井》，問道格拉斯敢不敢也拿一瓶硝酸去推銷。道格拉斯只好王顧左右而言他了。

這樣一吵，這書就引起英國當局的注意，審查結果，出版《寂寞的井》的書店被命令停止發售這書。後來他們拿到巴黎去出版，可是當巴黎版運回到英國來時，立時就被英國海關扣留，並且對英國代售這本小說的書店提起控訴，結果判罰二十鎊，沒收的書銷毀，從此就一直不許《寂寞的井》在英國治下銷售，直到一九四九年才無形中取消了這禁令。現在，不經刪節的《寂寞的井》，已經在任何一家英文書店裡可以隨便買得到了。

西點軍校的革退生

　　一八三一年一月二十八日，美國西點軍官學校當局，召開了一次軍事法庭，宣佈革退了入校僅僅六個月的一個學生，罪名是兩次在指定的操演中缺席，疏忽按時報到、守衛和術科的種種職守，又一連兩次直接違反了值日官的命令。這一措置，對西點軍校歷史上不算什麼，不過少了一名未來的軍官；但是對美國文學史上卻是一個了不起的決定，因為這樣一來，便使貧弱的美國文學史上平添了一位大詩人和小說家。

　　這個西點軍校的革退生不是別人，就是愛倫・坡。他是出色的抒情詩人，第一流的短篇小說家，此外還是現代偵探小說的創始人。以《福爾摩斯探案》馳名世界的英國柯南道爾爵士就承認，沒有愛倫・坡的作品給他的暗示和啟發，他也許根本寫不出《福爾摩斯探案》。

　　愛倫・坡生於一八〇九年一月，今年（一九五九年）正是他的誕生一百五十周年紀念。愛倫・坡的文學聲譽，在歐洲比在美國更大。法國大詩人波特萊爾就最愛讀愛倫・坡的作品，曾翻譯過他的詩，又為他寫過傳記。愛倫・坡所寫的詩論曾深深的影響了法國象徵派的詩人，從波特萊爾、馬拉美，直到法國現代大詩人梵樂希，他們對於寫詩的理論，都是祖述愛倫・

坡的。

　　蘇聯人也是愛倫·坡作品的愛讀者，為了紀念他的誕生一百五十周年，今年一開頭就為他舉行了紀念會，並出版了新的譯本。

　　愛倫·坡的一生，是貧苦多挫折的。他在三歲就已經父母雙亡，成了孤兒，由一位富有的煙草商人愛倫先生撫養。今日愛倫·坡姓名上的"愛倫"，就是由此而來。愛倫·坡從小就愛好文學，並且才華畢露。養父要他學習商務，他寧可脫離這個富有的家庭，單獨去生活，以寫作餬口，過着縱情詩酒的不羈生活。愛倫·坡替當時美國許多報紙刊物寫文學評論和小說，有一時期甚至去當僱傭兵，靠了"糧餉"來維持生活。

　　他在一八三七年同小表妹薇琴妮亞結婚。當時薇琴妮亞只有十三歲，不足結婚法定年齡，在牧師面前不得不說了謊。兩人恩愛非常，可是薇琴妮亞身體衰弱，愛倫·坡的貧窮和放浪不羈生活又給她增加磨折，她在一八四二年就染上了肺病，冬天家裡沒有燃料，只能裹了丈夫的舊大衣，抱了一隻貓兒取暖，終於年紀輕輕的在一八四七年就去世了。

　　愛妻的死亡，對於愛倫·坡是最大的打擊，他愈加沉迷醉鄉。兩年以後，留下了一首哀豔的悼亡詩：《安娜貝爾·李》，也在一八四九年冬天去世了。

愛倫・坡的小說

　　愛倫・坡的文學生活很短，他一共只活了四十歲，但是他的文學才能範圍卻很廣，在他留給後人的數量不多的作品裡面，卻包括了抒情長詩和短詩，短篇小說，文學理論和批評文字。而這些作品，從任何一方面來看，它們的品質都是屬於第一流的。

　　近代法國詩壇主流的象徵派，從波特萊爾、費爾倫、馬拉美等人起，都受過愛倫・坡作品的影響。在一八五○年發表的他的那篇遺著《詩的原理》更成為後來有名的梵樂希《詩論》的根據。英國詩人但尼遜、小說家狄根斯，他們的作品都是由愛倫・坡首先在刊物上介紹，才為美國文藝愛好者知道的。同時代的霍桑，所寫的那些有名的短篇故事，愛倫・坡也曾經再三為文加以讚揚。

　　愛倫・坡不曾寫過長篇小說，但是留下來的幾十個短篇，其中包括描寫一瞬間心理和感情變化的純粹短篇小說，以及驚險恐怖的故事，和科學分析的短篇偵探故事，都是在美國文學史上以前從沒有人嘗試過，而且他所採用的獨創手法，至今尚為後人所仿效，並且沒有人能超越他的。

　　這些故事一共有七十多篇，使得愛倫・坡在現代批評家的筆下，獲得了兩個令人羨慕的榮銜：一個是"現代短篇小說之父"，另一個是"現代偵探小說的創始人"。

愛倫‧坡所描寫的這些短篇"故事"，有的其中有完整的故事，有的只是主人公一段心理變化的描寫，或是一陣幻象發生過程的敘述，同他以前的作家所寫的"故事"完全不同。這是從整個人生中切下的一個斷片，是一瞬間的現象的把握，不必有頭有尾，但是卻可以暗示出整個人生的某一種面貌。這就是現代短篇小說和前人所說的"故事"在基本上的差異。《十日談》是故事集，並不是短篇小說集；巴爾札克的那些短篇，有些雖是了不起的傑作，但它們全是短篇故事，並不是"短篇小說"；只有愛倫‧坡的那些短篇，他雖自稱它們是"故事"，但實際上已經是現代的"短篇小說"。從契訶夫、莫泊桑，直至海明威，這些現代短篇小說大師，都是從愛倫‧坡開闢出來的這條道路出發的。

在偵探小說方面，愛倫‧坡在他幾個短篇恐怖謀殺故事中所採用的佈局結構方法，和出現在這些故事中賴以破案的"業餘偵探"和他的助手或友人，都為現代偵探小說寫作方法開創了先河。柯南道爾筆下的業餘天才偵探家福爾摩斯，和他的助手華生醫生，就是從愛倫‧坡所創造的業餘偵探"杜賓"脫胎而來。還有，在偵探小說裡用"我"這個人物來敘述，再插入報紙上的新聞記載（如那篇有名的〈驗屍所街謀殺案〉），都是由愛倫‧坡首創出來的。

馬克・吐溫逝世五十周年

　　馬克・吐溫是世界和平理事會今年選定要紀念的世界文化名人之一。他於一九一〇年四月二十一日去世，今年（一九六〇年）正是他逝世的五十周年。

　　對於這位美國作家，我們雖然已經熟知他的名字，可是對於他的作品，實在介紹得不夠。一般人都以為馬克・吐溫是幽默作家，其實他的笑不僅是嘲笑，有時簡直是苦笑。在十九世紀的美國作家之中，能夠從現實生活中取材，並且採取批判態度的，馬克・吐溫可說是僅有的一個，並且是異常成功的。儘管許多美國人將他的作品只是當作滑稽小說來讀，但是一旦發現書中的人物，有一個很像他們的鄰人，甚或很像他自己時，同時描摹得又那麼淋漓盡致，他自己也只好苦笑了。這就是馬克・吐溫作品的成功處。

　　馬克・吐溫是一個成功的作家，可是一生的生活很苦，尤其是內心的苦痛，不幸的事情連續不斷的來襲，給他的打擊很大，差不多使他的一生沒有多少安寧的日子。這種情形，頗有一點與巴爾札克相似。然而就是這種一連串的不如意之中，他終於寫下了那許多作品，這種努力和奮鬥精神是極可佩服的。

　　馬克・吐溫生於一八三五年，在美國米蘇里州的一個名叫漢尼拔的小城裡出世。他的本來姓名該是撒米耳‧郎荷‧克萊孟斯。後來寫文章，才採用了"馬克‧吐溫"這筆名。這是他在密西西比河的輪船上當水手時，聽着同伴用鉛錘測量水深，時常喝着"馬克吐溫，馬克吐溫"，表示水深若干度；他聽得有趣，後來就用了"馬克‧吐溫"（Mark Twain）這兩個字做了筆名。至今世人也只知道馬克‧吐溫，很少記得他原來的姓名了。

馬克‧吐溫的故鄉漢尼拔城，就在美國這條有名的大河密西西比河邊上。出身不很富裕的家庭，又值父親早死，馬克‧吐溫從小就對這條河流發生了深刻的感情，因為這正是他的生活教師。後來他的作品，曾一再用這座小城和這條大河作題材，可見他對於它們的感情之深。他的名作《湯姆沙雅的奇遇》，幾乎就是用他自己童年生活來寫成的。在這個小城裡，在這條河上，他看見過，並且也遭遇過許多令他畢生難忘的可感動的，以及可怕的事情：一個黑人活活的被人打死，一隻輪渡突然氣鍋爆炸沉沒了 —— 他將這一切都寫在他的書裡。

馬克‧吐溫做過印刷學徒，做過水手，做過新聞記者，做過礦商，賺了不少錢，也被人騙了不少錢，到頭來仍是靠了筆桿生活，並且維持他的"鄉下佬"的本色，對那些看不順眼的人物和事情毫不留情的加以嘲弄，這正是他的最可愛處。

馬克‧吐溫的笑話

　　馬克‧吐溫是一個充滿了"人性"和風趣的人，是一個很可愛的作家。他的為人和談吐，是同他的作品一樣"幽默"的，因此關於他的笑話很多。自然，這些笑話未必全是真的。據說美國一位指導學生"如何獲得成功的講演"的教授，曾經這麼傳授一個成功秘訣給他的學生說："每逢發現你的觀眾有一點坐立不安，不肯耐心聽你的演說的時候，你就趕快講一個關於馬克‧吐溫的笑話給他們聽。"

　　自然，關於他的笑話就愈來愈多了。可是他本人早已去世，沒有機會可以否認。但是在他生前，有許多人就不免要"撞板"了。據說，有一個喜歡在宴會上講笑話的人，講來講去總是那幾個。但他也有一手，他一開始總是先說："我希望你還不曾聽我講過這個笑話……。"有一次，馬克‧吐溫遇見了這位先生，他有禮貌的聽這人講完了他的老笑話以後，然後才說："對不起，我不僅早已聽過這個笑話十多次，而且這個笑話根本是我自己編造出來的。"

　　馬克‧吐溫早年曾在米蘇里的一家報館任職。據說有一天，有一個訂戶寫信來詢問，說他今天打開他們派來的報紙，發現裡面有一隻蜘蛛，他想知道這對於讀者是吉兆還是凶兆。

馬克·吐溫這麼答覆他道："在我們的報上發現一隻蜘蛛，既非吉兆亦非凶兆。這隻蜘蛛是另有任務的。牠是在調查我們報上的廣告客戶，看看有誰家商店不曾在我們的報上刊登廣告，以便就到那家商店的門上去做窠結網，可以不致受到驚擾。"

馬克·吐溫很不喜歡銀行家，時常要"幽默"他們。他對於銀行家所說的最有名的警句是："銀行家是這樣的一種人，他在大晴天借傘給你，可是天色一變就立刻要收回。"

他曾說過一個挖苦銀行家的笑話。據說有一位大銀行家，花了極大的代價裝了一隻玻璃假眼。銀行家有一天向馬克·吐溫說："我敢同你打賭，你一定看不出我的兩隻眼睛，哪一隻是真，哪一隻是假，你若是能看得出，我可以輸你五千元。"馬克·吐溫指着他那隻假的左眼說，"這不用打賭，我一看就辨得出，因為只有你的這隻眼睛閃耀着人性慈善的光輝"。

馬克·吐溫也時常講他鄰人的笑話。據說有一次，他向他的鄰人借一本書。鄰人說："我的藏書是從來不離開我的藏書室的，你如果要看，請在這裡看罷。"後來有一次，這個鄰人來向馬克·吐溫借用花園裡的刈草機。馬克·吐溫也回答他說："我的刈草機是從來不離開我的花園的。你如果要借用，請在我的花園裡用罷。"

《黑奴籲天錄》的故事

　　美國斯托夫人的著名小說《湯姆叔叔的茅屋》，在我國很早就有了譯本，是林琴南和魏易兩人合譯的，出版於一九〇一年，書名沒有根據原名來翻譯，改用了更文雅，也更切題的《黑奴籲天錄》作書名。

　　斯托夫人的這部反對美國人蓄奴制度的小說，最初是在一個周刊上連載的，單行本出版於一八五二年，在連載時，這部小說已經吸引了讀者，尤其是那些主張解放黑奴的人。印成單行本後，更立即風行暢銷起來。

　　一八五二年三月二十日，《湯姆叔叔的茅屋》單行本出版，分印成上下二冊。這時在刊物上的連載還未完畢，但是雙方的銷路都不曾受到影響。初版的《湯姆叔叔的茅屋》一共印了五千冊，在出版的第一天，讀者搶購，一口氣就銷去了三千冊。到了三月底，再版本也賣光了。

　　本來，那位出版家是提議與斯托夫人合作，各人擔負印刷出版費用一半，將來有了利益就對分，在這樣合作的條件下來出版這部《湯姆叔叔的茅屋》。出版人所以要這麼做，是因為對這小說的出版沒有什麼大信心，所以要採用這種與作者合資出版的辦法，以便減少可能的損失。可是由於斯托夫人根本沒有力量擔負一半的印刷費，經過再三商議，出版家終於答應由他一人出資印刷出版，改用抽版稅辦法，作者抽取百分之十的版稅。

由於這書一出版就暢銷，三月二十日初版問世，一再再版，到了這年八月間，作者所抽得的版稅已超過一萬元。本來，斯托夫人是希望這部小說的出版，能多少有一點收入，可以貼補家用，使她有時間和安定的心情坐下來再寫一部。她完全不曾料到《湯姆叔叔的茅屋》竟這麼好銷。因此僅是這一萬元的版稅收入，已經足夠她長期寫作，在經濟上不必再有什麼顧慮。

到了這年夏天，《湯姆叔叔的茅屋》已經銷到了十二萬冊。據說出版時間未滿一年之際，僅在美國本國就已經銷去了三十萬冊。這個數字，有人曾經統計，若是以人口作比例，一八五〇年的三十萬冊銷路，事實上可以抵得上現今的一百五十萬冊。

《湯姆叔叔的茅屋》，是美國小說譯成外國語文最多的一部。連我國在一九〇一年都已經有了譯本。可見這書的流傳之廣。可是關於這書的作者，這位斯托夫人，知道她的生平故事的卻不多。

斯托夫人生於一八一二年，是美國人，丈夫是大學教授。她的寫作生活，最初是業餘的。着手寫《湯姆叔叔的茅屋》時，已經是六個孩子的母親了。但她對小說寫作發生興趣，同時又受到丈夫的鼓勵，再三勸她擺脫家務去安心寫作，並且對她鼓勵，這才使得斯托夫人有勇氣寫出了像《湯姆叔叔的茅屋》這樣的作品。

當時美國正在展開解放黑奴的高潮，但是阻力也很大，尤其是那些奴隸販子，這是他們的衣食所繫，而奴隸販子的大頭目又都是在社會上和政治上具有潛勢力的人物。斯托夫人的兄弟愛德華，是主張解放黑奴最力的一個人，後來就被人所暗殺。

斯托夫人不僅是一向主張解放黑奴的，而且對於美國黑人所過的非人生活，知道得最詳細。關於她着手寫《湯姆叔叔的茅屋》的經過，她兒子查理在那部給母親所寫的傳記上這麼說道：

當時母親正在禮拜堂裡參加祈禱會。突然，像是在她的眼前展開了一卷圖畫一般，湯姆叔叔死的情景湧現在她的心中。這情形將她感動得太厲害，她要再三忍住，才不至當眾大哭起來。她立即趕回家中，攤開紙筆，將自己心中所得的印象寫下來。然後，將家人孩子們召集在一起，她將自己所寫下的讀給他們聽。她的兩個最小的孩子，一個十歲，一個十二歲，聽了哭得嗚咽不止，其中一個在嗚咽中說：

哦，媽媽，奴隸制度乃是世上最殘酷的一件事情！

斯托夫人就在大家這樣熱心鼓勵之下，開始執筆繼續寫下去。一八五一年六月，這部小說雖然還不曾寫完，就開始在一些刊物上連載。斯托夫人本來只想連載幾期就將它寫完。哪知一開始之後，讀者的反應非常熱烈，她的寫作興趣也提高，就以控訴殘酷不人道的奴隸制度為主題，放開手往下寫，幾乎連載了一年，直到第二年四月才刊完。可是在連載未完畢以前，她就已經出了單行本。

斯托夫人將這部小說交給刊物去連載，所得的發表費，一共只有三百元。可是出版後卻銷路大暢，如前面已經說過的那樣，半年不到，她所得的版稅已經超過一萬元。

初版的《湯姆叔叔的茅屋》，是黑布面裝訂的，分訂上下兩冊。這種初版本，雖然印了五千冊，但是由於銷路好，讀的人多，至今能保存下來的反而極少了。

想起海明威

　　這幾天在報上讀到海明威墮機不死的消息，使我瞿然想起，十餘年不讀他的小說，我幾乎忘記他了，心中不覺有點歉然。

　　我的歉仄並不是沒來由的，因為第一個將海明威的名字介紹給中國讀者的怕是我。那該是二十多年前的事了，那時海明威在美國不僅是新作家，而且還沒有出版家肯接納他的著作，當亡友望舒從巴黎將他買到的一冊海明威在巴黎一家小書店出版的短篇集寄給我以後，我就立時對他那種簡煉的對話和清新的句法發生了興趣，於是在我那時所寫的短篇創作裡，我的男主人公不久就在公共街車上從高高舉起的海明威短篇小說集的背後，偷看他的《第七號女性》了。

　　我對海明威的作品一直很有好感，譯過他的幾個短篇，又寫過好幾篇介紹，直到他以西班牙內戰為題材的《喪鐘為誰而鳴》（這就是現在被人庸俗的譯成《戰地鐘聲》那本小說）出版以後，我覺得以他對於西班牙內戰情形那麼熟悉，卻寫得那麼歪曲，顯然是有意"裝瘋"，我就寫了一篇〈海明威的路〉（刊在當時楊剛編的香港《大公報》的"文藝"上），從此不再看他的小說了。

十多年以來，雖然時常在美國刊物上見到他的新書出版廣告，以及那一幀胸口叢生着黑毛的照片，但是始終不再有看他小說的興致，直到這兩天讀到他墮機不死的消息，才又想起過去的事：原來他還是我的老朋友，我幾乎將他忘了！

詩人但丁的機智

意大利十五世紀，以善說笑話逸聞著名的波吉奧，在他那部有名的笑話集裡，收集了不少與詩人但丁有關的笑話逸聞，顯示這位《神曲》的作者平日為人，是怎樣的機智幽默，在談笑酬答之間怎樣的富於風趣。

據說，佛羅倫斯的王子加奈兄弟，有一次邀請但丁宴飲。王子兄弟和他們的僕人，大家商量好要捉弄這位大詩人一下。他們在進餐過程中，將大家吃剩的肉骨頭，都悄悄的拋擲在但丁的腳下。起先還有枱布遮掩着，所以看不出什麼，及至餐畢撤去枱布，他人的腳旁皆空無一物（當時歐洲上流社會的宴飲習慣，皆用手取肉大嚼，吃剩的肉骨頭隨手拋擲桌下餵狗），唯獨但丁的腳旁堆了一大堆肉骨頭。主僕皆莞爾而笑，嘲弄他是一個貪嘴的老饕。

見了這種情形，但丁神色不動的回答道："諸位不必驚異，這情形恰好證明了一件事情：如果狗是喜歡吃骨頭的，這恰好證明我不是狗。"

又有一次，詩人因了政見不同，被放逐至西埃拉。某日，他滿懷幽憤，獨自坐在一座小教堂裡沉思，有一個俗人認得他是大詩人但丁，便走過來同他不三不四的兜搭，向他亂問一些很愚蠢可笑的問題。但丁敷衍了幾句，實在不耐煩了，突然向這人問道："請你告訴我，你認為世上最蠢的動物是什麼？"

"大笨象。"那人回答道。

"好了，大笨象，"但丁說，"請你饒了我，因為我正有許多心事，不願受別人打擾"。於是那人狼狽而去。

但丁由於與教會的意見不合，不能在佛羅倫斯安居。只好周遊各地。這時奈勃耐斯王洛伯，仰慕詩人盛名，便修書託人邀請但丁到他的朝中來作客，但丁應邀前往，到了奈勃耐斯。由於他是詩人，而且旅途勞頓，他抵達奈勃耐斯後，也不曾換衣服，就穿了旅行的敝袍，隨了使者去朝見洛伯土。這時恰值洛伯王大宴群臣，在座的全是錦衣繡服的王公大臣，使者見到但丁衣服破舊，便招呼他在末座坐下。但丁知道奈勃耐斯王瞧不起他，本要拂袖而去，但他想到既然來了，而且肚裡又餓，便一聲不響的吃了個飽，然後不別而行。

奈勃耐斯王宴會已畢，才想起但丁，叫人去請他來相見，才知道他已經走了。他知道是自己適才待慢了他，連忙派人去將但丁追回來，向他致歉，然後另設盛宴款待他，請他坐了首席。

這一次，但丁早已換上了一件簇新的錦袍，可是在宴會進行時，但丁一再將自己吃剩的食物擱在身上，又用袍袖揩手拭嘴，又將酒倒瀉在身上，好像毫不留意宴會禮節似的。這時陪座的群臣皆抿嘴竊笑，笑他徒負虛名。洛伯王起先不言，後來實在忍不住了，便問但丁何故如此糟踏自己的新衣。但丁正色回答道：

"陛下，我並非糟踏我的新衣。我是因為先前穿了破衣前來，被人瞧不起；現在換了錦袍，卻受到盛宴招待，可見受重視的實在是這件衣服，因此我應該也給它嘗嘗陛下所賜的豐饈美酒的滋味。"

奈勃耐斯王聞言大慚，當筵謝過，從此以上賓之禮款待但丁。

《十日談》的版本談

　　最近香港重印了《十日談》的中譯本，譯者是黃石。這個譯本，是多年前曾由上海開明書店印行過的，這次在香港重印，不知內容可有什麼修改和變動。

　　《十日談》的中譯，除了這一本以外，一九五八年上海的新文藝出版社還出過一部方平、王科一兩人合譯的另一個譯本，附了譯自俄譯本的什提恩所寫的序言，還有譯者的後記，又附了許多插圖和飾畫，譯筆很忠實流暢，裝幀也不錯，是一個很理想的譯本。只是印得不多，聽說現在就是在內地也很難買到了。

　　《十日談》有許多不同的外文譯本。版本也有多種，有選譯本，有淨本，有全譯本。我們現在所有的這兩種中譯本，所根據的外文譯本就各不相同。

　　本來，依據國外一般愛書家的經驗，要檢查一下某種《十日談》譯文是否完整，只要翻閱一下本書所述的第三天第十個故事，是否被收入，或者是否被譯出，就可以斷定。因為對於這一個故事，有些版本刪除了其中的大部分，僅存首尾概略，有的則保存意大利原文照排，不加譯出。許多英文譯本就是這樣。

前年國內新出的譯本就不曾刪節這個故事，並且全譯了出來。從前開明所出的黃石譯文，因為是在上海租界內出版的，就經過刪節。這一次在港重印，不知怎樣了。

《十日談》的作者卜迦丘是很喜歡嘲弄修道士，揭發他們偽善面目和藏匿在那一件道袍下面的肉慾活動的。《十日談》內所述的第三天第十個〈魔鬼進地獄〉的故事，便是這類故事的一個典型傑作，因此最為教會中人所忌，尤其是舊派教士。《十日談》這書，至今在許多國家仍被視為禁書，尤其是未經刪節的全譯本，還時常要鬧出官司。前幾年英國還有過一宗，新加坡也有過一宗，雖然後來都是出版商勝訴了，但可以知道這書至今還能夠令得有些人頭痛。因為自十五世紀以來，被卜迦丘所嘲弄過的這類人物，他們的嘴臉至今仍沒有多大的改變。

《十日談》的作者卜迦丘，可說是古今第一流的講故事能手。在這本書裡，他的態度冷靜莊重，不作無謂的指摘和嘲弄，也不拋售廉價的同情。他不故作矜持，也不回避猥褻。他在《十日談》裡從十個避疫男女的口中所講出的一百個故事，可說包括了人生的各方面，有的詼諧風趣，有的嚴肅淒涼。但他從不說教，也不謾罵。不過，在他的故事裡，有時娼婦會比閨秀更為賢淑，蠢漢會比聰明人更佔便宜，而道貌岸然的"聖者"卻時常會在凡夫俗子面前暴露了自己的真面自。正因為這樣，這書自出版以來，雖然受到無數讀者的喝彩，可是至少仍令少數人見了要頭痛。

《堂吉訶德》 的譯本和原作

　　《堂吉訶德》近年在我國已經有了一個新出的譯本，是傅東華譯的。在這以前，我們本來早已有了一個文言文的譯本，收在從前商務出版的說部叢書內，名為《魔俠傳》。這個題名倒也很典雅貼切。將風車當作巨人，將酒囊當作武士的古訶德，豈不是不折不扣的着了魔的俠士嗎？可惜《魔俠傳》只是節譯的。

　　《堂吉訶德》在我國本來可以有一個十分理想的中譯本，那就是詩人戴望舒從西班牙文原文精譯出來的一個譯本。他在法國留學時曾到西班牙去小住過，學會了西班牙文，又曾在建立在瑪德里的塞萬提斯銅像下面照過一幅像。可見他對這位作家和他的傑作是非常崇拜的。他對於《堂吉訶德》的翻譯曾花費了不少心血，可惜在抗戰和香港淪陷期間一直無法安心工作，時譯時輟。解放後攜稿北上，滿以為這一次可以安心的完成這筆心願了，不料又因哮喘症奪去了天年，只留下了一部殘稿。目前國內精通西班牙語文的人才很多（拉丁美洲幾乎是全部通行西班牙文的），聽說正在將他的遺稿加以整理補充，也許不久就可以另有一部根據原文譯出來的《堂吉訶德》中譯本出現了。

《堂吉訶德》是一本好小說，只可惜原著的篇幅太長，使現代讀者要從頭至尾將它讀完，實在很不容易。尤其是原著有許多地方根本不必那麼冗長。有人說，如果將《堂吉訶德》的篇幅縮短一半，它的精彩一定更可以增加一倍。這並非隨便說說的，實在也有點見地。因為塞萬提斯寫作《堂吉訶德》時的環境很困難，而且心情極不好。有一部分是在獄中寫成的，寫了就算數，似乎並未經過修改，甚至連重看一遍也似乎未看過的。原作重複和"擺烏龍"的漏洞很多。桑科的毛驢被人偷走了多次，可是一次也未曾經過任何說明，這位大騎士的侍從又跨着他的驢子跟在那匹"如迅雷電"後面了。又有一次，公爵邀請吉訶德主僕晚上到他府中去吃晚飯，吃了又談，談了又吃，照時間算來，至少也該是半夜了，可是塞萬提斯突然插入了一句："這時的天色已漸漸的晚了。"

　　凡此種種，雖是小疵，無傷大雅，更不足妨礙《堂吉訶德》本身的價值。但是若能去蕪存菁，對於現代一般讀者一定會特別方便一點。我敢說許多文藝愛好者雖然都知道塞萬提斯這部大傑作的名字，但是能夠從頭至尾將第一部第二部全部讀完的，一定不多。此無他，篇幅實在太多，有些地方的敘述和描寫也太冗長了。

　　完成於十七世紀初年的《堂吉訶德》，一方面由於當時小說讀者所要求的乃是這樣的長篇巨製，一方面又由於作者的生活不安定，根本無法細細琢磨，同時也不容許他這麼做，這才有這樣缺點留存下來的。

青鳥與蜜蜂

　　八十八歲高齡的梅特林克，在法國尼斯的別墅中逝世了。這位被稱為"比利時的莎士比亞"的老戲劇家，在這次大戰時曾避難到美國，攜帶着他心愛的一籠青鳥同行。為了美國海關條例，禁止外國鳥雀入境，所以即使是梅特林克的青鳥，也終於被海關沒收，當時梅特林克曾為了這事對美國大大的不滿。因為在梅特林克的眼中，正如在他的作品中所顯示的一般，"青鳥"乃是"幸福"的象徵。庸俗的美國人竟一面招待他一面又扣留了他的青鳥，不僅煞風景，簡直煮鶴焚琴了。

　　梅特林克的《青鳥》出版於一九〇八年，我國也早已有了譯本。無疑的，因了這一個劇本，梅特林克將永遠被人記憶着。一個作家只要有一本書能讀了使人不能忘記，他就可以不朽，恰如他在這部童話劇中所寫下的名句一般"死人是活在活人的記憶中的"；死了多年的老祖父，終日在陰間昏睡不醒，但是當孩子們偶然在心上憶起他時，他便立時清醒年輕起來了。

　　梅特林克的另一本使人愛好的書，是他的《蜜蜂的生活》，這是將科學、文學和哲學聯合在一起的一部作品。很多人曾作過這樣嘗試，但是至今還沒有人達到像他在《蜜蜂的生活》中所達到的成就。這本書有科學的正確，文學的描寫，更包含着哲學思想。使人於獲得知識與享受之外，對於自己所生活的社會忍不住要發出反省。在〈婚禮飛行〉一章中，梅特林克描寫無數的雄蜂在飛行中追逐蜂后，蜂后只需要一隻雄蜂交配，因此，僅有體力最強的一隻能有機會在飛行的最高峰接近蜂后，而且本身將因此喪命，其餘落選的雄蜂，因為蜂后不再需要牠們，在蜜蜂的社會組織中已成為只會消耗食物不能勞動生產的廢物，便由工蜂毫不留情的一一加以處死。這辦法雖近於殘酷，但誰能指責牠的處置不合理呢？

　　無怪乎他認為蜜蜂的許多舉動，有些並非只是本能的衝動，而是有意識的有計劃的社會改進工作了。

支魏格的小說

　　斯諦芬‧支魏格，早已在一九四二年去世了，而且是很悲慘的在第二次世界大戰期間，夫婦兩人在旅居巴西的流亡生活中，一起自殺的。

　　支魏格是奧國作家。在現代德語系統的作家中，他不僅是極有才華的重要作家之一，而且是一位有國際聲譽、極受人喜愛的作家之一。他的作品有三十種文字以上的譯本。

　　支魏格寫詩，寫小說，也寫傳記和劇本。他的傳記以分析人物心理精闢入微見長，是一種現代的新體傳記。他曾寫過托爾斯泰、巴爾札克、狄根斯、羅曼羅蘭等人的傳記。他的小說有長篇，也有中篇和短篇。沒有一般德國小說那種沉重的氣息，寫得深刻而又生動，尤其是小說的故事好，寫得又美麗。

　　我最喜歡讀他的中篇和短篇，如〈一個不相識婦人的情書〉、〈阿猛克〉、〈看不見的收藏〉、〈布哈孟台爾〉等篇，不僅一讀再讀，而且都忍不住了出來。逢人就推薦。凡是愛讀小說的人，讀了他的這些作品，無不同意我的介紹，認為支魏格的小說，不僅每一篇的故事都好，而且寫得又好。

　　就我個人的愛好來說，我特別喜歡〈看不見的收藏〉和〈布哈孟台爾〉。這兩篇都是以藝術收藏家為題材的。〈看不見的收藏〉寫的是一位版畫收藏家的故事。〈布哈孟台爾〉寫的是舊書店老闆的故事。兩篇所寫的都是令人難忘的人生悲劇。

搜集版畫和搜集舊書，都是我的愛好，因此這兩篇小說讀了使我特別感動。支魏格身歷第一次世界大戰和第二次世界大戰。他是人道主義者，飽受戰禍的苦痛，因此在這兩篇小說中，描寫好像與世無爭的版畫收藏家和舊書商，也逃不脫戰爭的災難。寫得沉痛極了。

〈一個不相識婦人的情書〉是一篇充滿了抒情氣息的戀愛故事。高手自是高手，這一個中篇戀愛故事，可說是二十世紀小說傑作之一。

支魏格在第二次大戰初年，不容於納粹。一直過着流亡生活，先避居英國、後來又逃到南美。他在臨去世的前一年，曾寫過一篇〈象棋的故事〉，暴露了納粹對於人類精神生活的威脅。可惜他即使寫下了這樣的小說，終於自己也忍受不住精神上的種種打擊和絕望，竟夫妻雙雙自殺身死了。

奧地普斯家族的悲劇

　　奧地普斯王的故事在文學上產生了不少傑作。其中最有名的，是希臘戲劇家索伏克里斯留下給我們的三個悲劇：《奧地普斯王》、《奧地普斯在科羅魯斯》，以及《安地果妮》，據說索伏克里斯一生寫過一百多個劇本，但是留傳下來的只有七個。這三個以奧地普斯王的故事為題材的悲劇，就是七篇作品之中的三篇。

　　這三個悲劇，描寫了奧地普斯王怎樣自己發覺了自己所犯的弒父亂母大罪的經過，以及以後所過的苦難日子，直到由於亂倫關係所生的四個子女完全被毀滅為止，這樣就結束了奧地普斯這個罪惡家族的歷史。

　　三部曲的第一部《奧地普斯王》所描寫的，是他殺了斯芬克斯，成為地比斯王，自己在不知的情況下娶了自己的母親約嘉絲妲為王后，並且生了四個子女以後的事。地比斯在奧地普斯王的治理下，富庶繁昌，百姓生活得十分幸福，因此一起歌頌新王的德政。不料過了十五年的安穩日子後，國內忽然天災人禍相繼發生，百姓大起恐慌，以為第二個怪物斯芬克斯又出現了，他們就一起列隊到王宮的外面來向奧地普斯王請願，認為奧地普斯王在十五年前曾救過他們一次，希望這一回再拯救他們一次。

索伏克里斯的悲劇第一部就是在這背景下揭幕的。奧地普斯王接納了民眾的請願，向天神去請示，希望知道使得地比斯人遭獲天譴的原因。哪知不問猶可，一問就將自己在不知不覺之中所犯的可怕的罪行揭露了。這一來，就使得他從自以為十分光榮的王座上倒了下來，悲劇就接二連三的發生：約嘉絲妲王后羞愧自縊而死，他自己也抉出雙目，棄國出走。

悲劇的第二部《奧地普斯在科羅魯斯》，所寫的是上述事件發生以後二十年的事，奧地普斯既盲且老，由他的女兒安地果妮陪伴着，在荒野漫遊。過着流浪生活。地比斯王位由國舅克里安攝政，可是兩個王子卻開始在爭奪王位了。

第三部《安地果妮》是奧地普斯王悲劇的大結束。他的兩個兒子因爭奪王位，互相殘殺而死。這時國舅又當權了，他因了安地果妮姊妹違抗他的命令，下令將她們兩人活埋而死。毀滅了奧地普斯由於亂倫關係所生的全部子女。

以奧地普斯王的故事為題材的作品很多，但是最有名的自然要算希臘戲劇家索伏克里斯留下給我們的這三個悲劇了。奧地普斯的悲劇命運，雖然是天神早已預言過的，但是卻由於他猜中了人面獅身怪物斯芬克斯的謎語而起，這可說是有關人面獅身像的一個最有名的插曲了。

薩迪的《薔薇園》

　　伊朗古代詩人薩迪，是今年要紀念的世界三位文化名人之一。在上月二十日，北京剛為他舉行了一次盛大的紀念會。

　　薩迪生於十三世紀（一二〇〇年，一說生於一一九三年），他的真姓名該是穆斯里・奧德・丁。他是古代中東那種近於聖者和先知的偉大詩人之一，筆下文辭單純美麗，富於明徹深邃的智慧，可是並不抹煞人性。他生於伊朗的希拉茲，因此有"希拉茲的夜鶯"之稱。薩迪遺留下來的作品，最為人傳誦的有兩部，一是《古里斯丹》，即《薔薇園》；另一是《布斯丹》，即《果樹園》。這都是韻文詩與散文詩的混合集，內容包括了寓言詩、小故事和含有教訓的警句。現代黎巴嫩詩人紀伯倫的作品，顯然就是受了他的影響。

　　我沒有讀過完整的《薔薇園》譯本，只是在一部英譯古代東方文學作品的選集裡，讀到了一些。這裡試譯幾段於下：

　　　　財富乃是為了生活的舒適，並非生活乃是為了搜集財富。我問一位智人，誰是幸運者，誰是不幸者？他回答道："曾經撒種而又收割的人是幸運的，那些死了不曾享受的人是不幸的。那些一生之中只知道收集財富而不懂得運用的人，可說是無用的廢物，你不必為他們祈禱！"

有兩種人是徒勞辛苦，費力而無所獲益：一是有了財富而不知道享受的人，另一是有了學問而不懂得運用的人。無論你已經擁有了怎樣多的知識，如果你不加以實用，你就仍是一無所知。你在牲口背上馱了幾本書，你並不能使牠成為學者，或是哲學家。那個空洞的頭腦能夠懂得什麼呢，不論牠馱的是珍貴的書籍還是木柴？

　　當一件事情能夠用錢來解決時，那就不必冒生命的危險；除非一切方法都已運用失敗之後，不應乞靈於刀劍。

　　事情往往成功於忍耐，躁急的結果總是失望。我曾經親眼在沙漠中見過，行走緩慢的人趕上了快捷的人，健步如飛者因力竭而倒下，緩慢的趕駱駝伕子卻能夠支持到終點。

　　只知道死讀書而不知道運用的人，就如驅牛耕田卻不撒種。

　　如果每一夜都是權力之夜，權力之夜就要喪失它的價值。如果每一粒石子都是寶石，寶石就要與石子同價。

　　對於無知的人，最好的事情是沉默。不過，他如果能懂得沉默，他就已經不是無知了。

薩迪的這部《薔薇園》，最近在國內已經有了中譯本，不過也是選譯。

雜憶詩人泰戈爾

　　今年是印度大詩人泰戈爾誕生一百周年紀念。對於這位大詩人，我們該不是生疏的，他到過我國來遊歷和講學，他的主要作品，包括詩、散文、戲劇、小說、論文在內，差不多都已經有了中譯本。翻開一九五四年中華書局出版的《中國現代出版史料》甲編，在一九二九年為止的《漢譯東西洋文學作品編目》內，他的作品譯成中文的，那時就有了二十種。以後出版的自然還有。不過，近二十多年來，我們對於這位詩人似乎有點冷淡了，我相信年輕的文藝愛好者裡面，讀過當年鄭振鐸先生翻譯的《新月集》、《飛鳥集》的人，一定不很多了。

　　泰戈爾已在一九四一年去世，這正是日本發動太平洋戰爭的那一年。詩人不曾見到日本軍閥這一次瘋狂野心的暴露，對他來說可說是幸福的。因為在我國開始對日抗戰以後，詩人對於日本軍閥侵略我國的陰謀，侵華軍隊在我國領土內的野蠻行為，曾一再憤慨的指斥。因此他如果再見到日本軍閥暴露了他們更大的狂妄野心，他真不知道要氣成怎樣了。

　　一九三八年秋天，正是我國抗戰最吃重的時候，日本有名詩人野口米次郎，忽然發表了一封公開信給泰戈爾，為日本軍閥的行動作辯護，說這是 "造福中國民眾" 之舉，是一個 "新的亞洲人的亞洲"的開始。當時泰戈爾看到了這封信十分生氣。他平日與野口米次郎很友善，這時就一面宣佈與野口米次郎絕交，一面也一連發表了兩封公開信，答覆野口米次郎，指斥他這荒唐的見解。這兩封覆信當時都有過中文譯文，發表在香港的報紙上。我們這位將近八十高齡的老詩人，在一封覆信上曾經這麼嚴正的宣示道：

> 中國是不會被征服的。她的文化，表現了可驚異的資源；她的民眾的決絕的忠誠，空前的團結，已經給這國家創造了一個新的時代……。

所以這位詩人實在是我們難得的一位好朋友。同時也使我們知道，他還是一位熱愛和平的，人道主義的戰士。

除了支持我國抗戰之外，他的生平還有一件事情可以一提的：一九一三年，他獲得了諾貝爾文學獎金，這是印度人從未有過的光榮，英國為了這事，特地授他以爵士勳位。可是幾年之後，為了抗議英國軍隊在印度開槍殺人，他毫不躊躇的宣佈摒除了這個頭銜。

泰戈爾到中國來講學時，曾經在當時北京的清華大學住過。後來徐悲鴻到印度去舉行畫展時，也得到詩人的特別推薦，因為詩人自己同時也是畫家。徐悲鴻的那幅泰戈爾畫像，大約就是這個時期的作品。

關於果庚

　　南太平洋的塔希提島，與畫家保爾·果庚的名字幾乎是分不開的。沒有果庚，塔希提島在今天決不會這麼有名。沒有塔希提島，我們雖不致沒有果庚這個畫家，他至少可能沒有機會畫出我們現在所見到的那許多迷人的異國情調作品。

　　果庚到過塔希提島兩次。第一次是一八九一年，他離開法國和家庭，單身一人到南太平洋的這個島上住了兩年零四個月。回去後曾將在島上所畫的作品，舉行了一次個展。那些充滿異國趣味，色彩強烈，形象新鮮的畫面，雖使巴黎人對這些作品刮目相看，可是對於他的窮困生活並沒有什麼幫助。

　　在南太平洋群島上住了兩年多的果庚，回到巴黎以後，對於當時歐洲大陸的靡爛文明生活，愈加起了憎惡。因此在法國住了兩年之後，他又重赴塔希提島。這一次，果庚下了決心，決定要終身住在南太平洋，不再回到那冷酷醜惡的巴黎。他果然兌現了自己的決心，從一八九五年以後，就一直住在塔希提島上，後來又遷移到另一個小島上去住，直到一九〇三年去世為止，不曾再回過巴黎。就在南太平洋的這些小島上，消磨了他的貧病寂寞的歲月。

　　住在海外的果庚，曾不斷的與遠處國內的朋友們通信。這些遺留下來的信件，最能表達作為藝術家的果庚個性和思想生活。尤其是最後幾年所寫的，最能使人理解他的作品和他的生活的關係。

在一封信上，講到自己的生活，他曾經埋怨有些朋友對他所作的不公正的指責。他說：

你一定知道，人家是不贊成我的作畫方式的。然而，我對於這些，毫不在乎。我只選擇我自己所喜歡的去畫。用色今天薄一點，明天厚一點⋯⋯藝術是非自由不可的。如果不這樣，就不能算是藝術家了。

果庚在這裡所要求的藝術上的自由，是對於學院縛束的解放。

由於貧困，塔希提島的生活雖滋潤了果庚的藝術，卻損害了他的健康。他在一八九七年九月一日寫信給蒙費萊說：「我也說不出原因，頭和胃都不行了。前途異常黑暗，已無任何希望，惟有死可以解決一切。本月份負債一千八百法郎，信用借款還不在內，真是蠢事，大家都說這是可悲而又無意義的冒險生活。」

同他同時代的梵·谷訶一樣，這兩位畫家所遺留下來的信件，是理解他們作品和為人的最可靠的資料。果庚的信寫得最真實，也比梵·谷訶寫得更好，因為他本是寫散文的能手，那一部《諾亞諾亞》，已經足夠令他當得起一位散文作家而無愧了。

果庚的《諾亞諾亞》

　　保爾・果庚是我所喜歡的畫家之一，他所寫的那部《諾亞諾亞》也是我喜歡的書之一。

　　很少畫家能寫文章，能夠畫得好而又寫得好的自然更少，果庚就是這樣難得的天才之一。他的文章也許比不上他的畫，但是從《諾亞諾亞》和遺留下來的書信札記日記看來，他的文字同他的畫一樣，富於一種真率的趣味。雖然有些地方寫得很粗野，但是隨處又可以看出有一種迷人的光彩和奇趣。

　　《諾亞諾亞》是果庚第一次到南太平洋的塔希提島去小住時，所寫下的一部旅行記。他是在一八九一年四月間自巴黎起程去的，住到一八九三年八月又回到巴黎。《諾亞諾亞》就是這次旅程的產品。

　　"諾亞諾亞"（Noa Noa）是塔希提島的土語，即"香呀香呀"之意。由於果庚在塔希提島時，寫下了這些札記，隨手就寄給了他在巴黎的好友查理・摩里斯，摩里斯加以整理和修改後，用他自己和果庚合著的名義，先在刊物上發表，然後又印成了單行本。這事使得果庚很不滿意，便將留在自己手上的另一份底稿，加以改寫和擴充，又由自己加上插圖，另出版了一個單行本。所以果庚的這部《諾亞諾亞》，是有好幾種不同的版本的。

最好的一種版本，不是排印本，而是根據果庚的原稿來影印的。因為他一面寫、一面隨手加上插畫，畫與文字合而為一，很像英國詩人畫家布萊克自畫自印的那些詩畫集一樣。而且這些插畫有些是單色的，有些更是彩色的。有一種完全按照原稿來複製的版本，最為可貴。

果庚最初本是業餘畫家，他的正式職業是股票經紀。在巴黎的股票市場上，是一名很活躍的經紀，收入很不錯。但他對巴黎的生活、對歐洲人的文明生活，忽然感到了厭倦，決定要找一個世外桃源去逃避，不僅要放棄他的巴黎生活，而且要放棄他的股票經紀生活，正式去做一個畫家。這就是他離開巴黎來到塔希提島的原因。這個巴黎股票經紀，這時已經是一個有了妻子兒女的中年人，已經四十三歲了。但他拋下這一切，隻身離開了巴黎。

果庚這次到塔希提島去，前後住了三年，又回到巴黎。《諾亞諾亞》就是這一次的旅行記。他是抱了尋覓世外桃源的目的去塔希提島的，哪知到了島上一看，雖然有些地方還保持着自然和原始的美麗，但是歐洲人的醜惡文明，也早已侵襲到島上了，這使果庚很感到失望。

原來這時的塔希提島，早已是法國的殖民地。因此果庚見了島上的情形，很氣憤的寫信給巴黎的朋友說，這裡簡直仍是歐洲，是他想擺脫的歐洲，再加上狂妄自大的殖民主義，以及對於歐洲人的罪惡、時髦和可笑之處的不倫不類的模仿。

怎麼，我不遠千里而來，在這裡所得到的竟是我正想逃避的東西嗎？

果庚在塔希提島住了三年，又回到巴黎的原因，並非由於對於塔希提島完全幻滅了，而是看出在白種人的腳跡和勢力還未達到的其他小島上，仍保全着他所憧憬的人間天堂。因此他回到法國去料理了一下家事，在一八九五年又回到塔希提來。這一次重來是下了大決心的：他要深入土人中間去生活，同時永不再回歐洲。

對於後一點，果庚可說完全做到了。因為他在島上一共住了八年，直到一九〇三年五月八日，在瑪爾卡薩斯群島的一個小島上，身上的毒症迸發，在貧病寂寞之中死去。

果庚自己是白種人，但是卻痛恨在這些海島上作威作福的白種人。對於當地的土人則有極大的好感。在一封寫給朋友的信上，他這麼說：

> 這些人被稱為是野蠻人……他們喜歡唱歌，但是從不偷竊，我的屋門是從來不關的；他們從不殺人……

在《諾亞諾亞》裡，對於初到塔希提島時的印象，他這麼加以歌頌道：

> 靜默！我開始在學習去領略一個塔希提之夜的靜默。在這樣的靜默中，除了我自己的心跳之外，我聽不到別的任何聲音。

他在一封家書上，也提到了這樣的靜默：

> 塔希提島夜間的靜默，乃是一件比任何更古怪的事情。它靜默得令你可以感覺得到。就是夜鳥的啼聲也不能將它打破。

《諾亞諾亞》的篇幅並不多，內容卻很複雜，有一部分是抒情散文，有一部分是日常生活的紀錄，更有一部分是他採集的島上傳說和神話。在果庚以前和以後，也有不少人寫過用塔希提島作題材的書，但是他的這部《諾亞諾亞》仍是最受人歡喜的一部。

　　我不知果庚的這本小書在我國是否已經有過中譯本。多年前我在一本雜誌上曾見過一則預告，但是後來是否真的出版了，我卻不知道。

《諾亞諾亞》　一臠

　　靜默！我開始學着去領略一個塔希提島之夜的靜默。

　　在這個靜默之中，除了我自己的心跳之外，我聽不到別的什麼。……

　　在我和天空之間，除了高高的脆弱的盧兜棄的屋頂之外，那是蜥蜴做窠的地方，沒有別的什麼。

　　我已經遠遠的，遠遠的離開着監獄似的歐洲人的家屋。

　　一座摩亞里的草屋並不將人從生活，從空間，從無垠的世界分開……

　　同時，我卻覺得我自己在這裡十分寂寞。

　　這區域的居民和我之間，正在互相監視，我們彼此之間的距離仍是一樣。

　　到了第二天，我的食物已經完了。我要怎麼辦呢？我想像以前只要有錢，我就可以獲得生活所需要的一切。我被自己騙了。一旦遠離了城市，我們如果要生存，惟有面向自然。自然是豐富的。她是慷慨的，她對於向她的財富要求分潤一份的人，從不拒絕，而她在樹上，在山間，在海中所貯藏的財富，卻是取用不竭的。但是，你至少要懂得怎樣爬上高高的樹，怎樣上山去，然後你才可以滿載而歸。你一定先要懂得怎樣去捕魚，怎樣去潛入水底，從海底的礁石上將貼附得緊緊的貝類撕下來 —— 一個人一定先要懂得怎樣去做，而且一定要自己動手去做。

可是我這個人，我這個文明人，在這些事情方面遠遠不及這些野蠻人。我羨慕他們。我望着他們在我四周的快樂和平的生活，除了日常生活必需之外不再去追尋其他一切，一點也不必為了金錢而煩惱。

當自然的贈予使得每一個人都唾手可得的時候，他們可以向誰去兜售呢？

我就這麼空着肚子坐在我的草屋門口，淒涼的考慮着我自己的處境，想到自然為了要保障她自己，特地在她與來自文明世界的人們之間所設下的這種不可逾越的障礙的時候，忽然發現有一個土人向我做着手勢，說着什麼。他的手勢說明了他的言語，使我懂得我的鄰人正在邀我去分享他的午餐。我搖一搖頭，向他拒絕了。然後我就走回草屋，並且感到慚愧。我相信這是一面由於有人曾經向我施捨，一面我又拒絕了之故。

幾分鐘之後，有一個小姑娘，一句口也不開，在我門前放下了一些煮熟的菜蔬。一些整齊的包在新摘下的樹葉裡面的果實。我正在肚餓，於是我也一句口也不開的接納了這贈予。

馬諦斯的故事

　　偶然讀到一篇馬諦斯的訪問記，其中記載老年的馬諦斯住在尼斯的別墅裡養病，終日很少下床，但是並不空閒，整天擁被坐在那張特製的大床上，用剪紙這工具來進行他的裝飾設計。記者問他近年的目力如何，他說已經差了許多，但是還不錯。說罷就請服侍他的女看護從床底下拿出槍靶和射擊槍來，叫她將槍靶豎在遠處的牆邊，馬諦斯就坐在床上發槍射靶，居然能槍槍中的。

　　我起初讀了，有點覺得古怪，為什麼畫家的床底下會有射擊槍和槍靶，而且可以隨時拿出來，說開槍就開槍，彷彿一個軍人一樣。

　　後來繼續讀下去，才知道是怎樣一回事。原來馬諦斯為了要追求畫上的線條準確而且穩定，許多年以來，就經常練習打靶，寒暑不輟，藉此練習腕力和目力，甚至到了暮年，終日坐在病床上，還不放棄這鍛鍊工作，仍要時時繼續練習射擊，這才會從床底下隨時拿得出槍靶和槍來。

　　馬諦斯的線條，是一向受到他的同輩畫家羨慕和欽佩的。就是我們一般人欣賞他的素描，尤其那些人體素描，往往一筆就畫下了半個人體，線條穩定，圓潤而且準確，簡直令人忍不住擊節讚賞。大家只知道他的筆下功夫好，沒有想到這功夫是這麼刻苦練出來的，而且是用這樣的方法練出來的。

馬諦斯的素描，線條不僅準確，而且簡單。據說有一次，他見到有些年輕的美術學生模仿他的素描，他就向他們談起如何能達到線條單純的途徑，他說莫小覷他的畫上那些簡單的線條，這是他三十多年來，將所畫的許多線條，減之再減，直到減得無可再減，剩下最重要的一條，這才構成他的那些線條簡單的畫面。他說若是一開始就想模仿他的這些線條簡單素描，不從由繁入簡來着手，那就是背道而馳了。

有些人認為像馬諦斯那一派的畫，都是大刀闊斧，一揮而就的，讀了他的這兩個小逸聞，就知其實大大的不然。他是下過苦功，過得硬，而且自始至終都如此的。這就像我們齊白石的花果草蟲，看似墨沉淋漓，一揮而就，其實他在平時觀察自然，從一片花瓣的形色變化，以至一隻蚱蜢的鬚，絲毫也不肯放過，看得像顯微鏡一樣的精細，然後才可以一筆代表十筆、一百筆的。

羅丹與詩人里爾克

羅丹的傳記和關於他的作品的批評，世上已經有很多人寫過了。寫得最親切、同情而又正確可靠的，是法國克勞台爾所寫下的那兩本。不過，如想更進一步理解這位大雕刻家的思想和藝術，倒是另有一本小書，這便是里爾克所寫的那本《羅丹論》了。

里爾克是詩人，年輕時曾經任過羅丹的秘書，是著名的羅丹崇拜者之一。他以探索人類內心秘奧的詩人觀察方式，分析羅丹各期作品形成的過程。因此他所寫的《羅丹論》雖然僅是一篇六十頁的短短論文，已經能夠使我們更完整的認識整個的羅丹。

詩人里爾克和羅丹結識的經過是很有趣的。一九○五年左右，這位捷克籍的青年詩人，受了一位德國出版家的委託，要寫一部介紹羅丹雕刻的著作，於是來到巴黎訪問羅丹，同這位大師談話並開始研究他的作品。羅丹一見了里爾克，就覺得這青年人的談吐和人品都很可愛，便邀他住在自己的家裡，接着便更進一步請他做了自己的秘書。羅丹的這個決定可說來得有點奇突，因為其時里爾克連法文也不曾學得好。但這也正是羅丹的一貫作風，他的脾氣很古怪，不肯信任本國的年輕人。在里爾克之前，他已經請過一位英國人盧都維西做他的秘書。

　　可惜這種奇突的結合往往不能維持得很長久。羅丹的脾氣愈來愈暴躁獨斷，許多好朋友都被他得罪了，秘書里爾克也不能例外。幸虧這位青年詩人很能忍耐，他們不久又和好如初。

　　里爾克在他的那本小冊子裡分析羅丹的性格說：他的內心始終是寂寞的，未成名時是如此，成名之後，他的內心寂寞也許更甚。這是因為他未成名時，世人不理解他的作品；成名之後，世人卻僅僅知道崇拜他的名字，忘記了他的作品，更忘記了他本人，因此他的內心依然寂寞。里爾克說，羅丹成就的偉大，已經不是一個名字所能包涵，他的作品像海一樣，像森林一樣，自有其自身的生命，而且隨着歲月繼續在生長中。這幾句評語可說對羅丹推崇備至。

　　里爾克雖是詩人，自己卻學過畫，很喜歡研究美術，除了羅丹之外，他對於塞尚、馬奈、梵‧谷訶等人的作品，也研究過，寫過對這些畫家作品的印象。他對於羅丹的雕刻，最傾服的是那件《手》，象徵人類崇拜未知的自然的那件像戈諦克教堂建築一樣的微合着的雙手。里爾克說這是可以媲美上帝創造能力的作品。

畢加索的青色時代

　　寒夜燈下，讀畢加索的傳記。

　　畢加索名巴布羅，姓畢加索。這個姓並不是他父親的姓，而是他母親的姓。畢加索的父親是西班牙的山地民族巴斯克，姓里茲；母親是世代僑居意大利的西班牙人，姓畢加索。根據西班牙的習慣，孩子除了自己的名字外，長大後的姓氏，可以從父，也可以從母。畢加索因為喜歡母親姓氏的發音，長大後遂採用母姓。他自己的名字是巴布羅，因此幼時還叫"巴布羅·里茲"，讀書時在父姓之後又加上母姓，成為"巴布羅·里茲·畢加索"。二十歲後，開始放棄父姓，就成為今日我們所熟知的"巴布羅·畢加索"了。

　　畢加索的父親也是畫家。他自幼跟父親學畫。十六歲時就考入了巴塞隆納的省立美術學院。入學試的考試科目非常繁重，要畫許多幅畫，通常規定考生可以用一個月的時間來完成這些應試的作品。可是畢加索竟用一天的時間就交卷，並且被錄取。幾個月後，他又去參加京城瑪德里的國立美術學院入學試，同樣也只用一天的時間就完成各項試卷，同樣也被取錄。

　　從二十歲起，他的作品已經卓然成家。這些少作，被人稱為"青色時代"的作品，開始於一九〇一年，繼續至一九〇四年初，都保持着同一風格，是他從二十歲到二十三歲時期的作品。

所謂"青色時代"，是指他在這個時期所作的畫，畫面上總是以青色為主調，有時整幅畫全用深淺不同的青色來畫成。這些畫的題材都是人物，畫面的情調非常憂鬱沉重。

這個現象怎樣解釋呢？研究畢加索作品的美術批評家和為他作傳的人，對這現象有種種不同的理論和考證。可是在畢加索的朋友之中卻有兩種富於人情味的傳說。一說這時期的畢加索很窮，買不起多種顏料，不知從哪裡弄來大批青色顏料，因此只好一直單純的用青色來作畫。另一個傳說，說他這時為了窮，只能在夜晚作畫，燈光微弱，無法使用多種顏色，因此只好單純的使用青色。

後一說的由來，是根據畢加索的自述。因為在所謂"青色時代"這一時期，他已經到了巴黎，住到蒙巴特區的一間小房裡，夜晚點不起油燈，吃的是霉爛的香腸；為了取暖，不得不焚燒自己成疊的畫稿。後來為了單獨付不起房租，只好搬出與詩人麥克斯·若可勃合租一間房。詩人白晝出外，他就在房裡睡覺；夜晚詩人回來，他就起身讓出床鋪，開始在燈下作畫。所謂"青色時代"的作品都是成於燈下之說，就是從這裡而來。

畢加索的情婦

　　偶然在書店裡見到一本畢加索的畫冊，那書名若是譯出來，彷彿是《畢加索的婦人》，或是《畢加索筆下的女性》之類。我因為趕着要去辦理別的事情，不曾將畫冊取過來看，但不難想像裡面所收的作品，一定都是在別的畢加索畫冊裡可以見到的那些以女性為題材的作品。

　　畢加索的這類作品，有一項很特殊的背景，那就是出現在他的作品上的那些婦人，大多數都是他的情婦。有的是做了他的模特兒之後，漸漸的關係密切，終於成了他的情婦；有的是先做了他的情婦，然後再供他作畫，成為他的模特兒。

　　如那個有名的 D. M. 女士，他大約曾經給她畫過上百幅的畫像和素描，還有版畫。有的是十分寫實的畫像，有的卻是自由想像的創作，將她的鼻子、嘴巴和眼睛都搬了家。兩隻眼睛生在一起，嘴在臉上的另一個部分，手掌也變了形。但是奇怪的是，雖然如此，你一看仍認得出這就是 D. M. 女士。

　　還有那位梳馬尾裝的少女，由他一口氣畫了幾十幅素描的，後來也成了他的情婦。

　　更有那幅有名的《鏡前的女子》，色彩燦爛得像寶石，是他一九三〇年的大傑作之一，畫中的那個模特兒也是他的情婦，稱為"瑪麗·華脫"女士。兩人的關係可能一直到現在仍在維持着。

畢加索的這些情婦，在以前是別人不大清楚的，可是自從那位同他同居了十年，生了兩個孩子的佛郎索娃·吉納女士同他分手，寫了那本《同畢加索在一起的生活》後，揭露了許多過去少為人知的畢加索私生活內幕，這才為世人所知了。因此畢加索對這本書很生氣，曾在它未出版之際，向巴黎法庭提出控訴，要求禁止這本書的出版，可是他的請求被法官駁斥了，只好徒呼奈何。

吉納女士既然同畢加索有過同居十年的歷史，自然知道不少事情，尤其是關於畢加索私生活方面的。這可說是一部從另一角度來描繪這位大師的傳記。

畢加索同新認識的女朋友在一起，或是他如果想追求一個女子，他是怎樣向她們入手，同她們談情說愛的？ 一般人也許認為這位當代大師一定與一般人有所不同。讀了吉納女士的《同畢加索在一起的生活》後，才知道並不如此。歐洲有一句俗諺：在小使的眼中，沒有一個主人是大人物，很可以為畢加索解嘲。

誠實的贗造家故事

關於達文西的那幅傑作《蒙娜麗莎》，有趣的故事和傳說真是太多了。這裡且敘述一個自稱"誠實的贗造家"的故事。

在巴黎塞納河的左岸，那無數的無名畫家的雜亂畫室中，其中有一間住着一位工作極為辛勤的意大利籍畫家，這人在巴黎已經旅居了四十多年，以臨摹名畫為業，專臨達文西的這幅《蒙娜麗莎》，據說已經臨過了一百三十一幅之多。

這位畫家名叫安東尼奧‧布林，自稱是"誠實的贗造家"。他早已立誓將畢生的精力都貢獻給臨摹目前正掛在巴黎盧佛美術館，以神秘的微笑為世人所欣賞的達文西的這幅肖像畫。

布林對於模仿這位文藝復興大師的筆路，其完善程度，據說已經使得他的臨本，除了少數獨具慧眼的專家以外，一般的美術鑒賞者都無法辨認得出，外行更不用說了。因為他不僅已經研究出古代畫家配合顏料的秘訣，甚至對於達文西作畫的許多特點，如他以左手作畫的那種特有筆觸，布林都能夠模仿得非常酷肖。

據這位肥胖的意大利臨摹專家對人表示，他認為達文西生前未能充分發揮他的天才，他是他的同國人，因此有義務將他的傑作加以發揚光大。因此，在一九一一年的某一天，布林帶了畫布和調色板，到盧佛美術館將達文西的這幅傑作加以細心臨摹。從那天起，他就成了《蒙娜麗莎》這幅畫的臨摹專家了。

布林自稱"誠實的贗造家"的原因，因為他臨摹達文西的這幅傑作，並非製造假古董來魚目混珠，而是適應各國美術博物館及私人收藏家的需要，為他們臨摹一個副本，以滿足那些不能親身到巴黎來欣賞這幅傑作的無數美術愛好者的要求。因為精印的原色複製品雖有的是，但是臨本總比印刷品更令人有一種真實感（北京出版的印尼蘇加諾總統藏畫集，其中就有一幅《蒙娜麗莎》的臨本，注明是總統府的藏品）。

由於布林是《蒙娜麗莎》臨摹專家，凡是希望獲得一幅這傑作臨本的人，總是來委託他擔任這工作，因此他的生意滔滔不絕。不過，因為顧客的口味不同，有時這工作也會帶給他不愉快和煩惱。因為有些一知半解的美術愛好者，或是附庸風雅的暴發戶，他們一面要擁有一幅《蒙娜麗莎》的臨本來驕人，一面又不喜歡畫中人那種"憂鬱的微笑"，有的甚至嫌惡畫的色調太暗，吩咐他臨摹時要改得明亮一點。

布林說，為了生意經，迎合顧客的口味，他有時不得不忍痛照改。他說，這樣改變的結果，使得有些《蒙娜麗莎》的臨本簡直成了現代剪貼女郎，完全喪失原畫的面目了。

布林回憶他的某一次有趣的遭遇。他說，有一天，他照例在盧佛潛心臨摹這幅傑作，忽然有人在背後向他問道："請問這畫中人是誰？"

布林向這個觀眾怒目望了一眼，怪他對於藝術太沒有常識，勉強這麼答道："怎樣，你居然不曉得嗎？這就是達文西的

《蒙娜麗莎》，全世界第一幅的名畫呀。"

　　但是，那個觀眾似乎既不知道達文西，也不知道蒙娜麗莎。這更使得布林生氣了，他故意開玩笑的向這人解釋道：

　　"我告訴你，這個畫家愛上了這個女人，因此為她畫了這幅畫像，可是她不肯嫁給他，因此畫家失戀了，將這幅畫帶到巴黎，然後自己縱身從艾非鐵塔上跳下來自殺了。"

　　"愚蠢的傢伙"，那個觀眾自以為是的搖頭太息："她一點也不漂亮！"

耶穌與猶大

　　達文西的《最後的晚餐》一共畫了十幾年才完成。他將這幅壁畫畫得這麼緩慢，據為他作傳的洛瑪佐說：他下筆非常審慎，有時一清早就到教堂裡來，爬上木架去畫，一直要畫到天黑才歇手，連吃東西也忘記了。可是有時卻一連三四天一筆也不畫，自己抱着雙臂站在這幅畫前，像是觀察別人作品似的一聲不出的細看。

　　相傳使得達文西遲遲未能完成這幅作品，還另有一個大原因，乃是他一時找不到兩個適當的人選，可以供他作為畫上的耶穌和猶大這兩個人物面貌的模型：一個是那麼的善良仁愛，一個卻是那麼的貪婪卑鄙。據說他就為了這個困難，擱筆多年無法畫下去，以致聖瑪利僧院的管事有點不耐煩了，到米蘭公爵的面前去說達文西的壞話，說他偷懶不肯作畫。達文西聽了便向這個管事的僧人開玩笑，說他正找不到一個適當的可以充作猶大模型的人，所以無法下筆，現在他覺得這位管事僧人的相貌頗合理想，擬將他的面貌畫作畫中的猶大云云。這管事僧人一聽達文西要將他畫成《最後的晚餐》裡的猶大，那不膏遺臭萬年，便嚇得再也不敢催他了。

　　但是達文西後來終於找到了邦地尼利給他作耶穌的模型，

不過一個像他想像中的猶大的人物始終找不到，這樣一直耽擱了多年，直到有一天，達文西偶然在路上見到一個乞丐，覺得這人貪婪猥瑣的模樣，儼然是理想中的猶大，便僱用他作模特兒來寫生，完成了《最後的晚餐》上面所需要的那個猶大的造型。

最駭人的發現就在這裡：據說直到這乞丐任達文西將他的畫像畫完了以後，他才向達文西表示，他不是別人，正是昔日的邦地尼利。因此耶穌也是他，猶大也是他！

許多研究達文西傳記的人，都說這只是一個傳說，不是事實，是好事家編造出來的。但我覺得即使是事實，那也不足為異，因為當落魄的邦地尼利為了希冀騙取一點工資，不惜向這位大師隱蔽自己的真相時，他的貪婪卑鄙，已經與為了一點點金錢就將他的拉比出賣的猶大差不多了。

麥綏萊勒的木刻故事集

　　當代比利時老版畫家弗朗士・麥綏萊勒的作品，我們該是不陌生的，因為他的四部木刻連環故事：《一個人的受難》、《我的懺悔》、《沒有字的故事》和《光明的追求》，早在一九三三年就介紹到中國來了。

　　一九三三年夏天，我在上海一家德國書店裡買了幾冊麥綏萊勒的木刻故事集，給當時良友圖書公司的趙家璧見到了，這時良友公司正在除了畫報以外，轉向印行新文藝書籍。趙家璧想翻印這幾本木刻集，拿去徵求魯迅先生的意見，魯迅先生認為可以，並且答應寫一篇序，於是這項工作就正式進行了，這就是當年這四本麥綏萊勒木刻故事集在中國出版的由來。當時由魯迅先生選定了那部《一個人的受難》，由他自己寫序，將《我的懺悔》交給郁達夫先生作序。我因為是這幾本書的"物主"，我自己又一向喜歡木刻，便分配到了一本《光明的追求》，也寫了一篇序。剩下一本《沒有字的故事》沒有人寫序，因為趙家璧是良友的編輯，便由他自告奮勇的擔任了這一冊的寫序工作。

　　原本每一冊的前面本有一篇介紹，是用德文寫的，魯迅先生和郁達夫先生兩人都懂德文，看起來不費事。我不懂德文，這可吃了苦頭，自己查字典，又去請教懂德文的段可情，再參考其他資料，這才勉強寫成了那篇序。但是後來還是不免被魯迅先生在一篇文章裡奚落了幾句，說我只知道說了許多關於木刻歷史的話，忘了介紹《光明的追求》本身。

至於那四冊木刻集的原本，本來是由我借給良友公司的，後來趙家璧說製版時已經將每一冊都拆開了，不肯還給我。當時在上海買德文書又很難，雖然賠償書價給我，可是已經不再買得到，於是我便失去那四冊原本了。好在已經有了翻印本，而且印得很不錯，我也就無話可說了。

這四冊麥綏萊勒木刻故事集，絕版已久。直到去年，大約得到麥綏萊勒要來中國訪問的消息，上海才進行重印，先印了有魯迅先生序文的《一個人的受難》，後來又續印了郁達夫先生作序的那一本《我的懺悔》。

在《魯迅書簡》裡，有三封寫給趙家璧的信，就是講到這四本木刻故事集的。

關於比亞斯萊

　　為了想了卻年輕時候的一項心願，近來在擠出一些時間來閱讀比亞斯萊的傳記資料和有關他的作品評論文字，以便編寫一部附有他的作品的評傳。過去花費了很多錢購置的他的作品大型圖冊，都在上海失散了，不知道已經落在誰的手上。但願能像我一樣，也是比亞斯萊作品的愛好者，不然就不免要引起煮鶴焚琴之歎了。

　　幸虧比亞斯萊這幾年忽然又在英國流行起來，一連出了好幾種新寫的他的傳記，他的作品集也有人在重印，更有新編的版本，收入了過去不曾選入的作品。雖然近年英國幣值貶低，物價高漲，新出版的書籍定價一再漲價，但是我仍忍痛去買了來。重要的有關比亞斯萊的新書，可說都買全了。

　　看來要了卻這一個心願，剩下來的只是時間問題了。

　　大前年（一九六六年）秋天，英國曾舉辦了一次比亞斯萊作品展覽會，在倫敦的維多利亞與亞爾伯博物院舉行，公開展覽，會期從五月直到九月，一共繼續了五個月之久。這次的比亞斯萊作品展覽，許多作品都是向國內外博物院和私人收藏家那裡徵借來的，因此規模很大，內容非常豐富。而且，維多利亞與亞爾伯博物館是國立的美術博物館，這次出面來主辦這次畫展，態度也顯得十分隆重，對這個僅僅活了二十多歲就死去的英國十九世紀的"世紀末畫家"，可說也是一種異數吧！

要解釋這種"異數"，可以舉出兩種理由：一是比亞斯萊雖然死得太早，而且他只是一個以書籍插畫為主的黑白裝飾畫家，但他在英國藝術上留下來的影響愈來愈大，他的近於"鬼才"的作品也愈來愈受人讚賞和愛好，這就使得英國"廟堂"中人對他也不得不刮目相看了。

另一理由是：近年在英美和歐洲流行的"普普藝術"，那種五光十色，令人目炫的招貼畫，以及時髦婦女的新裝設計，披髮長鬚的"嬉癖士"的怪裝束，都是直接間接受到了比亞斯萊的影響，使得他的作品近年突然又流行起來，因此趁這機會為他舉辦了一次大規模的畫展。

還有，這是英國人自己"心照不宣"的，近年英國國勢沒落，凡是有什麼可以壯壯"聲威"的總不肯放過。因此連"披頭四"也晉封"爵士"，原因就是他們曾經揚名海外，賺回了大批外匯。現在見到比亞斯萊忽然走紅起來，可說在英國藝術上爆出了"冷門"，自然要大大的利用一下了。

維多利亞與亞爾伯博物院舉辦比亞斯萊展覽會的期間，同時還編印了一本紀念畫冊，在第二年（一九六七年）年初由"女王文房局"出版，編輯人就是負責籌備這次展覽會的布里安·里德。我見了廣告寫信去買，回信說已經賣完了，可見注意這個展覽的人倒不少，當時不無有點悵然。哪知隔了半年多，忽然有信來說又有書可以供應了，只是售價已經漲了一先令，當下再寫信去買，最近已經寄到了。

這本紀念比亞斯萊展覽會的畫冊，編印得頗有點令人失望，一共只選印了他的作品五十多幅。大約是為了普及讀者，限於售價所致，因為即使漲了價，每冊仍只售八先令六便士。這比起里德自己為另一家書店所編印的選用了五百多幅作品的大型比亞斯萊畫冊，真是小巫見大巫了。不過，這薄薄的紀念畫冊也有它的長處，那就是有好多幅作品都是根據比亞斯萊的原作直接製版的，有許多墨水的污漬和鉛筆起稿的痕跡都可以看得出。想到這都是這個“鬼才”畫家，拖着肺病已經很沉重的身體，每夜在燭光之下來完成的，令人有一種特別真切之感。

　　這些原作，有一部分曾經由一個收藏家捐給了美國哈佛大學圖書館。為了舉辦這次展覽會，特地去借了來。因此展覽會在倫敦閉幕後，接着又移到美國紐約“近代美術”畫廊去展覽了一次。

　　比亞斯萊在一八九六年的夏天，曾畫過一輯古希臘戲劇家亞里斯多芬尼斯的喜劇《萊西斯特娜姐》的插畫，共計八幅。由於亞里斯多芬尼斯這個大喜劇的主要劇情，是描寫雅典的婦人為了反對長年與斯巴達人作戰，倡議大家一致拒絕與出征的丈夫同房，來迫使雙方男子不得不停戰，因此比亞斯萊的這一輯插畫，畫得有些地方很色情。畫好後一直不曾公開發表，後來在臨終之際（一八九八年）曾寫信要求保管他的這些作品的出版家，給他毀去。不料這人不曾照辦，在比亞斯萊去世後曾複印了一些暗中流傳。但是在過去公開印行的比亞斯萊作品集裡，是從未見過他的這些作品的。

　　在倫敦舉辦的這次比亞斯萊作品展覽會上，這一輯插畫也從一個私人收藏家那裡借了來，公開陳列。維多利亞與亞爾伯博物院雖是國立機構，但是議會裡既可以公開辯論通過了"同性戀"合法的提案，國立博物院展覽比亞斯萊的幾幅有色情意味的插畫，實在也不算什麼。不料馳名世界的"蘇格蘭場"警探竟"矇查查"，在展覽期間沒收了倫敦一家美術品商店所出售的這些展品的複製品，還要控告這家商店老闆"妨礙風化"。老闆要求法官先到維多利亞與亞爾伯博物院看看那個展覽會再來審案。法官接納被告要求，看了後連忙宣佈銷案放人，成了這次展覽會的一個有趣插曲。

比亞斯萊的畫

　　最近讀到木刻家張望先生編印的《比亞斯萊畫集》。這是遠在祖國東北的一角，目前正在冰天雪地之下的瀋陽遼寧畫報社出版的一本新書。為了紀念魯迅先生逝世二十周年，國內美術界正在將他介紹推薦過的藝術家的作品整理出版。這本《比亞斯萊畫集》就是其中之一。因為一九二九年魯迅編印《藝苑朝華》時，曾印過一本《比亞斯萊畫選》。但當時僅選印了十二幅，這次張望先生所選印的，卻是六十幅的一巨冊了。

　　我一向就喜歡比亞斯萊的畫。當我還是美術學校學生的時候，我就愛上了他的畫。不僅愛好，而且還動手模仿起來，畫過許多比亞斯萊風的裝飾畫和插畫。為了這事，我曾一再捱過魯迅先生的罵，至今翻開《三閒集》、《二心集》等書，還不免使我臉紅。但是三十年來，我對於比亞斯萊的愛好，仍未改變，不過我自己卻早已擱筆不畫了。

　　我久已想編一部比亞斯萊畫集，附一篇關於他短短二十幾年的生涯和藝術的詳盡介紹。這個志願，正像我的許多其他寫作志願一樣，一拖一年又一年，一直就擱了下來。為了籌備這個工作，我曾買了英國出版的他的作品集，這是最完善的版本，是像百科全書那樣的三巨冊，分成早期作品、晚期作品和後來新發現的作品。這些書都留在上海，早已在抗戰期間失散了，至今仍使我耿耿於心，未能忘懷，因為現在即使再到英國去買，大約也要用重價在舊書店裡搜尋好久，才可以再得到這樣好的版本了。好在比亞斯萊的畫，這幾年在英國也時常被人提起，因為他是在一八九八年逝世的，一九四八年正是他的逝世五十周年紀念，英國曾一連出版了幾種他的作品的新選集，連有名的《黃面誌》也連帶複印了一冊出來。這些新出版的《比亞斯萊畫集》，我差不多一本不曾放過的都買齊了。雖然比不上當年所出版那麼隆重齊全，但已經足夠填補這一方面的空虛，而且如果用來編一本選集和寫一篇評傳，材料也綽綽有餘。可惜眼前的生活，看來仍不能有剩餘的時間給我做這樣的工作。好在現在已經有了張望先生所編印的這一本，我倒可以索性暫時擱起這個志願了。

中國最早介紹比亞斯萊作品的人，該是田漢先生。他編輯《南國周刊》時，版頭和裡面的插畫，用的都是比亞斯萊的作品，而且他所採用的譯名很富於詩意，譯成"琶亞詞侶"。後來他又翻譯了王爾德的《莎樂美》，裡面採用了比亞斯萊那一輯著名的插畫，連封面畫和目錄的飾畫都是根據原書的。同時，郁達夫先生也在《創造周報》上寫了一篇〈黃面誌及其作家〉，介紹了比亞斯萊的畫和道生等人的詩文，於是比亞斯萊的名字和作品，在當時中國文壇上就漸漸的為人所熟知和愛好，而我這個"中國比亞斯萊"，也就在這時應運而生了。我當時給《洪水》半月刊和《創造月刊》所畫的封面和版頭裝飾畫，便全部是比亞斯萊風的。

但是使得比亞斯萊的作品，在當時給一般人印象甚深的，倒是靠了另一部暢銷書，那便是張競生先生所編輯的《性史》第一集，因為他選用了比亞斯萊所作的《莎樂美》插畫第一幅《月亮裡的女人》作這書的封面。

　　比亞斯萊（Aubrey Beardsley）生於一八七二年八月二十一日，一八九八年三月十六日便因肺病不治去世，這位英國十九世紀末的畫苑天才，僅僅在人世活了二十五年零七個月便死了。他所遺留下來的為今日無數藝術愛好者所愛好的那幾百幅作品（幾乎全是黑白畫，僅有極少數是油畫、銅刻和鉛筆水彩），全是他短短的不到十年的藝術生活中的產品，這正是提起比亞斯萊的作品，就令人不能不刮目相看的原因。

　　十九世紀末的英國文壇，今日文學史家都稱這個時期為“比亞斯萊時代”，便是以這位短命的天才畫家為中心，將先後以《黃面誌》為發表作品中心的那一批畫家、詩人和散文家，作為反映這時代精神的代表。這些人物，除了比亞斯萊之外，畫家方面還有惠斯勒、麥克斯比爾·波姆，詩人有道生、史文朋、西蒙斯，散文小說家有王爾德、喬治·摩亞等等。因此十九世紀的“世紀末”，在英國文學史上雖不是一個怎樣偉大的時代，但是卻是一個才華橫溢，百家爭鳴，充滿了藝術生氣的特殊時代。一面是舊時代的結束，同時也是新時代的開始。

　　對於這階段的英國文壇特別有研究的傑克遜，曾經這麼評論比亞斯萊的出現，在當時和在後頭所產生的影響道：這位天才畫家，踏上畫壇前後不滿十年，像彗星一樣的突然出現，又像彗星一樣的突然殞滅，但他的成就和留下的影響卻是不滅的。沒有一位藝術家曾經像他這樣一夜之間就獲得普遍的盛譽。

　　作為純粹的裝飾畫家，比亞斯萊是無匹的。他的黑白畫，給予現代藝術影響之深，真使人吃驚。只要留心觀察一下，就可以發現，現代畫家差不多每一個人都曾經直接或間接受過他的線條和裝飾趣味的影響，就是畢加索也不曾例外。

比亞斯萊的散文

　　比亞斯萊在他短短六年不到的藝術創造生活中，雖然以他的黑白裝飾畫在英國十九世紀藝術史上留下了不朽的聲響，但除了在繪畫上表現他稀有的天才之外，他對於自己在文藝上的才能，也很自負。他自幼就學會了法文，因此法國文學作品給他的影響很深。曾寫過劇本、小詩，都帶有明顯的法國影響。

　　比亞斯萊不僅為王爾德的《莎樂美》作過插畫，還曾經將王爾德的這個劇本由法文譯成英文。原來王爾德的《莎樂美》是用法文寫的。先在法國以法文上演後，英國出版家有意想將這個劇本用英文上演，並且出版單行本，王爾德的好友道格拉斯爵士擔任翻譯工作，從法文譯成英文，王爾德看了英譯稿後，表示不滿，認為有許多地方要修改。道格拉斯不同意，表示若是為他的譯稿加以修改，他將否認這是自己的譯文。這事給比亞斯萊知道了，便自告奮勇的表示自己也願意試譯一下，因為他對於自己的法文研究很有自信。哪知譯完以後，王爾德看了譯稿愈加不滿意。終於仍採用了道格拉斯的譯文，只是在若干地方加以修改。

　　比亞斯萊對於自己的文字寫作，一向比繪畫感到了更大的興趣。有一次，朋友介紹他到倫敦大英博物館去參觀藏品時，他填寫表格，在職業項下，堅持要填寫是"作家"。雖然這時他的裝飾畫已為人所知，但他寧願自己成為作家，不想成為畫家。

他有一部散文作品流傳下來。題為《在山丘下》（Under the Hill），是一篇傳奇故事，未曾寫完就已經去世了。寫的是德國傳說中的譚胡塞騎士風流故事。據說他是德國十三世紀的一個風流騎士。在神秘的維納絲堡內，與下凡的維納絲女神過着荒唐放蕩的戀愛生活，後來悔悟了，到教皇面前懺悔，乞求淨罪。教皇說他的罪孽深重，除非木杖開花，否則無可饒恕。譚胡塞失望而去。哪知過了三天，教皇發覺自己的手杖忽然發芽抽葉，想起曾經對譚胡塞說過的話，大吃一驚，連忙派人去找譚胡塞，一直找到維納絲堡所在地的山丘，發現譚胡塞已經回到堡內，重過他的荒淫生活去了。

比亞斯萊運用許多堆砌的詞藻和猥褻的字眼來寫這篇《在山丘下》，自己譽為是得意之作，並且特地作了幾幅插畫，並且將已經寫下的幾章在刊物上發表過。

比亞斯萊在一八九八年去世時，這篇散文故事仍未完成。由於他將一些宴飲酗酒的場面寫得很荒誕，在當時被認為是猥褻的作品，不能公開發表，因此這篇遺作一直被認為是禁書，不便公開印行。直到近年，時移世易，像比亞斯萊的《在山丘下》這樣晦澀的散文，已引不起一般讀者的興趣，早已可以隨便印行，不再受到法律的干預了。

巴黎的亞令配亞出版社，是專印禁書以高價出售來取利的。他們曾將比亞斯萊這篇未寫完的作品，請人按照譚胡塞的

故事發展，將比亞斯萊的未完稿代為續完，附以原來的插畫，
在一九五九年印成一種三千冊的限定版出售。雖然印得很精
緻，事實上是畫蛇添足了。

比亞斯萊書信集

　　去年英國的"全年精本書五十種"年選的展覽會，其中有一本是比亞斯萊給斯密司萊斯的書信集。倫敦訖斯威克出版部出版，每冊十五先令。

　　萊奧拿德・斯密司萊斯（Leonard Smithers）是倫敦的一位律師，戴着一枚單眼鏡，很風流倜儻，專好與倫敦的貴婦人和文藝界人士交遊。著名的《天方夜譚》英譯者理查・褒頓就是他的好朋友之一，他為褒頓編過孟買版的《天方夜譚》，褒頓去世後，他又擔任了褒頓夫人的法律顧問。

　　斯密司萊斯自己開了一家小書店。生意很好，他專門搜羅一些禁本書和色情文學，賣給當時英國和美國的富豪收藏家。據說他有一位常年老主顧是某高等法院的法官，這老法官去世後，他的夫人發現丈夫生前收藏的竟都是這類作品，恐怕旁人傳出去當笑話，暗中囑咐斯密司萊斯趕快將這些書掃數收回去。斯密司萊斯當然很高興，因為他又可以再做一筆好買賣了。

　　除開這種不名譽的交易以外，斯密司萊斯在文藝上另有兩件值得稱許的功績。第一，在當時英國出版界當王爾德出獄後沒有一家敢接受他的原稿的時候，他大膽地印了王爾德的《獄中之歌》。第二，他是第一個發現比亞斯萊天才的人。

斯密司萊斯很賞識比亞斯萊的畫，為他介紹了許多工作，而且酬報很好。比亞斯萊的作品有許多帶有一點猥褻成分，說不定就是斯密司萊斯給他的影響。斯密司萊斯雖然和比亞斯萊很要好，據說一面又在家裡僱了一個同業，暗中模仿比亞斯萊的作品賣給人，這類贋品，在比亞斯萊生前和死後發現的很多。

比亞斯萊，這短短的活了二十幾歲的畫苑鬼才，在書籍插畫和裝飾趣味上留下的影響極大。現代裝飾畫家幾乎沒有一個不直接或間接受到他的影響。這冊書信集對於研究他的作品的人貢獻了許多新資料。

比亞斯萊為王爾德的《莎樂美》所作的插畫，可說是和王爾德這作品媲美的傑作。他一共畫了十六幀，可是當時的出版家卻刪去了四幀。前幾年美國的限定版俱樂部重印《莎樂美》，將這十六幀插圖全部收入。王爾德這劇本的原作是法文，英譯本是由他自己和道格拉斯爵士合譯的。限定版俱樂部的《莎樂美》除了英文譯文和比亞斯萊的全部插圖外，又附了法文原作，另請名畫家特朗作了幾幅水彩的插畫。這插畫帶着濃厚的諷刺畫意味，與王爾德的悲劇風格不相稱。有一位愛書家開玩笑的說，如果當日莎樂美在希羅底面前的跳舞是像特朗所表現的這樣，希羅底不僅不肯將約翰的頭給她，恐怕反而要她的頭了。

詩人畫家布萊克

　　威廉‧布萊克生於一七五七年十一月二十八日，這位富於天才和理想的英國詩人和畫家，一生遭遇坎坷寂寞，不為當世人所認識，甚至還受到冷嘲和排擠，可說是在十八世紀英國頑固守舊的社會裡，一位有才華有理想的文人所受到的典型的遭遇。

　　布萊克的身世和氣質，可說是純粹的倫敦人。出身於一個手工業的小家庭，父親是個襪商，布萊克已經是他的第二個孩子。他從小就喜歡冥想和觀察，這正是詩人和畫家的基本天賦。父親當然希望他將來能承繼衣缽，但是小布萊克對於商業顯然毫不發生興趣，他愛好的就是畫片和穿街插巷的去接近普通人的生活。他的僅有的零用錢，都節省下來購買那些廉價的大畫家作品的複製品，尤其是意大利文藝大師的那些作品。我們從布萊克的傳記資料裡，找不出他從小就喜歡的這些藝術品的名目，但是不難想像在這些意大利文藝復興期的大師之中，最多的必然是彌蓋朗琪羅的作品，因為我們的詩人畫家一生所最崇拜的就是他，而且他的作品也深深受到了這位大師的影響。

　　布萊克雖然出身貧困，但是難得有一個好父親，一個不頑固的父親，因為父親看出孩子對自己的業務不感興趣，便放任他，任隨他向自己的興趣方面去發展，從不加以阻撓。當他到了要決定去正式讀書，以便決定將來的職業時，小布萊克便表示不願讀書，而是去學畫，但他所採取的學畫途徑，卻不是進美術學校，而是投身到一個繪畫雕版師的門下去當學徒。他說這樣可以節省父親的家庭負擔，甚或很快的就可以掙一點錢幫助父親。這樣，布萊克就開始學會了這一門精細的專門手藝。後來不僅令他能發揮他的插畫和書籍裝飾天才，而且他的半世生活也就依靠了這一門手藝來維持。一位布萊克的傳記家曾這麼寫道：

> 布萊克從不曾失去與一般平民，以及依靠手藝來生活的人們的聯繫。雖然他的想像有時飛翔得很高，但是終他的一生，他始終是依靠他的手藝來換取生活的一個低微的雕版師。據說，每當他的簡單家庭開支所需用的那一點錢也沒有了的時候，他的太太便在吃飯的時候將一隻空餐盆放在丈夫的面前，於是他就立時離開對於另一個世界的憧憬和預言（但是仍忍不住要罵一句 "該死的金錢" ！），拿起他的刻板刀來從事一點可以餬口的工作。

布萊克是在一七八二年結婚的，他這時才二十五歲，妻子凱賽琳是比他出身更窮困的農家女。由於當時英國平民教育非常不發達，凱賽琳連讀書識字的機會都被剝削了。因此在他們的結婚儀式中，當新娘要在結婚登記冊上簽上她的姓名時，她只能用不慣握筆的手，在登記冊上顫抖的打了一個 "×" 記號。這動人的情形是由亞歷山大‧吉爾克利斯特在他那部最詳盡的布萊克傳記裡記錄下來的。

凱賽琳雖然目不識丁，但是卻是個賢妻，因為她不僅能料理家務，而且能幫助丈夫。他們的夫婦生活非常恩愛，在布萊克的幫助和指導下，凱賽琳不僅漸漸的能識字讀書，而且從她丈夫手下也學會了雕版技術，成為他的得力的助手。吉爾克利斯特曾記下了一個這麼動人的逸話：

　　布萊克想出版他的詩畫合集，沒有一個出版商人肯替他出版，於是有一天，布萊克太太就拿了一枚五先令的銀幣，這是他們夫婦在這世界上的全部財產了，從其中動用了一先令十便士，出去採購為了實驗這工作的一切必需材料。就靠了這一先令十便士的投資，他們大婦居然獲得了以後主要的賴以生活的方法。為了自行製版、自行印刷、自行裝釘和出版，詩人和他的太太擔任了完成一本書的全部必需工作：他們自己抄寫，自己繪圖製版，自己印刷。除了不曾自行製紙之外，一切其他材料都是夫婦兩人動手自己製造的，因為所使用的印書和着彩的油墨和顏料，也是他們自己製造的。

　　布萊克夫婦這麼自己合作印刷的詩畫集，包括了詩人早年的著名作品《天真之歌》、《經驗之歌》和《天堂與地獄的結婚》等等，在當時只是詩人的親友們，為了賣情面才向他們買一兩本的，現在早已成了藝術上的瑰寶。在當時，這些詩畫集就根本不成其為一本“書”，因為並非正式出版，只是有人要的時候，就印一兩本，再用手工着色的，而且也沒有定價；或是別人先送了錢來，布萊克就“畫”一本詩集給他；或先向別人借了錢，就用一本詩集去抵賬，一般的代價約在三十先令到四十先令一部之間。有一次，布萊克為了急需一筆較大數目的款項

（其實，詩人的經濟情形是隨時都在"急需"之中的）。向幾位朋友每人借了二十鎊，然後加工畫了一部詩集送給大家作抵，每人一部，插畫塗了彩色之外還描了金，這可說是布萊克作品最豪華的版本了。由於是手抄着色的，幾乎每一個都是一本"原稿"，一本"真跡"。這些詩集在目前英國珍本書的市場上，至少要值兩千鎊一本。

除了裝飾自己的詩集之外，布萊克又曾經為出版家作過其他書籍的插畫，如當時出版的古希臘詩人維吉爾的《牧歌集》，但丁的《神曲》，都由他作過插畫，這些插畫有的是木刻，有的是水彩。他給《神曲》所作的那一套水彩插畫原稿，共六十八幅。在一九一八年出現在古書拍賣市場時，就已經賣得七千六百六十五鎊的驚人高價。現在又過了三十年，世人對於這位詩人畫家的作品愈來愈重視，現在如果有人再拿出來拍賣，那售價一定要高得令人難以想像了。

在詩人氣質上，布萊克最接近他本國的大詩人彌爾頓，他的繪畫則是偉大的文藝復興大師彌蓋朗琪羅的縮影。布萊克的畫很少是大幅作品，但他的想像的豐富，他所憧憬的那個未來新世界的面目，其偉大複雜決不下於彌蓋朗琪羅的藝術世界。他的詩和他的繪畫，雖然像是一隻鴿子一樣，翱翔在他的理想世界中，但他的生活卻始終和當時倫敦的平民聯結在一起，所以他留下來的那許多詩作，都是語言樸素，風格明朗，感情真摯；那些想像豐富的繪畫，也都是形象寫實，色彩和易悅目的。這正是布萊克最可愛的特質。然而詩人的這些成就是不為他的同時代人所理解和接受的。這一直要到十九世紀以後，布萊克的天才和難得的成就，才漸漸的被真正愛好藝術人士所看重。

　　布萊克死於一八二七年。由於他的墓上連一塊墓碑也沒有，因此至今誰也不知道他的墳墓所在。然而這位天才詩人畫家卻給世人留下了許多不朽的作品。

紀念布萊克誕生二百周年

　　世界和平理事會決定在今年要舉行七位世界文化名人的紀念會。英國十八世紀著名詩人和畫家威廉・布萊克，也是其中之一，因為今年是布萊克的誕生二百周年紀念。

　　布萊克是詩人，又是畫家。我不懂詩，但是很喜歡他的畫。布萊克的畫，用我們中國慣用的繪畫術語來說，可說是文人畫，而且是一種抒情的文藝繪畫，因為他所畫的既非風景，也不是靜物，更不是什麼寫生或人像，幾乎全是為他自己的詩集以及別人的詩集所作的插畫。此外雖有少數獨幅的創作，但是也是他自己想像中的一種文藝境界或宗教境界的描寫。

　　從我個人的愛好來說，儘管英國在過去曾產生過不少偉大的畫家，但他們之中，只有三個人的作品為我特別所愛好，那便是比亞斯萊、羅賽蒂和布萊克。這三位畫家的特點，都是一致的，都是插畫家，都是所謂文藝的畫家，而且其中有兩個人都是詩人。

　　布萊克的詩很不易懂，這篇小文不想談他的詩。他的那些預言詩，描繪他所想像的宗教境界，另有一種神秘的意境，另有一個天地。因此對於布萊克詩的研究，在近代英國幾乎成為一種專門學問，出現了一批詮釋布萊克作品的專家。這些專家所造成的圍繞着他的作品四周的神秘，有時簡直影響了一般人對於他的繪畫的欣賞和理解。我以為作為一個藝術愛好者和欣賞者去看他的畫，應該避免接觸這些徒然耗費精神的難題，應該以一塵不染的頭腦去接近他的作品。

這樣，你所見到的將是一位詩人、一位畫家、一位天才，怎樣運用線條和色彩，很認真的向你敘說他的情感、他的夢想。當然，布萊克的畫，像他的詩一樣，有些畫面顯得很神秘。但這是詩人的情感和應有的神秘，我們只宜以旁觀者的地位站在一旁予以欣賞，不必自尋煩惱去強作解人。

許多詩人都是畫家，許多畫家也是詩人，但很少人像威廉·布萊克這樣，不僅在詩與畫的風格上，甚至在這兩者的生產和創作過程上，也幾乎是分不開的。因為布萊克有一個夢想，一個藝術家的夢想：他將自己的詩用精美的字體抄好，再由自己加以裝飾，然後用這底稿自己雕版製版，自己印刷，並且自行出版和發售。

威廉·布萊克生於一七五七年，逝世於一八二七年。不用說，這樣的詩，這樣的畫，這樣的天才，不會被他同時代的人所認識。他的生活，不僅困苦，而且寂寞。他當時親手抄寫、裝飾和製版印刷的那些詩畫合集，都是用預約方式賣給少數愛好他作品的親友的。因了每一部都是親手抄錄再加上飾畫的，由於時間和工作時的心情不同，這些詩畫集每一部的字句裝飾都有若干差異之處。當時親友們都是抱了同情他周濟他的心情來買的。可是這些在當時連一位淡泊的詩人也無法藉此吃得飽的親手繪製的詩畫集，現在已經是藏書家和美術收藏家眼中的寶貝了。

　　道格拉斯‧布利斯在他的《世界木刻史》裡，論及布萊克的木刻給予近代英國木刻家的影響時說：“雖然威廉‧布萊克在他所生存時代的藝術主流中，地位是孤立的，但是毫無疑問，他的影響幾乎全然在他的身後。……因此，即使在這樣的一部木刻史中，他的作品也必須與‘近代派’一同研究，因為只有在今日藝術家的作品上，他的影響才可以充分的感覺到。”

　　在詩人氣質上，布萊克最接近他本國的先輩詩人彌爾頓；在藝術上，他自承他的師承是彌蓋朗琪羅。因此布萊克的作品，可說是彌爾頓與彌蓋朗琪羅的彙合。他將自己的詩稿當作了西斯丁教堂的牆壁和天花板，在這上面歌頌描繪着他自己意境中的天堂和地獄。正像一切大詩人和大藝術家一樣，布萊克只是將宗教傳說當作了象徵，全然按照自己理想的境界去處理，所以他的詩和畫，不是宗教，成了藝術。

寂寞的亨利‧摩爾

亨利‧摩爾的一座女體雕像，放在大會堂樓下的草地上，已經多日，好像並不曾引起應有的注意，顯得有一點寂寞。這是正在舉行的英國現代雕塑展覽會陳列品的一部分。其餘都陳列在樓上的展覽室裡。

亨利‧摩爾是現代英國雕塑界的主帥，遠在第二次大戰以前就卓然成家。他在戰時所畫的那些倫敦市民在防空洞裡的生活，雖然全是依照他自己獨特的風格來畫的，依然獲得一般市民的愛好。

就以現在陳列在大會堂草地上的這座婦人像來說，龐然巨物，頭部又顯得特別小，幾乎成了嘲弄的對象。可是，你若上到樓上去看看，將其他的雕刻家那些作品同他的比一比，他的作品就顯得風格“保守”，甚至是“古典”的了。

說亨利‧摩爾的作品是古典的，也許有人要表示異議。其實這正是我對他所表示的一種敬意。若說他的作品仍是在形式摸索的過程中，仍是“新派”的作品，那才是對他的最大的不敬。

我說亨利‧摩爾的雕刻是古典的作品，正如說畢加索的繪畫是古典的作品一樣，這是對於當代藝術家所能表示的最大的崇敬。我是執筆的，如果有人說我所寫的某一部小說已經是文學上的古典作品，試想，這使我自己聽了該多麼引以為榮。

然而，儘管我說摩爾的作品已經進入了雕刻的古典殿堂，可是陳列在大會堂樓下的他的那件“婦人”，在香港市民的眼中仍要引來竊笑。這種笑，當然是欣賞者的自由，我們無權加以非難的。在作者認為他已經把握了一個裸體婦人獨坐在那裡的特有姿勢，強調了她的肢體的特徵，覺得頭顱，甚至乳房都處於次要的地位，所以將它們縮小了。可是在一般的觀眾眼中，他們的感覺卻恰恰相反。覺得那個婦人的頭部，小得到了令人要失笑的程度了。

這種藝術感受上的距離，一般淺見的批評家就用來作為藝術欣賞力、理解力的高低判斷，這實在是錯誤的。這不過是習慣的差異，不是藝術水準的差異。香港一般市民對於歐洲現代雕刻作品實在太陌生了，我們若是隨便選一座中國古代雕刻作品來陳列在這裡，無論那形象是怎樣的誇張或變形，你試聽聽那一派喜悅的讚歎聲！

這就難怪摩爾的那位婦人，坐在草地上顯得有點寂寞了。

歐洲木刻史序論

　　一直想讀一讀亞瑟・興德的《木刻史序論》（Arthur M. Hind, *An Introduction to a History of Woodcut*）多年來都沒有機會。直到最近才買到了一部重印的廉價品。

　　興德的這部木刻史，是以歐洲為限的。他本是英國大英博物院版畫與素描部的主任，一向是研究版畫的，本來打算寫一部完整的歐洲木刻史。由於歐洲木刻的歷史是從十五世紀才開始的，他就先從這時代着手起。不料僅僅是要摸清楚歐洲木刻發展的初期歷史，就已經花費了他的許多年時間，結果使他沒有勇氣再這麼仔細研究下去。只好將工作告一個段落，將已經寫好的這一部分資料整理發表出來，這就是這部《木刻史序論》。

　　這一部序論，事實上就是一部歐洲十五世紀木刻史，同時也就是歐洲木刻起源史。因此雖說是"序論"，印成書後，卻是四百多面的兩巨冊，共八百多面，還附有將近五百幅插圖，實在是一部煌煌巨著。難怪他寫好這"序論"後，已經沒有勇氣再繼續這麼寫下去了。

　　這一部歐洲十五世紀木刻史，作者自負對於現存的每一幅歐洲十五世紀木刻、木版印的宗教小冊子，以及這些畫家和刻版者的歷史，都巨細不遺的給以介紹和說明，因此實在是一部很難得的著作。不過由於他所研究的只以歐洲十五世紀的木刻為限，而這些木刻作品，不論是單幅的或是書籍插圖，都是宗教的居多，對於一般讀者的興趣就不大。可是你如果要想知道一下歐洲木刻的發展經過，這卻是一部權威的而且僅有的著作了。

最早使用木刻為印刷工具的是我們中國。我們最遲在七世紀與八世紀之間就已經發明了木版印刷術，用木版雕刻圖像和文字來印刷。這比起歐洲，要早了七八百年。因此興德在這部《木刻史序論》裡，雖然特別聲明他研究的範圍只以歐洲十五世紀為限，但當他談到木刻傳入歐洲的由來，以及木刻的起源，仍不能不提到我們中國，對在敦煌千佛洞和日本所發現的早期木刻佛經和佛像，作了扼要的敘述。

由於這本書是在一九三五年出版的，其中所使用的有關我國木刻起源歷史的材料，在現在看來，自然不免有一點陳舊了。

本書還有一部分令我特別感到興趣的，那就是歐洲自從在十五世紀開始有了活版印刷以後，當時流行很廣的《十日談》、《伊索寓言》等書，就首先有了排印本，而且還附有木刻插圖。本書對於這些插圖本也有所介紹。

美國老畫家肯特的壯舉

　　美國老畫家洛克威爾・肯特，憤慨美國國內有些地方杯葛他的作品，將他正在蘇聯巡迴展覽的全部作品，包括八百幾十幅版畫、油畫風景，還有許多由他作插畫的書籍，一起贈給了蘇聯人民。肯特今年已經七十八歲了，他的性情和他的作品一樣，一向爽朗有血性，這次的舉動可說是快人快事，真合得上我國俗語所說，薑愈老愈辣了。

　　這位當代美國最傑出的版畫家，一八八二年生於紐約州，從小就愛好美術，在美術學校裡學的是建築繪圖和裝飾美術，離開學校後不願寄人籬下作固定的僱傭工作，便靠了替定期刊物作飾畫和代人繪製建築圖樣來生活。由於他的畫面明快美麗，很快的就建立了自己特有的風格，同時也奠定了他的版畫家的地位。

　　從一九二〇年以後，肯特就不大給定期刊物作單幅插畫和裝飾畫，而是根據自己的旅行經驗寫遊記，自己作插畫，這種"圖文並茂"的作品，出版後很獲好評，使他獲得很大的成功。他所旅行的地點，都是海闊天空，富於自然樂趣，較少受到美國都市那種靡爛生活蹂躪的地點。他到過阿拉斯加、紐芬蘭、火地島、格陵蘭等處。當地那些新鮮的景色，給了他極大的感動和興奮。使他每一次畫了不少畫，又寫下了遊記。這些由他自己寫作自己插畫的遊記，包括有《荒野》，是旅行阿拉斯加的；《海程》，是他航行麥哲倫海峽以南一段航程的日記；《沙那米拉》，是旅行格陵蘭的遊記；此外還有一部海上遊記《自東往北》。這些遊記都由他自己設計裝幀，自己作插畫，除了獨幅插畫以外，還有許多小飾畫。在美國許多庸俗的出版物中，許多年以來是獨放異彩的。僅憑了這幾本書，世人已經認識了肯特是一位第一流的插畫家和裝幀設計家，又是一位能獨創一格的遊記作家。

肯特又曾寫過兩部自傳性質的作品，一部是一九四〇年出版的《這就是我自己的》，附有他自己作的一百零五幅插畫；另一部是一九五五年出版的《這就是我，啊，天啦》，書名是採自美國黑人民歌中的一句。這本書出版時，肯特已經七十三歲了，但是書中仍充滿了蓬勃的朝氣，流露着他那一貫對於生活和自然的熱愛，一點也看不出衰老的氣息。

肯特還為許多古典文學名著作過插畫，如《十日談》、《坎特伯雷故事集》、《浮士德》、《白鯨記》等等。我國近年出版的《十日談》中譯本，其中有一部分插畫就選自他的作品。

幾年前，肯特曾將他的版畫和風景畫送到北京去開過一次展覽會。說不定現在送給蘇聯人民的，就是這一批。

《喜瑪拉亞山的呼聲》

　　《喜瑪拉亞山的呼聲》是一部印度木刻集，作者是拉曼達拉納斯‧查克拉伏地（Ramendranath Chakravorty），一共有大小二十五幅木刻。

　　據作者在本書的序言裡說：

　　　　一九二三年的夏天。桑地尼基坦（國際大學）的夏季，炎熱總是逼人的。但是這一年更特別。太陽炙熱的光線幾乎使得一切都枯焦了，僅剩下大地在烘烤和乾渴之中。灰沙的風暴給它蓋了一片棕黃色的被單。白晝長而疲倦，夜晚更使人幾乎不能忍受。

　　　　阿斯蘭已完全荒涼了。但是古魯特夫仍在這裡，還有我們數人也留着未走。我們便在芒果樹和婆羅樹的陰翳下，閒談遐想，消磨永晝。……

　　附近有一個市集，他們時常去觀光。因了在烈日下往返跋涉的疲勞，他們忽然想起如果將這精力花費在另一用途上，利用暑期的閒暇到喜瑪拉亞山去巡禮一次，對於身心那將是一件怎樣有益的舉動：

　　　　我們心想，從這平原的炎熱中換轉到那頂上蒙着積雪陰涼清爽的高山上，那將是一種怎樣清涼使人精神煥發的對照！我們感到我們的心靈中有了喜瑪拉亞山的呼聲。這是無法抵抗的。我們立時決定去作這巡禮。

於是查克拉伏地便同幾位朋友向喜瑪拉亞山中的巴特里拉斯旅行了一次。這本木刻集《喜瑪拉亞山的呼聲》，據作者自己說，便是這次旅行使他永世不能忘懷的許多收穫之一。

《喜瑪拉亞山的呼聲》印得很少，流傳到中國來的一本，是作者送給中國木刻研究會的，書上有作者一九四三年十二月九日的親筆簽名，是僅印二百本的簽名限定版之一，所以十分珍貴。據木刻家王琦在〈中國與英印木刻藝術之交流〉（見《文聯》第五期）一文裡說，一九四二年，中國木刻家的作品參加在加爾各答舉行的東方藝術展覽會，喚起了印度藝術界的注意，次年春天，查克拉伏地便將這冊專集贈給中國木刻研究會。後來中國木刻作品又於一九四四年七月在加爾各答的中國大廈展覽，會後將全部作品贈給泰戈爾創辦的國際大學作紀念，代表國際大學接受這項禮品的也是查克拉伏地。

現代印度木刻介紹到中國來的很少，所以這部《喜瑪拉亞山的呼聲》，雖是個人的集子，也值得大家仔細一看。查氏的木刻風格，是介於英、法兩國之間的，但仍保持着東方藝術的樸拙厚重的優點。刀法的統一爽朗，更是作者的特色。

火炬競走

　　火炬競走是古代希臘人所舉行的一種競技運動，我們時常可以從希臘古瓶和錢幣上見到描繪這種競技的圖像，一個健壯的男子手執火炬，徒步或騎在馬背上疾走。由於這種競技總是在黑夜舉行的，令人想見當時景況的緊張和刺激。從前美國出版過一套很好的文藝叢書，就用了一幅這樣的圖像作商標，隱寓將智慧的火炬傳遞給別人之義。

　　現在正在澳洲舉行的奧林匹克運動大會，本是承襲古代希臘人所舉行的奧林匹克競技精神的，因此在開幕之前也有傳遞火炬燃點聖火的儀式，而且這火炬是在希臘燃着後，一路由運動選手護持着，從陸路和空運一直到澳洲的。不過這次在運送途中，由於英法聯軍正在侵犯埃及，本來要飛越埃及領土的載有奧林匹克火炬的飛機，不得不改道飛行。關於這一點，可說有點違反了奧林匹克精神，因為古希臘人在舉行奧林匹克競技大會時，與會的各邦有一項神聖的盟約，就是在選手往來的途徑上，遇有兩國正在交戰，也要暫時停止敵對行為，任由選手們自由通過的。

　　古代希臘人稱火炬競走為“朗巴地特洛米亞”，是屬於青年們特有的一種競技，這競技多數是在雅典舉行的，路線是從郊外的普洛米修士的聖廟前出發，一直跑進雅典城內。由於普洛米修士是首先從天上將火種盜給世人，有功於人類的大神（他為了幫助人類的這項功績，曾在天上受了給神鷹啄肉的酷刑，是希臘神話中最動人的部分之一），因此火炬競走就以他的聖廟做出發點，青年選手們在黑夜裡從普洛米修士的聖壇上點着了火炬，然後就一起手執熊熊的火炬，向雅典城跑去，首先能跑到城門口而火炬不熄的就是優勝者。

手持火炬的選手們，在夜風中疾走，又要跑得快，又要不使火炬熄滅，是除了身體矯捷之外，還需要相當頭腦的。除此之外，古希臘的火炬競走還有一個特點，那就是除了持有火炬的選手之外，還有許多空手的年輕人，他們也從後面追上來，若是能夠追上了火炬選手，按照這競技的規定，這時火炬就應該交給這個追上來的人，由他接了火炬繼續跑下去，若是又有別人徒手將他追上了，他也應該將火炬傳給這個人。因此這項競技就成了一種競爭十分熱烈而又公正有意義的鍛煉。

古希臘人的火炬競走，一向成為一種傳遞智慧和光明的象徵。《性心理研究》的著者英國靄理斯，在他這部大著的末卷跋文裡，對雅典人火炬競走所涵蓄的人生意義，曾這麼加以讚揚道：

"在道德的世界上，我們自己就是光明的傳遞者，並且宇宙演進的程序就實現在我們的血肉之軀上。在短促的時間內，如果我們自己願意，我們有權可以用光明去照耀包圍我們四周路上的黑暗。正如古代的火炬競走那樣 —— 這正是呂克萊地奧斯認為是一切生活的象徵 —— 我們手執火炬，沿了路線向前飛奔，不久從後面就有人追來，追上我們。我們所應具的技巧，便是如何將燃着的火炬傳遞到他的手中，光耀而且穩定，然後我們自己就隱沒到黑暗中去。"

伽利略的勝利

我國古代傳說說，倉頡造字，群鬼夜哭，為的是人類有了文字，便擁有了抉發造化隱秘，辨別光明和黑暗的工具，鬼類感到從此將無可遁形，無法作祟，所以絕望得啾啾夜哭了。西洋也有一個類似的傳說：德國宗教改革家馬丁·路德，閉門譯述《聖經》，闡揚新的教義，不僅那些頑固守舊的教會分子反對他，就是魔鬼也覺得路德此舉一旦完成，它也將無法存身，便在路德譯述工作將完成之際，運用種種方法來阻擾他。路德將桌上的鉛製墨水壺拿起來向魔鬼擲去，墨汁淋漓，這才將它嚇退了。從此，據說鬼類見了墨水和寫字之類的工具便害怕，因為知道這類東西是隨時可以打擊它們的。

不僅鬼類是這樣，世間若有一種方法能完全消滅人類的文字，使人回復到渾渾噩噩的愚昧狀態中去，我想不知道有多少統治者、宗教家和道德家，都願意加以嘗試的。可惜這樣的方法至今還未有人發明，世界在戰爭與和平的交替之中仍是一天一天的向着光明走去，人類的文明仍是一年比一年更為進步。於是，積極的消滅人類智慧的方法既然沒有，只好從消極方面入手。這就是從中世紀以來，書籍檢查制度被許多人恃為唯一武器的原因，好像若是取消了這制度，便要寢食不安似的。僅就禁書一部門來說，我們只要翻閱一下中世紀羅馬梵諦岡所公佈的《禁書索引》，其中所記錄的那些書名和作者姓名，在今日看起來，簡直就是一部極完備的中世紀文化史的參考書目。許多在今天已經被認為是古典名作的東西，在當時卻被教廷判定為"異端邪說"，加以焚毀禁止，連作者也要遭受酷刑的迫供，如果要苟延殘喘保全自己的生命，就不得不當眾自打嘴巴，撤銷自己公佈的學說或意見。伽利略的故事便是一個最好的例證。

伽利略是當時哥白尼的新天文學說的擁護者，主張太陽是宇宙的中心，地球本身不僅是一具能動的物體，而且一面自轉一面繞太陽而行。這種主張在我們今天看起來固然毫不新奇，可是在十七世紀初年的當時，卻是天文學上的革命主張。因為當時教廷認為地球才是宇宙的中心，而且是靜止不動的，太陽不過繞了地球在旋轉。統治宇宙萬物的是神，而教廷則是神的代表，駐在這靜止不動的宇宙中心的地球上，統治着世人。哥白尼的天文新學說可說完全推翻了教會一貫主張的天體系統理論，這不啻是向教廷的統治權挑戰。這是梵諦岡認為怎樣也不能容忍的叛逆主張。關於正式宣佈哥白尼的天文新學說為"異端邪說"，將他的著作列入《禁書索引》，同時指責伽利略有散佈哥白尼異端邪說的嫌疑，命令他親自到羅馬宗教裁判法庭來接受審問，否則便要將他逮捕。

據英國布萊在《思想自由史》上說，這時伽利略已經七十歲，既老且病，在十個紅衣主教的面前，遭受多次的盤問，最後且用刑訊來威嚇他，迫他必須放棄自己的主張，承認哥白尼的學說是邪說，並要承認地球是靜止不動的，然後才放他回去。布萊說，面對着這樣的法庭，一個人如果不想做自己學說的"殉道者"，便只有一條路可走，那就是忍辱推翻自己的主張。老病衰殘的伽利略，他屈辱的採取了後一條路。於是在公開的宗教儀式之下，跪在神的面前，自打嘴巴，承認了自己學說的錯誤，撤銷擁護哥白尼天文學說的主張。

據說伽利略跪在那裡推翻了自己的主張，承認"地球是不動的"以後，巍顛顛的一面站起來，一面悄悄的自言自語的說："我雖然撤銷了我的主張，但它仍是動的！"

對於伽利略的這兩句話，有些考證家認為是好事者的附會妄傳。但無論實有其事或是附會，這都是一樣的，因為地球確是至今仍在動着。而當年頑固的梵諦岡，也終於不得不在一八三五年的新版《禁書索引》中，刪除哥白尼的名字，承認了伽利略的主張。

麗麗斯的故事

麗麗斯的故事，是一個極美麗的故事。

一般受過西洋宗教教育的人，都相信人類的始祖是亞當和夏娃：上帝用泥土依照自己的形象創造了亞當，然後又趁亞當睡覺的時候抽出他的一根肋骨，創造了一個女人，給亞當做妻子，這個女人就是夏娃——《聖經》上這麼記載着。

但是猶太人的古經上卻有一點不同的記載。他們說：當初上帝創造亞當的時候，其實同時也創造了一個女人，這個女人名叫麗麗斯（Lilith），使她與亞當成為夫婦。可是麗麗斯因為自己是與亞當一樣的同為上帝所手造，不肯服從亞當的支配，要與他取得平等的地位。上帝生了氣，將麗麗斯逐出伊甸樂園，然後從亞當身上取了一根肋骨，為他創造了夏娃。因為夏娃是由亞當身上的肋骨造出來的，她自然服從丈夫，不致對他反抗了。

所以夏娃並不是人類始祖亞當的髮妻，而是他的"填房"。但是因為作為人類始祖"家公"的耶和華上帝，不喜歡他的第一個媳婦麗麗斯，將她逐出了家庭，《聖經》便諱言其事，因此世人從此只知道亞當和夏娃，不知道亞當還另有一個前妻麗麗斯了。

由於麗麗斯是耶和華所手造的，她具有不滅的靈性，被逐出樂園後，漫遊宇宙，從此成為一切遇人不淑的女子和具有反抗性女性的保護神。因為她到底是女性，自然不免要"吃醋"。據說後來亞當和夏娃在樂園裡受了蛇的誘惑，偷吃禁果，這條蛇便是受了麗麗斯指使的。

　　猶太人又有一種迷信，認為麗麗斯最忌妒新婚夫婦和孕婦。他們新婚時要在洞房裡放四枚銅錢，其上寫着亞當和夏娃的名字，再寫上一句："Avaunt thee Lilith!" 意即 "滾你的，麗麗斯！" 以作鎮壓。

　　許多詩人都曾經採用麗麗斯的故事作為題材。他們大都同情這位天上的 "拉娜"。英國十九世紀詩人羅賽蒂寫過一首《伊甸花園》，就是描寫麗麗斯如何勸說蛇為她向夏娃復仇。歌德在他有名的《浮士德》裡，也提到了麗麗斯。在《浮士德》第一部《瓦普幾司之夜》的一場裡，麗麗斯曾出現過。浮士德問靡非斯特："那個到底是誰？" 靡非斯特回答道：

> 請看個仔細！她是李里堤。亞當的前妻。
> 你請注意她那美麗的頭髮，
> 注意她那唯一無二的裝飾。
> 假如她把來勾引上了青年，
> 那她是不肯立地便放手的。（據郭沫若譯文）

　　末一句是傳說麗麗斯又是個喜歡勾引青年的女魔。這顯是正教派人士故意污衊她的。麗麗斯的故事實在是一個美麗的故事。

《聖經》的新譯本

我是一個無神論者。但是在基督教的這個平安夜，許多教徒忙着去參加徹夜舉行的狂歡舞會時，我一人在燈下讀着一本新出的《聖經·新約》，這是一種新的英文譯本，是去年才出版的。

我一向喜歡讀基督教的《聖經》的《舊約》和《新約》，將它們當作故事書讀，將它們當作文學作品讀。這大約正是我雖然喜歡讀《聖經》，卻不想跨進禮拜堂的原因。從《新約》裡所得到的耶穌的印象，他至少是一個很有自信力和正義感的好人。他若是在世，我雖然未必會成為他的門徒，但是至少願意同這樣的人做朋友。至於《舊約》裡的"耶和華"，完全是一個"神"，喜怒無常，甚至還有一點專橫，因此只能令人敬畏，無法令人親近。

也許這正是從前著述《舊約》各書的那些長老們的目的。他們就不希望世人有過份的可以親近"神"的機會。因此像我今晚所讀的這個《聖經》新譯本，若是在早幾百年出版，可能會興大獄，不僅譯的人有罪，就是讀的人也會有罪。然而在近幾十年以來，僅就以基督教為國教的英國來說，情形已經大不相同了，新的《聖經》翻譯工作，在各教會聯合努力之下，正在積極的進行，他們竭力要使《聖經》獲得解放，恢復它的真面目。我放在手邊的這部《新約》的英文新譯本，就是這樣的努力成果之一。

本來，英文《聖經》是另有一種敕定的官本的，一般人不能將自己的譯本拿來作講經傳道引證之用。但是現在的這種新譯本卻不同，是由英國各教會攜手來進行的，他們覺得已有三百多年歷史的舊譯文，不僅已經陳舊了，不適合現代人的需要，而且舊譯文還有許多錯誤的地方，因此發願着手重譯。這項工作在一九四六年已着手進行，現在重譯的工作已接近完成階段，據說到一九六四年以後，就可以有新譯的《新約》和《舊約》的定本問世了。

新譯本有許多重大的改動。據現在所知道的，"耶和華"之名，將不再在《舊約》中出現，將用"主"來替代，因為"耶和華"這個名詞根本就是無中生有的誤譯。還有，"處女懷孕"之說也不免要有改動。

由於英文《聖經》有了新的譯文，中文《聖經》不免也要有新的譯文了。這項工作，現在已經在開始進行。本來，現在所用的中文《聖經》，譯文已經可說是上乘的，但是由於原文有了改動，自然必須重譯。這是一項大的譯述工作。百多年前，瑪理遜博士所主持的《聖經》中譯工作，就是在港澳兩地進行的。現在新的《聖經》翻譯工作，也在這裡進行，這真是一種難得的巧合了。

關於 "發光的經典"

　　前天我們的報，在第一版一則花邊新聞裡，顯然擺了一個小小的 "烏龍"，報導倫敦拍賣市場賣了一批 "發光的經典"。其中有一部被人以超過一百萬元港幣的巨價買去，成為全世界最珍貴的書之一。

　　這是一則翻譯的電訊，問題就出在 "發光的經典" 這名詞上。不用查看電訊的原稿，我就知道 "發光" 二字是譯自 "illuminated"。這個字當然可作 "發光" 解，但是用在與書籍有關的名詞上，它就變成了書志學上的一個專門名詞。以前有些翻譯介紹西洋古本珍本書籍的文章，總是將這個字弄錯了，這次已經不是第一次。

　　所謂："illuminated manuscript" 者，乃是一種有金銀彩繪的古本寫經，因此該譯作 "彩繪古寫經" 或 "金碧古寫經"。它不是一種著作的 "手稿"，也不只是一種普通的抄本，而是歐洲中世紀僧侶的一種獨有產物，是被當作一種功德來製作的。這都是寫在八開羊皮紙上的基督教經典，多數是拉丁文的。不過與其說是 "寫"，不如說是 "繪"。因為經文本身固然是用大小變化多端的 "花體字" 寫成，同時每一頁都要加繪花紋複雜的邊框，而在經文每一章每一節的開端，尤其是第一個字的第一個字母，都要寫得特別大，有時一個字母就要佔去了一整頁的地位，在這個字母的四周和空隙處，繪上花紋圖案，奇花異草，珍禽怪獸，還有小幅的聖徒以及與經文有關的插畫。這一切不僅是用五彩繪成的，還要貼上金箔和銀箔，有的更以金銀作地，在上面再施彩繪，看起來極為絢爛奪目。一部這樣金碧輝煌的寫經的完成，常常就是一座僧院的全體僧侶一生精力所萃。他們將這當作是一種莫大的功德，朝夕坐在光線黯淡的靜室裡，耐心的一筆不苟的繪上去，因此這種金碧古寫經的華飾繁麗情形，決不是現代人所夢想得到的。

這種彩繪古寫經，都是活版印刷未發明以前的歐洲中世紀產物，能夠流傳到現在的已經不多，尤其是彩繪特別漂亮的，更為少見。日前倫敦拍賣行所賣出的那一部，賣了一百萬港幣，實在並不算貴。意大利米蘭的安勃羅西安藏書樓藏有歐洲最古的一部彩繪寫經。美國財閥摩根擁有世上現存最完整美麗的一批彩繪寫經，還有英國愛爾蘭都伯林聖三一學院所藏的那部有名的古寫本《克爾之書》，任何一種如果肯拿出來拍賣，它們的市價都可以遠超過一百萬港幣。

到了歐洲十五世紀，活版印刷發明後，這種彩繪本的寫經便漸漸的淘汰了。說來真有點令人不肯相信，德國格登堡最初採用活版來印聖經，他在印成之後還要用人工加繪若干彩飾，當作廉價本的彩繪寫經來滿足一般信徒的要求。可是到了今天，格登堡所印的《聖經》，已經被人當作是歐洲的第一本活版書籍，價值連城，早已忘了他原來的動機乃是想模仿古寫本了。

吸食鴉片的英國作家

英國的鴉片將中國人毒害了一百多年，其餘毒至今才漸漸的肅清。他們沒有想到害人者終害己，在十九世紀年代，由於要在印度加緊搜刮，將大量物資和原料從印度捆載回國，其中自然也包括煙土在內，結果在英國本國吸食鴉片者也大有人在，而且成為一種時髦，像今日的英美青年吸食大麻和迷幻藥一樣。尤其在文人方面，認為吸食鴉片有助詩情文思，因此詩人、小說家有些也成了癮君子。十九世紀的英國文壇，正是浪漫主義的鼎盛時代，有人說是鴉片刺激了這些英國作家的浪漫主義幻想，有人說是浪漫主義的幻想使得這些作家迷戀於鴉片。總之是，不論因果的關係如何，英國浪漫主義的許多作家詩人同鴉片結了不解緣，卻是一個事實。

最近，我看了一本有關這問題的新書《鴉片與羅曼蒂克幻想》。原作者亥脫在導言上對他寫作本書的環境特別發表了一些感慨，使我對他的這本書感到了更大的興感。因為，說老實話，我對鴉片本身根本不感到什麼興趣，我對鴉片感到興趣的原因是由於這東西與香港殖民地的密切關係。既然它的“祖家”也曾經有人愛上這東西，而且還是詩人小說家居多，自然是值得較詳細的去了解一下的。

同樣，亥脫在他的這本書的導言上表示，說他在一九六七年着手想寫這本書研究鴉片對於十九世紀作家想像力的影響時，興趣不過集中在歷史方面，認為現代讀者對這個問題的興趣一定不會大。哪知留心了一下報紙上的新聞，讀者的投書，以及電視與廣播的一些特別節目，忽然發現"吸毒"乃是英國當前社會的一個重大問題，各式各樣的吸毒者，包括鴉片在內，此外還有海洛英和嗎啡，那數量已經一天比一天多。英國的吸毒調查委員會在一九六一年發表報告，還樂觀的說吸毒並沒有明顯的跡象能在英國構成任何危險，可是到了一九六五年，口氣就大大的改變了。在一九五八年，英國有紀錄的吸食海洛英的毒犯僅有六十二人，可是一九六六年的數字已增至六百七十人，可靠的預測這數字到一九七二年便要增到一萬一千人。而這裡面，更有一項重大的變化：一九五九年的那些毒犯，沒有一個年歲是在二十歲以下的；可是一九六五年的調查，二十歲以下的吸毒犯，已增至一百四十五人，其中還有許多是在十六歲以下的，一位醫生的醫案證明，有一個十二歲的少年，已經染上了海洛英的嗜好。

亥脫說，想不到一個歷史課題，忽然變成了當前英國的熱門課題。他擔心談論十九世紀英國作家如何愛好吸食鴉片，會給當前英國青年一種鼓勵，幾乎想放棄這本書的寫作。

十九世紀的英國，差不多所有的作家都同鴉片發生了或多或少的關係。有的是將鴉片當作止痛劑鎮靜劑來服用，有的是真正的吃上了癮，成了癮君子。

亥脫在他的《鴉片與羅曼蒂克幻想》裡，舉出了英國十九世紀五個有名作家作為例子來研究，他們都是吸食鴉片有大癮的癮君子。這五個作家是：詩人克拉比、柯里列治、湯普遜，散文家特‧昆西，小說家柯林斯。

除了這五個大癮的癮君子之外，英國浪漫主義三大詩人拜倫、雪萊、濟慈，都吸食過鴉片。有名的歷史小說家司各德、散文家蘭勃、女詩人白朗寧夫人，甚至小說家狄根斯，也都吃過鴉片。

自然，英國最有名的吸食鴉片的十九世紀文人，是散文家湯瑪斯‧特‧昆西。他的那部《一個英國鴉片吸食者的自白》，已經成了英國文學史上十九世紀散文傑作之一，同時也是歌頌鴉片能創造"人間天堂"，能豐富詩人文士"想像力"的最有名的作品。

他的這部《一個英國鴉片吸食者的自白》，同現代法國作家高克多的那部《鴉片——一個癮君子的札記》，可說是西洋"鴉片文學"的兩大代表作。

特‧昆西曾在牛津大學唸書，在學生時代就已經服食鴉片上癮。為了參加畢業考試，他曾服食大量鴉片，考的是翻譯，據說成績非常好，使教授大感驚異，可是到了第二天，鴉片的副作用發生了，疲憊萬分，無法應付這天的口試，只好逃到倫敦去，放棄了畢業學位的考試。

當時英國人服食鴉片，不是用煙槍煙燈，而是直接吞服鴉片煙膏。據特‧昆西的傳記所載，他後來的煙癮極大，從一八一三年起，每天要服食三百二十喱，約合八千滴鴉片膏。朋友們說他吃鴉片膏像吃普通食物一樣，在用餐的時候也從鼻煙盒裡取出"鴉片丸"來吞下。

"鴉片吸食者的天堂","天上的樂趣","神妙享受的深淵",這都是特·昆西最愛用的歌頌服食了鴉片以後,進入一種惝恍境界的詞句。

喬治·克拉比是英國十九世紀有名的鄉土詩人,他的正式職業是牧師。他開始服食鴉片,是因了消化不良的暈眩症,接受醫生勸告,用鴉片作鎮靜劑而起。結果吃上了癮,終身無法戒除。

克拉比是個道貌岸然的教士,幾乎沒有人知道他是個癮君子,他的詩的風格也很樸實,直到他在一八三二年去世後,他的兒子才在文章裡透露,克拉比服食鴉片已有四十年之久,是一個老癮了。

英國十九世紀文人之中,另一個有鴉片癮的癮君子,是大詩人柯里列治。他的那首有名的《古舟子詠》,就在我國也很早就有人翻譯過來了。柯里列治生於一七七二年,據說八歲的時候,由於在潮濕的田野中睡了一宵,感受風寒,醫生曾用鴉片為他止痛,就與這種"藥物"結了不解緣,同時因了受寒而來的風濕症也就成了他終身不治之症。他自己所記載的服食鴉片的證據,最早見於一七九一年寫給朋友的一封信中,當時他還在劍橋大學唸書,因了風濕症發作,不得不服食鴉片來止痛。以後每逢有什麼病痛,或是心神不寧,他就用鴉片作止痛劑和鎮靜劑。直到一八〇〇年為止,他還是只將鴉片當作"藥物"來服用,並沒有"上癮"。可是到了一八〇一年,他的風濕病嚴重起來,周身骨痛發腫,就接受醫生和朋友的勸告,經常服用鴉片來醫病，從此就正式上了癮，每天非服食鴉片不可。他的癮量逐漸增加，最初每天只服一百滴左右，後來煙癮愈來愈大，到了一八一四年，曾有過一天服了兩品脫，將近兩萬滴的駭人紀錄。

柯里列治最初認為鴉片對他的病痛有益，而且自認不會上癮，隨時可以停止的。後來真的上了癮，要停止已經不可能。他像許多吸食鴉片的"道友"一樣，上了癮以後，始知鴉片的毒害，想要戒除，可是這時的意志已經不能控制。他曾發誓要戒除，請了一位醫生同他住在一起，每天控制他的服食量，以便逐漸減少，以至戒除。可是，正像許多吸上鴉片想戒除而終於無法自拔的癮君子那樣，他熬不過"吊癮"的苦痛，一再瞞了醫生去偷吸，以至終於無法戒除，後來就索性不戒了。

這位大詩人一生為鴉片所苦，是一個大悲劇，他的同時代的詩人作家都留下了有關這事的回憶，許多英國文學史上也有很詳細的記載。

另一個吸食鴉片的英國十九世紀有名作家，是小說家威基·柯林斯，他的代表作是《白衣婦人》和《月光石》，是兩部情節離奇曲折有趣而又有點神秘的小說。柯林斯的這種小說結構和描寫方法，曾給後來的有名《福爾摩斯探案》的作者柯南道爾一種啟發，一向認為是近代偵探小說的先驅。

柯林斯的父親是畫家，曾為柯里列治畫像，從小在家中就聽過有關柯里列治吸食鴉片的故事，後來父親患胃病，也曾用鴉片醫病，因此柯林斯自幼就對鴉片並不陌生。一八六〇年，他自己染上了嚴重的風濕腫痛症，就開始吸食鴉片，從此上癮，終身未除。他的煙癮很大，所服的分量能使一個沒有煙癮的人致命，但他服了卻無事。他不像柯里列治那樣，以吸食鴉片為自愧，他經常在朋友面前誇耀自己的大癮。

英國十九世紀末的頹廢派詩人佛蘭西斯·湯普遜，是個更大的鴉片癮君子。他自幼就愛讀特·昆西的《一個英國鴉片吸食者的自白》，又崇拜法國詩人波特萊爾和美國詩人愛倫·坡。他們都是愛吸鴉片的。因此湯普遜像特·昆西一樣，是個典型的鴉片吸食者。他不僅吸鴉片吸上了大癮，而且公然歌頌鴉片在精神上給予他的享受，造成種種"非人間"的樂趣。

湯普遜的父親是醫生，最初希望兒子成為教士，後來又希望兒子學醫。兩者都不成，湯普遜所好的是文學和浪漫生活，在家中偷食父親藥櫥裡所藏的鴉片煙膏，被父親責問，發生口角，離家而去，從此過着一種流浪無固定職業的生活。一九〇七年去世，年僅四十八歲。他的鴉片嗜好終身未能戒除。

在十九世紀的英國，鴉片煙膏是被醫生普遍使用的一種止痛劑和鎮靜劑，因此間接造成了很多"癮君子"。大詩人拜倫就經常將鴉片煙膏當作鎮靜劑來服用，甚至埋怨效果不好。他在一八二一年的一則日記上說："我現在已不似以往那樣那麼喜歡鴉片了。"他同妻子分居後，妻子清理他的日用雜物，在箱子裡發現了黃色讀物外，還發現了一筒鴉片煙膏。

詩人雪萊也有鴉片嗜好，自稱是為了醫治頭痛。薄命詩人濟慈也有吸食鴉片的習慣。不服用鴉片就精神不安定，無法執筆。他深為這種現象所苦，曾一再在信上向朋友談起此事。

有名的小品文作家蘭勃，他的吸食鴉片，乃是為了醫治傷風。《撒克遜劫後英雄傳》的作者司各德，由於經常胃痛，不得不服食鴉片。他自己表示不喜歡鴉片，但是為了要執筆寫作，不得不服用鴉片使自己獲得休息。

小說家狄根斯的情形也是如此，為了要獲得睡眠，往往臨睡時要服食鴉片。一八六七年到美國去旅行演講，行篋裡也攜帶了鴉片煙膏。

當時有名的女詩人白朗寧夫人，在未出嫁以前，在少女時代，就由醫生給她服食過鴉片。後來嫁了白朗寧，仍未能戒除這習慣，以致嫉妒她的詩才的人為文指責她，說她的詩並非她的才華真正產物，而是靠了鴉片刺激所致，正如馬匹競賽以前被注射興奮劑以便取勝一樣。

當然，除了英國以外，這時其他外國作家也有吸食鴉片的。因為追求官能的享受正是十九世紀文壇的一種流行病態。在這方面，有惡魔詩人之稱的法國波特萊爾、美國神秘詩人愛倫‧坡，都是染上了鴉片癮的有名作家。

高克多與《鴉片》

　　若望‧高克多的那部《鴉片》，出版於一九三〇年。在這以前，在一九二六年出版的那部《給馬利丹的書信集》裡，其中也發表了他自己對於吸食鴉片的感想。

　　在西洋文學領域裡，以吸食鴉片為題材的名作，一是英國十九世紀散文家特‧昆西的《一個英國鴉片吸食者的自白》，另一本便該是高克多的這部《鴉片——一個癮君子的札記》了。

　　鴉片的原產地並不是中國。不知怎樣，他們寫到鴉片，總不免要提到中國和中國人吸食鴉片的情形。尤其在高克多的這本書裡，他曾對過去中國人吸食鴉片的方法和觀念予以批判，並且與歐洲的鴉片吸食者所採用的方法加以比較。他在寫給馬利丹的那封信上說：

　　　　中國人吸（鴉片）得很少，活動得也很少。他們並不向這藥物要求額外的服務。他們尊敬它，任它去自由發揮。

　　他又這麼說：

　　　　中國人吸食鴉片，以便去接近他們的死亡。不可見的感覺來自一種靜止不動的速率，這是速率的最純粹的形式。如果死亡能將他們的速率減少些許，一個可以會晤的地帶便建立了。生與死之間的距離，恰如一枚錢幣的正面與反面相隔那麼遠一般，但是鴉片卻透過了錢幣。

他接着又說：

> 中國人又用鴉片於比較不光明的用途。他們向他們準備下手的歐洲人，送上禮貌的煙槍，以便爭取他們做生意的機會。

可是，高克多一面說鴉片不是麻醉劑，一面又說他們歐洲人不懂得吸食的方法，嫌中國式的吸食方法太輕微，他們便直接吞食生煙。

> 分量被增加了。如果醒了過來，便很苦痛，因此我們在清晨吸食；如果在家中吸食困難，我們便吞食鴉片。這使得我們距離目標愈來愈遠了。

> 如果要獲得一團生煙的效果，你要吸食十幾筒鴉片才可相抵。因為當你吞食生煙，你將嗎啡和其他質素也一同吸收了……

在那本《鴉片》裡，高克多自己作了許多插畫。據說這都是在他吸飽了鴉片，沉醉狀態下畫出來的。人的五官四肢全是用煙槍煙具所構成，那設想的恢奇，確是只有在癮君子的幻想世界裡才可以產生的。

不用說，高克多的吸食鴉片，是出於獵奇的追求，後來早已戒絕了。

英國人的同性戀

　　由於英外次的醜聞，英國人的同性戀問題已引起英國朝野和世人的注意，就是英國下議院也為了這個惱人的問題作了報告和討論。有人說，近年英國在外交活動上處處做美國的應聲蟲，美國國務院的同性戀事件早已有口皆碑，難怪英國這位外交次長也不甘落後。其實，這還是記者先生們的論調，若是從我們這樣有歷史考據癖的人看來，同性戀問題在英國，實在是"古已有之"，不過是"於今為烈"而已。

　　有兩部接觸到英國人生活上這個問題的書籍，都是權威的著作，一部是鼎鼎大名的靄理斯的《性心理研究》，因為他自己是英國人，他在這部大著的第二卷《性的倒錯》中，特別敘述分析了英國人的同性戀問題，尤其注重歷史上的實例。另一部是德國人伊凡‧布洛哈的《英國人性生活的過去和現在》，這書已有威廉‧法斯頓的英譯。因為是這個課題的專著，材料自然更豐富，所說的自然也更權威了。

　　所謂同性戀，事實上也有許多種。首先就有男女之別，有男子與男子的同性戀，女子與女子的同性戀，而在這種的關係上又有只是精神上的相戀，和彼此實行有性行為之別。此外還有主動和被動之分，因為有些人專門"追求"同性，有些人又自甘處於被動的地位，專門"勾引"同性的。除此之外，更有以老戀少，以少戀老，只戀同性不戀異性，或是像我們的墨子所提倡的那樣，男女"兼愛"的。總之是，由於性的活動已經發生了變態倒錯的現象，所以什麼古怪的傾向都可能會發生。至於像英外次的行為，實在是男子同性戀行為中最低級的一種，專門術語稱為"所多瑪派"（Sodomite，這術語出於《聖經》上的一個典故），也就是我國所說的男色嗜好而已。

靄理斯在他的那本書中分析了英國若干有同性戀傾向的歷史人物。最有趣的是莎士比亞也寫過好幾首獻給一位"青年男友"的短詩，所幸者是他的這種嫌疑不很重；但與他同時代的兩個文人，而且一向被人疑為是他的劇本"槍手"和替身的：瑪爾洛與培根兩人，則是有明顯證據的同性戀愛好者。就近代文人來說，翻譯波斯詩人俄默短詩的費茲吉爾特，研究文藝復興史的權威西蒙斯，都是有名的同性戀傾向者。至於王爾德，那更不用說了。

布洛哈的那部大著，第十三章〈同性戀〉，所搜索的資料更是洋洋大觀，除敘述了許多個人的例證外，更舉出了在倫敦和外地設立的男妓院，男色同好者的俱樂部，街頭巷尾和公廁裡所設立的男色嗜好者的介紹會面地點，他們所用的暗號和術語等等。還有一種被稱為"里斯波派"的俱樂部，則是專供女同性戀者相聚的場所了。

紀德的《哥萊東》

　　安得烈・紀德的《哥萊東》，第一次出版於一九一一年，這是隱名發行的，書面上沒有作者和出版者的姓名，甚至沒有書名，僅題了"C.R.D.N."四個字母。書是在比利時的布魯日印刷的，按照法國出版法的最低限度，總算印出了這家承印者比利時印刷商人的店名。據紀德後來在他的日記裡說，初版的《哥萊東》是非賣品，當時僅印了十二冊，一直被緊緊的鎖在抽屜裡。

　　一九二〇年，紀德又將這小冊子印了一次，仍是在比利時印刷的，這次印了二十一部，已經題上了《哥萊東》（*Corydon*）的書名，但是作者和出版者仍是隱名的。這一次所印的二十一冊也是非賣品。

　　正式公開發賣的《哥萊東》，直到一九二四年才第一次由新法蘭西評論社印行。初版印了精本五百五十冊，普及本五千冊。從這時起，直到作者去世時為止，別的版本不算，僅是這一種版本就再版了六十次以上。

　　《哥萊東》是由四篇對話構成的一本小小散文集。所以具有這樣一段古怪的出版歷史的原因，乃是因為紀德認為這是自己最重要的一部著作；四篇對話都是討論男子同性戀的。

一九四九年，紀德獲得了諾貝爾文學獎金。他到瑞典領獎後正在旅邸裡休息，有一個瑞典新聞記者來訪問他，詢問他對於自己已出版的各種著作，是否有認為不愜意擬予以銷毀的？紀德見到這位記者滿臉露着勉強的笑容，便明白他心目中所指的，不是那本引起許多進步人士唾罵的《從蘇聯回來》，便是這本被道學先生一致抨擊的談論同性戀的《哥萊東》，因此莊重的回答：他寧可放棄獲得諾貝爾文學獎金，也不願在任何環境下收回自己的任何一本著作。接着記者又問他認為哪一本著作最為重要，於是他就毫不遲疑的舉出了《哥萊東》的名字。

　　對於討論男子同性戀問題，紀德似乎一向是有特別興趣的。除了本書以外，他在早年的《剛果旅行記》和自傳《如果這粒種子不死》裡面，就曾經對這課題一再發揮了他的獨特的見解。

接吻的起源和變化

英國的動物心理學家比特奈爾，寫過好幾本很有趣的科學小品集，其中有一本是《接吻的起源及其他》，將這個小動作從民俗、心理和動物生活種種方面，加以分析和推究，寫得淵博而又有趣，能夠令人不吃力的一口氣將它讀完，像讀一篇偵探故事一樣。

古希臘詩人稱讚接吻為"打開天堂大門的鑰匙"，這所指的怕是愛情的接吻，如浮士德在瑪嘉麗的唇上所親的那個吻，確是使他覺得彷彿已經走進了天堂。可是，如《聖經》上所載，猶大出賣了耶穌，向來捉耶穌的兵丁以接吻為暗號，向他們暗示要捉的是哪一個，這一吻卻不曾使猶大進入天堂，在基督徒的眼中反而使他永遠墮入地獄了。所以接吻是有多種的，不僅方式不同，而且動機和用意也不同。對於這個小動作的看法，我們東方人和西方人的距離很大。西方人有屬於禮節上的接吻，我們則完全沒有這一回事，除了大人偶然吻孩子表示親切以外，根本沒有示敬和禮節上的接吻。

在中外通商初期，英國派了使節團來訪問清朝皇帝。為了覲見皇帝時的三跪九叩首問題，鬧得不歡而散。因為英國使臣只肯屈一膝吻皇帝的手，不肯下跪磕頭。因此有了"洋鬼子的腳是直的，不會磕頭"的傳說。可是後來當清廷派了使臣到倫敦去訪問時，為了觀見維多利亞女王的禮節，也大傷腦筋。那位身為旗人的使臣寧可向女王三跪九叩首，卻不肯屈膝吻女王的"御手"。這全是對於"吻"的習慣上的差異。

古羅馬人曾將接吻分為三類，一是"奧斯克拉"，這是吻在對方的頰上表示友誼。一是"巴西亞"，吻在嘴上表示親切。另一是"索費亞"，則是兩唇之間的熱情的吻。

比特奈爾說，依據各民族的接吻風俗習慣來說，一般總是吻在額上表示尊敬，吻在頰上表示友誼和親切，吻在手上表示尊敬，吻在腳上表示謙卑和服從，吻在嘴上表示愛情。

接吻的動機是和"觸覺"有關聯的，無論禮貌的接吻或愛情的接吻都是如此。因此沒有禮貌接吻的地方便由磕頭握手和擁抱來替代，這都是觸覺另一方向的發展。一般動物則用鼻尖面頰或身體的其他部分來互相磨擦，表示親切，這都是變相的接吻。

據比特奈爾的考證，今日世界各地的種種接吻風俗，大都源出於印度，因為在公元兩千年以前，當時的古印度民族已經實行互相以鼻尖"嗅吻"了。這種方式，至今仍在許多民族中流行，也就是上海人所說的"香面孔"。

《性心理研究》作者靄理斯

　　一九五九年在人類文化史上，可說是一個富於有意義的紀念的年頭，因為恰在一百年前，即在一八五九年，生物進化學說的創始人達爾文的代表著作《物種起源》出版了，而《性心理研究》著者靄理斯，也恰是在這一年出世，到一九五九年也恰好是他誕生一百周年紀念。靄理斯已在一九三九年去世，但他在生前常常以能夠與達爾文的《物種起源》在同一年出世引為榮幸。

　　哈費洛克‧靄理斯，將以他的那部大著《性心理研究》之中所含蓄的明徹的智慧，和對於人生正確沖和的指導，永遠為世人所記憶和感激。他與野狐禪的金賽博士之流不同，從不販賣“性”的野人頭，而是以詩人的理解、醫生的知識、人生哲學家的觀點來研究並指示怎樣處理男女兩性問題。

　　他的七卷《性心理研究》大著，是他花費了三十年時間和精力寫成的東西。這部書在我國雖然至今還沒有譯本，但知道他的人已經不少，而且他另有一種一卷本的《性心理研究》，在我國則早已有了潘光旦的譯本，對他總算不陌生了。

　　靄理斯是英國人，這部大著的第一卷《性的錯亂》，出版於一八九七年。他在這本書裡所談到的事情和對於這些事情所表示的意見，嚇倒了當時的許多英國人。官方在這一年就控告了他，並且禁止他的著作出售。他的《性心理研究》從第二卷起，一直到最後的第七卷，都是送到美國去出版的。

靄理斯自己曾說，他對於自己的這部著作不能在英國出版，毫不埋怨本國政府。他甚至反而要感激他們，因為這樣反而促成了這書的更大銷路，使得德文和其他各國文字的譯本提前出版。"那種要摧毀我的著作的努力，並不曾使這部著作因此而改動一個字。無論有沒有幫助，我已經依照我自己的道路一直走到底。"靄理斯在他這部大著的最後尾跋裡這麼寫道。

時移世變，英國近年的同性戀問題和色情犯罪的猖獗，已經使得議會也對這個"禁題"無法再緘默。專門為了研究性犯罪問題而組織的烏爾芬登委員會，他們所作的報告和提出的主張，事實上都是靄理斯早已在六十年前所出版的《性的錯亂》裡已經講過的，然而他的著作在當時卻被政府禁止了。因此靄理斯的罪過，不過是由於他走在時代的前面，是一位先知所慣受的罪過。

最近為了紀念他誕生一百周年，英國已經一連出版了兩部關於他的傳記，看來英國人要趁這機會向他們的這位先知悔罪了。

靄理斯的雜感集

靄理斯的著作，除了《性心理研究》以外，還有許多批評宗教、哲學、音樂、文藝的論文集，又有幾輯日記體的雜感集，還有一部關於早年生活的自傳。這些著作，倒是在英國可以自由出版的。他的雜感集一共出過三集，我很愛讀，因為他用明澈的智慧，從日常瑣事之中看出了往往被我們所忽略的真理，真不愧有"詩人"之稱（靄理斯是醫生出身，但是從來不自稱，也不喜歡別人稱他為"性學家"）。現在趁這紀念他誕生一百周年的機會，選譯了幾則，介紹給讀者。

四月十三日：在一首詩裡，波特萊爾想像他同他的情人，坐在一家新的精緻的咖啡店裡，面前放着玻璃杯和酒器。他無意中發現這時外邊有個窮漢舉手抱着兩個孩子，三個人這麼樣注視着這吸引人的店內。詩人被一種半是憐憫，半是慚愧的感情所激動，便掉頭向着他的同伴那一對美麗的眼睛尋求同情。但是她只是冷淡的說："我們不能設法將這種討厭的傢伙趕開嗎？"

"人類的思想多麼不容易溝通呀"，詩人沉思道，"甚至在兩個彼此相愛的人之間"。

十一月十四日："像駝鳥那樣將牠的頭藏在沙裏……"我

真詫異除了這個景象之外，是否還有其他的比喻，更經常的被文明人用來形容他自己，或形容他的同類。凡是曾經踏上報章雜誌疲乏的道路，或是其他日形低落的通俗文化的人，總會聽到這個比喻的熟悉的聲音，像敲着喪鐘一樣，幾乎每隔幾分鐘便可以聽到一聲。

我們幾乎直覺的明白，駝鳥大概不會幹出這種事情的。為了確實起見，我有一次曾去詢問我的一位恰是研究駝鳥生活習慣的專家朋友 —— 因為在他有關駝鳥的著作中，甚至不曾提起駝鳥的這種習慣。他告訴我說，駝鳥確是有一種習慣，可能被誤認為類似對牠所作的這種推測，就是駝鳥將頭俯低下來，確實可以減少被注意的目標。只有人類才是唯一真正的將頭藏在沙裡，緊閉眼睛不顧現實的兩足動物。鳥類是決不肯這麼幹的。世界不會容許這樣的生物可以生存下去。就是人類本來也不會這麼幹的，如果不是在他們的早年，他們曾經聰明的給自己築好一座高大的保護的牆，使他們現在有恃無恐，可以躲在裡面泰然耽溺於自己各種愚昧的遐想。

十二月二十一日：一個星期又一個星期，一個星期又一個星期，沒有一點什麼擾亂在這遼遠角落的寧靜生活秩序。在我面前總是海和它的大浪的深沉而繼續的嘈語，不時為風勢所驅，變成怒吼。有時，風的尖銳呼聲也參加了這音樂。而在夜間，在後面的樹叢中，有時又雜有貓頭鷹的柔軟的慰藉的鳴聲。到了夜晚，坐在小小的走廊上，望着下面向海灣展開的山谷：那些疏落的村屋，當夜幕降下以後，從那幽黯的溫和的，使人心安的燈塔之間，一家一家的從它們的窗口投出了柔和閃爍的燈光，而在後面右邊的高處，在一英里以外，那真正的蜥蜴岬燈塔，緩緩的迴旋着它那龐大的莊嚴的燈光，掃過天空，為了在這危險的途徑上需要照耀的人們，仁慈的搜索着海面。

我從不曾住得這麼鄰近這燈光。但是在我的一生中，這蜥蜴燈塔的燈光，似乎已經成了我心中日常生活背景的一部分。在兒童時代，我知道它是美國南部最尖端，當你闖入那遼闊的大西洋時，你不得不憂鬱的將它的燈光拋在背後。後來，年歲增加了，但是仍只是站在世界的門口，在那些充滿了偉大可驚的日子裡，從我在拉摩耳那寓所的屋頂小樓窗口，這在我的眼中正是盧騷所說的要用鍍金欄杆圍繞起來的神聖地方，我可以邈遠的望見蜥蜴燈塔那可愛而啟發我的燈光。現在，當我安慰自己說生活於我已經夠了的時候，我終於第一次鄰近的住到它的一旁。

燈塔可說是人類在陸地上最美麗的創造物之一，因此恰可與在任何地方看來都是最美麗的東西之一的船舶作伴。最低限度，它們有一時期曾經是這樣。後來，人們似乎不再十分關心凡是美麗的東西應該使其看來確實美麗。當你見過現在新的蜥蜴燈塔之後，你似乎不再有要再看一眼的特別願望。但是請看史密頓的古老的愛狄斯東燈塔，這是在樸列茅資重建起來的，仍是城中美麗的名物之一。它那優雅的曲線和精緻的燈窗，可說是一個結構精美的夢。

在今天，像它過去曾經是一個美麗的現實一樣，燈塔仍是一個美麗的象徵。它代表人類在地上所應負的崇高的任務，以及每一個人在他自己光圈的範圍內所應負的任務，將愛的精神變成光輝，用來照耀在黑暗中走過生之黑夜的人們。——這是燈塔的任務，也是卑微的人們只要忠於自己便會本能這麼做的任務。

這樣，當我凝視下面山谷的那些小窗口閃亮起來，後面高處蜥蜴燈塔那龐大的燈光旋動的時候，我不禁輕輕的低誦着時常停留在我心上的柯里列治的詩句：

　　　　我已經不適合為大眾服務，但是從我小窗口射出的燭光，仍照射到很遠的地方。

四月十日：有時，我會感到有點驚異，發現人們怎樣很普遍的當某一個人不能接受他們的意見時，總認為這個人必然對他們懷有敵意。這樣，我記起了幾年以前，弗洛伊德教授曾寫信給我，說他如果能克服我對他的理論的敵意，那將使他如何的高興。我當時曾經趕緊回答他，雖然他的理論不能使我全部加以接受，但我對他的理論並無敵意。如果我眼見一個人在攀登一條危險的山徑，我不想老是跟着他走，我並非對他懷有敵意；相反的，我也許會喚起別人注意這位先驅者的冒險行為，佩服他的勇氣和能耐，甚至對他努力的成就加以喝彩，最低限度也會重視鼓舞他的這種偉大理念。但是這樣並不表示我跟着他走，更不表示我對他懷有敵意。

二月九日：在我的一本書裡，我曾經提起過一件事情，這是別人告訴我的，意大利有一個婦人，當她所住的房屋着火時，她寧願燒死，不願不穿衣服逃出來，以免有傷廉恥。我時常在想，如果我有這能力，我一定要在這個婦人所住的世界下面，放一顆炸彈，以便將它一古腦兒轟光。今天（一九一八年），我又讀到一條新聞，有一艘運兵船在地中海被魚雷擊中，未及泊岸就立時沉沒。這時甲板上有一個女護士。她開始脫去身上的衣服，一面對四周的男子們說："對不起，孩子們，我要救這班丘八。"她躍入水中四處游泳，救起了好些人。這個婦人才是屬於我的世界的。我不時曾經遇見過這樣的人，這種甜蜜而又富於女性的大膽的婦人，她們都做過像這樣一類勇敢的事情，有些由於所做的事情更為複雜艱難，也就顯得更為勇敢，因此我總是覺得我的一顆心像香爐一樣的在她們面前搖晃着，散發出一種愛與崇敬的永遠的馨香。

我夢想着能有一個這樣的世界，在這世界上，婦女的精神是比火更強的烈焰，廉恥變成了勇氣，但是仍繼續是廉恥，在這個世界上，婦人比我所要摧毀的那個世界的婦人更為與男人不同，在這個世界上，婦人散發着一種自我啟迪的可愛，像古老的傳說中所說的那樣迷人，但是這個世界在為人類服務的自我犧牲熱情上，卻超過了舊有的世界不知多少倍。從我開始有了夢想以來，我就一直夢想着一個這樣的世界。

以上是我隨手從藹理斯的雜感集裡譯出的幾則，雖是一鱗半爪，我們已經可以看出，他的觀察和見解，多麼平易自然，可是同時又多麼深刻明智。這是先知的慧觀，同時也是詩人的憧憬。

求愛的巫術

羅倫特博士與拉果爾教授兩人，在他們合著的《性的巫術》裡說得好，性與巫術的關係，是不分古今或文明與野蠻的。為了要想受孕生子，有些婦人直接將男子生殖器的模仿物掛在身上，有些婦人則莊嚴的跪在教堂裡祈禱。可知這事在實際上實沒有文明與野蠻的分別，只有表現方式的不同而已。

東方人對於能使男女互相悅愛的巫術，似乎一向享有盛名。尤其是古代的阿拉伯、波斯、印度和我們中國，對於這種和占星、煉丹、草藥有關的求愛巫術，可說比西方人懂得多了。但是對於這種巫術的態度更嚴肅更認真的，卻是那些未開化或是較落後的民族。

馬林洛斯基在《野蠻人的性生活》一書裡說，特洛比利安群島的土人，認為施用求愛巫術，在男女相愛過程上是一種不可缺少的條件。他們對於用巫術來求愛這事從不保守秘密。相反的，那些懂得求愛巫術，或是曾經運用巫術求愛成功的人，常常受到別人的敬重和羨慕。只有當一個人濫用這種巫術，促成不合法的戀愛事情，或是違反了大家應該遵守的性的"塔布"時，這時才受到干涉。他們對於這種巫術的靈驗性是從來不懷疑的。

馬林洛斯基說，南太平洋群島土人所慣用的這類求愛巫術，共有四五種之多，分別施用於男女愛情發展的不同階段上。巫術大都是使用某些海藻、植物的果實或枝葉，以及小動物的心臟血液等等，經過特殊的咒語和禱祝煉製而成。最簡單的是將這種有巫術作用的藥物施用在自己身上，藉此來獲得對方的垂青。更複雜的，則要施用到對方的身上，用來挑動或是改變對方的心意。

在各種求愛的巫術之中，最神秘、最靈驗的，是名為"蘇隆烏雅"（sulumwoya）的一種，這是用薄荷葉在椰子油中經過鍛煉，再經過咒語禱祝而成。土人相信這種巫術的能力非常強大，是不宜輕易嘗試的。因為用之不慎，就會釀成意外的事情。"蘇隆烏雅"是液體的，只要灑在對方的屋上、門口，使他或她嗅到了它的氣味，便會發生一種令人不可抵抗的效力。據土人傳說，有一男子在自己的屋門口鍛煉"蘇隆烏雅"，無意之中滴了一滴在他妹妹的身上，巫術遂發生作用，兄妹兩人遂無可遏止的發生了亂倫關係，結果互相擁抱死在海邊。

馬林洛斯基說，當他詢問當地土人對於求愛巫術的信仰程度時，他們這麼回答他說：

"如果有一個男子是漂亮的，又能跳舞又能唱歌，可是不懂求愛巫術；另一男子是醜陋的，殘廢的，但是他懂得求愛巫術。兩人追求同一女子，前者會遭拒絕，而後者會成功。"

光榮的手

　　"光榮的手"，這是民俗學上一個很有趣的名詞。這名詞在字面上很漂亮，"hand of glory"，可是它的實質一個也不光榮，因為這是西洋民間傳說中的盜賊潛入人家偷東西時所使用的一種"法寶"，這是一隻從絞死的死囚屍體上割下的手，經過邪術煉製之後，當盜賊用這隻手作燭台插了蠟燭走入人家時，屋內人就會沉睡不醒。

　　英國著名民俗學家弗列采爵士，在他那部十二卷的大著《金枝》中，論到魔法妖術的所謂"感應作用"時，曾提及歐洲盜賊至今仍在迷信的這種駭人的"法寶"。他說："以毒攻毒的感應黑魔術之中，有一繁盛的支派是藉了死人來作法的。因為死了人不能見不能聽，也不會開口說話，你就可以利用死人的骨頭或其他任何沾染死亡的東西，經過感應魔術的作用，令見到這東西的人，也會被感應變得失明，耳聾或是暫時失去記憶的能力……在歐洲，相傳'光榮的手'就具有這樣的特性，這是用絞死的囚犯的手，經過風乾煉製而成的。如果將一隻同是用絞刑架上的死囚身上的脂肪製成的蠟燭，插在這隻'光榮的手'的手掌中，將它當作燭台，則它可以使得見到這光亮的人一點也不能動彈，連一根手指也不能動，完全像死人一樣。有時，他們又將死人的手當作蠟燭，甚至當作一束蠟燭，將所有枯乾的手指都點着了火，也會發生同樣作用。但是屋中如果有一個醒着未入睡，便有一根手指不會點着。這種妖火是吹不熄的，只有用牛乳才可以撲熄。"

為了好奇，我去查閱拉德福特的《迷信百科全書》，找到了"光榮的手"的煉製方法是這樣的：

先割下一隻犯罪問吊的囚犯的手，用屍衣先將這隻被割下來的手緊緊的纏着，以便榨出還殘留在裡面的血液。然後再將這隻手放在瓦罐中，加入仔細搗成屑的硝鹽和胡椒，由它在這裡面醃漬兩星期，直到完全乾了，然後放在三伏天的大太陽下曬乾。如果曬得還不夠乾，再放到用馬鞭草和鳳尾草作燃料的鍋裡去烘烤，直到它完全乾透為止。然後，再用芝麻、處女蜂蠟，攙和死囚的脂肪製成的蠟燭，將這隻手當作燭台來點燃這隻蠟燭，這就是傳說中的"光榮的手"。

據說，用這隻手作燭台點起蠟燭潛入人家，屋內的人都沉睡不醒，不能動彈，直到蠟燭熄滅為止。更有一種傳說手持這樣的燭台走入人家，能隱形使人見不到自己。對於這種"光榮的手"，歐洲盜賊非常迷信它所具的神秘魔力，至今不輟。

這種"光榮的手"，傳說雖多，但是要研究出實際使用的效果如何，頗不易找到可靠的例子，以下可說是唯一可信的一個實例，這是見諸日爾曼法院檔案的。但它給予我們的答案是否定，這件傳說中有名的法寶竟不曾發揮它歷來所傳說的那種法力。

一九三一年一月三日，有幾個小偷走進德國勞克魯市的尼泊爾先生家裡想偷東西，他們便攜帶了"光榮的手"和人油的蠟燭。這幾個小偷當然迷信這種東西的邪術法力，於是就點起來，希望使得屋內的人沉睡不醒，哪知一點也不靈驗，尼泊爾先生被驚醒了，他便大聲呼喊報警，驚醒屋內其他的人，嚇得小偷們拋下"光榮的手"逃走了。後來這古怪的東西被拿上法庭存案作證。這是現代關於這有名的傳說東西的唯一資料。

關於諾貝爾獎金

所謂"諾貝爾獎金"，它的由來，是由於瑞典人諾貝爾，以製造無煙炸藥和開發巴庫油田起家，發了大財，在一八九六年去世時，以相當於兩百萬英鎊的資產，遺囑交給一個公私合組的財團，用這筆資產每年所獲得的利息，設立獎金，每年一次頒給在物理、化學、醫藥、文學、和平事業上有貢獻的人。這就是諾貝爾獎金。它的特點是規定這五種獎金的候選人不分國籍和性別。但是決定每年誰是得獎人的那五個評選委員會，卻不是國際性的，而是由瑞典人自己所包辦。

我們無從知道諾貝爾在他臨終時撥出這筆資產來設立獎金的真正用意何在。但想到他是殺人利器 —— 無煙炸藥的發明人，在規定的五項獎金之中又有一項是要獎給致力於和平事業的，必然多少有一點懺悔作用在裡面吧？可是負責評選每年得獎人的那五個瑞典團體，有時顯然未能體貼諾貝爾的原來用意，在遴選獲獎人時往往存有一種偏見，尤其在近十幾年以來，在文學獎金方面最令人失望。至於諾貝爾和平獎金的授予，這幾年更幾乎成了一種笑話。

以今年的文學獎金來說，得獎的法國老詩人列哲爾（他寫詩的筆名是聖約翰・貝西），這位外交家出身的詩人，乃是所謂"詩人中的詩人"，在法國本國的讀者已經很少，更不用說在國外了。只有像英國艾里脫那樣的神秘詩人，才特別賞識貝西的作品。艾里脫自己不僅譯過貝西的詩，還在一九五五年就向瑞典的諾貝爾文學獎金評選委員會推薦貝西為候選人（艾里脫自己是一九四八年的諾貝爾文學獎金獲獎者），但是那一年文學獎金後來頒給冰島詩人拉克薩奈斯，貝西落了選。他在今年能夠獲選，說不定仍是出於艾里脫的推薦。

像這樣讀者稀少的詩人的獲獎，實在不能令人對他的作品引起什麼新興趣的。

在過去，諾貝爾文學獎金的授予，有幾次倒是深得人望的，如波蘭的顯克微支，比利時的梅特林克，印度的泰戈爾，法國的羅曼羅蘭、法朗士、紀德，挪威的哈姆生，英國的蕭伯納，都是值得令人喝彩的。可是像一九五三年的文學獎金竟授給英國的邱吉爾，卻令人有點啼笑皆非了。

最惹人愛的是蕭伯納，諾貝爾文學獎金委員會在一九二五年發表他是當年的得獎人時，老蕭卻寫了一張明信片給委員會，說他還不至窮得等候這筆錢用，請他們改給其他等着錢用的作家罷。

貝克特的作品和諾貝爾獎金

　　一九六九年的瑞典諾貝爾文學獎金，獎給了以法文寫作的當代愛爾蘭小說戲劇作者撒彌爾‧貝克特。

　　這次的選擇可說比前年的日本川端康成更令人感到意外。貝克特最有名，最〝成功〞的一台〝荒謬劇〞，是他在一九五二年所發表的那部兩幕劇《等待果陀》。這個劇本已經有了中譯本，聽說曾在台灣上演過。

　　請看《等待果陀》中的兩個角色在舞台上的幾句對話：

　　　　愛：我們上吊如何？

　　　　佛：上吊可以使我們的陰莖勃起。

　　　　愛：（大為興奮）陰莖勃起！

　　　　佛：然後精液滴落的土地上會長出曼陀玲花，所以每次你撥它們的時候會發出尖銳的叫聲來。你沒聽說過嗎？

　　　　愛：那我們立刻上吊吧！（譯文據劉大任、邱剛健兩人合譯的中譯本）

　　貝克特在這裡引用歐洲中世紀對於〝人蔘〞和絞刑犯受刑後生理會發生異狀的傳說，簡直有點近於賣弄。他的這兩個角色若是真的就這麼上了吊，那倒也罷了。但是卻不曾，在舞台上一直這麼〝胡鬧鬼混〞下去，演了一幕又演一幕，這才使得這個荒謬的《等待果陀》成了名，使得它的作者在去年被授給了諾貝爾文學獎金。

諾貝爾文學獎金，除了有頑固的宗教偏見之外，近年更成了玩弄政治手段的工具。在最近十年之內，他們一連兩次將獎金授給了蘇聯作家。一次授給私將作品拿到國外出版的帕斯捷爾納克（《日瓦哥醫生》作者），是故意使蘇聯丟臉；一次授給蕭洛霍夫（《靜靜的頓河》作者），卻又是有意要討好了。但是過去像高爾基那樣優秀的作家，諾貝爾文學獎金委員會卻連考慮也不曾考慮過，即此一端，其他就可想而知了。

而獎金委員會這次將文學獎金授給貝克特，更有自打嘴巴之嫌，因為貝克特久已坦白的告訴他的讀者們，他在寫作上有兩個老師，在英文方面是他的同鄉前輩詹姆斯‧喬伊斯，在法文方面是馬賽‧普洛斯特。這兩個人的作品，儘管對於現代歐洲文學，尤其是小說方面，所發生的影響很大，但是在過去的諾貝爾文學獎金委員會的眼中，他們的作品都是離經叛道的，都不是正統的，喬伊斯的小說《優力棲斯》更在英美一直被禁，直到近年才開禁，自然都不會被授予文學獎金，可是這一次卻授予了兩人的私淑弟子貝克特，豈不是自打嘴巴嗎？

撒彌爾‧貝克特的原籍是英國愛爾蘭，一九○○年在都伯林出世，今年已經七十一歲了。他寫小說，也寫劇本，近年更寫電視廣播劇。最初是用英文寫作，後來改用法文。有時自己將自己的英文作品譯成法文，有時又由法文譯成英文。近年已在法國定居下來，看來連他的愛爾蘭原籍也要放棄了。

貝克特早年所發表的小說，如一九三八年的《瑪爾菲》，一九五一年開始出版的三部曲《莫洛伊》、《瑪隆死了》和《不可名的東西》，都是出入於喬伊斯的《優力棲斯》和普洛斯特的《過去事情的回憶》那種風格的，主要的情節都是主人公的獨白，以及心中的幻象和眼前的情景再加上對於過去的回憶、所交織而成的那種種現象，恰與我們獨自一個人悶坐在那裡，心中胡思亂想所想到的一切那樣。所不同者，我們未必都是病人，未必都對人生絕望，而貝克特筆下的這些人物，總是生病瀕死的，以及對人生絕望的。

普洛斯特的《過去事情的回憶》，以及喬伊斯的《優力棲斯》，這兩部小說的篇幅極巨，在近代歐洲文學史上一向有了"影響很大，可是讀者很少"的妙譽，看來貝克特的小說，在這一點上也可以追得上他的老師了。

貝克特的小說雖然讀者不多，但是他在一九五二年所發表的那個兩幕劇《等待果陀》，在英國上演之後，卻使他獲得廣大的觀眾。從此他成了"現代荒謬劇"的祖師之一，其他的作品幾乎被人遺忘了。貝克特筆下的人物，本來都是悲觀、絕望，想盡一切無聊方法來排遣自己"有限的時間"，在《等待果陀》這劇本裡，可說更達到了最高峰（我們看前面所引用的那幾句對話，就可以略見一斑）。在歐洲第二次戰後的資本主義社會裡，許多絕望悲觀的觀眾都將像《等待果陀》這樣的劇本當作大麻來服用，這就是"荒謬劇"的作者也被授予諾貝爾文學獎金的原因。

關於《日瓦哥醫生》

今年的瑞典諾貝爾文學獎金，已經宣佈授給蘇聯作家波里斯‧帕斯捷爾納克。他是蘇聯的優秀詩人和翻譯家，但是這次據以得獎的，據瑞典諾貝爾文學獎金委員會的宣佈，卻是由於他的一本小說。這本小說，遠在還不曾宣佈誰是今年諾貝爾文學獎金得獎者以前，英美的刊物上就有不少書評文字加以推薦，說它"毫無疑問是最偉大的俄國小說之一，它喚起了過去五十年以來俄國所提供的經驗"。可是自從發表了諾貝爾文學獎金授給他以後，蘇聯的輿論卻表示帕斯捷爾納克不愧是一個真正的詩人和優秀的翻譯家，但是獲得西方人士稱讚的那本小說，卻是一本壞小說。

帕斯捷爾納克的這本小說，題名是《日瓦哥醫生》（ *Dr. Zhivago* ），最近已經有了英譯本，由柯林斯與哈費爾出版社聯合出版，售價二十一先令。這本小說的篇幅雖然不少，可是故事卻很簡單。

尤萊‧日瓦哥，是一個醫生，同時又是詩人。小說的故事就是描寫日瓦哥的一生，從孩童時代直到他在街車中的慘死。穿插在他生活中的還有兩個女性，一個是他的妻子，另一個是他後來遇見的成為他情人的拉娜，還有一個重要人物是主人公的堂弟基爾希茲。故事的背景大都在烏拉爾區，因為日瓦哥在孩童時代，就跟隨他的家人搬到荒僻的區域，躲避革命的動亂。故事的進展從一九○五年的帝俄時代一直寫到史達林時代。書中出現的人物極多，每一個人物和每一件事情的細節，都不厭瑣碎的寫得十分詳細。小說的末尾還附了一輯詩，作者說這是主人公日瓦哥的遺著。

日瓦哥一生有一個志願，用作者的話說："從學生時代以來，他就想寫一部散文，一部對於生活的印象。也要在其中隱藏着所見所想的最驚人的事情，好像隱藏着炸藥一樣。他年紀太輕了，無法寫成這樣的一本書，因此只好寫詩。他就像一位畫家一樣，為了要實現心目中想畫的一幅傑作，終身不停的構着草圖……"

英美的批評家，認為《日瓦哥醫生》，事實上恰是這樣的一部小說，帕斯捷爾納克乃是藉了書中人的口來"夫子自道"，因此這部作品裡可能隱藏着"炸藥"，能暴露所謂"蘇聯真相"的炸藥。於是他們就期待殷殷，許之為可以與《戰爭與和平》媲美的傑作，現在更授之以"諾貝爾文學獎金"了。

（作者按：帕斯捷爾納克已在一九六○年五月去世。）

《羅麗妲》

　　最近又有一個俄國人所寫的小說，像帕斯捷爾納克的《日瓦哥醫生》那樣，在歐洲文壇引起了軒然大波。不過這次不是為了文學與政治的問題，而是為了文學與色情的問題。

　　這部引起問題的小說：是一個僑居美國的白俄作家所寫，他名叫伏拉地密爾・拉波科夫。這部幾年前寫好了的小說，書名是《羅麗妲》（*Lolita*），故事的中心是一個四十歲的男子和一個十二歲女子的私情事件。拉波科夫是學會了用英文寫作的，他本來在美國已經出版過幾本小說，也經常在幾種流行刊物上發表短篇小說，但是《羅麗妲》脫稿後，卻因了內容的色情關係，竟一時在美國找不到出版家。後來拿到巴黎，由一家“奧令配亞出版社”出版。本來，任何五花八門的著作，在別國不便出版的，拿到法國總有出版的機會，也自有它們的主顧。不知怎樣，這本英文的《羅麗妲》在法國出版後，竟引起法國當局的注意，先是不許這書外銷，接着就完全將它禁止。這一來，真是塞翁失馬安知非福，《羅麗妲》的身價大起，本來不願出版這本小說的美國出版家，看見已經有法國人替它做了“廣告”，便也搶着出版。自然，有人謾罵，也有人捧場。但是不管怎樣，它在美國出版後，竟成為暢銷書之一。

英美兩國雖是同文國家，但是他們的出版家卻是各立門戶，分成兩個市場的。《羅麗妲》在美國出版，並且成為暢銷書後，英國的一家書店便也接洽英國出版，並且決定要在今年春季出版。但是有一家英國銷數最多的星期日報的編輯，得到這消息後，忽然發起一種運動，要阻止《羅麗妲》這書在英國出版。這位編輯先生本是《羅麗妲》的忠實讀者，他早已買了一本巴黎版，可是看過以後，認為這是從來未曾見過的一本淫書，便下決心要阻止它在英國出版。

　　如果大家都贊成這位衛道的編輯先生的主張，自然就可能一舉成功，至少也不致鬧出爭辯的風波。可是英國同時另有一批作家，其中有幾個都是很開明的有地位的作家，都站起來反對這位編輯先生的主張，說他的態度太偏狹和獨斷，一部書的好壞應該由讀者們大家去決定，不能憑他一己之見就肯定這是一本要不得的壞書，這樣未免剝奪了讀者的判斷自由。

　　正如英國最近一期的《書與讀書人》月刊所說，英國出版界和讀書界對於這事論爭的趨勢，已經發展為不是《羅麗妲》這書的好壞問題，而是文學作品與色情文字的區別問題，以及什麼人有資格來不許讀者讀這讀那的問題。

禁書一束

　　拉波科夫的那部被認為黃色的被禁小說《羅麗妲》，在英國至今還不許入口，因此在報紙上時常可以讀到關於這本書的新聞，因為它有美國版，還有法國巴黎版，在美、法兩國都是隨便可以買的，可是一攜入英國境內就要被沒收，但是郵遞又不盡然，可以安全收到，因此時常發生爭執。據說最近倫敦機場有一位自巴黎飛來的女客，攜帶了一本巴黎版的《羅麗妲》，在機場上就被海關職員沒收，兩人吵了一場。這位女客心有不甘，便向正在設法要出版《羅麗妲》英國版的一位出版家去投訴此事，出版家大約為息事寧人計，便順手送了一本美國版的給她。

　　英國《書與讀書人》月刊評論此事說：這就是我們的胡鬧現象，一面不許你攜帶這本書進口，可是你一面在國內又可以隨時讀到從郵政寄來的美國版。

　　這位評論員似乎同他本國的海關人員有點過不去，他又舉出一事為例。他說，不久以前，他的一位同行，是《影片與電影事業》的編者，從康城參加了電影節回國，為了要考驗海關檢查員對黃色書報的態度，便在入境檢查時，公然向海關人員宣稱，他的行篋裡攜有某某幾本黃色小說，這類小說都是經常被海關人員不許進口，可是又沒有明令禁止的。這位編者提醒海關檢查員，他雖然攜有這幾本黃色小說，但他是新聞記者，知道這幾本小說是沒有明令禁止的，因此如果有誰沒收了它們，他一定要在報紙上寫文章大鬧特鬧，決不甘休。

據說海關檢查員竟被他的這種"白老虎"所嚇倒，畏事的揮手叫他快走，同時叮囑他說："你自己肚裡明白，這種書是委實不該帶進口的。"

這位評論員調侃的話，以此為例，有些海關人員不僅有眼力可以決定什麼書是黃色的，什麼書不是黃色的，而且還有眼力可以決定什麼人是可以通融的。

提到禁書，我們不能不想到美國阿拉巴瑪公共圖書館拒絕出借加爾斯·威廉的《兔子的婚禮》。這是一本兒童讀物，講到一隻白兔與黑兔結婚，觸犯了種族條例，被迫在出借目錄上取消了這本書。

還有，不說出來幾乎沒有人知道，法國大作家雨果（舊譯囂俄）的傑作《哀史》（《悲慘世界》），竟一直被梵諦岡列入天主教禁書目錄中的。最近宣佈將這書開禁，但是規定其中某些涉及教會的部分，要加上更正的小注。

更有趣的是當代英國老哲學家羅素的新著《我為什麼不是一個基督徒》一書，書名雖然驚人，但是英國教會的出版物對此書頗有好評，可是到了東非洲，卻被當地政府認為是"反基督教和提倡無神論"，正式下令禁止了。

兩部未讀過的自傳

有兩部很有名的西洋近代自傳作品，我很想讀一下，許多年以來，一直因循未果。這兩部自傳，一是鄧肯女士的，一是居禮夫人的。

說是"未讀"，事實上當然並非完全不曾讀過。好多年以前，早已隨手翻開來讀過了一些。鄧肯女士的自傳，其中關於她同當時蘇聯詩人葉賽寧的戀愛部分，甚至在寫文章時還引用過了。但是由於想要仔細的從頭至尾讀一遍，當時便將它們放在一邊，等待找一個機會打開來從頭讀起。

世事就是這麼很難說，讀書之事也是如此，這一擱就擱了——我真不好意思說出那年數，總之是，如我前面所說的那樣，我至今還不曾有機會讀過這兩部自傳。

不僅如此。我當年的那部鄧肯女士自傳，早已失去了。這書已經有了中譯本，我手邊也沒有。近年英美流行紙面廉價版的重印書，許多書都重印了，可是這部——自傳至今還沒有重印。我經常在留心出版廣告，始終不曾見過這個書名出現在出版目錄中。

我向自己解釋說，我一直不曾讀這本自傳，就因為手邊已經沒有這書。這也許有幾分是事實，因此最近我已經在查閱一本較詳盡的出版目錄，若是能找到有這部自傳，無論是什麼版本的，我已經決定立即去訂購一部。

居禮夫人的自傳，我相信我是仍有這本書的。我說"相信"，是因為我自己確是曾經有過、可是多年前介紹給一個朋友去看。這位朋友看完後，好像已經還給我了，又好像未曾還。我有些書放得很亂，因此不敢肯定說是朋友不曾還給我，只好自認自己記不起放在什麼地方。

這樣一來，"只在此山中，雲深不知處"，我向自己安慰，我一直不曾讀居禮夫人自傳，實在是有理由的。

這兩部自傳雖然至今還不曾讀成，但我自然早已讀過了一些其他的自傳，如有名的富蘭克林自傳，風流的差尼尼自傳，還有那部古典的歌德自傳：《詩與真實》。但是卻一直在憧憬着這兩部還未曾讀過的自傳的內容。天才舞蹈家鄧肯，她的生活就像她自己所表現的舞蹈一樣，完全是"古典藝術"的重現，而且是悲劇的。居禮夫人和她的丈夫，為了科學研究所作的忘我貢獻，一向是我所欽佩的人物。這都是我至今仍想讀一讀這兩部自傳的原因。

字字珠璣的名家散文選

　　我始終覺得，一個人能夠有時間坐下來靜靜的讀幾頁書，不僅是賞心樂事，簡直是一種幸福。可惜這樣的幸福，我在近年已經不大容易享受得到了。因為現在雖然每天並不曾離開書，但是並非在讀書，而是在翻書、查書、用書，就是不是讀書。由於對了許多書不能好好的去讀，因此我覺得讀書乃是一種幸福。

　　今天傍晚，我總算享受了一小時許久未享受過的幸福，因為我讀了幾頁書。我知道為了這一點享受，在明天我要不免受到幾個人的埋怨，說我耽誤了他們的工作。但是為了幸福的享受，我也顧不得這許多了。

　　試想，你面對着紀伯倫、泰戈爾、波特萊爾，面對着屠格涅夫、蒙田、法布林、羅曼羅蘭，還有日本的廚川白村、鶴見祐輔、佐藤春夫，你說罷，你是願意抓住這機會，享受一下欣賞他們作品的樂趣，還是為了提防被別人埋怨，放走這個機會呢？

　　不用說，我相信你一定是同意我的決定的，寧可明天被人埋怨，今天卻要趁機享受一下讀書的幸福。

　　於是我就在窗下展開了這本《世界著名作家散文選》，隨手翻開一處，細心的讀了起來。

　　如果是一部小說集，一部論文集，我不會說寧願受人埋怨，也不肯放棄這機會的，而且也不會說讀書乃是一種幸福的。可是這是一部散文小品集，又是選自那許多自古至今最擅長寫這類作品的作家的，你隨手翻開一處，只要讀幾行，你就會頓然覺得自己心裡充實了許多。因為一點也不誇張的話，簡直是字字珠璣。

　　試想，你隨手翻開一處，這麼讀下去，小題是"我的禱辭"：

　　　　我並沒有敵人。

　　　　神啊，如果一定要給我一個人的話，

　　　　請賜一個半斤八兩的給我。

　　　　以便我們彼此皆不能勝利，而獲勝的只是真理。

　　你看，就是這麼幾行，可以使你讀了心裡不禁要澄澈了許多，這怎麼不是珠璣，這怎麼不是幸福的享受？

外國的新人新作品

最近英國的企鵝出版公司又設計出版了一套叢書，全是關於文藝作品的，想介紹各國新成名的一些新作家的作品。他們就用"今日的寫作"作為這一輯叢刊的題名。

已經出版的有：《今日德國的寫作》、《今日非洲的寫作》、《今日美國的寫作》、《今日意大利的寫作》。已經預告的還有：《今日拉丁美洲的寫作》、《今日南非的寫作》。他們準備一路出下去。

這些都是作品的選載，包括長篇小說的片斷，劇本的一部，長詩的一節；此外就是完整的短篇，如短篇小說、散文、遊記、詩，以及較短的獨幕劇。用英文寫的當然不需經過翻譯，用英文以外的其他外國文字寫的，都譯成了英文。這套叢書既是以介紹各國最新作家的最近作品為目的，因此大部分都是從刊物上選出來的，盡量避免選用單行本的材料，已經譯成英文的外國作品也避免選用，所譯的全是未曾有人譯過的新作品。

這可說是這套叢書最大的特色，使我們留意各國文壇新作家動態的人，有機會認識一下他們的作品究竟是怎樣的面目。因為這比直接去閱讀外國的文學刊物，要省時省事得多了。

而且這些材料都是經過整理的，對於原作者的生平和作品的特點，多少都有一點介紹。

　　當然，對於這些作品的內容價值怎樣，作者的傾向怎樣，這是又當別論的一個問題。因為這裡只是可供我們從這些作品上去看一看他們的文藝面貌，即使是片面的也好，總比完全不知道好得多了。

　　不用說，有些作品是全然莫名其妙的，有些甚至可以說是未成熟的，像那一冊《今日美國的寫作》中所選載的一些作品就是這樣。這是一批文藝青年的作品。但是好處就是這些作品的年代很新。他們的努力是想跳過海明威、福克納、史坦貝克等人所鑄下的現代美國文學典型，另創一種全然反映今日美國年輕一代生活思想的文藝作品。

　　作品較成熟的自然是意大利新作家和德國新作家的作品。後者只有一部分是東德作家的，大部分是西德新作家作品的選譯。

　　內容最豐富的，該是非洲的那一冊了，這是從非洲所通用的英語、法語和葡語三種語文寫成的作品中選譯出來的，使我們有機會讀到了岡比亞、幾內亞、加納、象牙海岸、剛果（布）、剛果（利）等等國家新作家的新作品。

應譯未譯的幾部書

昨天讀着那部《世界著名作家散文選》，見到其中選譯了淮德的《塞爾彭自然史》和法布耳《昆蟲記》各一節，使我想起這兩部有名的自然小品傑作，至今還不曾有中文譯本，實在是一件憾事。

《塞爾彭自然史》雖是十八世紀的作品，而且所講的是英國的鄉下地方，但是讀這部書信集（他是用書信體來寫這部自然小品的）的人，從來不覺得時間和地域對他有什麼限制，只覺得那些信好像是寫給自己的，而且是不久以前才寄出的。他的語氣不僅十分親切，而且所講的總是那麼新鮮。

前天給一個不久就要創刊的文藝刊物寫了一篇短文，是談談燕子的，我就曾經從架上取出它來引用了幾句。因為我談到燕子雖是候鳥，卻也有一些並不一定在冬天遷到南方去，牠們有時也曾冬眠。這種現象，淮德在他的這部《塞爾彭自然史》裡就講到了。

（這一封信，恰好就譯載在《世界著名作家散文選》裡，是喜歡讀自然小品的詩人柳木下所譯。他是參考日本文譯本譯的。）

可是，讀是一回事，譯又是一回事。要想將《塞爾彭自然史》譯成中文，這可不是一件易事。想來這可能就是至今還沒有中譯本的原因。因為書中所講到的那些禽鳥小動物，以及樹木花草，有些我們根本沒有，有些同名而異物。以鳥類來說，要想將習見的我國鳥類的名稱同那些英國鳥類配合起來，使得俗名和學名都統一，這就不是一件易事。我想，若是一位翻譯好手能找到一位學貫中外的自然學家來合作，也許可以嘗試一下這件工作吧？我說要"學貫中外"的條件，這是重要的，否則像我們一般的英文字典的譯文那樣，全是"鳥類之一種"，"植物之一種"，那就等於不譯了。

我不知道日譯本的《塞爾彭自然史》譯得怎樣，想必費了一番苦心的吧？

法布耳的《昆蟲記》譯起來應該比較容易。而且他是現代人，文章更流暢生動。不知怎樣，只有人零星譯過一點，卻始終沒有正式譯過。不要說是那十多卷的全文了，就是單獨的一卷也不曾有人譯過。可是提起法布耳的名字，在我們的讀者心目中卻十分熟習，這也真是一種異數。

還有吉辛的那部小品集，被人稱為《草堂雜記》的，從郁達夫的時代起，就說要翻譯了，可是至今仍沒有人真的動過手。從前人說"河清難俟"，現在黃河已經清了，這些應譯未譯的書卻至今還未實現。

沒有純文藝這種東西

從一家報紙上偶然發現了兩條小廣告，一條廣告是刊着一個女人的名字，詢問她究竟是一個怎麼樣的女子；另一條廣告也是採用詢問口吻的，問舊情人何以會反目。

我看了一眼，起先還不知道這是什麼性質的小廣告，總以為若不是什麼電影公司的噱頭，就一定是小舞場或是賣什麼藥品的廣告。哪知細看下去，完全不是那麼一回事，這竟是與我們這一行有關的，乃是一家新出版的文藝刊物的廣告。

這家文藝刊物，是以純文藝來標榜的。我曾經買了一本來看過，刊在第一篇地位的，竟是去世已經多年的一位作家在三十年前早已發表了的作品。這是什麼意思？他不可能是這個刊物的同人，刊物的性質又不像是文摘或是名著評選一類的東西。若是評論一篇作品就一定要將原作重登一次，將來有人批評《紅樓夢》、《水滸傳》，豈不是也要全書照刊？近來這裡有好幾種刊物都在採用這種手段。這是歪風，不是正道。分明是投機取巧，是變相的翻版，欺負原作者在版權問題上奈何你不得。

既是以純文藝來標榜，這樣 "純" 法，實在一開始就令人覺得這道兒不很 "純"。我也是愛好文藝的，總有點 "惺惺相惜"之意。及至看了那兩則小廣告，我才知道自己未免自作多情了，他們的"純"，原來是這樣的"純"法。

本來，文藝就是文藝，根本就沒有什麼純不純的。標榜純文藝，原是一種別有用心的說法，無非想誘人脫離現實的世界。沒有想到離開現實世界，人的本身就已經不存在，哪裡還有文藝？

文藝作品的生產也是一種勞動，是作家對於他所生活的世界，他所生活的那個社會的反映，他必然是有所依附，不會腳不踏地生活在空中的。請不要害怕"階級"二字。大資產階級有大資產階級的文藝，中資產階級有中資產階級的文藝，小資產階級有小資產階級的文藝，無產階級也有無產階級的文藝。不歸於"楊"，即歸於"墨"，就是沒有"純文藝"，因為世上根本沒有"純"階級。

世上是沒有純文藝這一種東西的，即使有人想用純文藝來標榜，但是你只要一看他的"亮相"，就知道他是怎樣的"純"法。事實上他不僅不"純"，而且還"雜"得很，"俗"得很哩。

奧‧亨利與美國小市民

　　現在的美國文學，已經衰退得很厲害。但在過去，美國倒產生過幾個很受人敬愛的好作家的，如《草葉集》的作者詩人華脫曼，詩人小說家愛倫‧坡，這個奠定了現代偵探小說發展基礎的天才；還有馬克‧吐溫、傑克‧倫敦，都是敢於面對現實生活，用他們的作品來表示諷刺和反抗的好作家。在今年，還有一個值得一提的美國作家，就是以寫短篇小說著名的奧‧亨利。他於一九一〇年逝世，今年（一九六〇年）正是他逝世的五十周年紀念。

　　奧‧亨利的短篇當然比不上契訶夫和莫泊桑，但他的短篇小說在美國是擁有極廣大的讀者的，因為他的描寫對象是美國的小市民，那些生活在商業資本主義重壓下的善良市民，以他們的日常生活笑與淚為題材，因此最為美國的職業女性、家庭主婦和小店員所愛讀。

　　他的小說還有一些特點是：故事性強，文字淺顯，篇幅短，完全適合他的那些生活忙迫，閱讀程度不高的讀者的要求。

　　奧‧亨利在短篇小說的寫作上雖然很成功，可是他自己的生活卻充滿了不幸。這可說是美國許多優秀作家所遭受的一貫遭遇。

奧·亨利是筆名，他的真姓名是威廉·雪地尼·鮑特，一八六二年出世。一生最大的慘遇，是他在一家銀行工作期間，被控盜用公款。雖然奧·亨利一再表示他對這罪名是無辜的，但是經過長期的審訊，竟被判入獄五年；他在獄中嘗試寫作，出獄後就到紐約。因為喜歡讀他的短篇的人愈來愈多，就以寫作為生，可是由於監獄生活給他的屈辱，始終提不起精神做人。因此在他抵達紐約後的第八年便去世了，僅僅活了四十八歲。

奧·亨利的一個有名的短篇是〈聖誕禮物〉，最能傳達小市民的笑與淚：一對相愛的小職員夫婦，在耶誕節之際，各人想買一件理想的禮物送給對方，使對方喜歡。丈夫知道妻子很珍視自己的一頭秀髮，決定買一套精緻的梳具送給她，可是自己的錢不夠，只好將心愛的一隻袋錶賣了。在這同時，妻子知道丈夫平時最心愛的是一隻錶，但是沒有錶鍊，決定買一條上等的錶鍊送給他，可是自己沒有錢，便剪了自己秀潤的長頭髮賣給理髮店，得錢買了錶鍊拿回來。結果，各人滿以為自己的禮物能使對方特別高興，哪知妻子拿出錶鍊時，丈夫已經沒有了錶，丈夫正擬解開自己送給妻子的梳具時，發覺妻子的長髮已經被剪去了，兩人只有相對苦笑。然而，就在這淒涼的苦笑之中，夫妻兩人卻獲得了比聖誕禮物更好的禮物，那就是發覺了彼此體貼深刻的愛。這正是奧·亨利的小說能獲得美國善良的小市民愛好的緣故。

喬治‧吉辛的故事

　　許多年以前，這還是在上海的事情，我曾經買到過一部喬治‧吉辛的短篇小說集，是當時英國一家書店新出版的。

　　吉辛生前曾出版過不少長篇小說，這都是他的餬口之作，在金錢和聲名方面都不曾使他有什麼值得提起的收穫，只是真正的勉強可以使他"餬口"而已。時間一過，這些小說讀的人很少，連書名也被人遺忘了。倒是在晚年隨便寫下來的一部小品散文集，卻使他獲得了少數知己的讀者。這些讀者給他這部小品集在英國近代文學作品中的地位很高，這才使得喬治‧吉辛的名字被現代文學愛好者記住，甚至還有了國外的聲名。

　　這部小品集，就是當年郁達夫先生首先介紹過的《草堂雜記》，又有人譯稱《越氏私記》，因為原名是"亨利‧越科洛福特氏的私人手記"。這書雖然曾經有人選譯過一些在刊物上發表，但是一直未曾有過單行本出版。聽說在抗戰期間，內地曾有過一個譯本出版，是用土紙印的，流傳不廣，因此見過的人也不多。近年台灣倒出版了一個譯本，題為《四季隨筆》，譯者是品美。有人說這就是從前出版過的那個譯本的翻版。我因為不曾見過從前的那個譯本，不知確否。

　　至於他的短篇小說，則幾乎不曾有人提起過，想來讀過的人一定也很少。前面所說的那個短篇集，自然是在他死後才出版的，而且是由愛好他的作品的人，從報章雜誌上零星彙集成書的。吉辛一生賣文為活，大約給書店定期寫長篇單行本之外，一面也寫點短篇到刊物上投稿，目的只是在取得稿費，發表後的批評怎樣，甚至有沒有讀者，大約都不是他自己所關心的事了。

他的那些短篇，事實上只是在說一個故事，都是些人生的小故事，有一點像是後來的美國奧·亨利的風格，吸引力不大，也看不出有怎樣的才華，顯然不是第一流的短篇小說，這同莫泊桑、契訶夫、梅里美等人的作品比起來，自然相差很遠了。

時候一久，這些短篇講的是些什麼故事，現在早已忘了，只記得其中有一個故事，是說一個作家，向某一個刊物投寄了許多篇小說，都被編者退了回來，後來他偶然將妻子所寫的一篇用自己的名字寄去試試看，這在他看來認為是更不行的，不料竟獲得編者的特別稱讚，除了立時發表外，還寫信來要求他多寄幾篇。作家起初自然很高興，日子一久，卻對妻子起了妒意，終至失和，不再執筆寫作了。

吉辛的婚姻生活，是非常不如意的，這個短篇故事可說是他的感情在這方面的一種反應。

王爾德所說的基督故事

　　王爾德恃才傲物，仗着他的機智的談鋒，睥睨當時英國文壇。世人稱讚他的作品，可是他自己卻說，他將全部天才放在生活中，文學寫作不過是他的餘事。因此平日早已得罪了不少人，再加上他的私生活又有失檢之處，自然不免惹出是非了。以下是王爾德所講的一個基督故事，這是他的傑作之一。我們可以從其中看出他的才智，同時也不難看出這個故事使當時英國教會中人讀了怎樣的頭痛：

　　當耶穌想到再回到他的故鄉拿撒勒去看看時，他發現拿撒勒已經面目全非，使他無法再認得出這座昔日屬於他的城市了。他昔日所住的拿撒勒，乃是充滿了哀愁與眼淚的城市；今日的拿撒勒卻滿溢着歡笑與歌聲。因此當基督走進城時，他正見到奴隸們肩負着鮮花跨上一座白大理石大廈的石階。基督走進了這座大廈，在一間用碧玉裝成的房間內，見到有一個人躺在華麗的臥榻上，披拂的頭髮用紅玫瑰花環束着，嘴唇給醇酒染得鮮紅。基督走近這人身旁，撫着他的肩頭問道："你為何要過這樣的生活呢？"

　　那人回過頭來，認得出是主耶穌，便這麼回答道："我從前是患大麻瘋的，是你給我治癒了，我為什麼不過這樣的生活呢？"

基督走出了這座大廈，看啦！他在街上又見到一個婦人。這婦人臉上塗脂抹粉，身穿錦繡，腳上穿了珠履。跟在她後面的有一個男子，身穿彩色的衣服，眼中充滿着慾念。基督走近這人身旁，按了一下他的肩頭，向他問道："你為何要追蹤這個婦人，而且如此慾念淫淫呢？"這人回過頭來，認得出是主耶穌，回答他道："我從前是個瞎子，是你使我得以重見天日的，我為何不這麼享受我的目力呢？"

基督又走近那個婦人，向她說："你所走的道路，乃是罪惡的道路，你為何要走這樣的道路呢？"婦人認得出是主耶穌，便笑着回答他道："我一向所走的都是這樣令人逸樂愉快的道路，何況你以前已經饒恕了我的一切罪惡了，我為什麼不繼續走這樣的路呢？"

耶穌見了這一切，心裡充滿憂鬱，便想離開他的故鄉。當他正在出城時，見到城牆邊上坐着一個少年人，獨自在那裡哭泣。基督走過去，向他問道："我的朋友，你為什麼哭泣？"少年人抬起頭來，認出了主耶穌，便這麼回答道："我本來已經死了，是你使我從死裡復活的。我不這樣又有什麼值得我生活的呢？"

本來，醫癒大痲瘋患者，使瞎子復明，使死人復活，是《聖經》裡記載的耶穌所行的神跡，王爾德竟運用他的機智這樣否定了這些行為的價值，怎能不惹禍上身呢？

美國郵局海關對藝術品的無知

據昨天報上發表的一條美國紐約電訊，美國郵務部的專員沒收了印有西班牙名畫家哥耶的代表作油畫"裸體貴婦"的明信片二千張，認為它是淫猥的東西。

所謂哥耶的代表作"裸體貴婦"，想來就是哥耶那兩幅有名的"瑪耶"畫像之一，這兩幅畫像，一幅題為《着衣的瑪耶》，另一幅題為《裸體的瑪耶》。被美國郵務專員認為淫猥要加以沒收的，顯然是指後一幅的複製品。

哥耶的這幅《裸體的瑪耶》，在美國發生問題，這已經不是第一次了。遠在三十年前，西班牙政府為了紀念這位大畫家逝世一百周年（哥耶逝世於一八二八年），曾發行了一批紀念郵票，這種郵票是大型的，其中有一種就是印着這幅《裸體的瑪耶》。當有人貼用這種郵票從西班牙寄信到美國時，三十年前的美國郵務部當局，就和現在一樣，表示反對。可是按着國際郵務規則，他們是無權禁止西班牙人貼用這種郵票寄信到美國，並且不能拒絕按址代為投遞的。於是只好採用消極的辦法，用特殊的大郵戳將這種郵票蓋銷，使其模糊不清。

後來，到了一九三〇年，紐約有一個商人，開了一家專賣名畫複製品的商店，櫥窗裡陳列了一些裸體畫，這裡面有倫勃蘭的《巴斯希巴》，這是他的情婦浴後裸體像（現藏巴黎盧佛宮），也有哥耶的這幅《裸體的瑪耶》，被美國"道德維持會"控告，說這家畫店在櫥窗裡公然"陳列猥褻的圖畫"。後來這件控告案在初級法庭審訊時，"道德維持會"敗訴了，畫店的老闆茂菲便反告了"道德維持會"的主持人索姆納一狀，說他"惡意毀謗"，要他賠償十萬元的名譽損失費。自然，這場官司後來也就不了了之。

美國的郵政局和海關，對於藝術品的"烏龍官司"，是有名的。一九三三年，有人從意大利將彌蓋朗琪羅的有名壁畫《最後審判》複製品，帶到美國，在進口時，被紐約海關扣留了。文藝復興大師彌蓋朗琪羅的這幅壁畫，是舉世聞名的藝術傑作，而且是畫在天主教的聖地梵諦岡城內的一座小教堂聖壇上的。就由於畫上所畫的耶穌、先知聖徒，以及下墮地獄的罪人，差不多全是裸體的。美國海關竟說他是"淫畫"，在進口時加以扣留沒收的處分，並且在扣留通知書上說明這是由彌蓋朗琪羅畫在西斯丁教堂壁上的。旅客當然對這種荒唐的處分提出了抗議。報紙知道了這事，也紛紛著文嘲笑，就是教會也無法緘默，後來還是由海關自己趕緊撤銷了扣留命令才了事，但是這個"烏龍"的笑話早已"不朽"了。

禁書的笑話

　　英國的亥特女士，在她的那本有趣的小書《被禁的書》裡，列舉了許多有名著作，在種種不同的可笑的理由下，在各國所遭受的厄運。她自然不曾忘記我們中國。她說起《愛麗斯漫遊奇境記》的中譯本，曾於一九三一年在湖南省被禁，理由是"書中鳥獸昆蟲皆作人言，而且與人同群，雜處一室"。

　　一九三一年的湖南省，該是何鍵當權的時代，我雖然不曾在別的方面找到佐證，但想來這是極有可能的事情，因為"鳥獸不可與同群"，畜生居然也說人話，豈不侮辱了聖賢衣冠，自然有理由要禁止了。可惜亥特女士還不知道在那時的中國，為了要禁止馬克思的著作譯本，連馬寅初的經濟論文集和古老的研究中國文法的《馬氏文通》也遭了殃，理由就因為"大家都姓馬"。不僅如此，蔣光赤先生因為名字上有個"赤"字，老爺們便說他不是好人，無論他寫的什麼都要禁止。後來書店老闆為了顧全血本起見，徵求他的同意，將名字改為"光慈"，可是書報檢查老爺一點也不"慈悲"，對他的作品仍一律禁止。

　　舊時代的書報檢查制度本身就是個笑話，所以不論古今中外，只要經過這些老爺們的手，自然就笑話百出。蕭伯納對這種制度所發表的意見最夠幽默，也最痛快。那是當好萊塢的風化檢查老爺禁止了由他的劇本改編成的電影以後，所說的幾句話。他說：

> 無論他們的道德的或宗教的藉口如何，在執行上總是先假定要求要有一位具有神的全能稟賦的人才，然後卻用一份相當於鐵路小站長的薪水，使這個可憐蟲來執行神的全能的職務。如果這人愚蠢得或迫於生活需要接受了這職位時，他立刻會發覺除了在一些最簡單的案件之外，判斷簡直是不可能的，於是他就為自己列下了一張什麼字不可以用，什麼事不可以提的表格。這樣一來，雖然使得他的職務簡單得即使一個聽差的能力也能勝任，可是同時也就將這職務變為全然可笑的了。

最近美國海關不是禁止一本關於中國神話書籍的進口嗎？他們在一九三三年曾鬧了一個更有趣的笑話，那就是紐約海關將意大利文藝復興大師彌蓋朗琪羅在西斯丁教堂天花板上所作的壁畫複製品，當作了"淫畫"加以扣留。據恩斯特與林特萊兩人在合著的《檢查老爺的進軍》一書裡說，如果這幅藝術傑作的複製品沒有說明文字，它的被扣留，也許可以諉之於海關人員不知道他們所處分的是什麼性質的東西，因為他們一向對於人類的裸體是有敏感性的神經衰弱症的。但是，在這幅壁畫的複製品上，卻有關於原作的詳細說明，被扣的通知書上也寫明"猥褻攝影圖籍：西斯丁教堂天花板，彌蓋朗琪羅作，根據海關稅則禁止入口"。這一來，這就成為不可原諒的笑話了。

《狗的默想》

　　左拉有一篇小說，題為〈貓的天堂〉。僅是這題目就已經不凡。阿拉托爾‧法朗士也有一篇類似的東西，題為〈狗的默想〉，不過不是小說而是散文。這位以詭辯著名的文學大師，大約先經過自己一度默想之後，就這麼有風趣的代表狗發表牠們的默想道：

　　人、獸、石頭，當我走近他們時，他們就愈來愈大，並且以巍然的姿態君臨着我。我卻不是這樣。我無論走到何處，仍是同樣的大。

　　當我的主人將準備放進他自己口中的食物，放到桌底下給我時，我知道他不過想試探我，我如果被誘惑了，他就可以責罰我。我不相信他會為了我的原故犧牲他自己。

　　狗的氣味嗅到鼻孔裡是甜蜜的。

　　當我躺在主人的椅後，他能使我溫暖。這因為他是神。在壁爐之前有一塊熱的石頭，這塊石頭也是了不起的東西。

　　我要說話就說話。從我主人的口中，也會發出類似的有意義的聲音。不過他的聲音所表示的意義，沒有我的聲音那麼清晰。我所發出的每一個聲音都有意義。從我主人口中所發出的卻有不少是沒有意義的。理解主人的思想，這件事情很困難，但是卻是必須的。

有東西吃是好的，能夠吃到嘴裡更好。因為環伺着要搶奪你食物的都是快而且有本領的。

我是一切事物的中心；人、獸、物件，友好的或不友好的，皆環我而立。

一個捶打的行為一定是壞行為，一個能因此獲得擁抱或食物的行為乃是好行為。

一隻狗如果對主人缺乏忠忱，對主人家中的愛物予以鄙視，便要過着一個可憐的流浪生活。

人們有開啟一切門戶的玄妙的本領。我自己僅能開啟少數的門戶。門是一種偉大的東西，它們並不隨時服從狗的指揮。

你無法知道對於人們的態度是否適當。你惟有崇拜他們，不必勞神去理解他們。他們的智慧是神秘的。

有些車輛在街上給馬匹拖着，它們很令我可怕。其他有些車輛能自己行走，大聲的喘氣和呼叫。它們也是可怕的。衣服襤褸的人很令我可厭。頭上頂着籃子或麵包筐的人也同樣可厭。我不喜歡那些大聲喊叫，互相奔跑，在街上迅速的互相追逐的孩子們。世界是充滿了敵意的以及可怕的東西的，我們隨時都要警惕，在吃東西時，甚至在睡眠中。

白薇 —— 我們的女將

　　在早期創造社出版物上發表過文章的女作家，共有兩位，一位是淦女士，另一位便是白薇女士了。淦女士就是後來的馮沅君，寫了幾篇小說後，就專心致力於中國古典文學的研究，很少再有新文藝作品發表，並且一直住在北方，南邊的人就不大知道她。白薇女士則不然，她從日本回國後，一直住在上海，並且到過廣州，因此大家同她都很熟悉。

　　白薇姓黃，是湖南人。也正只有像湖南那樣得風氣之先的地方，在四五十年前，女孩兒家才有勇氣單身一人，離鄉背井到外地去求學。而且還可以外表看來那麼柔順，內心卻剛毅堅定，對於自己不願意做的事情決不屈服。白薇就是這樣的一位女性。

　　我第一次見到她，是在創造社出版部成立不久，她從日本放假回來，我們當時那一批二十歲上下的文藝青年，各人都懷着好奇心情來接待我們的這位女作家。只覺得她還很年輕，態度非常溫文嫻雅，戴着相當深的近視眼鏡，說話的聲音低得使我們這一批嘻嘻哈哈的年輕人，也不得不放低了對她說話的聲調，屏息靜聽。

　　她的旅行箱裡帶回了幾篇新寫成的作品，彷彿記得有一篇還是詩劇，都是用鋼筆橫寫在日本稿紙上的。也正是在這時，我們開始注意到她的書法的特殊，每一個字的筆劃都寫得兩頭重，中間輕、兩頭有圓圓的兩點，中間則細若游絲。後來大家戲呼她的這種字體為“蝌蚪體”。她一直保持着這種字體多年未變。只不知近年如何了？

白薇的愛人是楊騷，已經在大前年在廣州去世了。他們兩人開始同居，大約是一九二八年的事。當時兩人住在上海北四川路底的恆豐里，我也住在附近的另一個弄堂裡，因此時常有機會可以見到。這時姸的身體很不好，時常生病，見到她時不是說這裡不舒服，就是說準備要去看醫生。後來多年沒有作品發表，我想一定同她健康不好有關。

創造社的這位女將，近年仍在文藝崗位上工作，有一次曾從報上見到消息，見她參加了一個考察團的組織，到很遠的地方去旅行考察，她近年的健康大概會比以前好得多了。

拜倫援助希臘獨立書簡

　　一八二三年春天，流亡國外，寄居在意大利熱拿亞的拜倫，接受了"英國援助希臘獨立戰爭委員會"的邀請，決意以行動來援助兩年前就開始了的掙脫土耳其人苛政的希臘獨立解放戰爭。他經過一度考慮和佈置之後，便匆匆羅掘了一點軍火和現金，乘了帆船"海克萊士"（Hercules）號向希臘塞法羅尼亞島（Cephalonia）出發。七月二十四日舟次萊格項（Leghorn），他寫了一封信給當時歐洲文壇祭酒歌德：

　　　　我無法恰當的向你表示我的青年友人斯特林先生寄給我的，你贈給我的那幾行的謝忱（指歌德贈拜倫的詩，以及一封表示接受拜倫在《魏勒爾》上所題的獻辭的信——譯者）；而這將只是表示我的僭越，如果我竟向一位五十年以來，一致公認的歐洲文壇的領導者，儼然以詩歌答贈。因此，請你接受我以散文寫的最深切的銘感——而且是匆促寫成的散文；因為我目前又在第二次赴希臘的途中（拜倫曾在一八一〇年旅行希臘——譯者），圍繞着匆忙和紊亂，使我連表示感謝和崇敬的餘裕也沒有。

　　　　我在幾天之前從熱拿亞起帆，給一陣颶風驅回，重行起程，於今天到達這裡，接待着幾個為他們鬥爭中的祖國而來的希臘旅客。

　　是在這裡，我接到了你的詩和斯特林先生的信；能獲得歌德的一句話，而且是他的親筆，我不能再有比這更好的吉兆，更可人的意外收穫了。

　　我在重返希臘去，看看能否多少在那裡有點助益；如果我能回來，我當到魏瑪（歌德的住處，當時歐洲文壇的聖地──譯者）來拜訪，來呈獻你的千百萬崇拜者之一的虔誠的敬意。

前面已經說過，"英國援助希臘獨立戰爭委員會"的代表們到意大利來拜訪拜倫，還是這年春天的事。他們知道這位流亡在國外的詩人，不僅自幼就是希臘的崇拜者，緬懷雅典逝去的光華，同情當前的希臘義勇軍的解放戰爭，而且知道如果能一旦獲得詩人實際行動的援助，對於希臘義勇軍的聲勢，對於取得英國人士的援助，都有極大的幫助，因此他們來拜訪他時便請求他援助。拜倫在四月七日寄給他的劍橋時代同學約翰·荷布好斯（John Hobhouse）的信上，提及當時的經過：

親愛的 H：

　　我在星期六見了布拉寇爾（英國援希會的代表──譯者）和他會裡的希臘同伴（指與布拉寇爾一同起程回希臘搜集抗戰宣傳資料的 Andreas Louriotis ── 譯者）。當然，我十分認真地談及他們此行的目的，甚至表示七月間我可以上利芬地去，如果希臘政府認為我可以有點用處的話。我並非貿然想在軍事方面有何建樹。我還沒有愛費蘇斯的那位哲學家那麼狂妄，在漢尼巴爾的面前演講戰爭藝術；我又認為一個孤掌的外國人也不能有多大作為，除了擔任當地實際情況的報導，或者從事他們與他們西鄰友人之間的通信工作，這樣我也許有點用處；無論怎樣，我將一試。布拉寇爾（他會寫信給你）希望我列名在英國的委員會。我爽直地告訴他，我的名字，在目前不流行的情況下，也許要害多利少；可是對於這事，你可以自行決斷，而且決不致開罪於我，因為我既不想以此招搖，也不想過於殷勤……

這是拜倫開始被請求參加援助希臘時所發生的躊躇。他認為因了自己過去在文藝上的叛逆行為，如果他參加，會招致國內貴族階級和文藝界的不滿，反而阻礙了援助工作的進行；同時他這時正在熱戀着的吉曲麗夫人（Madame Guiccioli）恐怕也不肯放他離開身邊。她早幾年已經連英國也不讓他回去，這一次當然不放他到希臘參加戰爭了。更有，他又知道對於希臘的援助不是空談可以生效的，他在這同一封信上又說：

你該注意，不帶錢去到一個那麼需要錢的國家是不妥的；而我無論到什麼地方去，我又不想成為一個累贅。現在我想知道是否在那裡或者（如果這不能實現）這裡，我有什麼可做的，用通信或旁的方法，去傳達希臘鬥爭同情者的物品。你可否將這意見告訴他們，並且希冀他們指示我，如果他們認為有什麼可做的話，當然，我不能在這方面對於布拉寇爾有所妨礙，以免使他發生什麼不快；以及對於任何人。我十分懷疑，並非由於我自己的見解，而是由於上述的種種情況，（按：指國內對他輿論不佳，以及

吉曲麗夫人反對他赴希臘等等 —— 譯者）我自己是否能
夠成行，雖然我心願這樣；不過布拉寇爾似乎認為甚至在
這裡，我也可以有些用處，雖然他並未說明是什麼。如果
你那方面有任何要運送給希臘的東西 —— 如外科藥品、火
藥、槍炮等等，這一切他們所缺乏的 —— 請記住我隨時都
在準備接受任何指示，並且更其樂意的，在費用方面加以
捐助。……

拜倫在這封信後又附筆囑荷布好斯轉告援希委員會，他期
待他們的任何指教。五月十二日，荷布好斯有了回信，並附來
了委員會的公函。下面一封便是拜倫給英國援希委員會秘書約
翰·鮑林（John Bowring）的覆信，他的援助希臘行動愈來愈
具體化了：

　　　　我十分高興接到你的信，以及委員所加給我的榮譽：
我將竭盡我的能力，以期不負他們所託。我的最大希望是
想親自上利芬地去，我在那裡如果不能對整個事情有所助
益，至少能取得委員會所想要得到的情報；而我過去在那
地帶的居住，我對於意大利語言的熟悉（這是那一帶普遍
通行的，至少是像法文在歐洲大陸比較開通地帶那麼的通
行），以及我對於現代希臘語言的並不全然陌生，使我可
以取得相當經驗上的便利。關於這計劃，唯一的反對者是
屬於家庭方面的，我將設法去克服它；—— 如果不能，我
只好在我目前所在的地方盡力做去；可是這對於我將是無
盡的抱憾，想到身臨其地也許對於大局能有一點更多的
幫助。

我們關於布拉寇爾最近的信息是來自安科拉的，他已經於上月十五日在那兒登舟順風往科耳孚去；此刻也許已經到了目的地了。我私人方面接到他的最後一封信是發自羅馬的；他曾經被拒絕發給通過奈勃爾斯區域的護照，又折回經過羅馬格拉往安科拉：不過，由於這樣耽擱的時日似乎很少。

　　希臘人所需要的主要物質似乎是，第一，一批野炮——輕便，適宜山地施用；第二，火藥；第三，醫院或藥品設備。最捷便的運遞方法是，我聽到說，經愛特拉，寄給總長尼格利先生。我擬對這後二者捐贈一些——並不很多——不過足夠一個私人表示希望希臘勝利的願望而已，——但是又在躊躇，因為，如果我能夠親身去，我可以自己帶去。我並不想使我自己的捐助僅限於這方面，而是十分情願，如果自己能到希臘去，我將貢獻我自己所能挪用的任何進款，用以推進大局。……

　　土耳其人是一種強頑的民族，過去的許多戰爭已經證實了他們是這樣，他們在好多年之後還要繼續來進犯，即使在被擊敗之後，而這正是我們所希望的。可是無論怎樣，我們不能說委員會的工作將是徒勞的；因為即使希臘降伏了，被擊潰了，那經費仍可用來救濟並集合殘餘的人，以便幫助減輕他們的困難，使他們可以找到，或成立一個國家（正如許多別國的移民被迫所做的那樣），這也可以「造福於受施者和施捨者雙方」（引用《威尼斯商人》劇中語——譯者），成為正義與仁愛的贈予。

關於組織一個聯隊的事，我擬提議 —— 可是這僅是一種意見，這意見的構成與其說是根據在希臘的任何實地經驗，不如說是根據參加哥倫比亞服務的聯隊的那不幸的經驗 —— 委員會的注意點似乎應該放在僱用有經驗的軍官方面，不必看重募集生疏的英國士兵，因為這後者很難就範，在異國人士的不規則的戰術上不大可用。一小組優秀的軍官，尤其是炮術方面；一位工程家，連同若干種（委員會所能徵集者）布拉寇爾所指出的最需要的物品，我認為，將是用處最大的援助。更好的是曾經在地中海一帶服役過的軍官，因為相當的意大利文知識幾乎是必需的。

他們同時最好還要注意到，他們此去並非 "消磨在一塊牛排和一樽葡萄酒上"，而是要知道希臘人 —— 在近年，從不曾有十分豐富的食料可供軍糧 —— 在目前更是一個一切都拮据的國家。這意見也許是多餘的；可是我是不能已於言的，由於眼見許多外國軍官，意大利人、法國人，甚至德國人（可是後者較少），都厭棄地跑了回來，幻想他們到那兒去可以尋歡取樂，或者享受高額的薪俸，迅速的遷升，以及一種十分有限度的服務。他們又訴苦，說希臘政府和居民對他們的款待不佳；不過這些訴苦者只是一些冒險家，被指揮和掠奪的希望所吸引，而在這兩方面都失望了。我所見到的希臘人對於說他們不盡地主之誼都竭力否認。表示已經將他們微薄的所有最後的一粒和外國投效者分享了。……

在這期間，拜倫竭力擺脫私人間的阻礙，決定親赴希臘，

—— 393 ——

並且一面籌募戰費，糾合同志，這下面便是他決定行程後，六月十五日寫給好友雪萊生前的同伴特利拉萊（John Trelawny）的一封短簡：

　　你一定已經聽到我要往希臘去了。你為什麼不到我這裡來呢？我需要你的協助，並且十分希望能見到你。請來罷，因為我終於決定去希臘了；這是我唯一認為滿意的地方。我是嚴肅的，我過去並未曾向你提及這事，為的免你白走一趟。他們都說我去希臘可以發生作用。我不知道究竟怎樣，他們怕也不知道。不過無論怎樣，我們去了再說。

七月七日，在他決定了啟程的日期後，拜倫又有一封信給倫敦援希會的秘書，報告希臘政府給他的答覆，以及他在經濟方面的佈置：

　　我們在十二號啟程往希臘 —— 我已經接得布拉寇爾先生的一封信，太長了，此刻不便轉錄，可是回信令人十分滿意。希臘政府希望我不耽擱的即刻前往。

　　根據布拉寇爾先生以及旁的在希臘的通信者的意見，我獻議，甚至僅僅 "一萬鎊"（布先生如此表示）的捐款對於目前的希臘政府也有極大的幫助，不過這還有待於委員會的裁決。我還推薦去設法進行一筆借款，對於這事，在啟程赴英途中的代表團可以提供十分可靠的保證。正在目前，我希望委員會能採取一點有效的措置。

　　至於我個人方面，我擬籌劃，現金或信用貸款，八千以上或近九千鎊之數，這數目我能以在意大利的現款和從英國得到的貸款湊足。在這款項中，我必須保留一部分為

我自己和隨員們的費用；餘下的，我樂意用在對於大局最
有助益的用途上 —— 當然要有一種擔保或允諾，不致被私
人花費掉。

　　如果我能留在希臘，這要看我留在那邊的所謂助益怎
樣，以及希臘人自己認為是否適當而定 —— 一句話，如果
他們歡迎我，我將在我的留住期內，繼續運用我的進款，
眼前的和將來的，以促進這目標 —— 這就是說，我將捐助
我一切所能省下來的。對於窮困，我可以，至少能忍受一
次 —— 我是習慣於撙節的 —— 而對於勞頓，我也曾經是
一個耐勞的旅行家。至於目前我能怎樣，我還不能說 ——
但是我將試試再說。

　　我等候委員會的指示 —— 信件寄到熱拿亞 —— 無論
我到了何處，信件會由我往來的銀行家轉遞給我。如果我
在啟程之前能獲得一點確切的指示，將是我所樂聞的。不
過，這當然要看委員會的意見如何而定……
拜倫又在這信後加上附筆：

　　據說十分渴望能有印刷機、鉛筆等件。我沒有時間來
準備這些，特在此提起委員會的注意。我以為，鉛字至少
有一部分該是希臘文；他們希望能出版報紙，或者刊物，
大概用新希臘文，附以意大利語譯文。

　　八月初旬，駕着帆船"海克萊士"號的拜倫，到了希臘領
土塞德羅尼亞島，因了土耳其人的封鎖，他寄泊在英國勢力保
護下的米達薩達（Metaxata），等候希臘艦隊的護送。這年的
九月十一日，他寫信給荷布好斯說：

八月初旬到達此地之後，我們發現對海為土耳其艦隊所封鎖。流傳着各種謠言，關於希臘人內部的分裂——希臘艦隊不出動（據我所知，至今確未出動）——布拉寇爾又回去了；至少已經在他的途中，摩利亞或旁的地方都沒有消息給我。在這樣的情況下，再加上船長司各德不願（當然不願）以他的船隻在封鎖者之中或他們的附近去冒險嘗試，除非能有十足的保障，因此我只好決定等候一個有利的機會去穿過封鎖；同時也藉此收集，如果可能的話，一些肯定一點的情報……

接着，傳來了更不利的消息，西部希臘義勇軍的首領，拜倫所熟悉的瑪夫洛科爾達多斯王子退職了，護送的希臘艦隊終不見來到，也沒有人來接受委員會運送捐輸品的船隻。拜倫出了重金，僱人乘小艇偷過封鎖線去探聽消息，自己仍在米達薩達守候。

瑪夫洛科爾達多斯王子的覆信來了，並且派了船隻來迎接拜倫。十二月二十八日，拜倫攜帶了他私人的和倫敦援希會捐贈的金錢物品，從塞法羅尼亞啟程往麥索朗沙會晤瑪夫洛科爾達多斯王子。可是一八二三年的最後一天，這年的除夕，舟次麥索朗沙港外，土耳其艦隊擄去了拜倫裝載物品的"甘巴"號，希臘艦隊不見出動，拜倫僅以身免。他在一八二四年的新年寫信給亨利·茂爾醫生（Dr. Henry Muir）報告當時的情形說：

　　……"甘巴"號和"邦巴爾特"號已經被一隻土耳其巡洋艦帶入巴特拉斯（這是有極充分的理由可以相信的），我們在三十一號的黎明曾眼見它追逐它們；夜間我們曾貼近它的船尾，以為它是一艘希臘船，近得只距一槍之遙，而竟在神靈的保佑下（我們的船長這麼說）逃脫了，我也相信他的意見，因為我們自己確是無法逃脫的。……

破曉時我的船已經在海岸上，可是港內的風向不順；—— 一隻順風的大船泊在內海和我們之間，另一隻在十二里外追逐着 "邦巴爾特" 號。不久他們（"邦巴爾特" 號與土耳其巡洋艦）就顯然是向巴特拉斯航去，於是岸上的一艘土人船隻便用信號着我們走開，我們便乘勢走開，駛入一道我相信是名叫斯克洛菲斯的小港，我在那兒使路加（拜倫攜在身邊的一個希臘男孩 —— 譯者）和旁的人登了岸（因了路加的生命是在極大的危險中），給了他們一些錢，一封給斯坦荷布的信，使他們上行到麥索朗沙去，他們在那裡可以安全，因為我們目前的處境可以隨時受到武裝船隻的攻擊，而我們所有的武器都在 "甘巴" 號上，手邊僅有兩桿馬槍、一桿獵槍和幾隻手槍。

不到一小時，敵艦已經迫近我們，於是我們又衝出去，將它丟在後面（我們的船駛得極好），在入夜之前到了我們目前置身的特拉哥米斯特利（Dragomestri）。但是希臘艦隊在哪裡呢？我不知道 —— 你知道嗎？我問我們的船長說，那兩艘大船（除這以外沒有旁的船）怕是希臘的。可是他回答，"它們太大了 —— 它們為甚麼不掛國旗呢？"

我昨天又遣使到麥索朗沙去請求護衛，可是還沒有回信。我們在這兒（我船上的人）已經是第五天不脫衣服，在任何天氣下睡在甲板上，可是大家都很好，而且興致甚高。政府為了他本身着想，也該遣派護衛來，因為我船上有一萬六千塊錢，其中大部分都是供給他們的。我自己（除開五千元左右的私人財物不計）有八千塊硬幣，委員會的物品還不計算在內；如果這塊肉太好了，土耳其人是不肯放過的。……

因了偶然的機會（事後知道，"甘巴"號的船長曾經有一次救過這隻土耳其巡洋艦艦長的生命），"甘巴"號被土耳其人釋放了，隨着希臘的護衛艦也來了，於是拜倫經過一次風險後，便在希臘人的盛大歡迎中安抵麥索朗沙，他給銀行家韓科克寫信說（一八二四年一月十三日）：

……我的一隻小舟在特拉哥米斯特利所遭遇的驚險還未完結：我們由幾艘希臘炮艦護送出港，見到"利奧尼大"號在海上等着照應我們。可是大風起了，我們在斯克洛菲斯的海峽中兩次被沖上岩石，那一筆錢又幾乎險遭不幸。船上三分之二的水手從船頭溜上岸去；岩石巉險，可是海水在近岸處很深，所以它經過幾次掙扎之後，又僥倖脫險，攜着僅有三分之一的水手走了，餘下的都剩在一個荒島上，如果不是有一隻炮艦去載了他們，現在恐怕仍要留在那兒，因為我們決不去顧他們了。……

一句話，我們所遇的風向總不是順風，雖然也不是逆風；渾身潮濕的在甲板上大概睡了七八夜，而精神則愈來愈健（指我個人而言）—— 在本月四號，我甚至在海水中浴了一刻鐘（殺除跳蝨及其他等等），這一來就更好了。

我們在麥索朗沙被用一切的客氣和榮譽接待着；艦

隊放炮致敬的情景等等，以及群眾和各種的服裝確實夠熱鬧。我們打算不久就準備出征，我大約要受命偕同蘇里奧地斯土人參加軍隊。

目前一切都好。"甘巴"號已經抵達了，我們檢點一切都完好無缺。紀念諸好友……

為了答謝土耳其人釋放攜去船隻的好意，拜倫運用"外交手腕"，請求希臘政府也釋放了一批土耳其俘虜，並且寫了一封信給土耳其政府當局（一月二十三日）：

有一艘船，船上有我的一位友人和幾名家僕，幾天以前被扣留，由於你閣下的命令釋放了，我現在要在此向你致謝；不是為了釋放我的船，我的船既然懸着中立國的旗幟，而且在英國保護之下，誰也沒有權力可以扣留；而是因為當我的朋友們在你的手中時，你竟那麼客氣的款待他們。

因此，為了不辜負閣下的盛情，我請求當地（麥索朗沙 —— 譯者）的總督釋放了四名土耳其俘虜，他慨然應允了。這樣，我即時將他們送回，以便盡早答謝你上述事件的盛情。這些俘虜都是無條件釋放的；不過，如果此類瑣事還值得你的記憶，我大膽請求，請你以後也以仁道對待落入閣下手中的希臘俘虜；這尤其因了戰爭本身的恐怖已經夠他們捱受多，即使沒有雙方無故的虐待。

拜倫正式參加希臘軍務後，情形雖然使他很樂觀，可是對於軍費的擔負已經使他不得不加緊羅掘自己的私財，同時，因了氣候關係和過於操勞，他的本來不很健康的身體也開始一再被病魔侵襲，這情形從下面的一封信上可以看出（一八二四年二月二十一日，致道格拉斯・肯那爾德）：

我已經接到你十一月二日的信。那筆錢是必需要付的，因為我已經取用了全部或更多的來幫助希臘。巴雷（William Parry，援希會所僱用的一位炮術軍官 —— 譯者）在這兒，他與我彼此很好；從環境看來，目前的一切都很有希望。

今年將有點事情可做，因為土耳其人已經加強進攻；至於我個人，我必須貫徹我的主張。我不久將率領二千人進軍（由於命令）進攻勒本托。我抵達此地已相當時日。經過幾次僥倖的逃脫土耳其人之手，又逃過覆舟之險。我們曾經兩次撞在岩石上；不過這一切，你一定已經或真或假的從旁的方面聽到了，我也不想瑣碎的再來麻煩你。

到目前為止，我已經成功的支持了西希臘政府，否則這早已要崩潰了。如果你已經收到那一萬一千多鎊，這筆錢，再加上我手邊所有的，以及我今年的進款，不提其他費用的話，我可以，也許能夠將軍費一應付裕如。如果援希會的代表們都是些忠誠的傢伙，獲得了借款，他們會根據協定歸還我四千鎊；不過就是這樣，我能留下的也將極少，甚至少之又少，因為我差不多以我個人的力量在供養整個大局 —— 至少在此地是這樣。不過只要希臘能勝利，我自己也就不在乎了。

我曾經很厲害的生病（這月的十五日，拜倫曾經突然發作癲癇症。—— 譯者），不過已漸好了，已經能騎馬出外；因此在這方面請囑朋友們釋念⋯⋯

次日，拜倫另有一封信給他的出版家約翰·茂萊，更詳細地報告了他在希臘的情況：

> 你也許要渴望知道一些希臘這一部分（這是最易受侵犯的部分）的消息，可是你也許從旁的公共的或私人的來源中聽夠了。不過，我將報告你這一星期的事件，我個人的私事和公眾的混雜一處；因為我們目前確是有一點兒公私不分了。

> 在星期日（我相信是十五號），我突然發作猛烈的突襲的痙攣病症，這雖然不曾使我動彈不得 —— 因為好幾個壯漢都不能捉住我，可是已經使我不能開口；但是這究竟是癲癇症、麻厥症、壞血症，還是中風症，還是其他旁的這類病症，醫生也不能決定；這是痙攣性的還是神經性的也不知道；但是這十分難受，幾乎將我帶回了老家，到星期一，他們在我的太陽穴下施用吸血器，這並不難，可是血直到夜間十一時才停止（他們為了我的太陽穴的安全起見，使得太貼近太陽穴的脈管了）。用盡了千方百計，無論止血劑或灸藥也不能封住創口。

在這同一封信上，拜倫對於希臘內部分裂的消息，很感到憂慮，而傳來的消息的矛盾，尤使他不安，他說：

> 土耳其人在亞加拉尼亞佔優勢，可是你也不能依賴任何情報。今天的報告在明天又被推翻。有極大的裂痕和困難存在着；如過去一樣，有好幾個外國人士因失望而鄙夷地走開了。這還是我目前的主意，只要我認為情勢還對於

— 401 —

大局有利，我仍願留在此地或那裡；但是我不能向你以及委員會隱瞞，希臘因她內部分裂所發生的危機，似乎比她敵人的進攻更大。有叛變的謠傳，據說各種黨派都在內；嫉妒外國人，除了金錢以外什麼都不看重。一切戰略上的改善都被他們謝絕，而且據說，對於外國軍官等，在他們的服務上也不十分客氣……

因了希臘內部不睦的消息，又因了當時認為是希臘義勇軍的“華盛頓”的瑪夫洛科爾達多斯王子被黜，拜倫停舟不進，於十一月三十日，從塞法羅尼亞直接寫了一封信給希臘政府，指出內部不安的消息如何要影響到希臘獨立解放戰爭的勝利以及外國援助的獲得：

借款問題，對於希臘艦隊到來的悠久的無望的期待，以及麥索朗沙（Messolonghi）仍在無防禦狀態中的危險，將我耽擱在此地，而這些情形如果不消除，我仍有被耽擱的可能。但是如果款項已經可以轉給艦隊，我就啟程往摩利亞；不過，還不知道我的到來對於現狀究竟有何助益。我們曾經聽到新的內部分裂的謠言，不，簡直是說已經有了內戰。我衷心地但願這些報導都是虛偽的或是誇大的，因為我想像不出還有比這更嚴重的恥辱；我坦白的直說，除非恢復統一和建立秩序，借款的希望是徒然的；而希臘所能從國外盼望的一切援助，也將中止或被打銷；還有更壞的，歐洲的列強，其中並沒有一個是希臘的敵人，誰都贊成她能建立一個獨立的政權，也將因了希臘人自己的不能自治，而認為不得不由他們來替代你們恢復秩序，這便要吹熄了你們自己的以及你們朋友的最光輝的希望。

　　容我再說一遍 —— 我希望希臘的昌盛，此外別無所圖；我將盡我的能力使她獲得這個；但是我不能容忍，決不能容忍，英國大眾或個人，在希臘事態的真實情況方面受到蒙蔽。其餘的事，諸君，全在諸位好自為之。你們已經作了光榮的戰鬥；對於你們的國人和世界已經履行了榮譽的行動……

拜倫給希臘政府的這封信，多少起了一點作用，因為當時希臘獨立政府戰費支絀，急於要獲得外援，尤其是能聳動歐洲智識階級聽聞的像 "英國大詩人拜倫爵士" 這樣義勇的援助。因此，隔了不久，拜倫便很樂觀地寫了一封信給他在倫敦的財產管理人，銀行家道格拉斯·肯那爾德：

　　我將如你所囑，珍重我的錢囊和身體；不過同時你也該知道這二者已經準備著適應任何的需要。

　　我遙想你已經與茂萊先生（John Murray，拜倫作品的出版家 —— 譯者）訂立了關於《魏勒爾》的合同。雖然版稅僅有二三百鎊，我將告訴你這數目所能做的事情。有三百鎊，我在希臘就能供給一百名武裝的人，比希臘地方政府的全薪更多，包括口糧在內，三個月之久。你可以推想，當我向你說，我送給希臘政府的四千鎊，至少可以使一隊艦隊和一隻軍隊活動幾個月。

　　有一艘希臘艦隊的船隻來到，要送我到麥索朗沙去，瑪夫洛科爾達多斯在那裡，而且已經恢復了指揮，所以我隨時就要登舟啟程，信件仍舊寄到塞法羅尼亞，由熱拿亞的銀行家轉遞；盡你的能力集中我的進款和借款，以便對付戰事費用，因此"一不做，二不休"，我必須為這古國民族盡我的能力。

我在努力調和這些黨派，現在正有一點成功的希望。他們的局勢很順利。土耳其人未經一仗就從亞加拉尼亞撤退，經過對於安拉都尼科幾次無效的進攻之後，科林斯已經克復，希臘人在耶基拍拉哥也打了一次勝戰。這裡的艦隊，也捕虜了一隻土耳其的巡洋艦，得了一些錢和貨物。一句話，如果他們能成功一筆借款，我認為他們的獨立將可以取得一種穩定有利的局面。

目前，我成了軍需官以及其他等等；這真可以算得幸運，因了這個國家的性格和戰備關係，甚至一個私人的資財也可以部分的暫時的給予了幫助。

斯丹荷布上校在麥索朗沙。也許我們下次將進攻巴特拉斯。蘇萊奧地人（the Sulioes，阿爾巴尼亞人與希臘人混種的民族 —— 譯者），他們對我很友好，似乎很希望我能到他們那邊去，瑪夫洛科爾達多斯也是這樣。如果我能夠調和這兩派（我已經在運用一切的力量），那將不是徒勞；如果不能，我們只好到摩利亞去參加西希臘軍 —— 因為他們是最勇敢的，目前也是最強的，已經擊退了土耳其人……

直到這時為止，拜倫對於希臘的援助，仍是靠了個人的財力和個人的熱情在支持。倫敦援希委員會是口惠而實不至，而且在有些意見上已經漸漸和拜倫分歧。這當然使拜倫很憤慨，再加上希臘內部的糾紛始終時輟時發，若不是詩人對於希臘民族深摯的崇拜和他愛自由的豪俠天性，他也許要喟然離開希臘了。從下面這封信上（三月三十日，給銀行家道格拉斯‧肯那爾德），可以看出拜倫怎樣以他個人的私財支持希臘的抗戰：

柴密先生，第三位希臘代表，將轉呈此信。我並託他代表向你致候。旁的代表們，當他們到達時，他們會向你以及其他方面呈這介紹書。此信內並附有由他們所起草簽署的文件抄本一份 —— 關於我預支給希臘政府的四千鎊，這將由（出於他們的自願）他們償還，如果他們能在倫敦獲得國家的借款的話，但這似乎經已是完成了的。我並奉告你，我已經為瑪夫洛科爾達多斯王子支付了五百五十鎊，這些票款都是向鮑林先生處支取，再轉賬給你的。

直到目前為止，希臘事件已經耗費了我的私財約三萬西班牙銀幣，我私人種種額外的支出尚不計算在內。這是真的，如果我不這麼做，麥索朗沙的一切便早要停頓了。這款項的一部分，尤其是那預借的四千鎊，由希臘代表們所擔保者，是理該償還給我的。請注意這事，但我仍擬將此款用在大局上面，因為在我指揮之下的有好幾百人，都要按期支薪，而他們又都很好。

我曾經很不舒服，但是似乎好了一些，同時幾乎每一個人都生過病了 —— 巴雷以及其他，雖然他是一位能吃苦的勇士。我們曾經遭遇了稀奇的天氣和稀奇的意外事件 —— 自然界的、精神上的、肉體上的、軍事上和政治上的 —— 我此時實無法細談。我被邀請同瑪夫洛科爾達多斯王子參加沙洛拉的會議，會晤優力棲斯和東部領袖們討論政事與進攻事宜。結果如何，此刻還不能說。希臘政府託付我處理本省事務，或者到摩利亞與他們合作。只要有助益，我什麼都願意做。

我們本擬包圍里本多，但是蘇萊奧地人不願這種"面牆而立"的工作，又和一些外國人起了衝突，使得雙方都流了血，於是這計劃只好中止了。巴雷在他的一部分已經用盡了力，並且還幹了一些旁的，因為這裡所有的事都是他一人做的，而且只有委員會和我的幫助，因為當地希臘政府一個錢也沒有，而且據說還在借債。我有由我僱用的二百二十五名正規軍以及游擊軍 —— 後者有五百名，可是當他們自己互相爭吵，而且想提高待遇時，我將他們都撑了；因了這處置的影響，達到了金錢所不能為力的感化，其餘的便變得異常遵守秩序，正規軍則從此行為良好，從全體上說 —— 同任何地方的軍隊一樣。這支炮兵補充隊有炮六尊，是希臘唯一正常發餉的隊伍。政府向來僅發口糧 —— 而這也是很不爽快的：他們因了麵包不好曾兩次嘩變，他們實情有可原，因為麵包確是不堪入口；但是我們已經有了一位新軍糧官，一名新來的麵包師，替代那舊日供給麵包的"磚頭匠"—— 真的，就作為磚頭也不是好貨。昨天有一場審問一個竊案的軍事法庭；德國軍官主張鞭打，但我堅持制止任何這類舉動：犯人被褫除軍籍，公開的，然後示眾通過城市送到警察局，按照民法定罪。同時，有一名軍官向其他兩人挑戰；我將雙方都拘禁，直到他們肯和平解決為止；如果再有同類挑釁行為，我將全體召出，將其中一半加以遣散。

　　不過，現狀的進展不能說壞，希臘人既然取得了借款，我們希望他們能幹得更好一點。也許能組織起來。

希臘人取得了英國的借款，戰事也許可以有利的展開，但是軍中雜務（調解人事糾紛，籌劃自己擔負的軍費等）已經使拜倫的衰弱的病體支持不住了。就在寫下面這封信的這一天，拜倫騎馬出外，遇雨受驚，又發了熱症，十天後（四月十九日），他便在"前進罷，前進罷！勇敢……"的囈語中，不能瞑目的永別了他所崇拜而親身來加以援助的希臘人。這最後一封信是寫給拜倫在熱拿亞的銀行家查理·F·巴利的（一八二四年四月九日）。

　　到七月十一日為止的賬賬，我存項下應有四零五四一熱拿亞通貨。此後我又有一封魏布公司的六萬熱拿亞通貨的借款信，我已經加以支取；但是賬上的情形究竟怎樣，你並不曾提及。欠項將由我的倫敦方面代理人加以歸還，這方面我將特別提出道格拉斯·肯那爾德先生，他是我的代理人和信託人，也是我的銀行家，同時我們又是從大學以來的朋友 —— 這在商業方面我相信是歡迎的，因為可以給予信用。

　　我希望你從布萊辛頓處已經收得遊艇的賣價；你必須切實向他說明，他該從速償還這早應交付的，由於自己情願購買的貨款，否則我便要將這事使大家周知，採取雙方都不便的步驟。你明白在整個事件上我已經怎樣使他便宜了。

除最好的東西（即綠色旅行車）之外，其他的都可脫手，而且快點最好，因為這可以使我們的賬目早日解決。希臘人既然取得了借款，他們也許要歸還我的，因為他們不再需用了，我請你寄一份合同的抄本給肯那爾德先生，託他為我向代表團請求此款。這對於他們當日在困難中是歡迎的，而且是有用的，因為他們那時正無法解決；但是在目前情形下，他們該有力歸還，我還可以奉告，除"這"之外，他們用過我的錢已不止一次，我都為了他們很樂意的花了；更有，我仍將再將這筆錢用去，因為為了希臘政府，我在自己花錢僱用了好幾百人。

關於他們在這裡的一切近況，健康、政治、計劃、行動等等 —— 或好或壞，甘巴和旁人自會告訴你 —— 不過或真或假，要看他們各人的習慣而已。

拜倫的死訊震動了在爭取獨立戰鬥中的希臘人，他們為他舉行了最沉穆莊嚴的葬儀。一柄劍、一身軍服、一架詩人的桂冠，放在他的棺上，他的葬儀緩緩地經過了麥索朗沙街市，四周沉寂，麥索朗沙炮台為他放了三十七響禮炮。他們將復活節宴會移後了三天。

歌德和《少年維特之煩惱》

西洋古典作家，令我發生特別濃厚感情的，乃是歌德。

我想產生這種感情的原因有二：一是時代的影響，一是個人的影響。前者是由於讀了他的《少年維特之煩惱》，使我深受感動，後者乃是由於將歌德作品介紹給我們的，是郭沫若先生。

《少年維特之煩惱》這部小說，不過是一個中篇，情節和故事都很簡單。由於是書信體的，許多情節都要靠讀者自己用想像力去加以貫穿，然而它的敘述卻充滿了情感，文字具有一種魅力，使人讀了對書中人物發生同情，甚至幻想自己就是維特，並且希望能有一個綠蒂。而且在私衷暗暗的決定，若是自己也遇到了這樣的事情，毫無疑問也要採取維特所採取的方法。

這大約就是當時所說的那種"維特熱"，也正是這部小說能迷人的原因。別的讀者們的反應怎樣，我不知道，我只知道自己第一次讀了郭老的中譯本後，非常憧憬維特所遇到的那種愛情，自己也以"青衣黃褲少年"自命。如果這時恰巧有一位綠蒂姑娘，我又有方法弄到一柄手槍，我想我很有可能嘗試一下中國維特的滋味的。

就憑了這一部小說，我從此對歌德發生了濃厚的感情。我開始注意別人所提到的關於他的逸話，讀他的傳記，讀他的自傳，讀他的談話錄。

但是，我要坦白的說，我雖然讀過《浮士德》，可是讀得極為草率，而且讀過一遍之後，就一直沒有再讀一遍的意念。對於《少年維特之煩惱》則不然，我每隔幾年總要拿出來再讀一遍，從不會感到陳舊，而且每次總有一點新的感受。

郭老的《少年維特之煩惱》，初版是由上海泰東書局印行的。後來創造社出版部成立，便收回自己出版。創造社的《少年維特之煩惱》，是由我重行改排裝幀的。當時對於這部小說的排印工作，曾花費了不少時間和心血，從內容的格式，以至紙張和封面，還有插圖，我都精心去選擇，刻意要發揮這部小說的特色。封面的墨色特地選用青黃二色，並且畫了一幅小小的飾畫，象徵維特的青衣黃褲。

書裡面所用的幾幅插圖，還是特地向當時上海的一家德國書店去借來的。這家書店，開設在蘇州河畔的四川路橋附近，主人是一位德國老太太，魯迅所得的那些德國木刻，就是向她店中買來的。

郭老的《少年維特之煩惱》，在創造社出版部的業務停頓後，過了幾年，第三次再印行時，仍是由我經手付印的。這一次的出版者，是現代書局，因此那版樣和封面又是由我設計的。這一個新版本的封面，我採用了德國出版物的風格，在封面上印上了作者和書名的德文原文，並且採用了德文慣用的花體字母，以期產生裝飾效果，墨色是紅藍兩色，封面紙是米色的。因此若是拿開那兩行中文，簡直就像是一本德國書。

也許是我自己的年歲大了一點，"維特熱"的熱度已經略見減低，我自己覺得這一版的封面設計，遠不及創造版。承郭老的好意，還在他的後序裡對我誇獎了幾句。

到了一九三二年三月，正是歌德逝世一百周年紀念，我手邊恰巧有一些關於歌德的圖片，便在《現代》三月號上編了一輯歌德逝世一百周年紀念圖片特輯。這時郭老避難在日本，接到了這一期的《現代》，在信上說令他特別高興。

來到香港以後，有一次我曾在嚤囉街的舊書攤上買到一部德國出版的歌德圖片集，共有圖片幾百幅之多，洋洋大觀，關於歌德一生的人物、行蹤和生活圖片，可說應有盡有。我雖給喬冠華看過，他見了非常讚賞，勸我應該什襲而藏。後來郭老也到了香港，有一次我特地拿給他看，談起一九四九年就要到了，正是歌德的誕生二百周年紀念，他說到時應該好好的利用一下這一冊圖片，最好編一本紀念畫冊出版，他願意寫序。可惜不久他就匆匆離港北上，這個計劃不曾實現。到了一九四九年八月，只能從這部畫冊裡選了十幾幅圖片，由我在一家報紙上編印了一個紀念特刊，可說真是大材小用了。

有一種附有插圖的德文版《少年維特之煩惱》，我求之多年，可惜一直還不曾得到。只知道其中最有名的一幅插圖，是維特第一次與綠蒂相見的情形。他來到綠蒂家中，邀請她一起去參加一個舞會，卻發現綠蒂正在家中，分麵包和乳酪給弟妹們吃。這景象更使維特一見鍾情，曾在信上詳細告訴他的那位好友。

在創造版的《少年維特之煩惱》裡，曾附有這一幅插圖，很足以為譯文生色。可惜這樣的舊版本，現在要找一本已經不容易。新一代的文藝青年，也不像我們當年對這本書那麼狂熱。因此在這裡所見到的當地翻印的《少年維特之煩惱》印得很草率，簡直令我不堪回首了。

插圖本的 《塞爾彭自然史》

最近得到了一部插圖本的《塞爾彭自然史》。

這部英國十八世紀出版的自然史，它的內容不知怎樣具有一種迷人的力量，雖然它的作者所描寫的只是英國一個小村鎮的自然景物，但是直到今天，不僅仍有無數的英國本國讀者愛讀這本書，就是外國讀者喜愛這本書的也大有人在。而且多數是像我一樣，覺得書中所寫的正是我們所喜歡知道的，同時有時也是自己想寫的。當然，我們並不是研究自然科學的，然而這正好像這本書的作者吉爾伯·淮德一樣，他也並不是專門研究自然科學的。他的職業是塞爾彭鄉下的牧師。

這部好書在我國至今還沒有譯本，實在是一件憾事。然而這缺憾是可以原諒的，因為書中有那麼多的鳥獸蟲魚之名，要一一譯成中文，要譯得真實而又通俗，實在不是一件易事。這一定要有一個豐富的自然科學知識而又有一枝好筆的翻譯家，同時還要對這件工作有興趣，這才可以愉快的勝任這件工作。

日本早已有了譯本，而且聽說還不止一種。不過，他們對於若干鳥獸之名，可以採用音譯，再加注說明，自然也比較容易着手。我們不能這麼做，難就難在這裡。

啟明老人一向喜歡這書，也曾試譯過幾節。詩人柳木下也是同好者，他在前幾年也試譯過其中的一封信（這書是用書信體寫成的），是講燕子的，後來收在《世界名家散文選》（上海書局版）裡，譯得很仔細。不知怎樣不曾繼續譯下去。也許是由於健康的關係吧？（他最近因了精神不寧，已經入院療養）

　　淮德用書信體寫成的這本《塞爾彭自然史》，自初版在一七八九年出版以來，就受到讀者的歡迎。時隔一百多年，到今天仍是英國一部古典作品暢銷書，因此版本很多，共有一百多部，價錢高低不一，有六便士的廉價本，也有貴至五鎊一部的插圖本。

　　像《塞爾彭自然史》這樣的書，自然最好是附有插圖的。可是在十八世紀末年，攝影技術還未發明，因此即使有插圖，也是依據剝製標本來繪成的。這比之今日用望遠鏡來觀察鳥獸生活的自然科學所攝的照片，自然要遜色多了。

　　但是舊版的《塞爾彭自然史》的插圖，也有不少精美的，尤其是由英國許多木刻家合作來插圖的那一種，最為可愛。從前曾在這裡見過一本，可惜價錢太貴，未曾即時買下來，轉眼就被別人買了去，真是失之交臂了。

枕上書

一

小病經旬，由於並不曾驚動醫生，所以也無所謂"毋藥"。我是採用了"自然主義"的療法，任聽"病魔"自來自去。這看來有點"野蠻"，其實豈不是更"文明"的療法麼？

躺在床上，也並不曾得到怎樣的休息，其一是這一顆心不會閒，其次是事務根本使我無法閒得下來。由於這一向晚上不曾寫《霜崖隨筆》，使我確是可以比平時睡得早一點了。可是一連早睡幾晚，忽然覺得睡的滋味已經沒有平時那麼好，這才知道遲睡不僅有好處，而且還是一種福氣，因為至少可以享受到睡的滋味。一旦睡足，便不再覺得黑憨鄉是那麼的可愛了。

魯迅先生和郁達夫先生都曾經提到過小病的好處，我也竭力想趁此機會風雅一下，找兩本適宜在病中看的書來看看。這真是"書到用時方恨少"，雖然平時朋友們譽我"家藏萬卷"，這時要找兩本適宜在病中，尤其在小病之際看的書看看，倒真是不容易。看來我若是認真的找起來，由此所費去的體力和精神，可能會使我不看書已經霍然痊癒，也有可能會從小病變成大病。因此我只好隨手從桌上拿了一本。

這是一本新買回來的小書，是在大約半個月以前，同張千帆先生一起逛一家新開張不久的英文書店，隨手買回來的。他當時曾經問我買的是什麼書，我在這種場合上向來是十分坦白的，因此就把書名告訴了他。現在也是一樣，我也要坦白將這書名告訴讀者，雖然有些人見了不免要詫異，但這算什麼呢，道學氣是與我們無份的。這本英文小書的書名，譯成中文是：

"文學中的色情"。

這大約是為了勞倫斯的《查泰萊夫人的情人》在英國已經開禁，應時而寫的一本小書。書中除了討論道德風化的尺度以外，還引經據典的談到許多古今名著中的色情成分。這是很有趣的文學史話，也正是使我當時伸手買了它的原因。

在小病之際用這樣的書來消磨時間，我認為倒也並無什麼不適宜之處，不過大約也只有像我這樣的人才覺得如此，因為正如曹聚仁先生所說，我已是讀"雜書"成癖的人。杜詩可以療瘧，這樣的書又為何不可消磨小病？不是嗎，讀着卜迦丘怎樣在他的"魔鬼進地獄"的故事中嘲弄了那些修道士，使得梵諦岡面紅耳赤的忙着要禁止這書，我不禁莞爾而笑，心情彷彿已經舒泰起來了。

二

前些時候夏衍過港，以影印《詞人納蘭容若手簡》一冊見贈。當時翻了一翻，就擱在一邊，要想找一個適當的機會來細看。這幾天小病偷閒，該是欣賞這樣精印的簡冊的最好時候了。

從前也曾喜歡過讀《飲水側帽詞》。但這是少年時代的事，現在已久沒有這種閒情。夏公以影印的容若手簡見貽，未必是由於知道我的舊好。現在讀了目錄和後記，才知道這是另有原因的。原來這裡影印的三十六幅納蘭性德的書信，其中有二十多封是他的藏品。大約出版者上海圖書館送了他幾冊，這才使他有機會可以分贈友好了。

這一輯手冊簡影印得極精。墨色、圖章和信箋上的花紋，都是依照原色複印的。我想若是將它拆開來，改裱成手卷或冊頁，簡直可以亂真。

除了納蘭自己的書翰以外，選附印了顧貞觀、朱彝尊、秦松齡等人的題跋。這些題跋可說與原信同樣的可貴。據說原來的題跋很多，這裡僅選印了一小部分。

目錄上給每一封信所加的小題，不知出自哪一位的手筆，讀來很有風致，如《以壽山幾方請平子刻章》、《借日晷》、《換日晷》、《索聚紅盆及小照》、《卻借花馬》、《俟綠肥紅瘦即幸北來》，彷彿像是讀了杜詩的詩題。

納蘭是一個典型的貴公子人物，可是僅僅活了三十一歲便去世了。我們從前讀他的詞，看他所刻的那麼大部頭的《通志堂經解》，再想到他中過進士，官至一等侍衛，所交遊的又是當時一些第一流的文士詩人，總以為他至少也是個四五十歲的人，才可以有這樣的成就，哪裡知道這些事情全是一個二十五六歲的青年人做的。這些成就，雖然許多人都說他"天姿英絕"，但是他若不是出生在權貴之家，佔了環境的便宜，大約也未必這麼方便的。

我很喜歡納蘭讀了顧貞觀的《金縷曲》，決意設法去救充軍的吳漢槎的故事。有一時期，我很想將這故事寫成小說，後來聽說有人已經試過了，便不曾再寫。

倚在沙發上，讀着清初這位大詞人的手跡。想到這是一個二十幾歲少年人寫的東西，在現在看來，簡直有點令人難以相信。如那封題為"再勖為親民之官"的信，一開頭便說："朝來坐漉水亭，風花亂飛，煙柳如織，則正年時把酒分襟之處也，人生幾何，堪此離別，湖南草綠，淒咽同之矣……。"據考證他寫這封信時年僅二十六歲，這是現代年輕人怎樣也不會達到的成就，然而這已經是一種與我們的生活多麼不同的成就。

三

書店裡送來秦牧的散文集《花城》。這本來已經不是新書了，但是我在這裡一直不曾買得到，只是從朋友的手上見過一部精裝本的，匆匆翻閱了一下。直到今天，書店才將特地給我留下來的一本平裝本送了來。

於是就躺着讀了起來。

既是散文集，看了一看目錄，我便挑選着自己喜歡的題目看起來。這時的選集，可說與作者要將哪一篇文章選入集內，哪一篇暫時抽在一邊，幾乎是一樣的。這裡面好像很有道理，有的又好像沒有一定的道理，幾乎是一種任性的選擇。

當然，依照我看書的習慣，我在沒有讀正文之前，先讀了後記。

　　我在這些文章中從來不迴避流露自己的個性，總是酣暢淋漓地保持自己在生活中形成的語言習慣。我認為這樣可以談得親切些。

這實在說得夠懇切。僅憑了這一點表白，就知道作者寫散文的手腕是高明的，同時文如其人，也夠熱情。

有些人喜歡在文章裡談自己所不懂的東西，有些人喜歡在文章裡冒充懂得許多東西。這樣的文章總是不會寫得好的。若是能夠在文章裡做得到"知之為知之，不知為不知"這樣坦白，就不愁不夠親切，不愁寫不出可讀的文章了。

《花城》裡的散文，就已經達到了這樣的水準。這正是許多人都喜歡讀秦牧散文的原因。內容豐富充實，接觸到的方面多，可是並不沉重。作者的態度誠懇，寫得流暢，使讀者讀起來感到親切，自然就喜歡它了。

我一口氣讀了〈海灘拾貝〉、〈南方幾株著名的樹〉、〈說龜蛇〉、〈古董〉。這些都是自然小品，或者生活小品。我特別喜歡第二篇和第四篇。說是喜歡，不如說是羨慕。幾時可以多有一點任隨自己可以安排的時間，也讓自己能夠試一試呢？

不是嗎，這十年以來，我家的門口有好幾棵大樹被人鋸倒，可是漸漸的從樹根處又有小小的枝枒再生出來，我覺得這是很好的寫一篇小品文的資料，可是一直沒有充裕的時間和安閒的心情來寫。又不願隨便寫，糟踏了這樣的材料，這樣一抽，竟是好幾年了。想到《花城》的作者所生活的環境，不覺有點羨慕起來了。

體倦，讀了這幾篇，又想到這種情形，我不覺微微歎了一口氣，掩卷不曾再續讀下去了。

吉辛小品集的中譯本

　　讀了約伯·科格的《喬治·吉辛評傳》，才知道郁達夫先生一再提起的這個作家晚年所寫的那部小品集，原來的題名並不足《亨利·越科洛福特的手記》，而是《一個退休中的作家》。

　　當時達夫先生大約因為原來的書名太長，便給它擬了一個《草堂雜記》的書名，因為作者自稱這書是在鄉下過着悠遊自在的退休生活中寫成的。達夫先生一直想譯，始終未曾動筆，後來也有別人零星的譯過一些，也不曾成書。直到戰後，聽說在上海才有一個正式的譯本出版，改稱《四季隨筆》，我未見過。這書現在台灣已經有了翻印本，卻將譯者的名字刪掉了，使人無法知道究竟是誰的譯筆。

　　《四季隨筆》這書名，對於原著倒很貼切。因為作者在原書中就說明，他將這些小品按照寫作時的季節，分成了"春夏秋冬"四輯。

　　吉辛是用不到兩個月的時間，就寫成了這部小品集的，時間是在一九〇〇年的九月與十月之間。然後仔細的一再修改，一直擱在手邊，直到一九〇二年夏天才在一個刊物上發表，當時所用的題名就是《一個退休中的作家》。因為這一輯小品文，吉辛是藉口一個不知名的窮作家，晚年意外的獲得了一筆遺產，便搬到鄉下過起舒服的退休生活。他因為一生賣文為活，要按照出版商人的要求去寫作，肚裡不免積了多少怨氣。這時得了遺產，可以不愁生活了，決定要任隨自己的愛好，隨意寫一部書。寫下來的就是這部小品集。

吉辛假託一位朋友將這部原稿交給他看。他整理了一下，按照寫作時的季節，分成"春夏秋冬"四輯，給它加上了《一個退休中的作家》的題名，便送給刊物去發表了。在刊物上發表後，極得好評，第二年就出版了單行本，並且改名為《亨利·越科洛福特的手記》。這就是假託寫這部小品集的那個作家的姓名。

原書有一篇序文，這一些經過就是吉辛在序文裡說出來的。自然，這一切都是假託。這部小品集是吉辛自己寫的，可是他卻不曾得過什麼遺產，仍在過着"賣文為生"的生活。

不知怎樣，吉辛的這篇序文，在現在所見的中文譯本《四季隨筆》裡，卻沒有了。不知是原來沒有譯出來，還是給台灣的翻版書賈刪掉了。

附錄：二集譯名對照表（筆畫序）

一、人名

文中寫法	通譯	外文原名
卜迦丘	薄伽丘	Giovanni Boccaccio
比亞斯萊	比亞茲萊	Aubrey Beardsley
巴爾札克	巴爾扎克	Honoré de Balzac
支魏格	茨威格 / 褚威格	Stefan Zweig
弗列采	弗雷澤	James George Frazer
司各德	司各特	Walter Scott
布封	布豐	Georges-Louis Leclerc, Comte de Buffon
白朗寧夫人	勃朗寧夫人	Elizabeth Barrett Browning
朵斯朵益夫斯基	杜斯妥也夫斯基 / 陀思妥耶夫斯基	Fyodor Dostoyevsky
托瑪斯・曼	湯瑪斯・曼	Paul Thomas Mann
佛郎索娃・吉納	弗朗索瓦・吉洛	Marie Françoise Gilot
狄根斯	狄更斯	Charles Dickens
狄福	笛福	Daniel Defoe

文中寫法	通譯	外文原名
佛蘭西斯・湯普遜	法蘭西斯・湯普森	Francis Thompson
果戈理	果戈里	Nikolai Gogol
拉地克萊菲・哈爾	瑞克里芙・霍爾	Radclyffe Hall
果庚	高更	Paul Gauguin
拉波科夫	納博科夫	Vladimir Vladimirovich Nabokov
法朗士	佛朗士	Anatole France
帕斯捷爾納克	巴斯特納克	Boris Leonidovich Pasternak
居禮夫人	居里夫人	Marie Curie
柯里列治	柯勒律治	Samuel Taylor Coleridge
約翰・李德	約翰・里德	John Silas Reed
馬可孛羅	馬可波羅	Marco Polo
索伏克里斯	索福克勒斯	Sophocles
高克多	考克多 / 谷克多	Jean Cocteau
特・昆西	湯瑪斯・德・昆西	Thomas Penson De Quincey
馬林洛斯基	馬凌諾斯基	Bronislaw Malinowski
拿破倫	拿破崙	Napoléon Bonaparte
畢加索	畢卡索	Pablo Picasso
梵・谷訶	梵高 / 梵谷	Vincent Willem van Gogh
淮德	懷特	Gilbert White

文中寫法	通譯	外文原名
達文西	達芬奇	Leonardo da Vinci
悲多汶	貝多芬	Ludwig van Beethoven
普利伏斯	普列沃斯	Abbé Prévost
斯坦尼斯拉夫斯基	史坦尼斯拉夫斯基	Stanislavski
喬治・桑	佐治・桑	Georges Sand
奧地普斯	俄狄浦斯 / 伊底帕斯	Oedipus
奧・亨利	歐・亨利	O. Henry
瑪耶訶大斯基	馬雅可夫斯基	Vladimir Mayakovsky
褒頓	伯頓	Richard Francis Burton
彌蓋朗琪羅	米開朗基羅 / 米開朗琪羅 / 米高安哲羅	Michelangelo
彌爾頓	米爾頓 / 密爾敦	John Milton
羅賽蒂	羅塞蒂	Dante Gabriel Rossetti
盧騷	盧梭 / 盧騷	Jean-Jacques Rousseau
蘭勃	蘭姆	Charles Lamb
靄理斯	艾利斯	Henry Havelock Ellis
顯克微支	軒克維奇	Henryk Sienkiewicz

二、作品名

文中寫法	通譯	外文原名
〈一個不相識婦人的情書〉	〈一位陌生女子的來信〉	"Letter from an Unknown Woman"
《一個作家的札記簿》	《作家筆記》	A Writer's Notebook
《一個英國鴉片吸食者的自白》	《一個鴉片吸食者的懺悔錄》／《一個癮君子的自白》	Confessions of an English Opium Eater
《天方夜譚》	《一千零一夜》／《一千零一夜的故事》	One Thousand and One Nights
《不可名的東西》	《無法稱呼的人》／《無名者》	The Unnamable
《日瓦哥醫生》	《齊瓦哥醫生》	Doctor Zhivago
《天堂與地獄的結婚》	《天堂與地獄的婚姻》	Marriage of Heaven and Hell
《安地果妮》	《安提戈涅》	Antigone
《如果這粒種子不死》	《如果麥子不死》	Si le grain ne meurt
《獄中之歌》	《瑞丁監獄之歌》／《雷丁監獄之歌》	The Ballad of Reading Gaol
《坎特伯雷故事集》	《根德伯里故事集》	The Canterbury Tales
〈阿里奧巴奇地卡〉	〈論出版自由〉	"Areopagitica"
《哈姆萊脫王子》	《哈姆萊特》／《哈姆雷特》	Hamlet
《威廉·彌斯特》	《威廉·邁斯特的學習時代》	Wilhelm Meister's Apprenticeship
《約翰·克里斯多夫》	《約翰·克利斯朵夫》	Jean-Christophe

文中寫法	通譯	外文原名
《馬可孛羅遊記》	《馬可波羅遊記》	*Livre des Merveilles du Monde*
〈脂肪球〉	〈羊脂球〉	"Boule de Suif"
《格登堡聖經》	《古騰堡聖經》	*Gutenberg Bible*
《堂吉訶德》	《魔俠傳》 /《吉訶德先生傳》	*Don Quijote de la Mancha*
《寂寞的井》	《寂寞之井》 /《孤寂深淵》	*The Well of Loneliness*
《越氏私記》	《四季隨筆》 /《草堂雜記》	*The Private Papers of H. Ryecroft*
《過去事情的回憶》	《追憶似水年華》	*In Search of Lost Time*
《萬尼亞舅舅》	《凡尼亞舅舅》	*Uncle Vanya*
《黑奴籲天錄》	《湯姆叔叔的茅屋》 /《湯姆叔叔的小屋》	*Uncle Tom's Cabin; or, Life Among the Lowly*
《等待果陀》	《等待戈多》	*Waiting for Godot*
《悲慘世界》	《孤星淚》 /《哀史》	*Les Misérables*
《喪鐘為誰而鳴》	《戰地鐘聲》	*For Whom the Bell Tolls*
《奧地普斯王》	《俄狄浦斯王》	*Oedipus Rex*
《奧狄普斯在科羅魯斯》	《俄狄浦斯王在柯隆納斯》	*Oedipus at Colonus*
〈聖誕禮物〉	〈聖賢的禮物〉 /〈麥琪的禮物〉	"The Gift of the Magi"
《愛麗斯漫遊奇境記》	《愛麗絲夢遊仙境》	*Alice's Adventures in Wonderland*

文中寫法	通譯	外文原名
《獄中記》	《深淵書簡》 / 《出自深淵》	*De Profundis*
《瑪隆死了》	《馬龍之死》	*Malone meurt*
《瑪爾菲》	《莫菲》	*Murphy*
《撒克遜劫後英雄傳》	《艾凡赫》 / 《撒克遜英雄傳》	*Ivanhoe*
《魯貢‧馬爾加家傳》	《盧貢‧馬卡爾家族》	*Les Rougon-Macquart*
《摩爾‧佛蘭德絲》	《摩爾‧弗蘭德斯》 / 《蕩婦自傳》	*Moll Flanders*
《震撼世界的十日》	《震撼世界的十天》	*The Days that Shook the World*
《優力棲斯》	《尤利西斯》	*Ulysses*
《羅麗姐》	《羅莉塔》 / 《洛莉塔》 / 《洛麗泰》 / 《羅莉泰》	*Lolita*
《鐘樓駝俠》	《鐘樓怪人》 / 《巴黎聖母院》	*The Hunchback of Notre-Dame*